Pewnego dnia

EMILY

GIFFIN

Pewnego dnia

tłumaczenie Martyna Tomczak

WYDAWNICTWO
otwarte

Kraków 2012

Tytuł oryginału: *Where We Belong*

Projekt okładki: **Magda Kuc**

Fotografia na okładce: © **Aleksej Vasic / Vetta / Getty Images / Flash Press Media**

Fotografia autorki: © **Deborah Feingold**

Grafika na okładce i s. 1, 3: **Olka Osadzińska, www.aleosa.com**

Opieka redakcyjna: **Eliza Kasprzak-Kozikowska**

Opracowanie typograficzne książki: **Daniel Malak**

Adiustacja: **Alicja Listwan / d2d.pl**

Korekta: **Małgorzata Poździk / d2d.pl, Anna Woś / d2d.pl**

Łamanie: **Zuzanna Szatanik / d2d.pl**

ISBN 978-83-7515-225-8 (oprawa broszurowa)
ISBN 978-83-7515-226-5 (oprawa twarda)

WYDAWNICTWO
otwarte

www.otwarte.eu

Zamówienia: Dział Handlowy, ul. Kościuszki 37, 30-105 Kraków, tel. (12) 61 99 569
Zapraszamy do księgarni internetowej Wydawnictwa Znak, w której można kupić książki Wydawnictwa Otwartego: www.znak.com.pl

---

Wydawnictwo Otwarte sp. z o.o.,
ul. Kościuszki 37, 30-105 Kraków. Wydanie I, 2012.
Druk: Colonel,
ul. Dąbrowskiego 16, Kraków

Dla Nancy LeCroy Mohler –
mojej najlepszej przyjaciółki

PODZIĘKOWANIA

Dziękuję przede wszystkim moim wiernym czytelniczkom z wielu miast na świecie – od Atlanty przez Rio po Warszawę – które sprawiają, że moja praca ma sens i jest świetną zabawą. Rozmowy z Wami na Facebooku, Twitterze, w samolotach i na spotkaniach autorskich pomagają mi przezwyciężyć bolesne napady niemocy twórczej i przypominają, po co w ogóle opowiadam te wszystkie historie. Dziękuję, że je czytacie.

Ogromne dzięki dla Jennifer Enderlin – redaktorki, która towarzyszy mi od początku przygody z pisarstwem. Dziękuję Ci za wszystko, a zwłaszcza za mądre poprawki, które zawsze ulepszają moje książki (tym razem przeszłaś samą siebie!).

Dziękuję Stephenowi Lee, mojemu wydawcy i przyjacielowi. Jak daleko zaszliśmy od czasu tamtego pierwszego spotkania autorskiego w Borders, kiedy kierownik księgarni błagał klientów, żeby przyszli na drugie piętro posłuchać „Emily Griffin”!

Dziękuję też wszystkim cudownym ludziom z St. Martin's Press, między innymi Sally Richardson (zawsze eleganckiej), Matthew Shearowi (najlepszy śmiech na świecie) i mojemu najmilszemu kociakowi Johnowi Murphy'emu (miau).

Dziękuję Jeffowi Dodesowi, Mattowi Baldacciemu, Jeanne-Marie Hudson, Paulowi Hochmanowi, Nancy Trypuc, Anne Marie Tallberg, Sarze Goodman, Katie Gindzie, Baileyowi Usdinowi, Stephanie Davis i całej ekipie sprzedażowej z Broadwayu i Piątej Alei. A także Oldze Grlic za talent artystyczny i cudowny koktajl pasteli na okładce [oryginalnej] książki.

Składam wyrazy wdzięczności dla mojej wspaniałej agentki Theresy Park i jej zespołu: Emily Sweet, Abigail Koons oraz Pete'a Knappa. Jesteście najlepsi, a do tego ogromnie Was lubię.

Dziękuję wszystkim, którzy pomagali mi przy tej książce, a zwłaszcza: Kevinowi A. Garnettowi za wskazówki dotyczące świata telewizji; Lisie Elgin Ponder, Dougowi Elginowi i McGrawowi Milhavenowi za pomoc przy umieszczeniu akcji w realiach St. Louis; Allyson Wenig Jacoutot i Jennifer New – znawczyniom zakamarków Nowego Jorku (gdyby nie Wy, Kirby pewnie wciąż błądziłaby po moście Triborough); Adamowi Duritzowi oraz Yvonne Boyd za Wasze wskazówki w kwestii gry na perkusji i Alexandrze Shelley za to, że pomogła mi ukształtować będącą jeszcze w powijakach opowieść. Dziękuję Mollie Smith i Maurze Lubell za moją wspaniałą stronę internetową (zapraszam na www.emilygiffin.com!).

Dziękuję przyjaciołom i rodzinie – którzy mnie wspierają i cierpliwie wysłuchują moich płaczów, że na pewno nie zdążę w terminie. (A przy okazji mam radę dla koleżanek po fachu: przesiadywanie w pokoju hotelowym z kolacją, winem i filmami z Jennifer Aniston nie pomaga w wykonaniu pracy na czas).

Odnośnie do jednej pomyłki wytkniętej mi przez redakcję, której postanowiłam nie poprawiać – Kirby została poczęta w 1995 roku podczas pamiętnej fali upałów, która nawiedziła Chicago, w momencie zaś, kiedy rozgrywa się akcja, ma osiemnaście lat: po prostu przeczytajcie tę książkę ponownie za rok i wszystko będzie się zgadzać.

Bardzo dziękuję mojej asystentce i przyjaciółce Kate Brown McDavid, a także niesamowitej Marcie Arias, które nie pozwalają, żeby moje życie rozsypało się na kawałki. Każdego ranka cieszę się, że Was widzę.

Dziękuję Nancy LeCroy Mohler, Mary Ann Elgin i Sarze Giffin za bezcenny wkład w pierwsze szkice powieści (a było ich wiele), a także we wszystkie moje poprzednie książki. Dziesięć lat temu to Wy jako pierwsze poznałyście Rachel i Darcy. Jestem niezmiernie wdzięczna, że zachęciłyście mnie, bym te postacie przedstawiła światu.

A najbardziej ze wszystkich dziękuję moim kochanym Buddy'emu, Edwardowi, George'owi i Harriet. Hip, hip, hura dla drużyny Blahów!

ROZDZIAŁ 1

Marianne

Dobrze wiem, co ludzie mówią o tajemnicach. Że nawiedzają człowieka jak duchy i panują nad jego życiem. Że zatruwają związki i dzielą rodziny. Że wyzwolić może w końcu tylko prawda. Pewnie tak jest w wypadku niektórych ludzi i niektórych tajemnic. Ale ja naprawdę wierzyłam, że jestem wyjątkiem od reguły, i przez niemal dwadzieścia lat nikomu nie pisnęłam słówka o swoim sekrecie. Ani zamroczona alkoholem na spotkaniach z przyjaciółmi, ani w najintymniejszych chwilach z moim chłopakiem Peterem. Mój ojciec również o niczym nie wiedział, a z matką – jedyną osobą, która wtedy przy mnie była – nie rozmawiałam o tym, zupełnie jakbyśmy zawarły jakąś niepisaną umowę, śluby milczenia, zmuszając się do tego, by zapomnieć i żyć dalej. Wprawdzie zapomnieć mi się nie udało, nawet na jeden dzień, a jednak żyłam w przekonaniu, że czasem naprawdę można zostawić przeszłość za sobą.

Powinnam była wiedzieć, że to niemożliwe. Powinnam była wziąć sobie do serca tamte słowa – słowa, od których wszystko się zaczęło, wypowiedziane w gorącą, parną noc wiele lat temu: „Możesz uciekać, ale się nie ukryjesz".

*

Tamte słowa jednak, tamta noc, moja tajemnica, nawet nie przechodzą mi przez myśl, kiedy spacerujemy z Peterem wzdłuż Bleecker Street po długiej kolacji w restauracji Lupa – jednej z naszych ulubionych w mieście. Wygląda na to, że po kilku tygodniach zmiennej pogody zima odeszła na dobre, a przyjemny wiosenny wieczór wydaje się jeszcze cieplejszy za sprawą zamówionej przez Petera butelki barolo. To jedna z wielu rzeczy, które w nim uwielbiam – wyśmienity gust połączony z głębokim przekonaniem, że życie jest za krótkie, by pić kiepskie wino. To zresztą tyczy się nie tylko wina. Peter jest zbyt miły i zbyt oddany swojej pracy, żeby ktokolwiek uznał go za snoba; zresztą już dawno zerwał kontakty ze swoimi leniwymi bogatymi znajomymi, którzy żyją z funduszów powierniczych i nigdy niczego nie osiągnęli własną pracą. Mimo to nadal obraca się w kręgach najlepiej zarabiających absolwentów elitarnych szkół. Muszę przyznać, że całkiem nieźle się czuję w ich gronie, choć zanim poznałam Petera, funkcjonowałam raczej na obrzeżach tego świata prywatnych odrzutowców, jachtów i letnich rezydencji na Nantucket i Wyspie Świętego Bartłomieja.

– A! Nareszcie nie ma pluchy na chodnikach – mówię, szczęśliwa, że po wielu miesiącach paradowania w nietwarzowych zimowych kurtkach i mało kobiecych kaloszach mogłam włożyć szpilki i lekki sweterek.

– Wiem... *Quel soulagement* – mówi cicho Peter, obejmując mnie. Jest chyba jedynym znanym mi człowiekiem, który wzdychając po francusku, nie wydaje się przeraźliwie pretensjonalny; być może dlatego że jako dziecko francuskiej modelki i amerykańskiego dyplomaty, większość dzieciństwa spędził w Paryżu. Nawet kiedy w wieku dwunastu lat przeniósł się z rodzicami do Stanów, w domu wolno mu było mówić tylko po francusku i w rezultacie akcent ma równie nieskazitelny jak maniery.

Uśmiecham się i przyciskam policzek do jego szerokiego barku, a on całuje mnie w czubek głowy i pyta:

– Dokąd teraz, Czempionku?

Ukuł dla mnie ten przydomek na naszej trzeciej randce, kiedy po wyjątkowo emocjonującej grze dwa razy z rzędu pokonałam go w scrabble. Zadowolona z siebie, popełniłam fatalny błąd i wyjawiłam mu, że kiedy byłam mała, mieliśmy ślepego brązowego labradora utykającego na jedną łapę, który jak na ironię wabił się Czempion. Odkąd Peter usłyszał tę historię, nazywał mnie Marianne już tylko w towarzystwie, podczas miłosnych uniesień oraz w trakcie naszych rzadkich kłótni.

– Kupimy coś na deser? – proponuję, gdy skręcamy za róg. Zastanawiamy się nad babeczkami z Magnolii lub cannoli od Rocco, ale w końcu uznajemy, że jesteśmy zbyt najedzeni, żeby cokolwiek więcej zmieścić, i po prostu ruszamy przed siebie. Spacerujemy w przyjemnym milczeniu, mijając coraz to nowe kawiarnie i bary, a przed nimi wesołe grupki zadowolonych z życia mieszkańców Greenwich Village. W końcu, rozochocona winem, pogodą i korzennym zapachem jego wody kolońskiej, rzucam nieroztropnie:

– A może byśmy się tak pobrali?

Mam trzydzieści sześć lat, a z Peterem jestem od dwóch – nieraz więc o tym myślałam, zresztą ten temat jest przedmiotem spekulacji wśród moich znajomych. Ale dzisiejszego wieczoru po raz pierwszy otwarcie zadaję to pytanie Peterowi, po czym natychmiast żałuję chwili słabości i w duchu nastawiam się na niezadowalającą odpowiedź. Oczywiście atmosfera między nami się zmienia i czuję, jak jego ramię sztywnieje. Próbuję sobie wmówić, że to nie musi być zły znak – może jego reakcja wynika raczej z tego, że go uprzedziłam.

– Och, nieważne, zapomnij o tym – rzucam i parskam piskliwym, wymuszonym śmiechem, co czyni sytuację jeszcze bardziej niezręczną. To jakbym próbowała cofnąć wyznanie miłości, albo „wykasować" jednorazowy seks. Nie da się tego zrobić.

– Czempionku... – zaczyna Peter, a po chwili milczenia dodaje: – Tak dobrze nam razem. – To, co mówi, jest słodkie i w pewnym sensie obiecujące, ale nie ma nic wspólnego z odpowiedzią na moje pytanie – i nie mogę się powstrzymać, żeby nie dać mu tego do zrozumienia.

– Czyli... Co to właściwie znaczy? Na zawsze zostaniemy przy *status quo*? Czy od razu lecimy do urzędu? A może coś pomiędzy?

Słysząc mój kpiący ton, Peter chwyta się okazji, by rozluźnić atmosferę:

– Może jednak kupmy te babeczki – mówi.

Nie uśmiecham się, a wizja pierścionka z brylantem ukrytego w jednym z jego markowych włoskich mokasynów zaczyna blednąć.

– Żartowałem – wycofuje się Peter, mocniej przytulając mnie do siebie. – Czy możesz powtórzyć pytanie?

– Ślub. Nasz. Co o tym myślisz? Czy w ogóle... Myślisz o tym kiedykolwiek?

– Tak. Jasne, że myślę...

Czuję nadchodzące „ale”, tak jak się czuje deszcz na twarzy po ogłuszającym grzmocie. No i, oczywiście, Peter kończy:

– ... ale dopiero co się rozwiodłem. – Kolejna wymijająca nie-odpowiedź.

– Aha – mówię pokonana, a Peter spogląda w ciemną witrynę, udając, że zajmuje go widok eleganckiej papeterii i piór marki Montblanc. Notuję w głowie, żeby kupić mu jedno z takich piór, jako że kończą mi się pomysły na prezenty z kategorii „dla człowieka, który ma wszystko”, zwłaszcza dla takiego pedanta jak Peter. Dawałam mu już spinki do mankietów, elektroniczne gadżety, wyjazdy weekendowe do malowniczych pensjonatów w Nowej Anglii, a nawet wykonanego z klocków lego łosia, oficjalną maskotkę jego ukochanej *Alma Mater* – Dartmouth College.

– Ale twoje małżeństwo skończyło się dawno temu – protestuję w końcu. – Od ponad c z t e r e c h lat nie mieszkasz z Robin.

Często wytaczam ten argument, choć nigdy w tym kontekście – zazwyczaj stosuję go podczas spotkań z innymi parami, na wypadek gdyby ktoś podejrzewał, że jestem występną kochanką, która ukradła męża innej kobiecie. W przeciwieństwie do niektórych moich koleżanek, które wręcz specjalizują się w żonatych, nigdy nawet nie spojrzałam w stronę faceta z obrączką na palcu, nie mówiąc już o przyjęciu od niego drinka. Zanim poznałam Petera, z podobną stanowczością nie tolerowałam krętactwa, manipulacji, lęku przed zaangażowaniem czy innych przejawów syndromu Piotrusia Pana, który, przynajmniej na Manhattanie, przybrał rozmiary epidemii. Po części była to kwestia zasad i szacunku dla samej siebie. Lecz w grę wchodził również zwykły pragmatyzm trzydziestoparolatki, która próbuje ułożyć sobie życie. Wiedziałam dokładnie, czego – i kogo – chcę, oraz wierzyłam, że mogę to osiągnąć dzięki wysiłkowi i determinacji, czyli cechom, na których bazowałam od lat, robiąc karierę w telewizji.

Sukces na tym polu też nie przyszedł mi łatwo. Tuż po skończeniu studiów filmowych na Uniwersytecie Nowojorskim przeprowadziłam się do Los Angeles i zaczęłam pracować jako skromna asystentka produkcji niezbyt udanego sitcomu dla nastolatków w stacji Nickelodeon. Po osiemnastu miesiącach biegania po lunch dla ekipy, podczas których nie dano mi napisać choćby jednego słowa, udało mi się dostać pracę w zespole scenarzystów serialu medycznego. To było świetne zajęcie: wiele się nauczyłam, zdobyłam rewelacyjne kontakty i powoli pięłam się po szczeblach kariery, ale moje życie prywatne nie istniało, a i sam serial właściwie niezbyt mi się podobał. W pewnym momencie postanowiłam więc zaryzykować, opuściłam ciepłą posadkę i przeniosłam się do Nowego Jorku, gdzie zamieszkałam w przytulnym mieszkaniu w pięknym, zielonym Park Slope. Żeby mieć z czego płacić rachunki, sprzedałam kilka scenariuszy, a także co jakiś czas pisałam jako wolny strzelec dla istniejących już seriali. Moim ulubionym miejscem do pracy stał się nieduży bar U Aggie, prowadzony przez czterech braci; miejscem tym wstrząsały wieczne awantury pomiędzy zapalczywymi wspólnikami, zazwyczaj wywoływane przez ich żony oraz matkę Irlandkę. Z czasem porzuciłam inne projekty i zaczęłam szkicować sceny na podstawie tego, co słyszałam w barze. W ten sposób narodził się serial *South Second Street* (przeniosłam akcję ze współczesnego Brooklynu do Filadelfii z lat siedemdziesiątych). Nie była to spektakularna historia, jak w prawie wszystkich telewizyjnych scenariuszach ostatnimi czasy; mój serial z założenia był nieco staromodny. Wierzyłam jednak, że zamiast używać sztuczek i efektów specjalnych, odniosę sukces dzięki ciekawym postaciom i ich historiom. Moja agentka także w to wierzyła i załatwiła mi spotkania we wszystkich głównych sieciach telewizyjnych. Przedstawiłam im pomysł na odcinek pilotażowy i rozpoczęłam negocjacje. Przyjęłam ofertę, która gwarantowała mi odrobinę mniej pieniędzy (choć i tak wystarczająco dużo, żeby zamieszkać na Manhattanie) – za to więcej twórczej wolności. I *voilà*. Moje marzenie się spełniło. Zostałam kierownikiem produkcji. Miałam własny serial.

A po roku pełnym wydarzeń i pracy na planie poznałam Petera. Od dawna wiedziałam, kim jest – był znany w moich kręgach zawodowych, czytałam też o nim w „Variety": Peter Standish, słynny producent, potencjalny zbawca, który miał uratować naszą coraz słabszą oglądalność i zmienić oblicze stacji. Jako nowy dyrektor generalny, był teoretycznie moim szefem i zgodnie z własnymi zasadami nie powinnam się z nim spotykać. Jednak tamtego ranka, gdy wpadłam na niego w Starbucksie w holu naszego budynku, postanowiłam zrobić wyjątek, tłumacząc się sama przed sobą, że nie jestem przecież jego bezpośrednią podwładną – dzielił nas „bufor" w osobie dyrektor programowej. Poza tym zdążyłam już zdobyć pewną renomę. Mój serial odniósł umiarkowany sukces, co nie jest proste, kiedy się debiutuje w połowie sezonu, nikt więc nie mógł mnie oskarżyć o to, że próbuję wykorzystać Petera do podratowania kulejącej kariery.

Oczywiście w tamtej chwili, kiedy stałam za nim w kolejce, słuchając, jak zamawia „duże podwójne cappuccino z ekstra pianką", wszystkie te rozważania były czysto teoretyczne. Natychmiast zauważyłam, że nie nosi obrączki, a mimo to otacza go aura niedostępności. Postukałam go w ramię, przedstawiłam się i powitałam go w stacji.

Z notki prasowej, która nadal tkwiła w mojej skrzynce odbiorczej, wiedziałam, że ma czterdzieści siedem lat. Ciemna czupryna sprawiała jednak, że wyglądał młodziej. Był również wyższy i szerszy w ramionach, niż się spodziewałam; nawet jego dłoń dzierżąca kubek cappuccino z ekstra pianką była zaskakująco duża.

– Bardzo mi miło, Marianne – powiedział, przekrzywiając głowę na bok w czarujący, a zarazem niewymuszony sposób. Poczekał, aż zamówię sobie dużą latte, i obserwował ruchy baristy, chwaląc mnie przy tym za to, że tak świetnie radzę sobie z serialem.

– Macie już chyba sporo wielbicieli, prawda?

Skromnie pokiwałam głową, starając się nie skupiać wzroku na eleganckim kroju jego garnituru ani na dołku w gładko ogolonym kwadratowym podbródku.

– Tak. Na razie szczęście nam dopisuje. Ale jeszcze wiele przed nami... Oglądałeś kiedyś nasz serial?

To był śmiały ruch z mojej strony, postawić go w takiej sytuacji. Odgadłam odpowiedź z jego wahania – widziałam, jak się zastanawia, czy przyznać, że nie widział ani jednego odcinka. Po chwili, lekko zmieszany, zaprzeczył, po czym dodał:

– Ale dziś wieczorem to nadrobię. Obiecuję.

Czułam w duchu, że to człowiek, który dotrzymuje słowa – jeden z nielicznych w tej branży, pełnej łajdaków, egoistów i krętaczy.

– Cóż, przynajmniej wiesz, że leci w czwartki wieczorem – powiedziałam. Uświadomiłam sobie, że ten facet strasznie mnie pociąga, i odniosłam wrażenie, że i on jest mną zainteresowany. Minęło wiele czasu, odkąd po raz ostatni czułam taką chemię – w każdym razie do kogoś o równie doskonałym CV.

Następnego ranka, ku mojej radości, oboje znów pojawiliśmy się w Starbucksie równo za dziesięć ósma i nie mogłam nie zadać sobie pytania, czy on też, podobnie jak ja, zrobił to specjalnie.

– No i jak? – zapytałam ostrożnie i z odrobiną nieśmiałości, co zazwyczaj mi się nie zdarzało, a na pewno nie w pracy. – Obejrzałeś?

– Tak. Świetna robota – odparł, po czym zamówił taką samą kawę jak poprzedniego dnia, tyle że z bitą śmietaną, udowadniając w ten sposób, że potrafi być spontaniczny.

Usta same mi się rozciągnęły w szerokim uśmiechu. Podziękowałam mu.

– Znakomity scenariusz – mówił dalej. – I doskonałe aktorstwo. Niezła rakieta z tej Angeli Rivers, co? – Chodziło mu o naszą wschodzącą gwiazdę, która za sprawą swojego specyficznego, zabawnego stylu oraz rudych włosów bywała porównywana do Lucille Ball*. Podczas castingów zaryzykowałam i wybrałam mniej znaną aktorkę, co było jedną z moich najlepszych producenckich decyzji.

---

* Lucille Ball (1911–1989) – amerykańska aktorka, gwiazda słynnego sitcomu z lat pięćdziesiątych *Kocham Lucy* (wszystkie przypisy pochodzą od tłumaczki).

– Tak – odparłam. – Czuję, że kiedyś dostanie Emmy.

Peter przytaknął skinieniem głowy.

– A tak na marginesie – dodał, a w jego spojrzeniu czaił się uśmiech – po tym jak zobaczyłem wczorajszy odcinek w telewizji, obejrzałem w internecie pilota, a potem resztę pierwszej serii. Więc mogę ci podziękować za to, że spałem dziś niecałe cztery godziny.

Parsknęłam śmiechem.

– Popołudniowe espresso – powiedziałam, ruszając z nim powoli w stronę wind – potrafi zdziałać cuda.

Peter mrugnął do mnie i odparł:

– Brzmi świetnie. Koło wpół do piątej?

Pokiwałam głową, z walącym sercem. Tego dnia, a także każdego kolejnego przez kilka tygodni odliczałam minuty do wpół do piątej. Spotkania w kawiarnianej kolejce stały się naszym rytuałem, choć, by zachować pozory, zawsze udawaliśmy, że to zbieg okoliczności.

Pewnego dnia, po tym jak wspomniałam, że uwielbiam nakrycia głowy, posłaniec przyniósł mi paczkę z Barneys. W środku był zawadiacki czarny rypsowy beret, a dołączony do niego bilecik głosił: „Dla Marianne, jedynej znanej mi dziewczyny, która będzie w czymś takim wyglądać cudownie".

Natychmiast zadzwoniłam do biura Petera i z zachwytem skonstatowałam, że odebrał telefon osobiście.

– Dziękuję – powiedziałam.

– Proszę – odparł i poznałam po głosie, że się uśmiecha.

– Podoba mi się – rzuciłam rozpromieniona.

– A bilecik? Nie gniewasz się za tę „dziewczynę"? Zastanawiałem się, czy nie lepiej napisać „kobieta".

Jego niepewność dowodziła, że mu zależało – i że czasem bywa nieśmiały. Poczułam, że się w nim zakochuję.

– Od ciebie może być i „dziewczyna" – powiedziałam. – A beret jest świetny. Całe szczęście, że nie jest malinowy.

– Ani z second-handu – odbił piłeczkę Peter. – Chociaż chciałbym cię w nim zobaczyć. A gdyby zrobiło się ciepło*...

Roześmiałam się, radosna, podniecona i niecierpliwa, zastanawiając się, kiedy – bo już wcale nie „czy" – zaprosi mnie na prawdziwą randkę.

Trzy dni później poleciałam wyczarterowanym przez stację samolotem do Los Angeles na rozdanie nagród Emmy. Choć mój serial nie był nominowany, było o nas coraz głośniej, a moja kariera jeszcze nigdy nie rozwijała się tak obiecująco.

Tymczasem coraz głośniej robiło się również o mnie i Peterze jako o parze. Nasza kawiarniana zmowa zdawała się wywoływać wciąż nowe plotki. Jednak na czerwonym dywanie, a tym bardziej na imprezie po rozdaniu nagród, zachowywaliśmy się jak gdyby nigdy nic – aż w pewnej chwili żadne z nas nie mogło już tego dłużej znieść. Wtedy właśnie Peter przysłał mi wiadomość, którą zachowałam i do dziś mam ją na swoim iPhonie: „Boska sukienka".

Uśmiechnęłam się, szczęśliwa, że nie tylko zaszalałam i wydałam fortunę na suknię od Alberty Ferretti, ale także zdecydowałam się na szmaragdową zieleń zamiast swojej ulubionej czerni. Poczułam, że się rumienię, i spojrzałam w jego stronę. W tym momencie przyszedł kolejny esemes: „Lepiej by wyglądała na podłodze".

Zaczerwieniłam się jeszcze bardziej i potrząsnęłam głową, a tymczasem telefon zapikał po raz trzeci: „Obiecuję,

---

* Cała ta wymiana zdań nawiązuje do tekstu piosenki Prince'a *Raspberry Beret*.

że nie będę próbował się o tym przekonać, jeśli spotkasz się ze mną na górze. Pokój 732".

Niecałe dziesięć minut później staliśmy w jego pokoju i uśmiechaliśmy się do siebie. Byłam pewna, że za chwilę mnie pocałuje, ale on wykazał opanowanie, które z każdym kolejnym kieliszkiem szampana wydawało mi się bardziej pociągające. Coraz mocniej wstawieni, rozmawialiśmy o wszystkim – o kondycji telewizji, o naszej sieci, moim serialu, o plotkach dotyczących aktorów, a nawet o zakulisowych rozgrywkach wśród kierownictwa. Peter opowiedział mi o swoim trzynastoletnim synu Aidanie, a także o trwającym wciąż postępowaniu rozwodowym. Choć żartobliwie nazywał swoją byłą „powódką", to nie robił z niej czarnego charakteru, co stanowiło miłą odmianę po kilku poprzednich rozwodnikach, z którymi się spotykałam. Rozmawialiśmy o miejscach, do których podróżowaliśmy, ulubionych hotelach i o tym, gdzie kiedyś chcielibyśmy się znaleźć, zarówno dosłownie, jak i w sensie zawodowym. W pewnych kwestiach różniliśmy się – ja wolałam Karaiby lub tradycyjne wycieczki po dużych miastach, takich jak Rzym czy Londyn, on zaś preferował egzotyczne przygody. Zdarzyło mu się pedałować przez Złoty Trójkąt w Tajlandii i wspinać się na wulkan Pacaya w Gwatemali. Był również bardziej skory do ryzyka w interesach, co oczywiście wychodziło mu na dobre, podczas gdy ja zazwyczaj unikałam konfliktów i trzymałam się wygodnych sytuacji. Jednak w głębi duszy mieliśmy podobną wrażliwość – oboje wierzyliśmy w nieustanne dążenie do doskonałości, kochaliśmy Nowy Jork i wszystko, co z nim związane, a także zgodnie wyznawaliśmy filozofię „żyj i daj żyć innym", niezależną od naszych przekonań politycznych czy religijnych. Peter był przystojny, pewny siebie, inteligentny i troskliwy – nigdy wcześniej nie spotkałam mężczyzny, który byłby bliższy ideału.

A potem, kiedy na kalifornijskim niebie pojawiły się pierwsze bladoróżowe smugi, wziął mnie za rękę, pociągnął na swoje kolana i pocałował tak, jak nikt nie całował mnie od lat. Kilka minut później powiedzieliśmy sobie „dobranoc", po czym roześmialiśmy się i powiedzieliśmy „dzień dobry".

Po kilku tygodniach oficjalnie byliśmy już parą, ustaliwszy między sobą, że nie mamy ochoty spotykać się z nikim innym. Któregoś wieczoru sfotografowano nas w czasie wspólnej kolacji, a zdjęcie pojawiło się w „Page Six"* z podpisem: „Miłosne koneksje: wydawca telewizyjny Peter Standish i producentka Marianne Caldwell". Kiedy zaczęły się telefony od przyjaciół i znajomych, którzy zobaczyli notkę, reagowałam z udawaną mieszanką oburzenia i rozbawienia, ale w głębi duszy byłam szczęśliwa; zachowałam nawet wycinek na pamiątkę dla naszych przyszłych dzieci. Być może uznałabym, że to wszystko jest zbyt piękne, by mogło być prawdziwe; zawsze jednak wierzyłam w to, że mogę znaleźć – i z n a j d ę – kogoś takiego jak Peter.

Cóż, to chyba rzeczywiście było zbyt piękne – myślę teraz, przypatrując mu się spod zmrużonych powiek. Może zabrnęliśmy w ślepy zaułek. Może lepiej już nie będzie. Może jestem jednak jedną z tych dziewczyn – dziewczyn, które nie wiedzą, jak obstawać przy swoim. Wzbierają we mnie rozczarowanie i tłumiony gniew. Gniew na niego, ale jeszcze bardziej na siebie, bo nie potrafię stawić czoła

* „Page Six" – plotkarski dodatek do gazety „New York Post".

faktowi, że gdy ktoś unika pewnych tematów, to zazwyczaj ma ku temu powody.

– Chyba pójdę do domu – mówię po dłuższym milczeniu z nadzieją, że nie zabrzmiało to, jakbym się nad sobą użalała lub próbowała go zmanipulować. To dwie postawy, które nigdy nie wychodzą związkowi na dobre. Zwłaszcza gdy ma się do czynienia z kimś takim jak Peter.

– Ej, naprawdę? – rzuca, a w jego głosie pobrzmiewa kapitulacja, choć ja wolałabym usłyszeć sprzeciw. Zawsze był szalenie opanowany i wyważony, i choć wcześniej w nim to kochałam, w tej chwili ogarnia mnie irytacja. Peter zatrzymuje się nagle, odwraca i spogląda na mnie, ujmując obie moje dłonie w swoje.

– Tak. Jestem zmęczona – kłamię, wyrywając ręce.

– Marianne. Nie rób tego – protestuje słabo Peter.

– Nic nie robię – odpowiadam. – Próbowałam tylko z tobą porozmawiać...

– W porządku. – Wzdycha i czuję, że ma ochotę wywrócić oczami. – Porozmawiajmy.

Przełykam gasnącą dumę i czując się wyjątkowo niepewnie, mówię:

– No dobrze. Więc... Czy wyobrażasz sobie, że mógłbyś się jeszcze ożenić? Albo mieć drugie dziecko?

Peter wzdycha, otwiera usta, zamyka je, po czym zaczyna jeszcze raz:

– Niczego mi nie brakuje do szczęścia, jeśli o to pytasz. Mam Aidana. Mam ciebie. Mam pracę. Układa mi się w życiu. Naprawdę. I kocham cię, Marianne. Uwielbiam cię. Wiesz o tym.

Czekam na coś więcej, myśląc, jak łatwo mógłby mnie zbyć jakąś mało konkretną obietnicą w rodzaju: „Nie wiem dokładnie, co się wydarzy, ale wiem, że moja przyszłość to ty". Albo: „Chcę, żebyś była szczęśliwa". Czy nawet: „Nic nie jest wykluczone". Mógłby powiedzieć cokolwiek. Ale on tylko spogląda na mnie bezradnie. W tym momencie zjawiają się obok nas dwie taksówki, jedna po drugiej. To zbieg okoliczności, któremu mogłabym przypisać wiele znaczeń.

Przywołuję pierwszą taksówkę i zmuszam się do sztucznego uśmiechu.

– Pogadamy jutro, dobrze? – mówię, starając się zachować resztki swojego wizerunku silnej, niezależnej kobiety, a jednocześnie zastanawiając się, czy to aby na pewno coś więcej niż maska.

Peter kiwa głową i przyjmuje szybkie cmoknięcie w policzek. Wskakuję do taksówki i zamykam za sobą drzwi, uważając, by nimi nie trzasnąć, a jednocześnie skrupulatnie unikając kontaktu wzrokowego z Peterem. Kierowca rusza w stronę mojego mieszkania na Upper East Side.

*

Pół godziny później siedzę na łóżku i użalam się nad sobą, ubrana w swoją najstarszą i najwygodniejszą flanelową piżamę, kiedy słyszę bzyczenie domofonu.

Peter.

Serce wzbiera mi haniebną, szaleńczą radością i prawie biegiem ruszam do przedpokoju. Biorę głęboki oddech i naciskam guzik, wpatrując się w drzwi jak mój imiennik Czempion w oczekiwaniu na listonosza. Wyobrażam sobie, jak się pogodzimy, pójdziemy do łóżka, a może nawet zaczniemy snuć plany na przyszłość. Powiem mu, że niepotrzebne mi pierścionek ani obietnica, że postaramy się o dziecko, dopóki on czuje to samo co ja. Dopóki chce dzielić ze mną życie. Powtarzam sobie, że to nie kapitulacja – po prostu takie rzeczy robi się z miłości.

Ale kilka sekund później wcale nie dostrzegam w progu Petera, tylko młodą dziewczynę o trójkątnej, wąskiej twarzy i drobnym, szpiczastym podbródku. Jest filigranowa, blada i prawie ładna – a przynajmniej widać po niej, że wyładnieje za parę lat. Wygląda jak typowa nastolatka: ramiona ma objuczone za dużym plecakiem, a na szyi nosi wisiorek z pacyfką. Cechuje ją jednak jakiś spokój, który zdradza, że nie jest to osoba ślepo podążająca za tłumem.

– Dobry wieczór – mówię, zastanawiając się, czy się zgubiła, pomyliła mieszkania, czy może coś sprzedaje. – O co chodzi?

Dziewczyna odchrząkuje, przestępuje z nogi na nogę, a potem cichym, ochrypłym głosem pyta:

– Czy pani jest Marianne Caldwell?

– Owszem – odpowiadam, czekając na wyjaśnienia.

– Nazywam się Kirby Rose – mówi w końcu, odgarniając długie mysioblond włosy za uszy, które są nieco za duże, a może po prostu delikatnie odstają. Potem spogląda na swoje znoszone czarne buty. Kiedy podnosi wzrok, zauważam charakterystyczny kolor jej oczu – są szaroniebieskie z ciemnymi obwódkami – i nagle wiem dokładnie, kim jest i czemu się tu znalazła.

– Czy ty jesteś... – Chciałabym dokończyć, ale nie jestem w stanie oddychać, a co dopiero mówić.

Jej podbródek drży lekko, a głowa porusza się w niemal niezauważalnym skinieniu. Potem dziewczyna wyciera dłonie w dżinsy, przetarte na lewym kolanie.

Stoję jak wmurowana w oczekiwaniu na słowa, które sobie wyobrażałam, których się bałam i o których śniłam przez ostatnie osiemnaście lat. A potem, kiedy już mi się zdaje, że moje serce za chwilę eksploduje, wreszcie je słyszę:

– Zdaje się, że jesteś moją matką.

ROZDZIAŁ 2

14 lipca 1995

To był najgorętszy dzień w historii Chicago. Słupki rtęci sięgnęły czterdziestu jeden stopni, indeks cieplny doszedł zaś do czterdziestu ośmiu, co nadal, po niemal dwudziestu latach, jest rekordowym wynikiem. Fala upałów zabiła siedemset pięćdziesiąt osób i mówiono o niej więcej niż o konfliktach na Bliskim Wschodzie, wojnie w Bośni czy ostatnim wspólnym występie Grateful Dead na stadionie Soldier Field – przynajmniej w lokalnej stacji radiowej B96, która była moim jedynym źródłem informacji ze świata, gdy miałam osiemnaście lat.

Tego skwierczącego żarem przedpołudnia wylegiwałam się nad basenem w białym bikini z katalogu Victoria's Secret, słuchając programu Kevina i JoBo, którzy gawędzili o tym, jak z powodu upału ludzie wyprawiają szalone rzeczy: zakochują się, popełniają przestępstwa albo biegają nago po ulicach. Oczywiście żartowali, jak to radiowi didżeje, ale gdy teraz o tym myślę, wydaje mi się, że temperatura faktycznie miała wpływ na to, co wydarzyło się tego wieczoru w domu mojej najlepszej przyjaciółki Janie. Jestem pewna, że podczas innej pory roku, a nawet w zwykły gorący letni dzień, wszystko potoczyłoby się inaczej.

Były oczywiście także inne czynniki, na przykład alkohol, ulubiony przez wszystkich winowajca, a konkretnie cztery kieliszki wina truskawkowego Boone's Farm wypite na pusty żołądek. Należy do tego dodać intensywne emocje towarzyszące temu słodko-gorzkiemu latu wciśniętemu pomiędzy koniec liceum a resztę mojego życia, znudzenie rodzinnym miastem oraz wyjątkowego pecha – lub też wyjątkowe szczęście, w zależności od punktu widzenia.

No i był jeszcze ten ostatni, najważniejszy składnik – Conrad Knight we własnej osobie. W zasadzie Conrad nie był wówczas w moim typie, choć gdy teraz o tym myślę, dochodzę do wniosku, że był uosobieniem fantazji każdej nastoletniej dziewczyny. Ja również nie mogłam pozostać nieczuła na uwodzicielskie spojrzenie jego szaroniebieskich oczu, na jego ciemne włosy – idealne, nie za długie i nie za krótkie – i kości policzkowe, które Janie określiła jako „nieziemskie". Wydawał się tajemniczy i odrobinę niebezpieczny; niejeden nastolatek aspirował do takiego wizerunku, ale tylko Conrad osiągał go bez wysiłku. Na przedramieniu miał tatuaż, o którym plotkowano, że przedstawia inicjały jego matki i datę jej śmiertelnego wypadku samochodowego. Conrad palił własnoręcznie skręcane papierosy, jeździł starym czarnym mustangiem i śpiewał w garażowym zespole. Kilka dziewcząt, które postarały się o fałszywe dowody osobiste i poszły na jego koncert, porównywało jego wokal do głosu Eddiego

Veddera, zarzekając się, że Conrad będzie kiedyś sławny. Jego ojciec – aktor, który grał niegdyś w operze mydlanej, a także we wciąż emitowanej reklamie środka na zgagę – wyjeżdżał często na castingi do LA, zabierając syna ze sobą. Mimo licznych nieobecności na lekcjach i nie zawsze najlepszych ocen Conrad zdawał się inteligentny, wręcz światowy – a w każdym razie absolutnie obojętny na szkolne hierarchie i dramaty, co nadawało mu aurę wyrafinowania. Krótko mówiąc, w niczym nie przypominał prostodusznych sportowców, z którymi miałam zwyczaj się spotykać. W gruncie rzeczy nic mnie z nim nie łączyło – i nie chodziło o jakąś niechęć czy wojnę klik, po prostu nasze ścieżki nigdy się nie przecinały. Od czasu do czasu mówiliśmy sobie „cześć" na korytarzu, ale właściwie nie rozmawialiśmy od czasów podstawówki.

– Marianne Caldwell – powiedział, gdy wpadłam na niego za domem Janie (po tym jak rozniosła się wieść, że jej rodzice wyjechali, na imprezę przybyło co najmniej pół szkoły). Twarz Conrada nic nie wyrażała, ale błysk w jego oku zapowiadał, że wydarzy się między nami coś istotnego.

– Cześć, Conrad – powiedziałam lekko skrępowana, kołysząc się w rytm piosenki *I Will Remember You* Sarah McLachlan, dobiegającej z okna pokoju Janie na piętrze.

Conrad uśmiechnął się półgębkiem, a potem, jakby kontynuując jakąś wyimaginowaną rozmowę, wypowiedział tamte słowa, które przywoływałam w pamięci przez wiele następnych lat:

– Możesz uciekać, ale się nie ukryjesz.

Upił z puszki łyk dra peppera, a ja przyjrzałam się jego zarostowi i wciągnęłam w płuca zapach jego skóry – mieszankę drewna cedrowego, soli i wody kolońskiej Eternity od Calvina Kleina.

– Nie mam zamiaru uciekać – odpowiedziałam. – Co ty tu właściwie robisz?

Do dziś krzywię się ze wstydu na wspomnienie tego pytania; równie dobrze mogłam powiedzieć: „to nie jest miejsce dla takich jak ty". Oboje wiedzieliśmy, że od początku liceum nieprzerwanie zaliczałam się do grupy tak zwanych popularnych osób i skwapliwie z tego korzystałam.

– Szukałem cię – odparł Conrad, wbijając we mnie ogniste spojrzenie, o ile spojrzenie jasnych oczu może być ogniste. Rozejrzałam się dookoła. Byłam pewna, że żartuje, i spodziewałam się, że za chwilę wrócą z łazienki jego koledzy z zespołu albo pojawi się jego dziewczyna. Nigdy jej nie spotkałam – chodziła do innej szkoły – ale Janie widziała ich kiedyś razem w centrum handlowym i orzekła, że dziewczyna Conrada wygląda jak Kate Moss; była nawet ubrana w jej stylu: w cygańską bluzkę, długą kwiecistą spódnicę i sandały na korku.

– No to mnie znalazłeś. – Roześmiałam się, nagle ośmielona, i dotknęłam jego przedramienia dokładnie w miejscu, gdzie skórę pokrywały czarne cyferki, niczym tekst w alfabecie Braille'a. Uznałam, że jednak przyszedł sam, a na dodatek jest zupełnie trzeźwy.

– To co się u ciebie wydarzyło – spojrzał na swój nadgarstek, na którym nosiłby zegarek, gdyby go w ogóle posiadał – przez ostatnie sześć lat?

– Sześć lat? – spytałam, po czym przypomniałam mu, że od czwartej klasy chodzimy do jednej szkoły.

– Ostatni raz rozmawialiśmy sześć lat temu – wyjaśnił, przeczesując dłonią włosy, skręcone bardziej niż zwykle za sprawą gęstego od wilgoci powietrza. – Mam na myśli prawdziwą rozmowę. W autobusie, kiedy wracaliśmy z wycieczki.

– Z akwarium imienia Johna Shedda. – Kiwnęłam głową, przypominając sobie szóstą klasę i tamten dzień, a zwłaszcza podróż autokarem.

Conrad uśmiechnął się i na kilka sekund porzucił swoją lekko zblazowaną pozę. Nagle wyglądał, jakby znów miał dwanaście lat. Powiedziałam mu to.

Uśmiechnął się jeszcze szerzej i odparł:

– Dałaś mi pół swojego twiksa i powiedziałaś, że chcesz zostać biologiem morskim.

Roześmiałam się i przewróciłam oczami.

– No tak... Teraz mam inne plany.

– Wiem. Wybierasz się do Michigan, potem do filmówki, a w końcu do LA albo Nowego Jorku, gdzie dokonasz wielkich rzeczy i zyskasz sławę. Zostaniesz następną Norą Ephron albo... Chyba nie znam więcej kobiet reżyserów.

Patrzyłam na niego zaskoczona, aż wyjawił źródło swoich informacji:

– Szkolny album. Pamiętasz? Plany na przyszłość? – Pokazał palcami cudzysłów, najwyraźniej chcąc w ten sposób obśmiać całą tę ideę.

– No tak – odparłam. Na pewno wiedział, że ogłoszono mnie „największą nadzieją na przyszłość", tak samo jak ja wiedziałam, że zwyciężył w plebiscycie na „najładniejsze oczy". – A ty jakie masz plany? – spytałam, ponieważ miałam wrażenie, że nie wypełnił tego miejsca w kwestionariuszu w albumie. Dopiero po chwili przypomniałam sobie jego odpowiedź, składającą się tylko z dwóch słów: „znikam stąd".

Spytałam więc, co właściwie miał na myśli.

– To, co ci się wydaje. Chcę się stąd wyrwać. Po prostu.

– Czyli... Żadnych konkretnych planów? – zapytałam, mając oczywiście na myśli studia w college'u, które dla mnie i moich znajomych były czymś oczywistym.

– Nie – odpowiedział Conrad, opróżniając puszkę jednym haustem, po czym zgniótł ją w dłoni i wrzucił do śmietnika. – Poza tym że zamierzam cię dziś pocałować. I jutro pewnie też. A jeśli nie będziesz uważać... Może nawet pojutrze.

Drżąc i czując, jak kropelki potu spływają mi po plecach, postanowiłam mu na to pozwolić. A dokładniej, uświadomiłam sobie, że nie będę w stanie zaprotestować. Udawałam jednak, że w pełni kontroluję sytuację i poprawiwszy długi blond kucyk, zwisający smętnie pod ciężarem wilgotnego powietrza, zapytałam:

– A skąd ci coś takiego przyszło do głowy? – Zerkałam na niego z fałszywą pruderią, ale serce waliło mi jak szalone.

– Bardzo cię lubię.

Ta dość dziecinna odpowiedź w jego ustach brzmiała całkiem poważnie.

– Od kiedy? – dopytywałam, znacznie lepiej panując nad głosem niż nad miękknącymi kolanami.

– Od zawsze. Od pierwszego dnia – odparł rzeczowym tonem, zupełnie jakby oznajmiał mi coś zupełnie trywialnego, na przykład która godzina albo ile jest stopni. Nawiasem mówiąc, temperatura wcale nie spadła, a zmierzch nie wybawił nas od upału. Tymczasem Conrad zasypał mnie gradem informacji na mój temat, rozpraszając w ten sposób wszelkie obawy co do szczerości swoich intencji.

Wiedział, w którym miejscu jest moja szkolna szafka i jak zmieniała się jej lokalizacja w ciągu ostatnich czterech lat; że mam na lewym kolanie bliznę, której się przyglądał, ilekroć przychodziłam do szkoły w spódnicy; i że na ostatnim szkolnym balu miałam na sobie fioletową sukienkę i ufarbowane pod kolor jedwabne czółenka.

– Nie pamiętam, żebym kiedykolwiek spotkała cię na jakimś balu – powiedziałam zdumiona.

– Bo na żadnym nie byłem – wyjaśnił, patrząc mi w oczy. – Widziałem zdjęcie w szafce tego... Jak-mu-tam.

Zapatrzyłam się w niego, przypominając sobie, jak przykleiłam fotkę do drzwi szafki mojego chłopaka, tuż nad wyciętą ze „Sports Illustrated" irytującą fotografią Rebekki Romijn i Angie Everhart, wyginających się w bikini na plaży.

– Chodzi ci o Todda – powiedziałam wreszcie.

– No tak – odparł Conrad, wywracając oczami.

– Zerwaliśmy ze sobą – wyjaśniłam.

– Wiem. Najwyższy czas.

– A co z twoją dziewczyną?

– My też zerwaliśmy. Co za zbieg okoliczności.

Zrobił kolejny krok w moją stronę i zaczęliśmy powoli tańczyć do piosenki Sade. Położył mi rękę na plecach, a jego oddech łaskotał mnie w ucho. Czułam płynący w naszą stronę zapach trawki. Kilka minut później, odprowadzani licznymi spojrzeniami, weszliśmy do domu i usadowiliśmy się w rogu dużej tweedowej kanapy w salonie, otoczeni rozkołysanymi, spoconymi ciałami. Siedzieliśmy tak przez ponad godzinę i prowadziliśmy lekką, a równocześnie brzemienną w znaczenia i emocje rozmowę. Było między nami delikatne napięcie i poczucie, że odkrywamy coś nowego, ale dostrzegłam też głębokie porozumienie, jakie panuje często między ludźmi, którzy dorastali w tej samej okolicy i codziennie mijali się na szkolnym korytarzu. Zaczęłam się zastanawiać, czemu nigdy wcześniej tak nie rozmawialiśmy – a przecież bardzo dobrze znałam odpowiedź na to pytanie.

– Chodźmy gdzieś, gdzie będzie spokój – zaproponował w pewnej chwili Conrad, gdy po długim czasie zapadła między nami pierwsza chwila milczenia.

Pokiwałam głową i zaprowadziłam go do przedpokoju, po schodach na górę, i wreszcie do sypialni rodziców Janie, z wielkim napisem „WSTĘP WZBRONIONY!!!" na drzwiach. Zamilkliśmy, oboje zdenerwowani i pełni oczekiwania. Zamknęliśmy drzwi, całując się i zrywając z siebie ubrania, a potem wskoczyliśmy pod kołdrę na dużym łóżku z baldachimem. Po chwili Conrad sięgnął na podłogę, chwycił swoje dżinsy i z tylnej kieszeni wyciągnął portfel. Wiedziałam, co robi, jeszcze zanim wyjął z niego po omacku kwadratową foliową paczuszkę. Zamknęłam oczy, czekając na niego, pragnąc go.

To, co się stało później, było do przewidzenia, choć z drugiej strony nic nie jest do przewidzenia, kiedy się to przydarza pierwszy raz, po tym jak setki razy mówiło się „nie". Zastanawiałam się, ile razy dochodziłam do tego momentu z Toddem, i starałam się określić, czym tamte sytuacje różniły się od dzisiejszej. Uznałam, że chodzi o pożądanie, którego nie czułam nigdy wcześniej. Pożądanie tak silne, że przerodziło się w palącą potrzebę.

– Jesteś pewna? – zapytał Conrad, chociaż prawie już przekroczyliśmy granicę, za którą nie ma odwrotu. Spojrzałam mu w oczy, a potem na sufit, oszołomiona emocjami i widokiem wirującego nad nami wentylatora, starając się dokonać ostatecznego wyboru. Conrad zawisł nade mną bez ruchu, oddychając ciężko i czekając na odpowiedź. Myśli galopowały mi po głowie, bezładne i nieuchwytne – a równocześnie niezwykle wyraźne. Powtarzałam sobie w duchu, że to duże ryzyko, którego pożałuję – już jutro rano, o ile nie wcześniej. Że być może on tylko udaje, że coś do mnie czuje – a tak naprawdę chce mnie po prostu wykorzystać i na pewno jestem dla niego jedną z wielu. Że jestem porządną dziewczyną i nie powinnam tego robić, zwłaszcza z kimś takim jak on.

Ale odpowiedź wciąż brzmiała: „tak". Z każdym uderzeniem serce mówiło: „tak". A potem powiedziałam to głośno, patrząc mu prosto w oczy, żeby rozwiać wątpliwości. Pomimo upału, pożądania i wypitego alkoholu dokładnie wiedziałam, co robię; dokonałam definitywnego i nieodwracalnego wyboru. Wiedziałam o tym, kiedy poczułam, jak wchodzi we mnie powoli, zatrzymuje się na kilka sekund, a potem wycofuje, żeby założyć prezerwatywę i zacząć od nowa. Wiedziałam, że nigdy nic już nie będzie takie samo.

A jednak podczas tych spokojnych, słonawych w smaku chwil, gdy już było po wszystkim, nie wyobrażałam sobie, co się wydarzy. Nawet nie śniłam o tym, że to będzie coś więcej niż tylko przelotny moment, historia z mojej młodości, epizod z tamtego gorącego lata, fala upału, która ma swój początek, środek i ostateczny koniec.

ROZDZIAŁ 3

Kirby

Nazywam się Kirby Rose i jestem adoptowana.

Nie, to nie miało zabrzmieć jak wyznanie anonimowego alkoholika, chociaż czasem ludzie właśnie tak to przyjmują – jakby uważali, że potrzebuję wsparcia. Po prostu, to są dwie najważniejsze informacje o mnie. Tak samo jak nikt nie pamięta momentu, kiedy po raz pierwszy usłyszał swoje imię, tak i ja nie pamiętam, kiedy moi rodzice po raz pierwszy opowiedzieli mi historię tej niespodziewanej rozmowy telefonicznej, z której dowiedzieli się o moich narodzinach i o tym, że za siedemdziesiąt dwie godziny będę należała do nich. Musieli tylko pojechać do Chicago (całkiem niedaleko ich rodzinnego South City w St. Louis, gdzie oboje się wychowali i gdzie nadal mieszkali), podpisać kilka papierków i odebrać mnie ze szpitala. A najpierw, oczywiście, musieli powiedzieć: „tak".

Był prima aprilis i przez chwilę moja matka myślała, że to żart. Uznała jednak, że nikt nie byłby na tyle okrutny, by urządzić taki kawał parze, która od dziesięciu lat – praktycznie od dnia swojego ślubu – starała się o dziecko, marzyła o nim i planowała jego przyjście na świat. Mój tato był elektrykiem, a mama asystentką w dużej kancelarii prawniczej, zarabiali nieźle, ale nie było ich stać na drogie kliniki leczenia niepłodności. Zainteresowali się więc adopcją – najpierw trzymali się lokalnych katolickich agencji, a potem stopniowo rejestrowali się w przeróżnych organizacjach na całym świecie. Choćby mieściły się w Chinach, Rosji czy w Kolumbii, choćby korzystały z usług szemranych prawników – nic nie miało znaczenia, liczyło się tylko zdobycie upragnionego dziecka.

Jasne więc, że moja matka wykrzyczała w słuchawkę: „tak!", zanim jeszcze czegokolwiek się o mnie dowiedziała. Potem, gdy mój ojciec podszedł do drugiego aparatu, kobieta z agencji spokojnie wyjaśniła, że jestem zdrową, prawie trzykilogramową dziewczynką, mam czterdzieści osiem centymetrów długości, duże błękitne oczy i główkę pokrytą rudoblond meszkiem. Wspomniała też, że jestem spokojna, wesoła, i mam ogromny apetyt. Określiła mnie jako „niemowlę idealne" i dodała, że to właśnie oni są szczęściarzami, których wybrano spośród setek oczekujących par.

– Moje gratulacje – oświadczyła na koniec – i do zobaczenia wkrótce.

Rozłączywszy się, moi rodzice zaczęli płakać i padli sobie w ramiona, po czym wybuchnęli wariackim śmiechem. Następnie popędzili do Babies'R'Us, tak jak inni śpieszą do supermarketu przed nadejściem ciężkiej zamieci. Kupili maleńkie różowe ubranka, łóżeczko, fotelik samochodowy oraz więcej zabawek, niż kiedykolwiek mogłoby mi się przydać, a potem wrócili do domu i przekształcili pracownię krawiecką mojej mamy w fioletowo-żółty pokoik dziecięcy.

Następnego dnia wsiedli do auta i pojechali do Chicago, gdzie zameldowali się w hotelu obok szpitala Northwestern Memorial. Musieli poczekać trzy dni, zanim mnie zobaczyli, i w ciągu tych trzech dni żadne z nich nie zmrużyło oka na dłużej niż kilka minut, choć wiedzieli przecież, że wkrótce sen stanie się nieosiągalnym luksusem. Tymczasem wymyślali dla mnie imię i moja matka uparła się przy Kirby (to było jej panieńskie nazwisko). Musimy ją najpierw zobaczyć, powtarzał mój ojciec. Ale najwyraźniej wyglądałam na Kirby – cokolwiek to znaczy.

W tym momencie mój tato zazwyczaj wspomina, że tego ranka zaciął się przy goleniu; tak strasznie trzęsły mu się ręce, że pozwolił mamie, by prowadziła samochód w drodze do szpitala, czego prawie nigdy nie robi, bo ona jest koszmarnym kierowcą. Potem podejmuje opowieść od momentu, kiedy w pośpiechu podpisywali papiery, a pracownica agencji przyniosła dziecko – czyli mnie – owinięte w różowy kocyk z polaru.

– Poznajcie swoją córkę – powiedziała. – Maleńka, to Lynn i Art Rose'owie. Twoi rodzice.

To była zawsze moja ulubiona część opowieści: kiedy po raz pierwszy wzięli mnie na ręce, spojrzeli na mnie i poczuli ciepło mojego ciała.

– Ma twój nos – zażartował tata i orzekł, że wyglądam na Kirby.

Zawsze mi powtarzali, że to w tamtej chwili staliśmy się rodziną. Czuli, jakby dokonał się cud, podobnie zresztą jak wtedy, gdy po raz pierwszy ujrzeli moją młodszą siostrę Charlotte (jej poczęcie krótko po tym, jak mnie adoptowali, było dla nich całkowitym zaskoczeniem). Jedyna różnica – jak mawia moja mama – polegała na tym, że przy pierwszym spotkaniu ze mną nie krzyczała z bólu.

Ból przyszedł dopiero później.

Dorastając, słyszałam tę historię milion razy, zwykle okraszoną ckliwymi sentencjami, jak ta, która przez wiele lat wisiała oprawiona w ramkę na ścianie mojego pokoju: „Nie krew z mojej krwi, nie kość z mojej kości, lecz to nie umniejsza matczynej miłości. Więc zawsze już o tym pamiętaj, mój kotku, że cię nie nosiłam pod sercem, lecz w środku". Znałam na pamięć nazwiska słynnych osób, które adoptowały dzieci i – co istotniejsze – tych, które same były adoptowane. Byli wśród nich: Steve Jobs, dwóch prezydentów (w tym Bill Clinton, który urzędował w Białym Domu, kiedy się urodziłam), dwie pierwsze damy, Faith Hill i Tim McGraw (którzy zresztą się pobrali – nieźle, co?), Darryl McDaniels z Run–D.M.C. i – o czym lubiła przypominać mi mama – Mojżesz oraz Jezus.

A jednak, mimo pełnej świadomości tego, że jestem adoptowana, prawie nie myślałam o swojej biologicznej matce, nie mówiąc już o ojcu. Zupełnie jakby ich role w tym całym dramacie były jedynie epizodyczne, absolutnie nieistotne poza niezbędnym wkładem – odrobiną DNA. I z pewnością nigdy, przenigdy nie czułam się odrzucona dlatego, że mnie oddali. Rodzice nie wiedzieli nic o mojej biologicznej matce, a jednak zawsze tłumaczyli mi z niewzruszonym przekonaniem, że zrobiła najlepsze, co mogła dla mnie zrobić w swoim położeniu – jakiekolwiek by ono było. Kiedy teraz o tym myślę, przychodzi mi do głowy, że pewnie wyczytali to w jakimś poradniku, ale wtedy kupowałam ich wyjaśnienia w całości. W pewnym sensie było mi żal tej kobiety, która straciła okazję, żeby być moją mamą.

Właściwie po raz pierwszy pomyślałam o niej z czymś więcej niż przelotną ciekawością, kiedy byłam w piątej klasie i w ramach pracy domowej miałam przedstawić swoje drzewo genealogiczne. Podobnie jak wiele osób z mojej klasy przygotowałam prezentację na temat Irlandii, wyjaśniając, że rodzina ojca pochodziła z Galway, a matki – z Cork. Wiedziałam, oczywiście, że ludzie, o których mówię, nie są moimi prawdziwymi krewnymi ani przodkami, i nie ukrywałam tego. Większość rówieśników oraz nauczycieli, którzy znali mnie od zerówki, zdawała sobie sprawę, że jestem adoptowana, i nikt się tym specjalnie nie przejmował. Traktowano to raczej jako ciekawostkę, tak jak w wypadku dzieci, które miały giętkie stawy albo bliźniacze rodzeństwo.

Poinformowałam więc klasę, że o swojej biologicznej matce nie wiem nic poza tym, że pochodziła z Chicago. Nie wiem, jak się nazywa, i nigdy nie widziałam jej zdjęcia, ale ponieważ mam jasne włosy i niebieskie oczy, domyślam się, że mogła być Skandynawką. Wszyscy zdawali się usatysfakcjonowani tą teorią oprócz jak zwykle wkurzającego Gary'ego Ruska, który podniósł rękę i nie czekając na pozwolenie, zapytał, czy jestem zła na matkę i czy mam zamiar kiedykolwiek ją odnaleźć. Wymieniłam porozumiewawcze spojrzenia z moją najlepszą przyjaciółką Belindą Greene, a potem odchrząknęłam i odparłam spokojnie:

– Ja już mam mamę. I nie, na nikogo nie jestem zła.

Ale wątpliwości zostały zasiane. Może rzeczywiście powinnam się złościć? Najwyraźniej inni na moim miejscu byliby wkurzeni – a w każdym razie Gary, który, niewzruszony, pytał dalej:

– Mogłabyś ją znaleźć, gdybyś chciała? Może wynająć detektywa?

– Nie. Przecież nawet nie wiem, jak ona się nazywa. To jak miałabym jej szukać? – odpowiedziałam, myśląc o tym, że na pewno mnóstwo kobiet rodziło dziecko w tym samym szpitalu w Chicago w prima aprilis 1996 roku.

Skończyłam prezentację i usiadłam, żeby wysłuchać opowieści o włoskich korzeniach Debbie Talierco. Jednak przez resztę lekcji nie mogłam się otrząsnąć z myśli o biologicznej matce. Wcale nie *chciałam* jej odszukać, ale zastanawiałam się, czy to w ogóle byłoby *możliwe*.

Więc tego wieczoru przy kolacji, podczas nudnej jak flaki z olejem rozmowy o tym, jak przygarnięty przez Gallagherów niesforny mały york podgryza ich dziecko i że należałoby pokazać psiakowi, kto tu rządzi, ćwiczyłam w myślach pytanie, które wcześniej zadał mi Gary. Coś mi mówiło, że rodzice, a zwłaszcza mama, wcale nie będą się palili do odpowiedzi. Moje narodziny były dobrym pretekstem do rozmowy o ich wdzięczności za to, że Bóg odpowiedział na ich modlitwy. Wiedziałam jednak, że przeniesienie środka ciężkości na *nią* to będzie zupełnie inna sprawa.

– Po co im w ogóle ten york? Trzeba było wziąć psa ze schroniska – powiedziała Charlotte, która kochała zwierzęta. – Ocaliliby życie jakiemuś biednemu kundelkowi.

Nagle sama się poczułam jak pies ze schroniska, choć robiłam dobrą minę do złej gry i spokojnie polewałam kotlety sosem barbecue (przejęłam to upodobanie po tacie, który dodawał go nawet do jajecznicy).

– Miałam dziś tę prezentację o przodkach – zaczęłam. – I, ee... Przy okazji jeden chłopak z klasy zapytał mnie o adopcję.

Mama zamarła. Przełknęła kęs jedzenia i gapiąc się na mnie, czekała na dalszy ciąg.

– No i w ogóle to się zastanawiam... Czy jest jakiś sposób, żeby odnaleźć moją biologiczną matkę? To znaczy gdybym chciała? Wiemy chociaż, jak się nazywa?

Gdy tylko wypowiedziałam te słowa, zrozumiałam, że popełniłam błąd. Atmosfera nagle zgęstniała, a mama zaczęła szybko mrugać, żeby powstrzymać łzy. Łzy! Z powodu jednego głupiego pytania! Charlotte zakłopotana wbiła wzrok w talerz, a ojciec przybrał swoją najbardziej zasadniczą minę, taką samą jak w dniu, kiedy palnął nam kazanie o szkodliwości narkotyków. Potem zamiast po prostu odpowiedzieć, rzucił:

– Cóż. To dość poważna sprawa.

– Bez przesady – odparłam.

– Wcale nie przesadzam. Poważna i istotna. Bardzo istotna. To znaczy, jeśli jest ważna dla ciebie, to jest ważna i dla nas. Prawda, Lynn?

– Ale ja wcale nie chcę jej szukać – bąknęłam zrezygnowana. – Chciałam tylko wiedzieć, czy mogę. Jezu...

– Nie przywołuj Jego imienia nadaremno – pouczyła mnie matka.

Zapytałam, czy jej zdaniem pójdę za to do piekła. Charlotte zachichotała. Uśmiechnęłam się do niej. Moja siostra często mnie wkurzała, ale lubiłam ją rozśmieszać. Potem spojrzałam na mamę i wymamrotałam:

– Nie myśl sobie, że ona mnie w ogóle obchodzi. Chyba jej nienawidzę.

Na twarzy mamy wymalował się wyraz ulgi, a ojciec powiedział:

– Nie mów tak. Zachowała się bardzo odważnie. Zrobiła to, co było dla ciebie najlepsze.

– Wali mnie to – rzuciłam, choć wiedziałam, że rodzice nie cierpią takiego słownictwa, po czym dodałam: – Naprawdę, to nic ważnego.

Ojciec jednak nie dał się zbyć.

– Chcesz ją odnaleźć, Kirbs?

– Już mówiłam, że nie!

Pokiwał głową z wyraźnym niedowierzaniem, a potem wyjaśnił, że Heartstrings, czyli agencja, przez którą mnie adoptowali, zawarła w dokumentach pewną klauzulę. Głosi ona, że gdy skończę osiemnaście lat, mam prawo się dowiedzieć, kim jest moja matka.

– To znaczy? – zapytałam z wymuszoną swobodą.

– Jeśli sobie zażyczysz, podadzą ci jej nazwisko i adres – odparł ojciec. – Zakładając oczywiście, że będą mieli jej aktualne dane. Ona wiedziała, że decyzja będzie należała tylko do ciebie. Nie ma więc w tej chwili żadnych informacji ani o nas, ani o tobie. Nie może też o nie poprosić. Zgodziła się na takie warunki – dodał z naciskiem, unosząc brwi dla wzmocnienia swoich słów.

Inaczej mówiąc, nie chce mnie odnaleźć, więc czemu ja miałabym jej szukać? – pomyślałam. Wzruszyłam ramionami na znak, że nudzą mnie te wszystkie techniczne szczegóły, jednocześnie obiecując sobie w duchu, że nie będę więcej poruszać tego tematu – przynajmniej w obecności rodziców.

Ale od tamtego dnia zaczęłam rozmyślać o swojej adopcji w sposób, w jaki nie zastanawiałam się nad nią nigdy wcześniej. Byłam szczególnie wyczulona na opowieści o adoptowanych dzieciach odnajdujących swoje biologiczne matki i na odwrót. Oglądałam w telewizji pełne dramatycznych historii programy, w których ludzie spotykali się po latach rozłąki. Czasem ich uczestnikom towarzyszyły żal i poczucie winy, kiedy indziej gniew, zazwyczaj jednak była to mieszanka skrajnych emocji. Od czasu do czasu w grę wchodziły tragiczne komplikacje zdrowotne, a w nielicznych przypadkach nawet morderstwo czy porwanie. Gromadziłam wszystkie te scenariusze w głowie, wyobrażając sobie kobietę, która mnie urodziła, i jej historię. Nigdy nie myślałam o niej jako o drugiej matce, raczej jako o kimś w rodzaju dalekiej krewnej, zaginionej ciotki lub kuzynki, która zajmowała się w życiu czymś o wiele ciekawszym niż jakakolwiek znana mi osoba (a przynajmniej taką miałam nadzieję). Może była muzykiem albo menedżerem w dużej firmie, albo chirurgiem, albo misjonarką w którymś z krajów trzeciego świata. Nie czułam do niej urazy, niechęci ani żalu, tylko wciąż rosnącą ciekawość i od czasu do czasu nachodziły mnie przelotne wizje tego, kim może być i jakie w związku z tym mogę w sobie nosić geny. Wydawało mi się, że ona stanowi to, co we mnie nieuświadomione – i zastanawiałam się, czy to działa w obie strony. Nadal powtarzałam sobie, że nie chcę jej szukać. Jednak powoli dochodziłam do wniosku, że jeśli tego nie zrobię, nigdy do końca nie poznam samej siebie.

*

Te wszystkie wrażenia tylko się nasiliły, kiedy poszłam do liceum imienia biskupa DuBourga i nagle poczułam się okropnie zagubiona. Nie wiedziałam, kim jestem, i zdawało mi się, że nigdzie nie pasuję. Rzuciłam drużynę siatkówki, przestałam chodzić na mszę i interesować się sprawami parafii, zaczęłam olewać naukę, a nawet poczułam, że oddalam się od Belindy. Nadal się przyjaźniłyśmy, ale nie mogłam ścierpieć jej obsesji na punkcie wagi, beznadziejnych chłopaków i – co najgorsze – na punkcie braci Jonas i innych plastikowych gwiazdek z wytwórni Disneya. Mogłam wiele wybaczyć, ale nie zamiłowanie do tandetnej muzyki.

Przez jakiś czas próbowałam się zadawać z nową grupą ludzi, którzy – jak sądziłam – mieli podobną wrażliwość do mojej, przynajmniej muzyczną. Okazali się jednak jeszcze bardziej sztuczni niż ci, których określano w szkole jako popularnych. Spędzali długie godziny na kreowaniu swojego emo-wizerunku, słuchając alternatywnych zespołów, o których nikt nie słyszał (gdy okazywało się, że „odkrył" je ktoś spoza ich grona, natychmiast się ich wypierali), oraz wydając ciężkie pieniądze w Hot Topic i Urban Outfitters tylko po to, żeby wyglądać tak, jakby zrobili zakupy w lumpeksie. Najwięksi pozerzy rysowali sobie nawet blizny na nadgarstkach i opowiadali, że próbowali się zabić. Uznałam, że wolę Belindę od tej bandy snobów. Ona przynajmniej była w swoim kompletnym bezguściu prawdziwa (poza tym nawet ja lubiłam od czasu do czasu zaśpiewać na całe gardło piosenkę Kelly Clarkson). Zresztą i tak najczęściej spędzałam czas sama ze swoimi myślami i z muzyką. Właściwie to muzyka – d o b r a muzyka – była jedną z niewielu rzeczy, które zawsze sprawiały mi radość. Całe dnie przesiadywałam w swoim pokoju ku niezadowoleniu rodziców, którzy uważali, że powinnam spędzać czas na powietrzu, niezależnie od stopnia jego świeżości. Ja wolałam jednak słuchać płyt, pisać piosenki, śpiewać (kiedy nikogo nie było w domu) i grać na perkusji.

Perkusja była moim hobby od szóstej klasy, kiedy nauczycielka muzyki oświadczyła mi, że to najtrudniejszy instrument. I choć dawno już zrezygnowałam ze szkolnej orkiestry, to perkusja jako jedyne z dawnych zajęć pozostała moim konikiem. Grałam na niej bez przerwy i oszczędzałam każdego dolara zarobionego na pakowaniu zakupów w sklepie Schnucka, aż mogłam zamienić mój pierwszy zestaw Ludwig dla juniorów na genialny Pearl Masters MCX z werblami z drzewa klonowego o połyskującym czarnym wykończeniu. To było najpiękniejsze cudo, jakie kiedykolwiek widziałam, i przez pierwszych kilka nocy stało tuż przy moim łóżku, żebym mogła przy nim spać i spoglądać na nie po przebudzeniu. Rodzice pobłażali mi, udając, że rozumieją moją pasję. Tata kupił mi nawet na urodziny wspaniałe osiemnastocalowe talerze Sabian HHX Evolution Crash, czym zasłużył na miano ojca stulecia. Mimo to czułam, że oboje woleliby, żebym zajęła się czymś zwyczajniejszym, co pozwoliłoby mi wyjść do ludzi. Albo przynajmniej – żebym znalazła sobie odrobinę cichsze hobby.

Jedyną osobą, która zdawała się mnie szanować i akceptować, był pan Tully, szkolny psycholog, którego kazano mi odwiedzać w związku z moimi coraz gorszymi ocenami i tym, że – zdaniem wszystkich dookoła – marnowałam swój potencjał. Udawałam, że się wściekam na widok różowych karteczek, wzywających mnie do jego gabinetu, ale w głębi duszy uwielbiałam te wizyty, choć pan Tully bez przerwy nudził, że powinnam śpiewać w chórze liturgicznym, zapisać się do orkiestry jazzu symfonicznego, albo przynajmniej zagrać na perkusji w szkolnym przedstawieniu – czego oczywiście nie miałam najmniejszego zamiaru robić. Był jednak młody, zabawny i przystojny. Miał jasnobrązowe oczy i dołeczki w policzkach, które było widać, nawet kiedy się nie uśmiechał. Ale ważniejsze od jego wyglądu i wesołego charakteru było to, że jako jedyny z grona pedagogicznego – i w ogóle jako jedyny dorosły – zdawał się rozumieć, że kiedy człowiek ma kilkanaście lat, wszystko jest beznadziejne i że wcale nie przeżywam właśnie najlepszego okresu w życiu – wbrew temu, co powtarzali mi rodzice, i wbrew temu, co obserwowałam u Charlotte. Kiedy się go przycisnęło, był nawet gotów przyznać, że niektóre ze szkolnych zasad są mocno przesadzone, na przykład to, że każda lekcja musi się zaczynać od modlitwy (chociaż sam był absolwentem DuBourga i przysięgał, że kiedyś i ja będę dumna, że tu chodziłam, a jeśli się tylko postaram, mogę dzięki temu wspiąć się na sam szczyt, tak jak założyciel Twittera Jack Dorsey). Jednak choć pan Tully był super, nigdy do końca się przed nim nie otworzyłam. Wiedziałam, że mnie lubi, ale byłam też świadoma, że płacą mu za wysłuchiwanie moich żalów – więc na wszelki wypadek nie dawałam po sobie poznać, jak dennie się naprawdę czuję.

Podczas jednej z takich wizyt, spowodowanej moimi coraz gorszymi ocenami z chemii, poruszyliśmy kwestię mojej siostry. Pan Tully najwyraźniej postanowił nie owijać w bawełnę i zapytał mnie wprost o to, o co wszyscy inni bali się pytać: czy kiedykolwiek mi przeszkadzało, że ja jestem adoptowana, a Charlotte nie. Zastanowiłam się nad tym głęboko. Zapadło niezręczne milczenie. W końcu z wahaniem pokręciłam głową. Charlotte nigdy nie wykorzystywała przeciwko mnie tego, że jestem adoptowana, w ogóle o tym nie wspominała, zresztą właściwie prawie wcale ze sobą nie rywalizowałyśmy – a to się rzadko zdarza między rodzeństwem, które dzieli tylko jedenaście miesięcy różnicy.

A jednak, gdyby się nad tym głębiej zastanowić, moja siostra wzbudzała we mnie złość, chociaż sama nie wiedziałam dlaczego. Owszem, miała świetną figurę (albo raczej: w ogóle miała figurę, podczas gdy ja byłam koścista, płaska jak deska i nie dorastałam do metra sześćdziesięciu), miała też bardziej klasyczne rysy i piękne gęste, kręcone włosy. Chociaż, szczerze mówiąc, wolałam swoje szaroniebieskie oczy i blond włosy, których nie zamieniłabym na jej burobrązowe. Charlotte lepiej sobie radziła w szkole, ale tylko dlatego, że się dwa razy więcej uczyła i trzy razy bardziej jej zależało; była dużo lepsza w sporcie – ja, dopóki nie rzuciłam drużyny, byłam przeciętną siatkarką; ona biła wszelkie rekordy w pływaniu i regularnie pisano o niej na łamach „St. Louis Post-Dispatch". Przy naszym stole w jadalni często odbywały się prasówki, połączone z nabożnym wycinaniem artykułów dokumentujących jej osiągnięcia. Ale nawet to nie zniechęcało mnie do niej. Nie miałam najmniejszej ochoty ćwiczyć czegokolwiek – nawet gry na perkusji – po dwadzieścia godzin w tygodniu, a wskakiwanie do zimnego basenu w ciemne zimowe poranki kojarzyło mi się z perwersyjną torturą.

A więc – skoro nie chodziło o jej cudowne poczęcie, jej urodę, inteligencję ani o talent sportowy – sama nie wiedziałam, czego właściwie jej zazdroszczę. Doszłam do wniosku, że to może mieć coś wspólnego z jej osobowością. Charlotte była naprawdę zadowolona z życia – a przynajmniej miała tę szczęśliwą cechę, że potrafiła się nad sobą zbytnio nie zastanawiać, co przekładało się na jej ogromną popularność. Wszyscy ją znali i lubili, niezależnie od tego, w jakich kręgach się obracali – sportowcy i kujony, snoby i dresiarze – podczas gdy ja przez większość czasu czułam się niewidzialna.

Pewnego szczególnie paskudnego dnia – byłam wtedy w przedostatniej klasie – przepaść pomiędzy mną a Charlotte uwidoczniła się w dramatyczny sposób. Najpierw oblałam sprawdzian z historii Ameryki, bo odbył się akurat tego jednego dnia, kiedy nie byłam przygotowana. Potem dostałam okresu i poplamiłam sobie spodnie, co uświadomiono mi, kiedy stałam przy tablicy, bezskutecznie usiłując rozwiązać zadanie z trygonometrii. Następnie dowiedziałam się, że Tricia Henry rozpuściła plotkę, jakobym była lesbijką, a oparła to przekonanie wyłącznie na fakcie, że gram na perkusji (oczywiście w żaden sposób mnie to nie obrażało, ale ona była zbyt zacofana i tępa, żeby to zrozumieć).

Tymczasem Charlotte dostała się do dworu* królowej balu absolwentów. Jako drugoklasistka – co w DuBourgu było prawdziwym ewenementem. Trzeba jej przyznać, że wyglądała na autentycznie zaskoczoną, kiedy z pełną wdzięku skromnością wyszła na środek auli, gdzie Seth O'Malley, najprzystojniejszy chłopak w całej szkole, przybił jej piątkę i objął muskularnym ramieniem. Nie zazdrościłam jej wyróżnienia i w życiu nie chciałabym się znaleźć

* W amerykańskich szkołach podczas przygotowań do balu wieńczącego doroczny zjazd absolwentów wybiera się króla i królową balu, a także dwór, składający się z najpopularniejszych i najaktywniej uczestniczących w życiu szkoły trzecio- i czwartoklasistów.

w tamtej chwili na jej miejscu, nawet gdybym nie miała na sobie poplamionych spodni, a jednak bolało mnie to, że takie publiczne występy przychodziły jej bez najmniejszego wysiłku. Nie okazała śladu zażenowania, a nawet pomachała do stada odpychających wyrostków z pierwszych klas, którzy na całe gardło ryczeli: „Lottie-laska!". Poczułam się jeszcze gorzej, kiedy podczas występów cheerleaderek Belinda zaczęła mi posyłać współczujące spojrzenia i aż cztery razy zapytała, czy jestem zazdrosna o młodszą siostrę (pan Tully był jednak mniej obcesowy). Wyglądało na to, że naprawdę powinnam być zazdrosna – skoro sądzili tak i szkolny psycholog, i moja najlepsza przyjaciółka.

Jakiś czas później minęłam na korytarzu Charlotte otoczoną stadkiem ładnych, rozchichotanych koleżanek. Wciąż miała na sobie czerwoną szarfę. Była ubrana w białą bluzkę i czerwoną spódnicę w kratkę. Nie mogłam zrozumieć, jakim cudem szkolny mundurek leży na niej tak dobrze, podczas gdy ja codziennie wyglądam do dupy. Choć z drugiej strony mogło to mieć coś wspólnego z faktem, że zazwyczaj wybierałam wygodniejszą, lecz zarazem kompletnie pozbawioną stylu opcję pod tytułem „koszulka polo i spodnie khaki". Charlotte popatrzyła na mnie i uśmiechnęła się radośnie, zwalniając, jakby już, już miała wyrwać się z kręgu swojej świty. Jednak ja nie dałam jej szansy. Spuściłam głowę i poszłam dalej. Kiedy po chwili zerknęłam za siebie, dostrzegłam, że ją zraniłam, może nawet zepsułam jej wielki dzień. Ale zamiast wyrzutów sumienia poczułam mroczną satysfakcję, że starłam jej z gęby ten wieczny uśmiech. Mój dobry nastrój nie trwał jednak długo, ponieważ jeszcze tego samego wieczoru Charlotte odzyskała swoją zwykłą wesołość i gdy weszłam do kuchni, trajkotały z mamą jedna przez drugą jak najlepsze przyjaciółki, którymi zresztą były. Bez przerwy się sobie zwierzały, oczywiście jeśli zaliczać do zwierzeń rozmowy w stylu: „czemu fasolka nie jest równie pyszna jak tort czekoladowy?" albo „jaka ta Suri Cruise jest słodka!". Z ojcem natomiast Charlotte świetnie się dogadywała na gruncie sportowym. Sport był dla mojego taty jedną z największych świętości i widziałam, jak promienieje, ilekroć wraca z zawodów pływackich, w których brała udział jego młodsza córka. Znał na pamięć przebieg każdego nudnego wyścigu i potrafił analizować go później godzinami. Biorąc to wszystko po uwagę, trudno było się dziwić, że rodzice woleli moją siostrę ode mnie, i choć nigdy tego nie powiedzieli na głos, wiedziałam, że myślą: „czemu nie możesz być taka jak ona?".

W głębi duszy wiedziałam, że kochają nas obie i faworyzują ją tylko dlatego, że sprawia im na co dzień mniej problemów i po prostu jest łatwiejsza we współżyciu – a nie dlatego że jest ich biologicznym dzieckiem. A jednak ten fakt tylko powiększał zamęt w mojej głowie. Podobnie jak to, że wszyscy troje byli do siebie fizycznie podobni. Moi rodzice mogli wręcz uchodzić za rodzeństwo; oboje mieli sylwetki sportowców, kręcone brązowe włosy, lekko zadarte irlandzkie nosy i rumiane, piegowate twarze. Mieli również podobne charaktery – zawsze radośni i rozmowni, nawet przy obcych. Potrafili gadać jak nakręceni o wszystkim i o niczym. Nawijaliby do cholernej ściany, a ja nie umiałam pogawędzić chociażby o pogodzie, tym bardziej z kimś, kogo nie znałam – co wyjątkowo wkurzało mojego szefa uważającego, że zabawianie rozmową klienta, któremu właśnie pakuje się sprawunki, jest niebywale istotne. Wychodziło na to, że nawet w pracy jestem outsiderem.

*

Zdałam do ostatniej klasy, a tymczasem wszystko szło coraz gorzej. Chłodne stosunki z rodzicami przerodziły się w prawdziwą wojnę – a ponieważ byli z nich kiepscy dyplomaci, wojna toczyła się o najmniejsze głupstwa. Kłóciliśmy się o głośną muzykę (słuchając iPoda, ogłuchnę, bębniąc – przeszkadzam sąsiadom). O mój wegetarianizm (dorastająca dziewczyna powinna jeść mięso). O mój profil na Facebooku (nie wiadomo dlaczego uznali, że mój status – „pieprzyć starych" – ich obraża). O bałagan w moim pokoju (kto kazał im tam włazić?). O papierosy i butelkę wódki, które „przypadkiem" znaleźli w moim nieposprzątanym pokoju (przez co w kolejnym statusie zostali porównani do gestapo). O Kościół katolicki; o to, że nie chodzę na mszę i że jestem agnostyczką (no dobra, może powiedziałam to, żeby ich wpienić, bo tak naprawdę chyba w Niego wierzę). O Belindę, po tym jak złapano ją w szkole z torebką zioła (dzięki Bogu nikt nie znalazł mojej – ktoś im powinien zresztą powiedzieć, że takie przeszukania są niezgodne z konstytucją). O to, że nie stosuję się do zasad i wracam do domu po dziesiątej, co zresztą robiłam z czystej przekory, a nie dlatego że miałam coś specjalnie ciekawego do roboty poza domem (bo nie miałam, a już na pewno nie spotykałam się z żadnym chłopakiem – podobałam się tylko frajerom). Kłóciliśmy się o moje marne oceny (i jeszcze gorsze podejście do nauki). A nawet o mój niespodziewanie wysoki wynik testu SAT* – który ich zdaniem tylko dowodził tego, że marnuję swój potencjał. Ale najczęściej

* SAT (Scholastic Assessment Test) – test wiedzy i kompetencji dla uczniów amerykańskich szkół średnich.

kłóciliśmy się o to, że nie zamierzam iść na studia – nawet na wydział muzyczny Uniwersytetu Missouri, na który stale namawiał mnie pan Tully (może i bym to przemyślała, gdybym nie musiała uczyć się niczego innego i gdybym miała pewność, że nie spotkam tam znajomych z liceum). Krótko mówiąc, kłóciliśmy się o *wszystko*.

A potem, pewnej mroźnej styczniowej nocy (o termostat też były awantury – do jasnej cholery, na oknach mojego pokoju szron zbierał się od wewnątrz!), obudziłam się i poszłam do łazienki. Właśnie miałam zejść na dół, kiedy z kuchni dobiegły mnie głosy rodziców. Słysząc melodię ich rozmowy i odgłos łyżeczki stukającej o ścianki kubka, poczułam dziwny spokój (podobnie jak w głębi duszy uwielbiałam chrapanie Charlotte w te noce, kiedy miała koszmary i przychodziła spać do mojego pokoju). Przez krótką chwilę znów poczułam się jak mała dziewczynka i zaczęłam się zastanawiać, czemu nie potrafię być w tym domu szczęśliwa.

Ale wtedy dotarło do mnie słowo „adopcja", a potem „jej matka". Zamarłam i poczułam, jak płoną mi policzki, chociaż drżałam z zimna. Podeszłam bliżej do balustrady i wychyliłam się, żeby lepiej słyszeć, z nadzieją, że źle zrozumiałam.

Ale nie. Mama mówiła dalej:

– Kto wie, jaka ona była. I co naprawdę się stało.

– Faktycznie – odparł ojciec. – Ludzie z agencji mogli kłamać.

Słuchałam dalej, przejęta. „Depresja... Choroba psychiczna... Alkohol i narkotyki... Nastoletnia ciąża".

Ich słowa wbijały mi się w serce i napełniały mnie furią. Wiedziałam, że jestem trudna, humorzasta i że często sprawiam im zawód. Ale dotąd mi się zdawało, że to zwykłe sprawy związane z okresem dorastania, a nie zbrodnia wystarczająca, żeby zacząć rzucać kamieniami w kobietę, która mnie urodziła – i podarowała im ich wymarzony „skarb", jak mnie zawsze nazywali. Ale najgorsze było to, że nagle wszystko zaczęło się zgadzać. Ich teorie dotyczące mojej matki z pewnością wyjaśniały kilka spraw. Może rzeczywiście to ona była źródłem problemów – ona i mój biologiczny ojciec. Uświadomiłam sobie, że oprócz gniewu ogarnia mnie też wstyd. Cudowna kombinacja.

– Myślisz, że ją namówimy, żeby poszła do college'u? – dobiegł mnie głos matki. – O ile w ogóle się dostanie. – Potem dodała, że nawet gdyby mnie przyjęli, nie ma sensu wydawać fortuny, skoro i tak nie będę się starać. Wystarczająco się już namęczyli, żeby mnie zmusić do wypełnienia wstępnych formularzy. Nie mogą wiecznie prowadzić mnie za rączkę. Muszę się sama przekonać, na czym polega dorosłe życie.

A potem cały problem nabrał nowego wymiaru – kiedy orzekli, że nie da się tak naprawdę kogoś zmienić. Ojciec powiedział, że kiedyś dałby się pokroić za to, żeby samemu móc studiować. Mama narzekała, że nie daję z siebie choćby połowy tego co Charlotte.

Następnie wrócili do punktu wyjścia, winiąc biologię; stwierdzili prosto z mostu, że to jedyne wyjaśnienie różnic między mną a moją siostrą. Inaczej mówiąc, natura przeważyła nad kulturą. To nie była *ich* wina; to była *jej* wina. Poczułam, że sama zaczynam ją oskarżać, ale wtedy dotarła do mnie żałosna ironia całej tej sytuacji: choć kiedyś nie chciała mnie własna matka, to dopiero teraz, po raz pierwszy w życiu, poczułam się odrzucona, niepotrzebna, po prostu niekochana.

Załamana, wróciłam do łóżka, schowałam głowę pod kołdrę i zacisnęłam pięści, z całych sił powstrzymując się od płaczu, choćby po to, żeby rano nie wyglądać jak zmora. W końcu byłam już dostatecznie brzydka.

Zacisnęłam powieki i wyobraziłam ją sobie, co mi się często zdarzało w bezsenne noce. Przed oczami duszy przewinęło mi się szybko kilka twarzy, aż zdecydowałam się na tę co zwykle: coś pomiędzy Meryl Streep i Laurą Linney. Tyle że tym razem postać, którą zobaczyłam, choć łączyła w sobie urodę obu aktorek, wyglądała jak zapuszczona ćpunka i ten obraz wyparł z mojej głowy dawną wizję olśniewającej kobiety sukcesu.

W tamtej chwili postanowiłam ją odnaleźć, dowiedzieć się, kim jest i dlaczego mnie oddała. Za kilka miesięcy skończę osiemnaście lat i tego dnia, tego *ranka* zadzwonię do agencji, żeby zdobyć jej nazwisko oraz adres. Do tego czasu będę oszczędzać na bilet – choć jeszcze nie wiedziałam dokąd. Pokażę rodzicom, *wszystkim* pokażę... Nie do końca wiedziałam co, ale uznałam, że się dowiem, kiedy dotrę na miejsce.

*

Tak więc w dzień prima aprilis (kpina, nie urodziny) zadzwoniłam do agencji, a potem wedle otrzymanych wskazówek przefaksowałam im swój numer ubezpieczenia i podpis. Dwie minuty później dostałam odpowiedź.

Drżącymi rękami uniosłam kartkę, na której widniało: „Marianne Caldwell" i adres w Nowym Jorku. Z całych sił powstrzymałam się, żeby od razu nie wrzucić jej nazwiska w Google; martwiłam się, że gdybym to zrobiła, znalazłabym jakąś wymówkę, żeby się wycofać, na przykład uznałabym, że na zdjęciu wygląda na wredną. Nie chciałam, żeby cokolwiek zawróciło mnie z obranej ścieżki. Nie chciałam pisać do niej listu i czekać miesiącami na odpowiedź, albo jeszcze gorzej – nigdy jej nie otrzymać. Nie chciałam w żaden sposób oddawać jej inicjatywy – już raz pokierowała moim życiem. Teraz przyszła moja kolej. I miałam zamiar zrobić to po swojemu.

Więc tuż po urodzinach, a przed wypadającym właśnie długim, czterodniowym weekendem zabrałam się do realizacji genialnego (czytaj: genialnie prostego) planu, który ułożyłam z pomocą Belindy. Poprosiłam rodziców, żeby puścili mnie z nią i jej matką z wizytą do jej ciotki w Mobile (wcześniej kilka razy wspomniałam mimochodem, że owa ciotka była kiedyś katolicką misjonarką). Rodzice zadzwonili do mamy Belindy, a gdy ta potwierdziła cel naszej podróży, pozwolili mi jechać. Potem powiedziałam pani Greene, że źle się czuję, ryzykując, że zadzwoni w tej sprawie do moich rodziców. Udało się – nie zadzwoniła – a ja następnego dnia pojechałam na dworzec autobusowy na Piętnastej Ulicy i za dwieście siedemdziesiąt pięć dolarów kupiłam bilet w obie strony do Nowego Jorku. Potem wsiadłam do śmierdzącego greyhounda, w którym większość miejsc zajmowali ludzie o wyglądzie byłych więźniów (wliczając w to typa spod ciemnej gwiazdy, który siedział za kierownicą).

Spędziłam w autobusie następne dwadzieścia cztery godziny, przemierzając pół kraju, słuchając muzyki z iPoda i zastanawiając się, kim jest moja matka. Wyobrażałam sobie jej historię. Czy była zbyt biedna, zbyt młoda, czy zbyt chora, żeby mnie zatrzymać? A może po prostu mnie nie chciała? Czy kiedykolwiek żałowała swojej decyzji? Czy od tamtego czasu zdołała odbić się od dna i diametralnie zmienić swoje życie? Chciałaby, żebym ją odnalazła? Czy sama kiedyś mnie szukała? Może się okaże, że ma męża, a także dzieci, których się nie pozbyła – czyli moje przyrodnie rodzeństwo? Kim jest mój ojciec (w dokumentach nie było o nim ani słowa)? Czy to po nim, po niej, czy po obojgu odziedziczyłam moje beznadziejne geny? A może wciąż są razem i wychowują moje wcale nie przyrodnie rodzeństwo? Czy spotkanie z nimi pomoże mi zrozumieć, dlaczego jestem, jaka jestem? Czy raczej poczuję się przez to jeszcze gorzej? Każdy z tych scenariuszy miał plusy i minusy. Jeśli moja matka jest takim samym życiowym nieudacznikiem jak ja, to znaczy, że rodzice mieli rację – nie ma dla mnie szansy. Mogli się jednak co do niej mylić, a to by znaczyło, że mylą się i co do mnie. Tylko że wtedy będę musiała się zmierzyć z innym problemem: dlaczego mnie nie chciała?

Ale czy moje życie na pewno byłoby lepsze, gdyby mnie zatrzymała? Być może czułabym się dokładnie tak samo jak teraz: rozpaczliwie sfrustrowana i samotna? Wydawało się, że to sytuacja bez wyjścia – przegram tak czy inaczej.

Z drugiej strony – żadna mi nowość.

*

W końcu dojeżdżamy na miejsce. Dworzec Port Authority okazuje się koszmarną dziurą, śmierdzącą gorzej niż autobus, którym przyjechałam, co wcześniej wydawało mi się niemożliwe. Rozglądam się, nie mając pojęcia, w którą stronę mam pójść. Trzy zagadnięte przeze mnie osoby albo nie mówią po angielsku, albo nie mają ochoty odpowiadać. W końcu dostrzegam strzałki wskazujące drogę na postój taksówek i podążając za nimi, wychodzę na Ósmą Aleję. W niczym nie przypomina ona Nowego Jorku, jaki znam z telewizji i filmów. Zdezorientowana i przygnębiona, odnajduję jakąś kobietę w uniformie, pokrzykującą na wszystkich wokół. Sprawia wrażenie, jakby mnie nie dostrzegała, ale się nie poddaję i jeszcze raz, głośniej, pytam, czy to stąd odjeżdżają taksówki. Pracownica dworca wskazuje mi koniec bardzo długiej kolejki. Czekając, patrzę na bezdomną kobietę po drugiej stronie ulicy, skuloną pod szarym kocem, z kartonową tabliczką i papierowym kubkiem u stóp. Zastanawiam się, czy to przypadkiem nie jest moja matka – może właśnie ją eksmitowali spod adresu, który przesłała mi agencja.

Dwadzieścia minut później wsiadam do taksówki. Na szczęście jej wnętrze okazuje się zadziwiająco czyste. Podaję kierowcy adres, który znam już na pamięć, a on naciska pedał gazu i pędzi przed siebie, zatrzymując się na światłach co kilka przecznic. Tymczasem krajobraz za oknem zmienia się na lepsze. Przejeżdżamy przez zadrzewiony teren – domyślam się, że to Central Park – a potem wjeżdżamy do jakiejś bogatej dzielnicy. Minutę później taksówka się zatrzymuje, a kierowca spogląda na mnie i wskazuje na licznik, na którym wyświetla się cena: dziewięć dolarów i sześćdziesiąt centów. Wręczam mu jedenaście dolarów, a potem przypominam sobie radę, której kiedyś udzielił mi tata: jeśli masz wątpliwości, daj większy napiwek. Wręczam kierowcy kolejnego dolca. Potem chwytam plecak i wysiadam z samochodu na rogu Osiemdziesiątej Ósmej i Madison Avenue. Podnoszę wzrok i spoglądam na dom, w którym mieszka moja matka.

Kurde, zrobiłam to – myślę.

Zerkam na swojego czarnego swatcha, nerwowo rozluźniając plastikowy pasek o jedno oczko, a potem znów go zacieśniając. Dochodzi jedenasta wieczorem. Pewnie jest za późno, żeby stukać do drzwi, ale ja nie mogę czekać do rana. Powtarzam sobie w duchu, że Nowy Jork to przecież miasto, które nigdy nie śpi. Zaczynam się modlić, żeby się okazało, że jeszcze się nie położyła, a już po chwili – żeby nikogo nie było w domu. Ze ściśniętym żołądkiem ruszam ciemnym chodnikiem. Trudno powiedzieć, czego bardziej pragnę – polubić ją czy tego, żeby ona polubiła mnie.

Po kilku minutach nerwowej zwłoki zmuszam się w końcu, żeby otworzyć drzwi wejściowe i zajrzeć do elegancko umeblowanego westybulu, wyłożonego lśniącą czarno-białą marmurową posadzką. Ulatnia się wizja obskurnej meliny, ale sekundę później onieśmielenie bierze górę nad uczuciem ulgi. Serce wali mi jak szalone, a tymczasem nie wiadomo skąd wyrasta przede mną portier i pyta, w czym mi może służyć. Podskakuję, zaskoczona, po czym witam się, a on uprzejmie odpowiada na pozdrowienie. Ma lśniące czarne włosy, starannie ułożone i zaczesane na bok. Jest ubrany w granatowo-złoty uniform i czapkę do kompletu. Na plakietce widnieje jego imię – JAVIER – ale w pierwszej chwili wydaje mi się, że napis brzmi: KAWIOR, i wyobrażam sobie, jak moja matka zajada właśnie tę przekąskę w swoim mieszkaniu gdzieś na górze.

– Przyszłam do Marianne Caldwell – mówię, siląc się na oficjalny ton, by jakoś zrównoważyć wygląd swoich dżinsów, T-shirtu i znoszonej dzianinowej kurtki. Nerwowo odrywam od rękawa kilka zmechaconych kuleczek, nagle żałując, że jednak nie poszukałam informacji o matce w internecie. Belinda miała rację – powinnam była się lepiej przygotować. I ładniej ubrać. A może w ogóle nie trzeba było tu przyjeżdżać?

– Czy pani Caldwell pani oczekuje? – pyta Javier, przyglądając mi się z uwagą.

Wpadam w panikę, nagle przerażona, że ktoś mógł ją ostrzec przed wizytą zbuntowanej nastolatki. Ale w głowie rozbrzmiewa mi głos przyjaciółki, powtarzającej, żebym nie wpadała w paranoję, i pocieszam się, że Javier przecież nic o mnie nie wie – po prostu robi to, co do niego należy. Na wszelki wypadek jednak uśmiecham się, żeby wywołać przyjazne wrażenie. Odchrząkuję i mówię:

– Tak... To znaczy p r a w d o p o d o b n i e.

To w zasadzie prawda. Być może Marianne Caldwell rzeczywiście na mnie czeka, być może ma nadzieję, że się zjawię. W końcu podpisała kiedyś papier, na którym stało czarno na białym, że mam prawo poznać jej nazwisko, kiedy skończę osiemnaście lat – co, jak z pewnością wie, nastąpiło tydzień temu. Na pewno pamięta o moich urodzinach. Przynajmniej tyle mi się od niej należy. Może nawet odprawia każdego roku jakiś mały rytuał. Na przykład sączy szampana z przyjaciółką – albo ze swoją matką, moją babcią. Może piecze tort, co roku wbijając w niego kolejną świeczkę. Ciekawe, czy tak samo jak ja uwielbia czekoladę. A może mi powie, że to po ojcu odziedziczyłam miłość do słodyczy? Już za kilka sekund mam szansę poznać odpowiedzi na swoje pytania.

Javier odwraca się i przyciska guzik domofonu. Całkiem poważnie rozważam ucieczkę. A jednak tkwię w miejscu, tak samo nieruchoma jak dwa marmurowe posągi po obu stronach wejścia do windy, i wstrzymuję oddech, wyobrażając sobie, jak będzie brzmiał jej głos, kiedy zapyta: kto tam? Jednak w odpowiedzi na dzwonek rozlega się tylko głośne bzyczenie, a Javier znów odwraca się do mnie i mówi:

– Proszę na górę! – I zamaszystym gestem wskazuje mi windę.

Biorę to za dobrą monetę. Wygląda na to, że moja matka jest z natury otwarta, skoro wpuszcza do siebie niezapowiedzianych gości, chociaż nie ma pojęcia, kto czeka za drzwiami. Możliwe jednak, że po prostu wzięła mnie za kogoś innego. Może ma jakąś prawdziwą córkę, która pobiegła do sklepu po gumę do żucia lub mleko – i która często zapomina kluczy.

Tak czy inaczej, nie ma już odwrotu.

– Ee... Które piętro? – pytam.

– Penthouse, oczywiście – odpowiada Javier, uroczystym gestem wskazując do góry.

Kiwam głową, jakby codziennie zapraszano mnie do luksusowych apartamentów na ostatnim piętrze, ale w głębi duszy na dźwięk tego słowa wpadam w panikę. Poprawiam plecak, przełykam ślinę i ruszam w stronę lśniących drzwi windy, które otwierają się znienacka. Mój wzrok pada na starszego pana w spodniach z wysokim stanem, któremu towarzyszy starannie przystrzyżony pudelek w różowym wdzianku i fioletowej obroży wysadzanej kryształkami. Człowiek i pies zupełnie do siebie nie pasują, a łączy ich tylko pełne dezaprobaty spojrzenie, którym mnie obdarzają, kiedy ich mijam i wchodzę do windy. Staruszek z pudlem znikają mi z oczu i zostaję sama. Biorę głęboki oddech, a potem naciskam guzik oznaczony literkami PH. Gdy drzwi windy się zamykają, szybko powtarzam sobie kilka wariantów przywitania:

Dzień dobry. Jestem Kirby Rose. Twoja córka.

Dzień dobry. To ja, twoja córka, Kirby Rose.

Cześć, nazywam się Kirby Rose. Chyba jestem twoją córką...

Słowo „córka" brzmi zbyt poufale, ale naprawdę nie mam go czym zastąpić (poza śmiesznie, starodawnie brzmiącymi „pierworodna" czy „latorośl"). Moje rozmyślania zostają przerwane, kiedy winda staje i otwierają się drzwi. Wychodzą prosto na przedpokój, za którym widzę salon z ogromnymi oknami na całą ścianę. Wnętrze jest eleganckie i uporządkowane; ani śladu dzieci czy niemowląt.

Ulga, którą w związku z tym czuję, jeszcze bardziej wytrąca mnie z równowagi; najwyraźniej za bardzo mi zależy. A potem ją dostrzegam. Z wdziękiem wychodzi mi naprzeciw, w bawełnianej piżamie w różowo-zieloną kratkę. Marianne jest średniego wzrostu i mimo jej luźnego stroju widzę, że ma szczupłą figurę. Wygląda młodziej niż moi rodzice, może mieć ze trzydzieści pięć lat, choć z dorosłymi nigdy nic nie wiadomo. Jasne włosy z jeszcze jaśniejszymi pasemkami ma związane w niedbały, a jednak stylowy kucyk. W jej szczupłej, pociągłej twarzy nagle rozpoznaję własne rysy. Może chodzi o nos lub podbródek? W końcu dochodzę do wniosku, że widzę to, co chcę zobaczyć. Marianne jest ode mnie znacznie ładniejsza.

Spoglądam na jej bose stopy – wąskie, o drobnych palcach i paznokciach pomalowanych na głęboki fiolet. W niczym nie przypominają one stóp mojej matki – szerokich, o sękatych, powyginanych palcach. Podnoszę wzrok i spoglądam jej prosto w oczy. Uznaję, że chyba jest miła. W każdym razie nie wygląda na zołzę. Poza tym musi być inteligentna i pracowita, bo głupi i leniwi ludzie rzadko mieszkają w penthouse'ach. Z drugiej strony, może przecież pochodzić z bardzo bogatej rodziny. Ale gdy tak patrzę, nie dostrzegam w niej nic z zepsutej dziedziczki w typie Paris Hilton.

– Dobry wieczór – mówi lekkim, miłym głosem. Na jej twarzy maluje się ciekawość. – O co chodzi?

Odchrząkuję i pytam:

– Czy pani jest Marianne Caldwell?

– Owszem – odpowiada i przez moment wydaje mi się, że już wie, kim jestem. Po chwili jednak przez jej twarz przemyka cień zniecierpliwienia. Nawet nie przechodzi jej przez myśl, że mogłabym być dzieckiem, które urodziła osiemnaście lat temu. Wbijam wzrok we własne buty, biorę głęboki oddech i – starając się mówić głośno i wyraźnie – oznajmiam:

– Nazywam się Kirby Rose.

Oczywiście, zero reakcji. Ona przecież nie zna mojego imienia ani nazwiska. Zakładam włosy za uszy i zmuszam się, żeby znów na nią spojrzeć. Nagle coś się zmienia w jej oczach.

I wtedy wreszcie pyta:

– Czy ty jesteś...

Krew przyśpiesza mi w żyłach. Kiwam głową, starając się nie zemdleć. A potem wypowiadam zdanie, które ćwiczyłam w głowie tysiące razy:

– Zdaje się, że jesteś moją matką.

Jej uśmiech powoli znika, a kolor ucieka z i tak już dość bladej twarzy. Marianne spogląda mi prosto w oczy.

Kompletnie znieruchomiała, wygląda na jeszcze bardziej przerażoną niż ja. Po chwili, która ciągnie się w nieskończoność, wyciąga rękę, dotyka mojego ramienia i mówi:

– O Boże... To naprawdę ty.

Uśmiecham się, ale gardło mam tak ściśnięte i suche, że nie jestem w stanie wydusić z siebie ani słowa, i zaczynam się bać, że zaraz się rozpłaczę. Udaje mi się jednak powstrzymać łzy.

– Wejdź, proszę – mówi Marianne, cofając się i gestem zapraszając mnie do środka.

Po kilku małych kroczkach mówię:

– Przepraszam, że tak cię nachodzę. Mogę wrócić kiedy indziej...

– Nie, zostań. *Proszę*.

Kiwam głową, powtarzając sobie w duchu, że to, co mówi, jest szczere. Że na pewno chociaż *troszkę* się cieszy, że znów mnie widzi.

ROZDZIAŁ 4

Marianne

To najbardziej dziwaczna i nierzeczywista rzecz, jaka mi się kiedykolwiek przydarzyła. Z drugiej strony – nie wiem, czemu właściwie jestem taka zaskoczona. W końcu zawsze wiedziałam, że ta chwila może nadejść, no i doskonale zdawałam sobie sprawę z tego, że moje dziecko pierwszego kwietnia kończy osiemnaście lat – a wtedy wystarczy, że zadzwoni do agencji i poprosi o dane kontaktowe, które uaktualniałam regularnie co kilka lat; było dla mnie oczywiste, że powinnam to robić. Właściwie nie wiem dlaczego – nikt mnie do tego nie zmuszał. Mogłam pozostać anonimowa. Może chciałam w ten sposób złagodzić wyrzuty sumienia. Może w głębi duszy pragnęłam się przekonać, że jest jej dobrze – że nie oddałam jej do jakiejś patologicznej albo biednej rodziny. A może podświadomie chciałam, żeby moja córka do mnie wróciła, żebym mogła ją znów zobaczyć, żebym mogła jej dotknąć.

Niezależnie od tego, czemu to zrobiłam i czego oczekiwałam, nie spodziewałam się, że naprawdę mnie odnajdzie, chyba że w dalekiej przyszłości, kiedy będzie miała własne dzieci. A już na pewno nie wyobrażałam sobie, że zjawi się u mnie ni stąd, ni zowąd o jedenastej wieczorem, w mieście, gdzie nawet najbliżsi przyjaciele nie składają sobie niezapowiedzianych wizyt. I w dodatku tuż po tym, jak pokłóciłam się z Peterem. To wszystko jest teraz jednak bez znaczenia, bo ona stoi tu przede mną i czeka, aż się odezwę.

Oszołomiona i wzruszona zapraszam ją do środka, w milczeniu wieszam jej kurtkę w szafie w przedpokoju, a ciężki plecak wciskam pod otomanę. Potem nieruchomieję, zastanawiając się, gdzie powinnyśmy odbyć naszą pierwszą rozmowę. Salon wydaje mi się zbyt oficjalnym pomieszczeniem, ciasny gabinet zaś, w którym trzymam najbardziej osobiste rzeczy – zbyt prywatnym. Nie chodzi o to, żeby coś przed nią ukrywać; raczej nie chcę wywierać na niej zbyt dużej presji – ani stawiać na przegranej pozycji dlatego, że to ja jestem u siebie. Decyduję się więc na kuchnię. Zapalam światło, przygaszam je, a po chwili znów włączam jaśniejsze. Wskazuję dwa stołki po obu stronach marmurowego blatu i siadamy naprzeciwko siebie, nerwowo zerkając jedna na drugą, z twarzami stężałymi w pełnych oczekiwania uśmiechach. Domyślam się, że ona musi się czuć o wiele bardziej niezręcznie niż ja, chociażby dlatego, że jest ode mnie dwa razy młodsza i znalazła się w zupełnie nieznanym miejscu.

Rozpaczliwie szukam tematu do rozmowy, czegoś bardziej istotnego niż wymiana uprzejmości, a zarazem lżejszego niż suche fakty. Jednak nic nie przychodzi mi do głowy, przez co ogarnia mnie jeszcze większe zdenerwowanie.

– Jesteś głodna? – pytam w końcu, wstając, żeby otworzyć lodówkę. Wbijam wzrok w rząd butelek wody witaminowej, paczkę sałaty, pojemnik z białkami jajek i duży kubek greckiego jogurtu, przeklinając w duchu, że nie wpadłam wczoraj w drodze z pracy do delikatesów, choć zwykle robię to co piątek.

– Nie, dziękuję – odpowiada Kirby, a ja powtarzam w myślach jej imię, które nie przyszło mi do głowy przez te wszystkie lata, kiedy wyobrażałam sobie, jak ją nazwali. Kirby, Kirby, Kirby. Sama nie wiem, czy jest okropne, czy piękne, ale z pewnością jej rodzice wykazali się oryginalnością. Z trudem powstrzymuję nagłą potrzebę, żeby o nich zapytać. Czym się zajmują? Co sądzą o polityce i jaką wyznają religię? Czy wyglądają choć trochę tak jak ona? Jak *my*, poprawiam się, nadal nie dowierzając w to, jak bardzo mnie przypomina. Uświadamiam to sobie z każdą chwilą coraz mocniej, mimo że zwykle nie jestem dobra w wyłapywaniu podobieństw. Powstrzymuję się więc od pytań o jej rodziców, bo nie chcę się wydać natrętna ani zazdrosna. Ale wtedy właśnie dociera do mnie, że owszem – jestem zazdrosna o tamtą obcą kobietę, której przypadło wychowywać osobę siedzącą właśnie przede mną. Świadomość, że nie mam najmniejszego prawa tak się czuć, że sama postanowiłam ją oddać, sprawia, że smutek i tęsknota jeszcze mocniej narastają mi w piersi. Powtarzam sobie w duchu, że nie przeżyłam przecież żadnego z trudów macierzyństwa, że zachowuję się jak widz maratonu, który chciałby być na miejscu zwycięzcy, przekraczającego właśnie linię mety. W duchu nakazuję sobie okazać trochę zrozumienia. Tego wieczoru powinnam się skupić na *jej* potrzebach, nie swoich, i chociaż nie jestem jej matką w pełnym znaczeniu tego słowa, to jednak usiłuję wykrzesać z siebie coś na kształt instynktu macierzyńskiego. Myślę o własnej mamie i o tym, że jej odpowiedź na wiele problemów to dobre jedzenie i spokojny sen.

– Na pewno nie jesteś głodna? Możemy coś zamówić. Niedaleko są świetne delikatesy, przyniosą nam tosty z serem i zupę pomidorową w dziesięć minut. Mam teorię, że trzymają wszystko gotowe, na wypadek gdyby ktoś w promieniu dziesięciu przecznic nagle nabrał ochoty na tosty z serem.

Nagle uświadamiam sobie, że gadam od rzeczy, milknę więc, a ona kręci głową, po raz drugi grzecznie odmawiając jedzenia.

Wzruszona, chowam twarz, odwracając się w stronę lodówki.

– Może przynajmniej się czegoś napijesz? Kawy? Herbaty? Wody witaminowej?

Kirby się waha, a potem, prawie jakby chciała mi zrobić w ten sposób przyjemność, mówi:

– Jasne. Może być ta woda.

Jaki smak? – pytam. – Pomarańcza czy cytryna?

– Wszystko jedno.

– Rzeczywiście. Wszystko jedno – powtarzam, bardziej do siebie niż do niej. Opanowuję drżenie rąk i wybieram buteleczkę z pomarańczowym napojem, odkręcam ją i nalewam płyn do wysokiej szklanki.

– Jak przyjechałaś? – pytam, bo umieram z ciekawości, gdzie rozpoczęła się jej podróż. Pragnę sobie wyobrazić okolicę, w której dorastała – jej dom, jej pokój. Nawet na początku każdego z moich związków, kiedy rozpaczliwie pragnęłam dowiedzieć się jak najwięcej o tej drugiej osobie, nie byłam aż tak chciwa informacji. Nagle przychodzi mi do głowy, że to, jak wpatruję się w jej twarz, czekając, aż coś powie, przypomina trochę stan zakochania, kiedy zaintrygowanie miesza się z czułością i z narcystyczną, nieco paranoiczną potrzebą bycia zauważonym.

– Przyjechałam autobusem – mówi Kirby, a ja zauważam, że nie ma akcentu. A w każdym razie nic w jej głosie nie zdradza miejsca jej pochodzenia. – Greyhoundem – dodaje.

– Och – mówię, nagle przerażona, przypominając sobie opowieść o człowieku, który podczas podróży jednym z tych pojazdów odciął głowę pasażerowi obok.

– Trochę było obrzydliwie, ale dojechałam.

Kiwam głową i pytam:

– Gdzie mieszkasz?

– W St. Louis.

– I stamtąd pochodzisz?

– Cóż. Pochodzę z Chicago – odpowiada Kirby, rzucając mi ostre spojrzenie. – Ale tak. Całe życie mieszkałam w St. Louis. Nigdy się nie przeprowadzaliśmy.

Kiedy trawię tę informację, nachodzi mnie widmowe wspomnienie mojego pierwszego i jedynego pobytu w St. Louis. Kirby mogła mieć wtedy siedem lub osiem lat. Pojechałam tam na ślub koleżanki i po uroczystości, zamiast wybrać się prosto na wesele, poszłam na samotny spacer, wałęsając się po uliczkach wokół kościoła. Wyraźnie pamiętam wilgotny chłód powietrza, stalowoszare niebo i rzadkie, wiszące nisko chmury – co potęgowało tylko uczucie samotności, wynikające z tego, że przyjechałam na ślub sama. Przypominam sobie odgłos swoich obcasów na chrzęszczących resztkach jesiennych liści oraz widok skromnych ceglanych domków o mansardowych dachach i zadbanych ogródkach. Domy ciągnęły się wzdłuż ulicy jeden za drugim, wiele z nich zdobiły amerykańskie flagi, skrzynki z kwiatami w oknach oraz inicjały właścicieli na drzwiach. Ale najlepiej pamiętam, jak skręciłam za róg, z powrotem w stronę parkingu przed kościołem, i nagle uderzyła mnie ogromna fala smutku, wręcz tęsknoty za nią, połączona z niesamowitym poczuciem, że moja córka jest gdzieś w pobliżu. Kiedy teraz o tym myślę, tamto uczucie wydaje się osobliwie prorocze – ale po chwili uświadamiam sobie, że nie było to nic niezwykłego, bo podobny nastrój ogarnia mnie niemal zawsze, kiedy jestem w nowym miejscu i otaczają mnie obcy ludzie – a czasem nawet kiedy jestem u siebie. Mimo to opowiadam jej teraz o tamtym dziwnym zbiegu okoliczności.

W jej spojrzeniu dostrzegam sceptycyzm, ale najwyraźniej nie chce sprawić mi przykrości, gdyż pyta:

– A gdzie dokładnie był ten ślub? W której części miasta?

– Nie pamiętam – odpowiadam. – To był jakiś duży katolicki kościół. Ogromny. Z kamienia. Z witrażami. Świętego Józefa? A może Marii?

– To niezbyt szczegółowe wskazówki – mówi.

Jej odpowiedź nie jest wprawdzie niegrzeczna, ale wyczuwam w głosie Kirby, że jest nie tylko mądra, ale potrafi też być mądralą.

– Rzeczywiście, masz rację – mówię.

– Ale to mogło być gdzieś w mojej okolicy – dodaje, lekko łagodniejąc. – Mieszkam w południowej części miasta, blisko kościoła Archanioła Gabriela. To nasza parafia. Może to tam był ten ślub?

– Może – odpowiadam, wyobrażając sobie, jak idzie chodnikiem, podskakując rytmicznie, w otoczeniu koleżanek ze szkoły, a wszystkie są ubrane w białe bluzki, wykrochmalone granatowe plisowane spódnice w kratkę i wełniane podkolanówki. Właśnie wybrały się na lody. Jedna z nich namawia resztę, żeby zapaliły papierosa, ale Kirby się nie zgadza.

Wytrzymuje moje spojrzenie, a potem waha się przez chwilę, biorąc głęboki oddech. W końcu mówi:

– Hej, zgadnij co!

– Co? – pytam.

– Wiedziałam, że mnie urodziłaś w Chicago, ale... Czułam, że mieszkasz w Nowym Jorku. – Wzrusza ramionami, jakby to było jakieś zawstydzające wyznanie, a ja zaczynam się zastanawiać, co o mnie wie. Czy wpadło jej w oko jakieś moje zdjęcie z czerwonego dywanu? A może nawet widziała mnie z Peterem na fotce w „Page Six"?

– Tak – odpowiadam. – Mieszkam tu od kilku lat. Pracuję w telewizji, więc miałam do wyboru właściwie tylko Nowy Jork albo LA.

Kirby wygląda na zaskoczoną – co z kolei mnie zaskakuje.

– W telewizji? Jesteś aktorką?

– Nie. Producentką.

– Filmową?

– Nie. Serialową. Słyszałaś kiedyś o *South Second Street*...?

– Tak! – woła Kirby w nagłym przypływie dziecięcego podniecenia i z szerokim uśmiechem na ustach.

Zauważam, że dolne zęby ma lekko krzywe, a jedynki zachodzą na siebie. Najwyraźniej jako dziecko nie nosiła aparatu. Ciekawe, czy jej rodziców nie było na niego stać, czy po prostu uznali, że go nie potrzebuje i że lepiej, by jej uśmiech zachował swój charakter.

Uśmiecham się do niej.

– To właśnie mój serial.

– Uwielbiam go. Jest super – mówi. – Lubię tego budowlańca, jak on się nazywa? Shaba Derazi?

Kiwam głową.

– Aha. To niezły aktor... Właśnie teraz kręci film w Toronto. Z Mattem Damonem.

Kirby wygląda na zachwyconą tą informacją – a ja jestem jeszcze bardziej zachwycona, że zna mój serial. Z drugiej strony ogarnia mnie poczucie winy, że nie wiem nic o jej lękach, pasjach ani marzeniach. Nie wiem, czy dominuje u niej prawa, czy lewa półkula mózgu; czy jest wysportowana, czy niezgrabna; zamknięta w sobie czy ekstrawertyczna. Nie wiem, czy kiedykolwiek była zakochana i czy miała złamane serce. I choć rozumiem, że nieświadomość tych wszystkich spraw wynika z warunków adopcji, to i tak się wstydzę, że nie wiem nic o moim własnym dziecku. Odwracam wzrok, przebiegając myślami ostatnie osiemnaście lat, wypełniając jej twarzą i imieniem luki w tych wszystkich scenkach, które sobie wyobrażałam, kiedy łamałam swoje twarde postanowienie, żeby o niej nie myśleć: Kirby leży w kołysce, uczy się raczkować, chodzić, mówić. Kirby wsiada do żółtego autobusu, który po raz pierwszy odwozi ją do przedszkola. Kirby gubi pierwszy ząb. Budzi się w Boże Narodzenie i pędem zbiega na dół w czerwonej flanelowej koszulce nocnej, by znaleźć pod choinką wymarzony domek Barbie. Mam nadzieję, że jej życie właśnie tak wyglądało i że nie przypominało tego, co widuję czasem w sennych koszmarach: Kirby głodna, zmarznięta, samotna, skrzywdzona. Spoglądam na nią i oddycham z ulgą. Nic jej nie jest. Przynajmniej tak mi się wydaje.

– No dobrze. Powiedz mi coś więcej. Opowiedz mi o sobie – proszę.

Kirby krzyżuje ramiona na piersi i pyta:

– Co chcesz wiedzieć?

– Przepraszam, nie chciałam, żeby to zabrzmiało jak przesłuchanie.

– Nie szkodzi – mówi, ale nadal nie odpowiada.

– Wiem, ile masz lat – zaczynam. – Osiemnaście.

Kirby kiwa głową z obojętnym wyrazem twarzy.

– Tak. Dopiero po osiemnastych urodzinach mogłam poznać twoje nazwisko.

Potakuję skinieniem głowy, przypominając sobie umowę, którą kiedyś podpisałam – i to, jak skłamałam, podpisując oświadczenie, że nie znam tożsamości biologicznego ojca dziecka. Jak zwykle staram się o nim nie myśleć – to już co najmniej dziesiąty raz dzisiejszego wieczoru.

– A więc jesteś w ostatniej klasie? – pytam.

Kirby przytakuje.

– Wybierasz się do college'u?

– Nie wiem. Właśnie się dostałam na Missouri… W zeszłym tygodniu. – Wzrusza ramionami i spogląda przez okno na pociemniałą Madison Avenue. – Ale właściwie to nie chcę studiować.

Jej odpowiedź mnie rozczarowuje, ale udaję, że nie zrobiła na mnie wrażenia.

– Zawsze możesz poczekać rok i się zastanowić – mówię. – Ja tak zrobiłam... – dodaję i milknę.

Kirby spogląda na mnie i wiem, że się domyśla, jak spędziłam tamten rok, choć o nic nie pyta. Odchrząkuje tylko, a potem mówi:

– Pewnie się zastanawiasz, czemu przyjechałam...

Natychmiast, bez wahania, kładę dłoń na jej dłoni. Ma chłodne szczupłe, drobne palce, a na środkowym nosi nieproporcjonalnie wielki pierścionek z turkusem. Czuję jej napięcie, ale nie cofa ręki, a ja po chwili przekładam swoją z powrotem na kolano.

– Nie musisz mieć konkretnego powodu.

Kirby rzuca mi nieodgadnione spojrzenie i wyjaśnia:

– Po prostu... Czułam, że muszę cię poznać... Czułam, jakby... Czegoś mi brakowało, no wiesz... Nie wiedziałam... Skąd się wzięłam i tak dalej.

Przez chwilę się zastanawiam, czy nie odpowiedzieć, że i ja czułam się niepełna, póki jej nie zobaczyłam, ale wiem, że to nieprawda. Jeszcze kilkadziesiąt minut temu zdawało mi się, że jedynym, czego mi brakuje do szczęścia, są oświadczyny Petera.

– Cóż, cieszę się, że jesteś – mówię w końcu, choć wiem, że przesadzam, a może nawet kłamię.

Kirby przełyka ślinę w milczeniu. Spoglądamy na siebie, po czym równocześnie odwracamy wzrok zawstydzone.

– No dobrze. Wiem, co zrobimy – odzywam się, wbijając spojrzenie w złotą plamkę na marmurowym blacie. – Będziemy na zmianę zadawać sobie pytania. Po jednym. Mogą być o wszystko.

Kirby kiwa głową, a ja nagle uświadamiam sobie, że to może być dla mnie niebezpieczna gra. Co powiem, jeśli o niego spyta? Oczywiście prawdę, ale przecież prawda ma tyle odcieni i można ją interpretować na tak wiele sposobów, że właściwie nie istnieje. W każdym razie nie istniała dotąd w moim życiu.

– Okej. Pomyślmy... Masz rodzeństwo? – pytam.

– Siostrę – odpowiada, a potem wyjaśnia: jej rodzice sądzili, że nie mogą mieć dzieci, ale tuż po tym, jak ją adoptowali, jej matka zaszła w ciążę. – Moja siostra ma na imię Charlotte. To był prawdziwy cud, że się urodziła – mówi z obojętną miną.

– Jesteście ze sobą blisko?

Wzrusza ramionami.

– Taa, Charlotte jest spoko. Jest bardzo miła. I genialnie pływa, pobiła rekord miasta motylkiem. Pewnie kiedyś wystąpi na olimpiadzie, taka jest świetna. – Kirby znacząco wywraca oczami i dodaje: – Wszyscy ją uwielbiają.

– Hm. Coś czuję, że jest odrobinę zbyt idealna – zgaduję.

– Można tak powiedzieć.

Uśmiecham się, ale Kirby nadal spogląda na mnie z kamienną twarzą.

– Twoja kolej – mówię.

Przygryza wargę i pyta, czy mam rodzeństwo.

– Nie. Jestem jedynaczką. Moi rodzice kochają podróże i uznali, że będzie im łatwiej z jednym dzieckiem – powtarzam argument, który zawsze przyjmowałam bez mrugnięcia okiem, a który nagle wydaje mi się absurdalny.

Kirby kiwa głową, a potem szepcze:

– Twoja kolej.

Spoglądam na chromowane lampy nad blatem i przypominam sobie, że Peter w zeszłym tygodniu zmienił w nich żarówki. Jeśli chodzi o jego zdolności do majsterkowania, wiem, że nie mogę liczyć na nic więcej.

– Masz chłopaka? – pytam z nadzieją, że zaprzeczy.

Kirby kręci głową i mówi:

– Nie. A ty?

Przytakuję, myśląc o dzisiejszej rozmowie z Peterem – wydaje mi się, że odbyliśmy ją przynajmniej dwa tygodnie, a nie niecałe dwie godziny temu. – Tak. Jesteśmy ze sobą już parę lat – Milknę, uznając, że to wystarczająco dużo informacji, przynajmniej na razie. Potem przełykam ślinę i pytam o jej ulubiony przedmiot w szkole.

– Nie mam – odpowiada.

– W porządku – mówię i czekam na kolejne pytanie.

– Okej. Wiem, że to może niezbyt uprzejme pytanie – mówi w końcu – ale ile masz lat?

Uśmiecham się.

– To pytanie nie będzie niegrzeczne jeszcze przez najbliższe cztery lata. Mam trzydzieści sześć.

Widzę, jak liczy w głowie, podpowiadam więc:

– Kiedy cię urodziłam, miałam osiemnaście lat, czyli byłam w twoim wieku.

Kirby bierze gwałtowny wdech.

– Aha – mówi i znów odwraca wzrok. Przyglądam się jej twarzy z profilu i uznaję, że choć mamy podobny kształt podbródka, to jej jest ładniejszy, odrobinę mocniejszy od mojego, ale nadal kobiecy. Ma też bardziej wyraziste kości policzkowe. Dobrze wiem, po kim je odziedziczyła. Znowu o nim myślę i zalewa mnie fala obrazów z przeszłości. Zastanawiam się, kiedy o niego zapyta. Czuję, że zaczynam ziewać, i staram się stłumić ten odruch, ale bez skutku. Kirby robi to samo i przypomina mi się, jak kiedyś czytałam, że potrzeba snu to odpowiedź organizmu na stres i ból – czyli dokładnie to, co teraz czuję.

– Pójdę już – mówi Kirby, a ja dostrzegam ciemne, sine kręgi pod jej oczami. – Jest późno.

Ściska mi się serce, ale zarazem się cieszę, że nie zamierza zostać na noc. Oraz że o niego nie spytała – i może już nie spyta. Może nigdy nie będę musiała odgrzebywać tych bolesnych wspomnień, które przez ostatnie osiemnaście lat starałam się wymazać z pamięci.

Kirby powoli podnosi się z krzesła.

– Gdzie będziesz nocować? – pytam, spodziewając się, że ma w mieście koleżankę albo krewnych. Ale ona wyciąga z kieszeni pomięty kawałek papieru i odczytuje z niego nazwę i adres jakiegoś hostelu niedaleko Chinatown. Ogarnia mnie poczucie winy i potrząsam głową.

– Nie ma mowy. Zostaniesz tutaj.

Otwiera usta, jakby chciała zaprotestować, ale po chwili je zamyka. Wygląda na zbyt wyczerpaną, żeby dyskutować.

– I jeszcze jedno – mówię, zbierając się w sobie. Kirby unosi brwi, a ja odchrząkuję i pytam, czy jej rodzice wiedzą, że tu jest.

Kirby wbija wzrok w szklankę i już nie musi nic mówić – i tak znam odpowiedź.

– Wciąż z nimi mieszkasz? – pytam.

Kiwa głową i lekko urażonym tonem rzuca:

– Nie uciekłam z domu, jeśli o to ci chodzi.

– Wybacz – mówię. – Po prostu… Tak się zastanawiałam.

– Myślą, że jestem w Alabamie. Z przyjaciółką i jej matką.

– Czyli nie wiedzieli nic… O twoich planach?

– O moich planach? – powtarza Kirby z nutką wrogości w głosie, chociaż na pewno wie, o co mi chodzi.

– O tym, że postanowiłaś mnie odnaleźć – wyjaśniam.

Teraz już wyraźnie zbuntowana, Kirby potrząsa głową. Czekam, aż spojrzy mi w oczy, zdając sobie sprawę z tego, że to kluczowa chwila. Wiem, co powinnam zrobić – stanowczo kazać jej zadzwonić do rodziców – ale się boję. Co będzie, jeśli się na mnie rozzłości? Jeśli sobie pójdzie i już nigdy nie wróci? Z drugiej strony, jest tylko nastolatką i znalazła się setki kilometrów od domu. Pytam, czemu ich okłamała. Chcę ją zrozumieć, zanim podejmę decyzję albo zacznę ją oceniać.

– Bo to nie ich sprawa – odpowiada. – I szczerze mówiąc, nie wiem, czemu się wtrącasz.

– Okej… Posłuchaj… Nie będę cię do niczego zmuszać, ale…

– Ale co!? – wybucha. W jej oczach błyszczy gniew, a podbródek buntowniczo wysuwa się do przodu. Choć wiem, że nie jestem jej prawdziwą matką, to w tej chwili po raz pierwszy się domyślam, jak to by było nią być. Nagle ogarnia mnie lęk i niewiara we własne siły. Tymczasem Kirby ciągnie: – Nie ma powodu, żeby dzwonić i ich denerwować. A poza tym mam osiemnaście lat. Jestem dorosła. Przynajmniej teoretycznie. Więc nic złego się nie dzieje.

Kiwam głową w obawie, że jeśli będę naciskać, zniszczę to kruche porozumienie, które wypracowałyśmy w ciągu ostatnich kilku chwil.

– W porządku, pogadamy o tym jutro – mówię i dodaję: – Chcę dla ciebie jak najlepiej. Cokolwiek się dzieje w twoim życiu. Cokolwiek czujesz… Chcę ci pomóc.

Naprawdę tak myślę – przynajmniej tak mi się zdaje – ale moje słowa nie brzmią przekonująco nawet w moich własnych uszach. Jakbym była aktorką, która zupełnie nie czuje sceny, którą ma odegrać, i musi używać mentolowego sztyftu do wywoływania łez.

– Dzięki – mówi Kirby. Znów obie ziewamy w tym samym momencie. Wstajemy z miejsc i stajemy naprzeciwko siebie.

– Nie ma za co, Kirby – mówię. Po raz pierwszy wypowiedziałam na głos jej imię i zastanawiam się, jak to możliwe, że wcześniej go nie znałam. Że kiedykolwiek myślałam o niej jako o Katherine – tak ją nazywałam przez tamte pierwsze trzy dni. Teraz to imię brzmi zbyt poważnie, zbyt tradycyjnie i zbyt zwyczajnie dla takiej dziewczyny jak ona.

Biorę jej torbę i wskazuję drogę do pokoju gościnnego, który jest obok mojej sypialni. Kieruję ją do łazienki dla gości i wyjaśniam, że w szafce jest zapas ręczników, a w szufladzie znajdzie zbierane po hotelach przybory toaletowe, na wypadek gdyby o czymś zapomniała. Potem życzę jej dobrej nocy i dodaję, że ma do mnie przyjść, jeśli będzie czegoś potrzebowała. Czegokolwiek.

*

Godzinę po połknięciu tabletki na sen nadal leżę z szeroko otwartymi oczami i wpatruję się w ciemność. Taka ciemność to niezwykłe zjawisko w Nowym Jorku, zwłaszcza jeśli się ma narożne mieszkanie. Przypomina mi się dzień, kiedy powiedziałam dekoratorce, że wszystko mi jedno, czy będę miała w domu chłodne, czy ciepłe kolory, łóżko z tapicerką czy metalowe, byleby zamontowała mi w oknach zasłony, które nie przepuszczą ani jednego promyka z ulicy. A teraz nagle, po raz pierwszy w dorosłym życiu, zaczynam się bać ciemności – albo raczej: bać się w ciemności. Choć wiem, że to nieracjonalne, to przewracam się na bok i szybko włączam lampkę, po czym tak samo jak w dzieciństwie omiatam wzrokiem ciemne kąty pokoju. Przychodzi mi do głowy, że może boję się o Kirby, ale tłumię w sobie chęć zajrzenia do niej. Mogłaby to uznać za zbyt obcesowe po osiemnastu latach mojej nieobecności w jej życiu.

Sprawdzam więc telefon, szukając kogoś, komu mogłabym opowiedzieć o tej największej niespodziance, jaka mnie kiedykolwiek spotkała. Jest tylko jedna osoba, z którą mogłabym o tym porozmawiać, nie wdając się w długie wyjaśnienia: moja matka. Ale wiem, że w tej chwili śpi obok ojca i jeśli do niej zadzwonię, obudzę ich oboje. Ojciec pomyślałby, że stało się coś strasznego. I gdyby poznał prawdę, nie zmieniłby zdania – to między innymi dlatego postanowiłyśmy z mamą utrzymać przed nim wszystko w tajemnicy. Poza tym, tak naprawdę nie mam ochoty z nią o tym rozmawiać, przynajmniej jeszcze nie teraz. Przypominam sobie, jak mi radziła, żebym zaznaczyła inne okienko na tamtym formularzu. „Najlepiej będzie, jeśli spalisz za sobą wszystkie mosty". Naprawdę tego chciała i choć nie wiem, czy chodziło jej o dobro moje, swoje czy nas obu, to owo wspomnienie już nieraz powstrzymywało mnie przed wdawaniem się z nią w rozmowy na ten temat.

Nerwowo przeglądam e-maile i esemesy, zastanawiając się, czy Peter nie śpi. Nagle ogarnia mnie tęsknota za nim i zaczynam rozpaczliwie żałować, że nasz wspólny wieczór zakończył się tak, jak się zakończył. A jeszcze bardziej żałuję, że Peter nie zna mojej tajemnicy. Powinnam była mu powiedzieć. Było ku temu wiele okazji. A to jakiejś koleżance urodziło się dziecko; a to opowiadał mi o narodzinach Aidana (Robin odeszły wody w operze i prawie urodziła w taksówce na Trzeciej Alei); a to sam wyznawał mi swoje najskrytsze tajemnice (kiedyś, jeszcze na studiach, popełnił plagiat, innym razem przespał się ze striptizerką po wieczorze kawalerskim w Las Vegas). Nie potępiałam go i myślę, że on też by mnie nie potępił. Chociaż z drugiej strony – mógłby. Mógłby uznać, że kobieta, która oddała własną córkę, nie nadaje się na matkę. A w każdym razie – nie na matkę jego dziecka. Mógłby mieć problem choćby z tym, że nie powiedziałam o niczym własnemu ojcu, a tym bardziej ojcu dziecka. Krótko mówiąc, ryzyko było zbyt wielkie. Łatwiej było nie podejmować tematu. Prościej. Bezpieczniej. A przynajmniej do dziś tak mi się wydawało.

Gaszę światło i zamykam oczy, ale rozpaczliwa tęsknota za rozmową z nim nie ustępuje. Wysyłam mu więc esemesa z pytaniem, czy nie śpi. Kilka sekund później słyszę ciche bzyczenie. Chwytam telefon, spragniona słów Petera – jak zawsze, ale dziś szczególnie. Wymieniamy kilka wiadomości, a każda jego kolejna odpowiedź sprawia, że czuję się odrobinę lepiej.

PETER: Nie śpię.

MARIANNE: Nie możesz zasnąć?

PETER: Nie. Przykro mi z powodu naszej rozmowy.

MARIANNE: Nic się nie stało.

PETER: Stało się. Przepraszam.

MARIANNE: Ja też. Szkoda, że cię tu nie ma.

PETER: Mam przyjechać?

Już mam odpisać, żeby dał sobie spokój, kiedy telefon dzwoni, a ja odbieram natychmiast. Nadal trzymam się postanowienia, żeby podążać za instynktem, który każe mi zachować tajemnicę dla siebie i napełnia głowę nowymi wymówkami.

– Wszystko w porządku, skarbie? – odzywa się Peter seksownie zachrypniętym głosem. Słyszę kostki lodu stukające o szklankę i wiem, że sączy szkocką, która zwykle jest jego sposobem na bezsenność.

Chcę odpowiedzieć, ale nie mogę.

– Czempionku? – pyta. – Jesteś tam?

– Jestem – odpowiadam, z całych sił starając się nadać głosowi normalną barwę.

Znów pyta, czy wszystko w porządku. W tonie jego głosu pobrzmiewają wyrzuty sumienia. Ogarnia mnie wstyd, że się wcześniej na niego zdenerwowałam. Jak mogłam oczekiwać, że będzie chciał się związać ze mną na zawsze, skoro sama nie zdradziłam mu tak istotnego szczegółu ze swojego życia?

– Tak – mówię w końcu. – W porządku.

– Mam przyjechać? – pyta łagodnie Peter.

Rozpaczliwie pragnę, żeby był teraz przy mnie, ale potem myślę o Kirby śpiącej w pokoju obok i mówię mu: nie. Jest za późno, zadzwonię do niego rano. Ale okazuje się, że on już podjął decyzję.

– Jadę – mówi. Chcę zaprotestować, ale on się rozłącza.

*

Dwadzieścia minut później jest już w mojej sypialni, rozebrany do białych bokserek swojej ulubionej marki Brooks Brothers. Zapach jego skóry mnie uspokaja, podobnie jak ciepło jego ciała.

– No widzisz? – mówi. – Lepiej, prawda? Pogadajmy.

Zerkam na drzwi, bo chociaż Peter mówi szeptem, i tak się martwię, że Kirby nas usłyszy.

Z trudem przełykam ślinę, zastanawiając się, od czego zacząć.

– Przepraszam, że sprawiłem ci przykrość – odzywa się Peter i mnie przytula.

– Nie. To była moja wina... – odpowiadam, starając się go uciszyć, bo poczucie winy zaczyna mnie niebezpiecznie dławić. Ale on mówi dalej:

– Nie. Chciałaś porozmawiać o przyszłości, a ja... Olałem cię. Porozmawiajmy teraz.

– Naprawdę nie trzeba – mówię.

– Ale czemu nie? No dalej, Czempionku. Nie chciałem, żebyś pomyślała, że już n i g d y nie chcę się żenić... Ja po prostu...

Ta rozmowa, za którą do niedawna tak tęskniłam, nagle wydaje mi się zupełnie trywialna.

– Peter – mówię. – Nie o to chodzi. Nie gniewam się o to, że... To znaczy... Gniewałam się, ale teraz... Chodzi mi o coś innego.

– Co? Co się dzieje? – pyta i choć nadal przemawia do mnie łagodnie, to słyszę w jego głosie nutkę zniecierpliwienia.

Myśli galopują mi jak szalone. Wiem dokładnie, co mogłabym powiedzieć: „Peter, w pokoju obok śpi moja osiemnastoletnia córka”. Ale nie jestem w stanie wydobyć z siebie tych słów ani w ogóle zacząć opowiadać tej historii. Jąkając się, mówię:

– To coś innego... Coś, o czym muszę ci powiedzieć. Ja... Jest coś, o czym nie wiesz. – Czuję ulgę, gdy tylko wypowiadam te słowa, choć wolałabym jakoś zgrabniej zacząć.

– Co takiego? – pyta Peter.

– Coś ważnego.

– Co? Zabiłaś kogoś? – Peter parska nerwowym śmiechem, a po chwili mówi: – Przepraszam. To nie było śmieszne. Zresztą nawet gdyby... Możesz mi powiedzieć o wszystkim.

– Nikogo nie zabiłam, Peter – mówię, myśląc o słowie „aborcja", które prześladowało mnie tamtego lata. Czy aborcja to odebranie komuś życia? Nie potrafiłam się zdecydować wtedy i teraz też nie potrafię. Wiedziałam tylko, że nie jestem w stanie tego zrobić. Ciekawe, czy gdybym dokonała innego wyboru, również zachowałabym go w tajemnicy. Ciekawe, jak bym się czuła, mówiąc o tym Peterowi. Czy byłoby mi jeszcze bardziej wstyd? Powtarzam sobie w duchu, że podjęłam właściwą decyzję – urodziłam dziecko i oddałam je. Chowam twarz w poduszkę, a tymczasem Peter wypytuje dalej:

– Czy to się stało, zanim mnie poznałaś? To znaczy... Czy to dotyczy mnie? Nie przespałaś się chyba z Damienem Bradym? – pyta. Chodzi mu o gwiazdora mojego serialu. Oczywiście żartuje, ale zastanawiam się, czy uznałby to za większą czy mniejszą zdradę niż ta, której się naprawdę dopuściłam.

– Nie – mówię i znów chowam twarz w poduszkę. – Nie chodzi o ciebie, chodzi o mnie. I o coś, co mi się przydarzyło osiemnaście lat temu.

– Co? O czym mówisz, Marianne? Po prostu mi powiedz, proszę cię. To nie zmieni moich uczuć do ciebie.

– Tego mi nie możesz obiecać.

Peter ciężko wzdycha, nachyla się i całuje mnie, mocno i długo. Jego język jest miękki, ciepły i kojący. Potem mówi:

– Po prostu oderwij ten plaster, Marianne. Powiedz mi.

Więc mówię. Niepewnie mamrocząc słowa, opowiadam mu wszystko dokładnie tak, jak było, począwszy od tamtego lata. Nie patrzę mu przy tym w oczy, bo boję się tego, co mogłabym w nich wyczytać. Dezaprobatę, rozczarowanie, potępienie. I rzeczywiście, kiedy kończę, dostrzegam to wszystko w jego spojrzeniu, choć wiem, że bardzo stara się to ukryć.

– Nigdy nikomu o tym nie mówiłam – zaznaczam, jakby to miało mnie w jakiś sposób usprawiedliwić. – Poza mamą.

– Cóż. Dzięki, że w końcu mi powiedziałaś.

– Kochasz mnie jeszcze? – pytam.

– Jasne – odpowiada i choć brzmi to przekonująco, to wiem, że istnieje duża różnica pomiędzy miłością a zaufaniem.

– Na pewno? – pytam.

– Na pewno – mówi.

Ale jaki właściwie ma wybór? Oboje wiemy, że nie może cofnąć obietnicy, którą przed chwilą złożył. A przynajmniej jeszcze nie dziś, nie tutaj, w tym ciemnym pokoju. Poza tym musi przecież jeszcze wysłuchać tej części historii, o której dotąd celowo nie wspomniałam.

ROZDZIAŁ 5

Kirby

Znajduję zdjęcie Marianne i chyba jej rodziców – moich dziadków – następnego ranka, kiedy na paluszkach skradam się po eleganckim salonie, obserwując jednym okiem drzwi jej sypialni, żeby broń Boże nie złapała mnie na tym, że się rozglądam. W pokoju jest sporo malarstwa abstrakcyjnego, ale fotografia tylko jedna – czarno-biała, w srebrnej ramce z wygrawerowanymi inicjałami Marianne. Na zdjęciu Marianne i jej matka stoją obok siebie w eleganckich sukienkach. Suknia matki jest wyszywana koralikami, a suknia Marianne – długa i kwiecista. Ojciec ma na sobie smoking. Pozują w winnicy, obok drzewa oliwnego, na tle majestatycznej doliny i majaczących w oddali błękitnych gór. Marianne stoi w środku, obejmując rodziców ramionami. Wszyscy troje są roześmiani. Wygląda na to, że zdjęcie zrobiono tuż po tym, jak ojciec opowiedział jakiś dowcip, bo ma zadowolony wyraz twarzy człowieka, który właśnie kogoś rozśmieszył. Jest szczupły i wysoki, ma pociągłą twarz, długi nos i starannie przystrzyżoną brodę. Przypomina mi brodatego Atticusa Fincha lub współczesnego Abrahama Lincolna. I chociaż nie jest specjalnie przystojny, to ma twarz, na którą chce się patrzeć. Matka Marianne jest jego przeciwieństwem – drobna, elegancka kobieta, piękna, ale w pospolity sposób. Włosy ma ułożone w stylowego boba i cała jest obwieszona biżuterią z brylantami. Marianne wygląda mniej więcej tak jak teraz, tylko jest młodsza i szczuplejsza, i ma dłuższe włosy. Jest boso – jej sandały leżą porzucone w trawie. Nie ma na sobie żadnych ozdób poza małym złotym wisiorkiem w kształcie pochyłej literki M. Wyobrażam sobie, że zdjęcie zrobiono podczas wesela kogoś z rodziny, które odbyło się w jakimś snobistycznym miejscu, na przykład w dolinie Napa (właściwie nawet nie wiem do końca, gdzie ona leży). Za kilka minut zaczną kroić wielgachny tort i rozlewać do kieliszków różowego szampana. Orkiestra zagra Sinatrę i zaczną się tańce pod gwiazdami.

Biorę zdjęcie do ręki i przyglądam mu się z bliska. Nagle czuję przypływ dziwnej tęsknoty. Zadaję sobie pytanie: czy wolałabym być częścią tej rodziny? A może po prostu żałuję, że nie było mnie z nimi na tamtym weselu? Odkładam fotografię z powrotem na stolik. Jeden fakt krystalizuje mi się w głowie: Marianne jest bogata. Myślę o fotografiach w moim domu – starych zdjęciach klasowych wiszących na ścianie nad schodami i nieostrych portretach zagracających parapet nad kominkiem – i nie mogę nie zastanawiać się nad tym, jak bardzo inne byłoby moje życie, gdyby mnie nie oddała. Nie chodzi o to, że jesteśmy biedni, ale... Kto by nie chciał być bogaty? Poza tym uświadamiam sobie, że wymówką Marianne nie może być to, że nie miała dość pieniędzy, żeby mnie zatrzymać. Spokojnie byłoby ją na to stać. Ona po prostu mnie nie chciała. To odkrycie mnie nie złości, a jednak trochę boli i nie mogę powstrzymać odrobiny goryczy, że żyła sobie wystawnie, choć nie mogła mieć pewności, czy jej dziecko nie musi korzystać z pomocy społecznej. To gorsze, niż gdyby musiała mnie oddać.

Podchodzę do kanciastej białej sofy i próbuję usadowić się wygodnie na twardych jak skała poduszkach. Przyglądam się dużym, lśniącym albumom ustawionym na szklanym blacie stolika, szukając wskazówek, które powiedzą mi o Marianne coś więcej. Podnoszę album zatytułowany *Przystanie Hamptons* i zaczynam go kartkować. Jest tam mnóstwo zdjęć podobnych do tego, które właśnie obejrzałam, i zastanawiam się, czy Marianne ma w Hamptons letni dom. Pewnie tak – pewnie ma wielką willę, którą nazywa „domkiem". A może woli Martha's Vineyard, Cape Cod albo Nantucket – jedno z tych miejsc w Nowej Anglii, które zawsze mi się mylą, a ich nazwy brzmią znajomo tylko dzięki obsesji mojej mamy na punkcie rodziny Kennedych.

Kilka sekund później słyszę, jak otwierają się drzwi do sypialni. Nerwowo zamykam album, starając się nie zwracać na siebie uwagi, co nie jest proste, zważywszy, że siedzę na białej sofie w zalanym słońcem pokoju. Spoglądam na drzwi. Marianne wyłania się zza progu w szarym welurowym dresie. Włosy ma zebrane w koczek i spięte grzebykiem, a na jej nosie tkwią okulary w brązowej rogowej oprawie. Już wiem, po kim mam kiepski wzrok.

– Co za ranny ptaszek – mówi wysokim głosem, w którym brzmi sztuczna radość. Zmuszam się do uśmiechu, ale poważnieję, kiedy mój wzrok pada na faceta podążającego kilka kroków za nią. Zastanawiam się, czy przyszedł w środku nocy, czy dziś rano. Zawstydzona, krzyżuję ramiona na bluzie z Gapa. Nienawidzę tego człowieka za to, że tu jest. I nienawidzę Marianne, która najwyraźniej uznała, że musi wezwać posiłki. Kiedy facet podchodzi bliżej, widzę, że jest starszy od Marianne – może nawet z dziesięć lat – ale przystojny i wygląda na ważną osobistość. Po sposobie, w jaki Marianne na niego zerka (a on zachęcająco kiwa głową w jej stronę) wnioskuję, że jego opinia o niej – jego opinia w ogóle – ma dla niej duże znaczenie. Przez chwilę się zastanawiam, czy to przypadkiem nie mój ojciec – wiem, że istnieją pary, które oddały pierwsze dziecko do adopcji, a potem zostały małżeństwem. Ale dochodzę do wniosku, że mój ojciec prawdopodobnie w niczym nie przypomina tego gościa.

– Kirby, poznaj Petera. Peter, to jest Kirby.

– Miło cię poznać, Kirby – mówi Peter zdecydowanym głosem prezentera głównego wydania wiadomości. Podchodzi do mnie. Jego wyprostowana sylwetka jest równie perfekcyjna co jego uśmiech. Wyciąga rękę i promień słońca odbija się od jego złotego zegarka. Nerwowo wstaję z kanapy. Tak jak się spodziewałam: uścisk jego dłoni jest silny, prawie bolesny. Zastanawiam się, czy chce mi coś w ten sposób zakomunikować. Tak czy inaczej, uznaję, że go nie lubię – a w każdym razie nie lubię ludzi jego pokroju.

– Mnie również jest miło – mamroczę i spoglądam na Marianne, czekając, aż przerwie milczenie. Ale ona się nie odzywa i stoimy tak we troje naprzeciwko siebie, a sytuacja robi się coraz bardziej niezręczna. W końcu pokój wypełnia donośny głos Petera, który pyta:

– A więc przyjechałaś wczoraj wieczorem?

Kiwam głową, znów krzyżuję ramiona i przytakuję cichutko, co stanowi kontrapunkt dla jego tubalnego głosu. Zaczynam się zastanawiać, czy on naprawdę wie, kim jestem, i jak Marianne wytłumaczyła mu moją obecność. Cieszyła się? Martwiła? Była zła? A może nadal zdumiona? Czy bała się, że się wprowadzę i zepsuję jej idealne życie? A on? Może jej wytłumaczył, że choć jesteśmy spokrewnione, to w gruncie rzeczy wpuściła do domu obcą osobę? Że być może chcę ją okraść albo wśliznąć się w nocy do jej sypialni i zrobić jej krzywdę? Ciekawe, czy zadzwoniła do niego spanikowana wczoraj wieczorem. Czy dlatego tu przyszedł? Żeby ją chronić?

Nawet jeśli Peter nie ma do mnie zaufania, to dobrze to ukrywa (na pewno jest w tym niezły), wołając: „świetnie, świetnie", a potem pyta:

– Jakie macie plany na dziś?

Marianne wzrusza ramionami.

– Nie wiem. Pewnie wybierzemy się na małą wycieczkę po Upper East Side. Pokażę Kirby okolicę.

– Park? Muzeum Guggenheima? Francuskie tosty w Caffe Grazie?

– Tak jest – mówi Marianne. – I może skoczymy na małe zakupy. Jeśli Kirby będzie miała ochotę.

Kiwam głową i zmuszam się do uśmiechu, choć nie mogę uwierzyć, że proponuje mi łażenie po sklepach. Po pierwsze, nie mam na to najmniejszej ochoty, a po drugie wizja zakupów z nią lekko mnie przeraża – tak samo, jakby zabrała mnie do restauracji, a ja nie wiedziałabym, którego widelca użyć.

– Aa, Barneys. Jak mogłem zapomnieć? – rzuca Peter żartobliwym tonem. Mruga i spogląda na mnie. – Lepiej uważaj. Marianne potrafi tam utknąć na pół dnia, biedactwo.

Marianne przewraca oczami i każe mu siedzieć cicho, ale on dodaje jeszcze coś o tym, jak nieraz wyrywał ją z paszczy bestii przy Madison Avenue. To wszystko brzmi bardzo „manhattańsko". Bardzo dziwnie.

Peter śmieje się głośno, a potem zaciera ręce i mówi:

– No dobrze. Idę. Muszę odebrać Aidana od matki. – Dociera do mnie, że jest rozwodnikiem, a on na mnie patrzy i wyjaśnia: – Aidan to mój syn. Może jeśli zostaniesz na trochę, poznacie się któregoś dnia? Jest mniej więcej w twoim wieku. Ma piętnaście lat. Zaraz. A ty ile masz, bo zapomniałem?

– Osiemnaście – odpowiadam. – Tylko wyglądam na piętnaście.

– Kiedyś to docenisz – mówi Marianne.

Patrzę, jak Peter pochyla się i całuje ją w usta. Ich ciała nie stykają się w żadnym innym miejscu. Potem podchodzi do drzwi. Siadam z powrotem na sofie, a on odwraca się i rzuca Marianne spojrzenie, którego nie potrafię rozszyfrować. Może to moralne wsparcie, może współczucie. Cokolwiek to jest, zerkam na nią i widzę, jak bezgłośnie mówi mu: „dziękuję". Odwracam wzrok, zastanawiając się, za co jest mu taka wdzięczna i czy to ma coś wspólnego ze mną.

*

Piętnaście minut później wchodzimy do Caffe Grazie, zatłoczonej restauracji w dwupoziomowej kamienicy niedaleko mieszkania Marianne. Właścicielka uśmiecha się do niej jak do dobrej znajomej i prowadzi nas do wąskiego stolika z tyłu sali. Marianne odsuwa kartę i oświadcza mi, że wybór jest oczywisty.

– Francuskie tosty? – zgaduję, przypominając sobie słowa Petera.

– Żebyś wiedziała – odpowiada, a tymczasem kelnerka przynosi nam dwie szklanki wody z lodem oraz kawę dla Marianne.

– Kawki, skarbie? – pyta, pokazując mi dzbanek.

Dziękuję jej uprzejmie, a zerknąwszy w kartę i zorientowawszy się, że szklanka soku pomarańczowego kosztuje tu sześć dolarów, mamroczę pod nosem, że wystarczy mi woda.

– Poprosimy o dwa francuskie tosty z czekoladą – mówi Marianne.

Kelnerka kiwa głową i znika, a Marianne spogląda na mnie i pyta:

– To jak? Co chciałabyś dzisiaj zwiedzić?

Wzruszam ramionami. Mam ochotę uświadomić jej, że nie przyjechałam tu oglądać Statuy Wolności ani Empire State Building. A skoro już koniecznie musimy bawić się w turystki, żeby uniknąć prawdziwej rozmowy, to sto razy bardziej wolałabym zobaczyć Carnegie Hall albo Filharmonię Brooklyńską, albo Muzeum Jazzu w Harlemie, albo jeden z wielu tutejszych sklepów muzycznych, które znalazłam przez internet. Na przykład Drummers World, gdzie sprzedają wszystko, od kastanietów Epsteina z drewna różanego i czarnej grenadilli przez pałeczki Albright Milt Jackson po klasyczny zestaw marki Rogers z lat siedemdziesiątych z czternastocalowym werblem. Oczywiście nie byłoby mnie stać na żadne z tych cudów, ale dałabym się pokroić za to, żeby spojrzeć na nie z bliska, a może nawet je wypróbować. Bębny Rogersa mają głębszy, bardziej melodyjny dźwięk niż inne i nie trzeba w nie tak mocno walić. To najlepsza perkusja na świecie, a do tego naprawdę piękny instrument.

Nie mówię jednak o tym Marianne, bo czuję, że wcale jej to nie interesuje. Wzruszam tylko ramionami.

– Wszystko mi jedno. Możemy robić to, na co masz ochotę.

– Hmm... Pomyślmy – zaczyna Marianne, a ja wpatruję się w jej brylantowe kolczyki. – Kiedy musisz wracać do szkoły?

Wiem, o co jej chodzi – chce wiedzieć, kiedy mam zamiar wyjechać – więc mówię:

– W środę. Ale... Mogę pojechać wcześniej. To znaczy kiedy chcesz... Wszystko zależy od ciebie.

– W takim razie nie spinajmy się – w głosie Marianne słyszę tłumioną radość. – Zostań przynajmniej do jutra, dobrze?

Innymi słowy: nie dłużej niż do jutra – myślę, mamrocząc podziękowania. Marianne otwiera usta, ale po chwili je zamyka i poklepuje gazetę, którą ze sobą przyniosła.

– Czytujesz „Sunday Times"?

Zaprzeczam. Nie chcę jednak, żeby pomyślała, że jestem debilnym, znudzonym dzieciakiem bez pojęcia o czymkolwiek, więc dodaję: – Ale czytam inną gazetę, „St. Louis Post-Dispatch".

No dobra, czasem bywam znudzona, ale tylko własnym życiem, a nie światem, i w przeciwieństwie do większości rówieśników śledzę najnowsze wiadomości.

Marianne uśmiecha się i pyta:

– To co? Chcesz kawałek?

Proszę ją o pierwszą stronę, chyba że sama chce ją poczytać, a równocześnie się zastanawiam, czemu w ogóle zajmujemy się gazetą, skoro na razie poruszyłyśmy jakąś jedną setną tematów, które moim zdaniem powinnyśmy omówić. Nie gadałyśmy... Och, no nie wiem, chociażby o moim ojcu. Ani o tym, czemu mnie oddali. Ona najwyraźniej ma inne zdanie na ten temat, bo wręcza mi pierwszą stronę, zupełnie jakbyśmy od lat co niedzielę czytały razem prasę. Wzburzona, pochylam się nad artykułem o zamachu bombowym w Tel Awiwie. Nie mogę się skupić na niczym poza tym, że ona siedzi naprzeciwko mnie, co nagle wydaje mi się najdziwaczniejszą rzeczą na świecie, a milczenie między nami tylko tę dziwaczność pogłębia. Chyba i ona o mnie myśli, bo co kilka minut czuję, jak spogląda na mnie sponad działu „Moda i styl". Ale może tylko mi się tak wydaje, bo chciałabym, żeby tak było? Może po prostu wyczytała w gazecie jakąś prawdziwie sensacyjną wiadomość, na przykład że spodnie dzwony znów są w modzie?

*

Po śniadaniu mijamy jedną przecznicę i wychodzimy na Madison Avenue, gdzie po raz pierwszy spoglądam na Metropolitan Museum of Art, tak zwane Met. Budynek jest ogromny i onieśmielający, rozciąga się na klika kwartałów – czterysta metrów, mówi Marianne. Ludzie kłębią się na schodach przed wejściem jak mrówki. Niektórzy robią zdjęcia, inni siedzą i oglądają przewodniki, jeszcze inni po prostu stoją i rozmawiają. W pobliżu zebrała się nawet grupka skejtów w moim wieku, ubranych w bluzy z kapturami i luźne bojówki; widać, że spotykają się tu codziennie. To miejsce znacznie się różni od parku Francisa, gdzie zbierają się moi znajomi – chociaż ciuchy tych dzieciaków i ich znudzone miny są dokładnie takie same jak u ich rówieśników w St. Louis.

Marianne obserwuje moją reakcję, a potem mówi:

– Robi wrażenie, co?

Przytakuję, a potem dzielę się z nią jedynym – acz dość dziecinnym – skojarzeniem kulturowym, jakie przychodzi mi na myśl:

– Kiedy byłam mała, uwielbiałam książkę *Z pomieszanego archiwum pani Basil E. Frankweiler* – mówię, usiłując sobie dokładnie przypomnieć historię małej dziewczynki, która ucieka z domu i chowa się w muzeum. Chyba miała na imię Klaudia.

Marianne, rozpromieniona, zapewnia mnie, że i ona jako dziecko kochała tę książeczkę. Potem pyta:

– A czytałaś *Wiek niewinności* Edith Wharton?

Nazwisko coś mi mówi, ale książki nie znam – właściwie to od lat nie czytałam nic dla przyjemności poza sagą *Zmierzch* (która mi się podobała, nie licząc bezustannych zapewnień, że Edward jest przystojny – no bo ile razy i na ile sposobów można powtarzać, że główny bohater to ciacho?).

– W *Wieku niewinności* pewna para spotyka się tu potajemnie i jedno z nich mówi: „Sądzę, że będzie tu kiedyś wielkie muzeum"*. Edith Wharton odegrała zresztą istotną rolę w powstaniu tego miejsca.

---

* E. Wharton, *Wiek niewinności*, tłum. U. Łada-Zabłocka, Warszawa 1995, s. 280.

Nie mogę powstrzymać zachwytu nad każdym jej słowem, choć wiem, że Marianne się trochę popisuje. Albo, co gorsza, sprawdza mnie. Jak ci wykładowcy na egzaminach do college'u, którzy udają, że tylko z tobą gawędzą, ale tak naprawdę testują twoją inteligencję. Albo w moim przypadku – jej brak.

Idziemy dalej i Marianne wskazuje na drugą stronę ulicy, na wysoki budynek z białego wapienia o wejściu osłoniętym długą zieloną markizą.

– Widzisz ten dom? – mówi. – Numer tysiąc czterdzieści? Jackie O. wprowadziła się tu rok po zabójstwie Kennedy'ego. Mieszkała w tym miejscu przez trzydzieści lat. Na piętnastym piętrze. – Marianne wyjaśnia, że mieszkanie nie było tak luksusowe, jak by się mogło wydawać. Nie miało nawet centralnej klimatyzacji. – Ale z okna rozciągał się boski widok na jezioro i świątynię z Dendur, która ma trzy tysiące czterysta lat. Jackie pomogła przewieźć ją tu z Egiptu.

Kiwam głową, przypominając sobie, co moja mama zawsze powtarza o Jackie Kennedy – że była najwspanialszą matką dla Johna i Caroline – i nagle wydaje mi się to o wiele ważniejsze niż jakaś tam świątynia. Zerkam na Marianne, zastanawiając się, kiedy – i czy w ogóle – zacznie ze mną naprawdę rozmawiać.

Idziemy dalej, aż docieramy do Muzeum Guggenheima. To wielki, nowoczesny budynek, który na tle pozostałych wygląda jak wielka biała skręcona wstążka. Marianne znów zaczyna grać rolę przewodniczki. Opowiada, że muzeum to ostatnie duże dzieło Franka Lloyda Wrighta i że jego otwarcie w 1959 roku wywołało wiele kontrowersji. Projekt wymagał siedmiuset szkiców i piętnastu lat pracy. Potem Marianne ze śmiechem dodaje:

– Wright powiedział kiedyś, że w porównaniu z Guggenheimem Met wygląda jak protestancka stodoła. Co o tym myślisz?

– Podoba mi się – mówię. Nadal czuję coś pomiędzy onieśmieleniem a urazą i równocześnie zastanawiam się, czy udzieliłam prawidłowej odpowiedzi. – Wygląda super.

– Ja je uwielbiam – mówi Marianne. – Oczywiście, Met to Met, ale ten budynek jest jednym z moich ulubionych w całym mieście. Chcesz wejść do środka?

Wzruszam ramionami, a potem kiwam głową i wchodzę za nią do chłodnego, zacienionego westybulu. Marianne rusza w stronę kasy. Rozglądam się po sali, a potem podnoszę wzrok i gapię się na wieńczącą sufit kopułę. Podobnie jak elewacja, wnętrze muzeum nie jest podobne do niczego, co wcześniej widziałam – i najwyraźniej nie tylko ja odnoszę takie wrażenie, bo na parterze mrowią się turyści, wyginający w górę szyje i pstrykający zdjęcia. Ja również robię zdjęcie telefonem i wysyłam je Belindzie z wiadomością (czwartą, odkąd tu przyjechałam): „Jestem w Muzeum Guggenheima. Marianne super. Później napiszę więcej".

Przechodzi mi przez myśl, że relacjonuję całą tę wizytę jako znacznie bardziej udaną, niż jest naprawdę. Nagle zadaję sobie pytanie, co chcę w ten sposób udowodnić. W tym momencie przychodzi wiadomość od Belindy: „*Wow*, czad! Zrób jej zdjęcie!".

Nie ma szans, myślę i chowam telefon z powrotem do torby. Zaczynamy powoli wspinać się po schodach, a Marianne kontynuuje swój płynny, kompetentny wykład. Mówi, że kiedy powstawało muzeum, nie tylko wielu krytyków sztuki, ale też wielu artystów protestowało przeciwko projektowi Wrighta, twierdząc, że zaokrąglone ściany i nisze nie pozwolą odpowiednio zaprezentować ich dzieł. Ja jednak, podobnie jak wtedy, gdy czytałyśmy gazetę, nie jestem w stanie w pełni skupić się na jej słowach ani na eksponatach, gdyż rozprasza mnie brzmienie jej głosu i widok jej rozpromienionej twarzy, kiedy mi pokazuje swoje ulubione obrazy Chagalla czy Picassa.

Kiedy dochodzimy do ostatniego poziomu, Marianne mówi:

– Wiesz, co jest w tym wszystkim najdziwniejsze?

– Nie – odpowiadam z nadzieją, że wreszcie usłyszę coś, co będzie miało dla mnie znaczenie.

Marianne spogląda na mnie, a potem w dół, na westybul.

– Stałam kiedyś o, tutaj. Dokładnie w tym miejscu. I myślałam o tobie. Zastanawiałam się, gdzie jesteś. I czy jesteś szczęśliwa.

Nie potrafię powstrzymać ciepłego drżenia w sercu, ale nie pozwalam, żeby jej słowa zmieniły moje podejście. Mówię więc tylko:

– No to teraz już wiesz.

– Tak – odpowiada Marianne. – Teraz wiem.

*

Wypogodziło się, a ulice nabrzmiały tłumem. Wychodzimy z powrotem na chodnik. Zdejmuję bluzę i zawiązuję ją w pasie, a potem ruszamy Piątą Aleją. Przystajemy na chwilę na schodach przed Met, przyglądając się ludziom, a potem spacerujemy chodnikiem w stronę cienistego Central Parku, aż dochodzimy do hotelu Plaza, w którym mieszkała Eloiza*. Przechodzimy przez ulicę na wysokości wielkiego sklepu z zabawkami FAO Schwartz i ruszamy dalej Madison Avenue, aż, zgodnie z przewidywaniami Petera, dochodzimy do Barneys.

– Lubisz łazić po sklepach? – pyta Marianne.

– Aha – odpowiadam, chociaż tak naprawdę nie cierpię zakupów. Po pierwsze, nigdy w niczym dobrze nie wyglądam, albo raczej: we wszystkim przypominam dziesięciolatkę. Ewentualnie chłopca. Po drugie, nie jesteśmy bogaci, przez co takie wypady są zazwyczaj frustrujące i sprawiają, że czuję się niezręcznie. A po trzecie, milion razy bardziej wolałabym wydać pieniądze na muzykę z iTunes, nuty albo bilety na jakiś koncert niż na ciuchy. Ale wiem, że ona spodziewa się innej odpowiedzi, więc kiwam głową i posyłam jej uśmiech pod tytułem: „a która dziewczyna nie lubi?".

Marianne, widząc to, uśmiecha się od ucha do ucha. Wchodzimy do środka, mijamy ochronę, konsjerża oraz witrynę pełną torebek, które wyglądają, jakby były z plastiku, i są oznaczone logo, którego nie rozpoznaję. Podchodzimy do dużych szklanych gablotek z biżuterią. Widać, że Marianne zna to miejsce na pamięć, bo biega z kąta w kąt, pokazując mi rzeczy od swoich ulubionych projektantów: Jamiego Wolfa, Irene Neuwirth, Marka Davisa. Bla, bla, bla.

Kiwam głową, zastanawiając się, czy te błyskotki są warte kilkaset, czy kilka tysięcy dolarów. Nie żeby to miało znaczenie dla kogoś, kogo na nie nie stać. Obejrzawszy gabloty, idziemy dalej w głąb sali, mijając wystawę

---

* Eloiza – bohaterka popularnego cyklu powieści dla dzieci autorstwa Kay Thompson, mała dziewczynka, która mieszka na ostatnim piętrze nowojorskiego hotelu Plaza.

torebek o egzotycznych nazwach, które nie wiadomo jak wymawiać: Balenciaga, Nina Ricci, Givenchy. Marianne zatrzymuje się na chwilę i zdejmuje z wieszaka szarą torbę Balenciagi. Zarzuca ją na ramię i przegląda się w przymocowanym do kolumny lustrze.

– I jak? – pyta, marszcząc brwi. – Nie jest przypadkiem za duża?

Nie wiem, co powiedzieć, więc przytakuję:

– Yhm. Tak. Całkiem spora.

Marianne kiwa głową i odwiesza torbę, po czym prowadzi mnie do ruchomych schodów i wjeżdżamy kilka poziomów wyżej, na piętro pełne pięknie wyeksponowanych ubrań, z mnóstwem przestrzeni pomiędzy wieszakami. Powoli przechadzamy się po pomieszczeniu, a Marianne zatrzymuje się co chwilę, żeby przeglądać spodnie, sukienki i bluzki, rzadko kiedy sprawdzając cenę na metce, jakby to nie miało żadnego znaczenia.

Nagle wpadamy na elegancko, artystycznie przyodzianą kobietę o długich, gęstych włosach, która ściska Marianne i ze wschodnioeuropejskim akcentem mówi:

– Właśnie miałam do ciebie dzwonić. Mam cudowną suknię Giambattisty Valli. Musisz ją przymierzyć. Szmaragdowa zieleń. Cudo. Naprawdę jakby uszyta specjalnie dla ciebie. Mam też kardigan L'Wren Scott, róż, ale nie tak mocny jak ten fuksjowy, który ci ostatnio pokazywałam. Znajdziesz chwilę? Klientka z pierwszej właśnie odwołała wizytę, więc jestem wolna. – Kobieta spogląda na mnie, a Marianne waha się przez moment, po czym dokonuje prezentacji:

– Och, przepraszam. Agnes, to jest Kirby. – Po niezręcznej chwili ciszy dodaje: – Kirby przyjechała z wizytą z St. Louis. – Mglistość tego wyjaśnienia nie umyka mojej uwadze, a tymczasem Marianne mówi dalej, już nieco pewniejszym tonem: – Kirby, to jest Agnes. Zawdzięczam jej swój styl.

Agnes parska śmiechem i woła:

– Nie wierz jej! Marianne ma własny styl od urodzenia. – Mierzy mnie wzrokiem od stóp do głów, ale w jej spojrzeniu nie ma dezaprobaty. – Masz cudną figurę. Chodzisz w spódnicach?

– Tylko kiedy noszę szkolny mundurek – odpowiadam. – A poza tym głównie w dżinsach.

Agnes oświadcza, że jeśli chodzi o dżinsy, jestem we właściwym miejscu i że z radością poprosi swoją asystentkę, żeby zeszła na dół i czegoś dla mnie poszukała.

– Przymierzysz parę rzeczy?

– Pewnie – odpowiada za mnie Marianne i już po chwili stoję w przymierzalni w gabinecie Agnes, a obok leży sterta spodni oraz z tuzin modnych bluzek z aplikacjami. Mam na sobie superobcisłe dżinsy J Brand i koturny od Prady. Dziewczyny z mojej szkoły umarłyby z zazdrości. Robię sobie fotkę w lustrze i wysyłam ją Belindzie: „Jestem w Barneys. Całkiem jak w *Plotkarze*". Pstrykam jeszcze osobno zbliżenie samych butów, a potem metki z ceną na pudełku. Pieprzone czterysta pięćdziesiąt dolarów.

Po kilku sekundach telefon zaczyna bzyczeć i na ekraniku wyświetla się odpowiedź Belindy: „*Wow*! Nie gadaj!!! Farciara!".

Zaczynam odpisywać, gdy nagle słyszę, jak Agnes pyta Marianne, skąd mnie zna. Zamieram bez ruchu i wyciągam szyję w stronę drzwi przymierzalni z nadzieją, że Marianne nie tylko powie Agnes prawdę, ale nawet powie jej to z dumą. Dociera do mnie jednak tylko niewyraźnie rzucone zdanie:

– A, to długa historia.

Serce mi się ściska, a kiedy zerkam w lustro, widzę, jak uśmiech znika mi z twarzy. Powtarzam sobie, że Marianne nie musi opowiadać swojego życia każdej napotkanej osobie i że jestem przeczulona – pewnie dlatego że przymierzam właśnie buty, na które nie byłoby stać nikogo ze znanych mi ludzi. Słyszę pytanie Marianne, wypowiedziane już głośniej:

– Pokażesz się?

– Ee, chyba tak – odpowiadam. Otwieram drzwi i staję przed nimi niezgrabnie w czarnej bluzce bez rękawów, wąskich dżinsach i butach na koturnie, w których sięgam już prawie tak zwanego przeciętnego wzrostu. Agnes każe mi się obrócić i obie z Marianne głośno wyrażają zachwyt.

– Re-we-la-cja! Te dżinsy genialnie na tobie leżą! – woła Agnes, wręczając mi krótki czarny rozpinany sweterek. Wkładam go, a ona podwija mi rękawy, a potem przygląda mi się z twarzą pokerzystki i ogłasza werdykt:

– Fantastycznie – mówi, kiwając głową z powagą. – Bardzo dziewczęco.

– *Wow*. Faktycznie – wtóruje jej Marianne. – Bierzemy wszystko. Wyglądasz niesamowicie.

– Ale ja nie mogę – protestuję.

– Musisz – nalega Marianne.

Znów zaczynam się wymawiać, z tego samego powodu, dla którego zrezygnowałam z soku pomarańczowego za sześć dolarów, ale Marianne tylko potrząsa głową.

– Nalegam. Ja płacę.

– To za dużo – mamroczę, spoglądając na otwarte pudełko z logo Prady leżące na podłodze.

– Chcesz mnie pozbawić przyjemności zrobienia prezentu własnej…

Marianne się waha, choć obie wiemy, o czym myśli. W końcu jednak poprawia się:

– Zrobienia ci prezentu.

– Chyba nie… – mówię. – Dziękuję bardzo. To miło z twojej strony.

– To nic takiego – zapewnia Marianne, a tymczasem Agnes zdejmuje z wieszaka kardigan z cekinami i oświadcza, że teraz kolej na Marianne.

Patrząc, jak Marianne zakłada sweterek na białą bluzkę i starannie zapina guziki, myślę o tym, że to w gruncie rzeczy wcale n i e j e s t taka długa historia.

*

– To twoi rodzice? – pytam Marianne, wskazując na fotografię w salonie i przerywając długie milczenie, które zapadło między nami jeszcze po drodze z Barneys. Niech to będzie rozgrzewka przed pytaniem, które naprawdę chcę zadać. Tym, którego ona tak się stara uniknąć. To pytanie brzmi: kim jest mój ojciec?

– Tak – odpowiada, zerkając na zdjęcie i nieuważnie kiwając głową.

– Jak mają na imię? – drążę, bo nie mam zamiaru jej odpuścić.

– Pamela i James. Jim – odpowiada, a potem odwraca wzrok, zupełnie jakby chodziło o jakichś całkiem przypadkowych ludzi.

– Czym się zajmują?

– On jest prawnikiem, ona prowadzi dom.

Czekam cierpliwie, ale Marianne nie dodaje nic więcej. Czuję, jak narasta we mnie frustracja. Odchrząkuję i pytam:

– Jacy oni są?

Marianne wzrusza ramionami i ziewa.

– Och, sama nie wiem. Trudno mówić o własnych rodzicach. To po prostu moi rodzice.

Patrzę na nią spod zmrużonych powiek z nadzieją, że moja mina wyraża to, co myślę: że jej odpowiedź jest kompletnie do dupy. Chyba pojmuje aluzję, bo odchrząkuje i mówi:

– Moja mama jest bardzo otwarta i towarzyska... Uwielbia urządzać przyjęcia, zabawiać gości. Ma mnóstwo znajomych i wiele zainteresowań. Nigdy nie siedzi bezczynnie. – Marianne uśmiecha się nieznacznie, a potem ciągnie: – Tato jest raczej cichy. Poważny. To typ myśliciela. Introwertyk.

– Do kogo jesteś bardziej podobna?

– Do ojca. Bez dwóch zdań – odpowiada. – To znaczy, oczywiście, chadzam na przyjęcia i rozmawiam z ludźmi. W tym biznesie to konieczność. Mój tato również potrafi czarować przysięgłych i klientów. Ale to nie jest jego prawdziwa twarz. Mama wciąż go ciąga po tych wszystkich przyjęciach i imprezach dobroczynnych. A on woli siedzieć w domu, czytać, stawiać pasjansa, oglądać stare filmy albo telewizję. Chodzi nawet z lornetką obserwować ptaki. – Marianne w końcu się szczerze uśmiecha. – Nie ma nic wspólnego z tym facetem, którym się staje na sali sądowej.

– Zajmuje się sprawami kryminalnymi? – pytam.

Marianne kręci głową.

– Nie. Jest radcą prawnym. Ma dużych klientów: GE, Abbott Labs, Dell. Pracował nawet dla Oprah.

Wbrew sobie czuję, że jestem pod wrażeniem.

– Oprah?

– Aha.

– Czy jest... Sławny? – pytam, myśląc równocześnie, że zazwyczaj bywa odwrotnie. To adoptowane dziecko staje się sławne, a nie rodzina, która je oddała. Czuję kolejną falę goryczy, a tymczasem Marianne odpowiada:

– Dość sławny jak na prawnika. Przez jakiś czas zajmował się polityką... Kiedy byłam mała.... Był burmistrzem Glencoe... I miał nawet zamiar kandydować do Kongresu, ale zrezygnował... – Marianne milknie, a ja zastanawiam się, kiedy to było i czy koniec jego kariery politycznej mógł mieć coś wspólnego ze skandalem wywołanym ciążą nastoletniej córki.

– Jest republikaninem? – pytam.

Marianne kiwa głową.

– Oboje są republikanami. – Uprzedzając moje kolejne pytanie, dodaje: – A ja nie mam zdeklarowanych poglądów.

– Moi rodzice są demokratami – rzucam niepytana. – Chociaż bardzo mocno sprzeciwiają się aborcji.

Marianne nie chwyta aluzji. Znów narasta we mnie frustracja, ale staram się być cierpliwa. Czekałam tyle lat. Mogę poczekać jeszcze kilka godzin. Dostanę swoją odpowiedź, nawet jeśli będę musiała wyciągnąć to z niej siłą. Poza tym, skoro nie rozmawiamy poważnie, mogę sobie po prostu sączyć wodę Perrier i zastanawiać się, jak by wyglądało moje życie, gdyby mnie nie oddała. Choć po chwili przychodzi mi na myśl, że nawet gdyby mnie zatrzymała, pewnie nie pasowałabym tu tak samo, jak nie pasuję do rzeczywistości w domu. Może jestem skazana na to, żeby nigdy nigdzie nie być na swoim miejscu.

ROZDZIAŁ 6

Marianne

Kirby jest tu już prawie dobę i jeszcze o niego nie spytała. Ale niemal za każdym razem, kiedy na nią patrzę, myślę o nim i o tamtej nocy, a zwłaszcza o tamtych momentach „po", które pamiętam najwyraźniej. Przypominam sobie, jak leżeliśmy wyciągnięci na łóżku, nadzy, a jednak w tej nagości całkiem swobodni. Bez śladu zawstydzenia, żalu, paniki czy chęci ucieczki. Leżeliśmy, gapiąc się w sufit i co jakiś czas zerkając jedno na drugie, w idealnej ciszy. Czułam lekki, przytępiony, ale przyjemny ból. Emocje opadały, pot parował i powoli regulowały się nasze oddechy, aż w końcu Conrad przewrócił się na bok, pocałował mnie w szyję i powiedział:

– Coś pięknego.

– Hmm? – mruknęłam, choć dobrze go zrozumiałam. Chciałam, żeby to powtórzył. Chciałam mieć pewność, że zapamiętam te słowa, które wyszły z jego ust, mocne i gorące.

– Coś. Pięknego – powiedział, a ja uznałam, że to jeszcze lepsze, niż gdyby oświadczył, że ja jestem piękna.

– Tak – potwierdziłam. To było piękne. Chociaż gdyby mnie wcześniej spytano, wybrałabym jakieś inne określenie. Może „niesamowite". Albo coś mniej wyrafinowanego, a bardziej szczeniackiego: na przykład: „obłędne". Było niesamowicie. Było obłędnie. Okazało się jednak, że Conrad najlepiej potrafi to ubrać w słowa.

Wypuścił powietrze, jakby zbierając siły, żeby się podnieść. Usiadł powoli i rozejrzał się po pokoju, a potem spojrzał na mnie z satysfakcją. Zakryłam się kołdrą, nie dlatego że się wstydziłam, tylko dlatego że nagle przeszył mnie dreszcz.

Jak zahipnotyzowana patrzyłam, jak wstaje i, wciąż nagi, wchodzi do ciemnej łazienki, gdzie odkręca kran i ochlapuje sobie twarz wodą. Jego ciało było szczupłe, ale silne – muskularne, czego nie było widać na co dzień pod luźnymi ciuchami. Zaczęłam się zastanawiać, jak to możliwe, że ma na brzuchu kaloryfer, skoro pogardza sportem i nawet na lekcjach WF-u zjawia się rzadko. Patrzyłam, jak zdejmuje z drążka ręcznik i wyciera twarz, a potem powoli go namacza i wyciska nad umywalką. Kilka sekund później stał już nade mną, i muskał mokrym, chłodnym ręcznikiem moje czoło i policzki, a potem odrzucił kołdrę i zanim zdążyłam zaprotestować, wycisnął go nad moim brzuchem. Poczułam na skórze kilka chłodnych kropli. Conrad otarł cienkie strużki krwi z wewnętrznej strony moich ud.

Zamarłam w napięciu, nagle zawstydzona tym ewidentnym dowodem swojego niedoświadczenia.

– Daj, ja to zrobię – powiedziałam.

Ale on wyrwał mi ręcznik i dalej wycierał mi uda, a na jego twarzy malowały się skupienie i troska. Bezradna, opadłam na plecy i spróbowałam się rozluźnić, pozwalając mu dokończyć. Przesunęłam się nawet trochę, żeby mu było wygodniej. Nagle dostrzegłam czerwoną plamkę na białym prześcieradle.

– Cholera. Patrz – powiedziałam, dotykając plamy.

Conrad położył wolną rękę na moim brzuchu, bez słów nakazując mi żebym się nie ruszała, a drugą nadal wycierał moją nogę długimi, wolnymi pociągnięciami. Potem mruknął coś pocieszająco i powiedział:

– Nie martw się. Wrzucę je do pralki, kiedy już wszyscy sobie pójdą. Pościelimy łóżko i nikt nie pozna. Wszystko będzie dobrze.

Uśmiechnęłam się mimowolnie. Czułam ulgę i wdzięczność, choć byłam zbyt młoda, żeby wiedzieć, pod jak wielkim powinnam być wrażeniem. Czy którykolwiek inny chłopak, a nawet dorosły mężczyzna, obmyłby mnie i zaproponował, że zrobi pranie, zachowując przy tym absolutny spokój na widok krwi – zwłaszcza tego rodzaju?

– Więc to był twój pierwszy raz? – zapytał z kamienną twarzą, na której nie malowały się ani duma, ani poczucie winy.

– Chyba widać – wyszeptałam.

– Niekoniecznie. Może masz... No, te dni w miesiącu.

Zaczerwieniłam się, skrzywiłam i zaprotestowałam:

– Blee. Obrzydliwość. Nie.

– Żadna obrzydliwość. Nie ma w tobie nic obrzydliwego.

Uśmiechnęłam się, przyjmując komplement, a potem spojrzałam na niego z ukosa.

– Domyślam się, że dla ciebie to nie był pierwszy raz...?

– Hm, dzięki... – powiedział, uśmiechając się od ucha do ucha.

Otworzyłam oczy i znów je zamknęłam. Poczułam, że jestem już całkowicie trzeźwa.

– Odpowiedz na pytanie.

– Okej. Nie. To nie był mój pierwszy raz. Ale nie było tych „razy" tak dużo, jak ci się zdaje.

– „Razy" nie było dużo czy dziewczyn? – spytałam, poruszając palcami u stóp w rytm rapu dobiegającego z głośników na dole. Basowe dźwięki wprowadzały w drganie wiatrak na suficie.

Conrad parsknął śmiechem.

– Słuszna uwaga. Dziewczyn na pewno nie. Ty jesteś druga. Ale z pierwszą wiele razy.

– Trzycyfrowa liczba? – spytałam, starając się nadać głosowi żartobliwy, swobodny ton, gdyż stanęła mi przed oczami jego była, ta podobna do Kate Moss, w całej swojej hipisowskiej, finezyjnej krasie.

– Spokojnie – odparł.

Poczułam dziwne ukłucie zazdrości i zaczęłam o nią wypytywać, jednak po chwili zamilkłam. To nie miało znaczenia. To, co się między nami wydarzyło, było na jeden raz (co brzmiało lepiej niż „na jedną noc", choć w zasadzie znaczyło to samo). Byłam tego pewna, choć równocześnie marzyłam, by powtórzyć tę przygodę. Przysunęłam się i pocałowałam go w ramię. W tym momencie ciemność przeciął głos Janie i łomot jej pięści o drzwi. Natychmiast wróciłam do rzeczywistości.

– Hej! Kto tam jest? – krzyknęła. – To pokój moich rodziców!

Usiadłam i odchrząknęłam, żeby odpowiedzieć, ale Conrad uspokajającym gestem wyciągnął rękę. Coś w jego oczach potwierdziło to, co sama czułam: że nie jestem winna Janie ani nikomu innemu żadnych wyjaśnień. Te chwile były tylko nasze.

– To ja, Janie. Tylko... Odpoczywam! – zawołałam.

– Marianne? – W jej głosie dosłyszałam troskę. – Wszystko w porządku?

Wyobraziłam sobie jej minę i wiedziałam, że jest równocześnie niespokojna i zaintrygowana, ale raczej się nie domyśla, że poszłam na całość. Do dzisiejszego wieczoru obie byłyśmy dziewicami i zarzekałyśmy się zgodnie, że będziemy czekać, aż zjawi się ktoś wyjątkowy. Albo przynajmniej – aż zaczniemy naukę w college'u.

– Zaraz wyjdę – powiedziałam, a Conrad skinął głową, kierując mną bez słów. – Wszystko jest okej.

– To dobrze. – Jej głos ucichł i wiedziałam, że wróciła na imprezę.

– Musimy iść – powiedziałam, prostując się i sięgając po podkoszulek, ale Conrad mnie powstrzymał, lekko popchnął z powrotem na łóżko i przytulił, zupełnie jakby to robił wcześniej już setki razy.

Zapytał, czy rodzice każą mi wracać do domu o konkretnej godzinie. Odparłam, że tak, ale wyjechali do letniego domku nad jeziorem Geneva, a ja miałam zamiar przenocować u Janie.

– Naprawdę? – powiedział, uśmiechając się lekko. – Co za zbieg okoliczności. To tak samo jak ja.

Uśmiechnęłam się i rozpoczęliśmy kolejną długą, chaotyczną rozmowę. Mówiliśmy o szkole i znajomych. Conrad opowiadał mi o swojej muzyce i pasji do gry na gitarze oraz pisania piosenek. Rozmawialiśmy o ulubionych filmach i książkach, a nawet o Bogu, religii i polityce. Potem Conrad opowiedział mi o wypadku, w którym zginęła jego matka: o tym, że on i jego ojciec byli z nią w samochodzie i że w drodze do domu zamienił się z matką miejscami, bo zrobiło mu się niedobrze. Uważał, że ojciec miał do niego o to pretensje i gdyby miał wybór, to jej wolałby ocalić życie.

– Nie mów tak – oburzyłam się.

– Czemu? Przecież to prawda – odparł.

Potrząsnęłam głową.

– Niemożliwe.

– Możliwe. Oni się kochali jak wariaci. Poświęciłby dla niej każdego. I wszystko.

– Nie własne dziecko.

Conrad pokiwał głową.

– Naprawdę myślę, że tak. I nie przeszkadza mi to. Przeciwnie, to mi się podoba. Przynajmniej mam w życiu coś, w co wierzę... I co sam chciałbym kiedyś osiągnąć.

Złapałam go za rękę, myśląc, że nie ma na świecie nic piękniejszego niż prawdziwa miłość. Miałam nadzieję, że kiedyś jej doświadczę, i byłam ciekawa, czy to uczucie w jakikolwiek sposób będzie przypominać tę chwilę.

Potem zaczęłam przysypiać z głową na jego piersi, a pod moim prawym uchem biło jego serce. Obudził mnie przed świtem, podał mi ubranie, odwrócił się i sam się ubrał. Potem zgodnie z obietnicą ściągnął prześcieradło z łóżka, zwinął je razem z ręcznikiem, którym mnie umył, i ruszył na dół.

Poszłam za nim. Przy okazji zauważyłam, że wyraźnie się ochłodziło. Upał wreszcie zelżał, a przynajmniej powietrze zaczęło się poruszać. Delikatny wietrzyk zmierzwił zasłonę w kuchennym oknie. Janie stała przy blacie i spoglądała na zewnątrz, na ogród zaśmiecony puszkami, butelkami i petami. Odwróciła się do nas z pytającym uśmiechem na twarzy.

– Cześć – powiedziała, zerkając na prześcieradło.

– Zrobiło mi się trochę niedobrze – skłamałam.

Conrad dodał bez zająknięcia:

– Piwo zapijane wódką. Ostrzegałem ją...

– Ale ja nie słuchałam.

– Zdarza się – stwierdził, wzruszając ramionami, a potem zapytał Janie, gdzie jest pralnia.

Kiedy się odwrócił i wyszedł, Janie rzuciła mi uradowane spojrzenie, ale ja popatrzyłam na nią obojętnie i lekko pokręciłam głową, co miało oznaczać: nic się nie wydarzyło. Nie tylko po raz pierwszy w życiu ją okłamałam, ale w ogóle po raz pierwszy nie podzieliłam się z nią czymś ważnym. Czułam, że to przełomowa chwila. Nie miałam tylko pojęcia, że moje kłamstwo urośnie do takich wielkich rozmiarów.

– Siedzieliście razem sześć godzin. I... Nic? – Janie, ubrana w obcisłą koszulkę Chicago Cubs, z ramionami skrzyżowanymi na piersi, wyglądała bardziej na rozczarowaną niż nieufną.

Wzruszyłam ramionami.

– Trochę się przytulaliśmy.

– I to wszystko? Nawet ci nie wsadził ręki pod bluzkę? – szepnęła zawiedziona, nie spuszczając oka z korytarza wiodącego do pralni.

Powiedziałam, że nie, wyobrażając sobie jego dłonie na swoich piersiach, jego usta na szyi, brzuchu i ramionach.

– No i? Dobrze całuje?

– Aha – odparłam. – Naprawdę dobrze.

– Wiedziałam. Odjazdowy facet.

Uśmiechnęłam się.

– Umówisz się z nim jeszcze?

– Wątpię – odparłam, choć byłam już niemal pewna, że to kolejne kłamstwo, a równocześnie zastanawiałam się, w którym momencie postanowiłam, że to jednak nie będzie jednorazowa sprawa.

Czekając na pranie, oglądaliśmy we trójkę MTV w salonie. Conrad i ja siedzieliśmy obok siebie na tej samej kanapie, na której wszystko się zaczęło, ale jak na ironię tym razem usadowiliśmy się kilka centymetrów od siebie. Janie leżała na podłodze przed nami, pojękując i co jakiś czas pytając, czy nam też wszystko wiruje przed oczami. Udawałam, że mam kaca, żeby uwiarygodnić historyjkę o zabrudzonym prześcieradle, ale tak naprawdę moje zmysły były zaskakująco wyostrzone. Gapiliśmy się na teledysk za teledyskiem. Widziałam je już wszystkie wcześniej setki razy, ale każde słowo i każdy przeskakujący po ekranie obrazek nagle nabierały nowych znaczeń, choćby tylko w mojej głowie, od *Basket Case* Green Day przez *Down by the Water* PJ Harvey po *No More I Love You's* Annie Lennox. Conrad komentował wszystko na bieżąco, a jego opinie były stanowcze i pełne pasji, niezależnie od tego, czy chwalił swoje ulubione zespoły, czy wyrażał pogardę dla tych zbyt komercyjnych, które określał jako bezwartościowe knoty. Zdawał się wyjątkowo nisko cenić jednego z moich ulubieńców, Hootie & the Blowfish, choć gdy Hootie zaczął śpiewać refren *Hold My Hand*, Conrad w końcu wyciągnął rękę i poszedł za jego radą*, jednocześnie drwiąco unosząc brwi. Janie już spała, chrapiąc, na podłodze i znów byliśmy sami na świecie. Zamknęłam oczy, zachodząc w głowę, czemu dotąd nie czułam takiego radosnego oszołomienia przy żadnym innym chłopaku.

Niedługo później bzyczenie suszarki jak dźwięk budzika przywołało nas do rzeczywistości. Conrad wstał, zabrał z pralni suche prześcieradło oraz ręcznik, zaprowadził mnie na górę i zaczął słać łóżko, dokładnie odtwarzając sposób, w jaki Wattenbergowie układali kołdrę, a także idealnie rozmieszczając ozdobne poduszki. Spytałam, czy ma fotograficzną pamięć, czy raczej od początku wiedział, że zostanie tu do rana.

Uśmiechnął się, wygładzając pościel. Wkrótce łóżko było posłane, a ręcznik znów wisiał na drążku przy umywalce. Nie pozostało nic więcej do zrobienia. Wróciliśmy więc na dół i przez drzwi do garażu wyszliśmy na wilgotne powietrze wczesnego poranka. Znad zbrązowiałego trawnika unosiła się para. Kwiaty, hodowane przez matkę Janie, więdły smutno, przytłoczone suszą i zakazem podlewania. Na czas ostatnich kilku kroków w stronę samochodu Conrad wziął mnie za rękę. Miałam nadzieję, że żadne z sąsiadów Janie nie wybrało się właśnie po poranną gazetę.

Kiedy doszliśmy do drzwi mustanga, Conrad powiedział:

– Pocałowałbym cię na do widzenia, ale mój oddech nie jest zbyt przyjemny.

Parsknęłam śmiechem i stwierdziłam, że mój jest na pewno w podobnym stanie (chociaż wcześniej, kiedy poszłam

* *Hold my hand* (ang.) – weź mnie za rękę.

do łazienki, po kryjomu wypłukałam usta listerine'em). Mimo to uniosłam głowę z nadzieją, że i tak mnie pocałuje.

Przynęta zadziałała i na kilka sekund nasze języki znów się spotkały. Okazało się, że i on zadbał o świeży oddech.

– Poprosiłbym cię o numer telefonu – odezwał się nieśmiało. – Ale... – Spojrzałam w jego oczy o poważnym wyrazie i ponuro pokiwałam głową, spodziewając się, że powie: „ale oboje wiemy, że nic z tego nie będzie". On jednak dokończył: – Ale już go mam.

– Och, coś podobnego – odparłam, obejmując go w pasie.

– No. – Nachylił się i szepnął mi do ucha: – Nawet nauczyłem się go na pamięć. Na wszelki wypadek.

– Na przykład jaki? – spytałam, pewna, że żartuje, ale on uśmiechnął się pod nosem i bez chwili namysłu odparł:

– Na przykład gdybym miał jeszcze kiedyś okazję... Posłać z tobą łóżko.

Poczułam, że się uśmiecham, i rzuciłam swobodnie:

– W takim razie do zobaczenia?

Conrad otworzył drzwi samochodu, wsiadł, uśmiechnął się od ucha do ucha i odpowiedział:

– Na pewno.

Otworzyłam usta, żeby jeszcze coś powiedzieć, ale drzwi już się zamknęły, silnik pracował, a nasza rozmowa czekała na dalszy ciąg.

*

Przez następne trzy i pół tygodnia gadaliśmy codziennie. Stało się to dla nas normalne, choć nie było w żaden sposób wcześniej ustalone. Nie rozmawialiśmy o moim zbliżającym się wyjeździe do Ann Arbor ani w ogóle o niczym, co dotyczyło college'u lub przyszłości – jego czy mojej. Żyliśmy chwilą – dosłownie – często bez planu aż do momentu, gdy siedziałam na przednim fotelu w jego samochodzie.

Jeździliśmy do kina albo spędzaliśmy czas u niego w domu – czasem oglądaliśmy telewizję, czasem on grał na gitarze moje ulubione piosenki. Zdarzało się, że jeździliśmy po prostu bez celu po mieście, rozmawiając albo słuchając radia. Ale nigdy nie spotykaliśmy się ani z moimi, ani z jego znajomymi, nie przedstawiłam go też rodzicom. Nie rozmawiałam o nim nawet z Janie, która podejrzewała wprawdzie, że się widujemy, ale jej zainteresowanie nieco osłabło. Była zajęta przygotowaniami do wyjazdu na Uniwersytet Illinois – i coraz częściej spotykała się z tymi spośród naszych znajomych, którzy również się tam wybierali, a zwłaszcza z Ty'em Hugginsem, swoją najnowszą miłością.

W pewnym sensie to oddalenie było naturalne i do przewidzenia. Każde z nas przygotowywało się, by pójść w swoją stronę, i zbierało siły, żeby rozpocząć nowy rozdział w życiu. Rozdział, na który wszyscy czekaliśmy, który planowaliśmy i o którym śniliśmy przez całe liceum (a w moim wypadku: odkąd ojciec, absolwent Michigan, zabrał mnie na pierwszy uczelniany mecz futbolowy, kiedy miałam dziesięć lat). Wszyscy byliśmy podekscytowani, ale i z nostalgią spoglądaliśmy za siebie; melancholia mieszała się w nas z nerwowym podnieceniem. Kłóciliśmy się z rodzicami, coraz bardziej zniecierpliwieni ich rygorami, gorączkowo pragnąc niezależności – choć zarazem przerażała nas perspektywa rozstania.

Cieszyliśmy się nawzajem ze swoich planów, lecz ogarniało nas również przeczucie, że złote lata, które właśnie przeżywamy, szybko zbledną i przeminą. Przykryją je doświadczenia z college'u, stanowiące początek drogi w dorosłość, którą można iść tylko do przodu. To wtedy podejmiemy decyzję o tym, kim jesteśmy i kim chcemy się stać. Nieuchronnie mknęliśmy w stronę czegoś większego i lepszego.

Tak właśnie się czułam tamtego ciężkiego od upału lata. Conrad stanowił dla mnie część tej przemiany. Wiedziałam, że nie ma dla niego miejsca w mojej przyszłości, a jednak nie należał również do przeszłości, której miałam dosyć; dzieciństwa, z którego tak bardzo pragnęłam się wyrwać. Nie mieliśmy prawie żadnych wspólnych wspomnień, więc jedyne, co nam pozostawało, to przywoływać w pamięci nasze rzadkie i przypadkowe spotkania.

Czasem bawiliśmy się w wyobrażanie sobie, „co by było gdyby" – co by było, gdyby wcześniej do mnie zadzwonił, a nie tylko zdobył mój numer? Albo gdybyśmy z Janie zebrały się na odwagę, by skorzystać z fałszywych dowodów osobistych i pójść na koncert, który grał w zeszłym roku (tamtego wieczoru, gdy poznał swoją – obecnie byłą – dziewczynę). W głębi duszy nie sądziłam, że stalibyśmy się czymś więcej niż przyjaciółmi, skoro mój świat składał się z wszystkich tych spraw, z których on drwił – z meczów futbolowych, treningów cheerleaderek, szkolnego samorządu i świadectw z wyróżnieniem – ale to wszystko nie miało teraz znaczenia. Zaczynaliśmy z czystym kontem, gotowi na nowe doświadczenia. Przeżyłam z nim swój pierwszy raz. Conrad był dla mnie symbolem niezależności i świeżych możliwości. Najwspanialszą fantazją.

Były jednak chwile, kiedy przestawałam się kontrolować i myślałam o nim jako o kimś więcej, wyobrażając sobie, że nadchodzące miesiące i lata nas nie rozdzielą. Wprawdzie zdawałam sobie sprawę, że to niemożliwe, ale pewnego wieczoru, kiedy jedliśmy rodzynki w czekoladzie w ciemnej, chłodnej sali kinowej, po raz drugi oglądając *Braveheart – Waleczne Serce*, zaczęłam się zastanawiać, czy sprawy przedstawiałyby się inaczej, gdyby i on poszedł do college'u. Jakiegokolwiek. Może wtedy moglibyśmy pomyśleć o związku na odległość, jak moi znajomi Emily i Kevin, z których jedno wybierało się do Wake Forest, a drugie do Stanfordu, a mimo to zamierzali pozostać parą. Powtarzałam sobie w duchu, że nie tyle wstydzę się chłopaka, który nie studiuje (choć wiedziałam, że i to ma znaczenie), ile po prostu nie mielibyśmy wspólnych tematów do rozmowy. Nasze światy różniłyby się od siebie jeszcze bardziej niż teraz. Nie mielibyśmy szans.

Tak więc żyliśmy, zawieszeni w czasie, dbając tylko o to, co tu i teraz, kierując się pragnieniami chwili. Jednym z nich był oczywiście seks. Mnóstwo seksu. Czasem Conrad nazywał to „pieprzeniem". Udawałam, że nie cierpię tego słowa, ale tak naprawdę sprawiało, że przeszywał mnie przyjemny dreszcz. Kiedyś wymknęło mu się określenie „kochać się". „Albo coś", dodał natychmiast. Niezależnie od semantyki – zrobiliśmy to w sumie okrągłe dziesięć razy i zapamiętałam niemal każdą sekundę. Czasem nawet zapisywałam szczegóły w pamiętniku.

Drugi raz nastąpił osiem dni po pierwszym, w moim pokoju. Był środek dnia. Ojciec był w pracy, a mama na jakimś bankiecie dobroczynnym. Leżeliśmy na skos na mojej narzucie w tęczowe paski, a przez okno wpadały popołudniowe promienie słońca. Zestaw stereo wygrywał w kółko *Satellite* Dave'a Matthewsa, a ja pomogłam Conradowi włożyć prezerwatywę z prążkowaną powierzchnią „dla maksymalnej rozkoszy". Przez cały czas mieliśmy otwarte oczy i ani przez chwilę nie przestaliśmy na siebie patrzeć.

Za trzecim razem byliśmy u niego – mieszkał w starym parterowym domu po drugiej stronie miasta. Tego wieczoru poznałam pana Knighta – który wyglądał zupełnie jak syn, tylko był siwowłosy, nieco potężniejszy i bardziej opalony. Rozmawiałam z nim zaledwie przez chwilę, ponieważ był akurat ze swoją dziewczyną; grali w karty i pili różowe wino z kartonu (tydzień wcześniej w jakiejś rozmowie moja matka nazwała picie wina z kartonu „dziadostwem"). Conrad, nie kryjąc się, wyciągnął z lodówki dwa piwa Coors Light i zaprowadził mnie do swojej sypialni. Jego pokój był zaskakująco porządny (choć nie powinnam się dziwić, w końcu wiedziałam, jak idealnie potrafi zasłać łóżko), a jedynym elementem dekoracyjnym był przyklejony do ściany plakat z Jimim Hendriksem. Gdy tylko weszliśmy do środka, Conrad zamknął drzwi na klucz i zaczął mnie gwałtownie całować, robiąc przerwę tylko po to, żeby mnie rozebrać i pogłośnić muzykę. Nie znałam nazwy zespołu i nigdy wcześniej nie słyszałam tej piosenki, a później zapomniałam go o to zapytać. Po wszystkim wypiliśmy piwo i zapaliliśmy jointa. Mojego pierwszego jointa w życiu.

Kolejna „pierwsza" rzecz wydarzyła się za czwartym razem, do czego przyznałam mu się z pewną nieśmiałością.

– Nigdy nie miałaś orgazmu? – spytał Conrad, spoglądając na mnie, a w jego wyrazistych szarych oczach czaiła się lekka drwina. – Nawet... Kiedy byłaś sama?

Wciąż rozochocona endorfinami, położyłam mu głowę na kolanach i westchnęłam.

– Nie... Ale w końcu wiem, o co tyle krzyku. Jezu...

Piąty raz nastąpił kilka minut później, z takim samym rezultatem. Za szóstym razem jechaliśmy do pizzerii w Evanston, ale po drodze zatrzymaliśmy się na wariata w motelu, bo nie mogłam utrzymać przy sobie rąk. W trakcie czymś mnie rozśmieszył – nie pamiętam już czym – ale w tamtej chwili uznałam, że lubię go równie mocno, jak pożądam. Wiedziałam, że on czuje to samo, bo po wszystkim długo gadaliśmy, pieściliśmy się i żartowaliśmy. Leżeliśmy nawet przytuleni „na łyżeczkę", choć wcześniej się zarzekał, że nigdy tego nie robi. Później, kiedy wkładaliśmy ubrania, niebezpiecznie blisko godziny, o której miałam być w domu, powiedział mi, że „naprawdę mógłby się do tego przyzwyczaić". Zabroniłam mu choćby o tym myśleć, ale uśmiechnęłam się z zadowoleniem.

Za siódmym razem Conrad świntuszył; za ósmym razem przyszła moja kolej. Powoli zaczynałam się czuć doświadczona i mogłam mieć nadzieję, że kiedyś powiem o sobie, że jestem dobra w łóżku.

Przed dziewiątym razem poszliśmy na naszą pierwszą i jedyną prawdziwą randkę. Wybraliśmy się do przyjemnej włoskiej restauracji w centrum miasta. Specjalnie na tę okazję włożyłam nową czarną bieliznę i przy kolacji pokazałam mu fragment koronkowego stanika. Jakiś czas później Conrad zdjął go ze mnie na tylnym siedzeniu swojego mustanga, na pustym parkingu przed jakimś kościołem. Oboje pachnęliśmy czosnkiem i później ta woń już zawsze wywoływała we mnie wspomnienie tamtego wieczoru. Podobnie jak szybkie samochody i, od czasu do czasu, kościelne parkingi.

– Popatrz na nas – powiedział, kiedy siedziałam na nim okrakiem, wyglądając przez tylne okno, żeby sprawdzić, czy w pobliżu nie czai się policja. – Scena jak z jakiegoś durnego filmu, a ja się czuję szczęśliwy.

– W dodatku brukamy poświęconą ziemię – dodałam, siląc się na dowcip.

– Tak, pójdziemy… prosto… do… piekła – stękał, akcentując każde słowo ruchem bioder, z zamkniętymi oczami i głową odchyloną do tyłu, mocno ściskając mnie w pasie.

Dziesiąty raz, który okazał się ostatnim, był najlepszy. Wylądowaliśmy w lesie, nad brzegiem rzeki – już same te słowa brzmią romantycznie – i urządziliśmy sobie piknik. Do staromodnego koszyka zapakowałam kanapki z serem i szynką, plasterki mango, ciasteczka z czekoladą i butelkę chardonnay, przykryte obrusem w czerwoną kratkę. Zawędrowaliśmy głęboko w las, z koszykiem i gitarą, aż w końcu rozłożyliśmy nasz piknik na trawie poprzecinanej słonecznymi smugami. Wstawiliśmy się winem i rozebraliśmy do naga – choć nie jestem pewna, w jakiej kolejności. Później Conrad grał na gitarze, a ja prosiłam go o moje ulubione piosenki. Zagrał moje dwa ukochane numery Pearl Jam – *Daughter* i *Small Town* – a potem improwizował własne piosenki, najpierw poważne, potem śmieszne, a potem znów poważne.

Kiedy tak słuchałam, jak gra – był bez koszuli i gdy poruszał strunami, mięśnie drgały mu pod skórą – wymknęło mi się zakazane słowo, ale szybko się zreflektowałam i dokończyłam zdanie: „kocham twoje ciało”.

– A co z moim umysłem? – zapytał. Uśmiechał się, ale nie żartował.

– Umysł też – odparłam.

– Mimo że nie idę na studia?

– To nie ma nic do rzeczy – orzekłam i przez chwilę naprawdę w to wierzyłam.

– Ja też kocham twoje ciało i twój umysł – powiedział. – I twoje oczy. I ten uśmiech. I te urocze odstające uszy jak u słonia Dumbo.

Zaczerwieniłam się i potrząsnęłam głową, żeby zasłonić je włosami, przy okazji zakrywając też piersi, chociaż już od jakiegoś czasu nie wstydziłam się pokazywać mu tego, co chciał zobaczyć. Odpowiedź zawsze brzmiała: tak. Byliśmy kochankami, ale – całkiem niespodziewanie – zostaliśmy też najlepszymi przyjaciółmi. Potrafiłam myśleć tylko o nim i wiedziałam, że on czuje to samo. A jednak uparcie odmawialiśmy nazwania tego, co było między nami. Unikaliśmy także rozmowy o nieuchronnie nadchodzącym końcu – końcu wakacji i naszego związku. Była w tym nuta smutku, ale, prawdę mówiąc, smutek czynił to wszystko jeszcze lepszym. Nasz związek był taki namiętny i romantyczny właśnie dlatego, że nie chcieliśmy go zdefiniować, dlatego że nikt o nas nie wiedział i dlatego że wkrótce miał nadejść koniec.

*

I właśnie wtedy wydarzyło się nieprzewidziane. A właściwie zaczęło się od tego, że coś się n i e wydarzyło. Dwudziestego dziewiątego dnia mojego działającego dotąd jak w zegarku dwudziestodziewięciodniowego cyklu nie dostałam okresu. Podobnie było następnego dnia. I dzień później.

– Niemożliwe – powtarzał Conrad przez telefon. – Przecież używaliśmy gumki. Za każdym razem.

– Prezerwatywy nie dają stuprocentowej pewności – odpowiedziałam, przypominając sobie wykres, który pokazywali nam w szkole, wskazujący na to, że jedyna niezawodna metoda to abstynencja.

– Tylko jeśli się ich nie umie używać – odparł.

– No więc...?

– Ja *na pewno* umiem.

Nie byłam przekonana i zaczęłam dokładnie sobie przypominać szczegóły naszych dziesięciu wspólnie spędzonych dni i wieczorów. Zawsze byliśmy bardzo ostrożni, z wyjątkiem pierwszego razu w domu Janie, kiedy Conrad wszedł we mnie na kilka chwil, zanim się wycofał, sięgnął po portfel i zaczął od nowa.

– To musiało się zdarzyć wtedy – powiedziałam. – To był jedyny raz, kiedy nie miałeś gumki. I czas się zgadza...

– Nie jesteś w ciąży – odparł stanowczo.

– Coś musiało... No wiesz... Wyciec. Kilka kropli.

To kolejna rzecz, o której uczyli nas na wychowaniu seksualnym – preejakulat, słowo równie złowieszcze jak to, co oznaczało.

– Nie ma szans.

– Właśnie, że są – odparłam, chodząc tam i z powrotem po pokoju i czując narastającą w gardle panikę.

– No dobra. Może minimalne. Ale mniejsze niż jeden procent. Mniejsze niż pół procenta.

– Ale to znaczy, że to się już komuś zdarzyło! Ktoś musi być tym ułamkiem procenta!

– Ktoś, ale nie my. Nie bądź dzieckiem.

– Nie wypowiadaj tego słowa.

– Jakiego?

– D z i e c k o.

– W porządku. Nie jesteś w ciąży, k o c h a n i e.

– Skąd ta pewność?

– Jestem jasnowidzem – odparł dziwnym tonem.

– To nie jest śmieszne.

– Przepraszam – odpowiedział i wyczułam, że mówi szczerze. – Chcesz przyjechać? Zobaczysz, poprawię ci humor.

– Zdefiniuj, co to znaczy „poprawić humor" – zażądałam. – Bo zdaje mi się, że właśnie w ten sposób wpakowaliśmy się w kłopoty.

– Nie mamy żadnych kłopotów. Poza tym nie to miałem na myśli. Nie musimy za każdym razem lądować w łóżku.

– Wygląda na to, że jednak musimy – powiedziałam. Zabrzmiało to jak oskarżenie, jak pierwsze ziarenko żalu i urazy, a przecież z nas dwojga to ja częściej inicjowałam seks.

– Przyjedź. Proszę – powtórzył już łagodniej.

W tamtej chwili rozpaczliwie pragnęłam znaleźć się w jego ramionach, ale nagle dotknęłam piersi i wydało mi się, że lewa lekko zabolała.

– Nie mogę. Mam coś do zrobienia. Wiesz, muszę się powoli pakować do college'u. – W moim głosie zabrzmiał chłód. Nigdy wcześniej tak do niego nie mówiłam.

Oczywiście usłyszał to.

– No tak – powiedział. – Zrozumiałem.

*

Następnego ranka – to była sobota – odrzuciłam kołdrę, podciągnęłam do góry koszulę, wstrzymałam oddech i modląc się w duchu, ściągnęłam majtki. Nic. Wkładka, którą z nadzieją włożyłam wieczorem, nadal była śnieżnobiała. Z płaczem zadzwoniłam do Conrada.

– Kurwa – powiedział. – Zaraz przyjadę. Muszę cię zobaczyć.

– Nie. Rodzice są w domu. – Wciąż nie wiedziałam, czemu go przed nimi ukrywam i czemu oszukuję Janie, kiedy pyta, co robię wieczorami. W wypadku rodziców mogłabym uznać, że po prostu nie chcę, by stwierdzili, że Conrad „nie jest dla mnie dość dobry". Ale do tej chwili przysięgałam przed samą sobą, że nie o to mi chodzi – a przynajmniej nie tylko o to. Że cała sprawa jest bardziej skomplikowana. Albo przeciwnie, bardzo prosta: nie ma sensu opowiadać o czymś, co i tak zaraz się skończy. Teraz jednak miałam prawdziwy powód, żeby się kryć.

– Nie obchodzi mnie, czy twoi starzy są w domu. Przyjeżdżam i zabieram cię do apteki. Zrobisz test. W porządku? Marianne?

– Tak – wyszeptałam i natychmiast poczułam się odrobinę lepiej, bo przynajmniej na razie nie musiałam podejmować żadnej decyzji, tylko robić, co mi kazał.

– Bądź gotowa za dziesięć minut – powiedział. – Ja nie żartuję.

*

Zgodnie z obietnicą dziesięć minut później stał w naszej kuchni w wypłowiałej koszulce ze Stonesami, levisach i niebieskich klapkach Adidasa, po raz pierwszy ściskając dłoń mojego ojca. Koszula byłaby znacznie lepsza, pomyślałam, patrząc, jak moja matka zdejmuje okulary do czytania i odkłada gazetę „Chicago Tribune" obok talerza z pokrojonym w plasterki ananasem polanym sosem malinowym i kroplą jogurtu.

– Skąd się znacie? – zapytała, przekrzywiając głowę na bok, jak zawsze, gdy spotykała kogoś nowego i starała się określić, czy owa osoba wpisuje się w jej świat. Albo, jak w tym przypadku – stwierdzić, że się nie wpisuje.

– Ze szkoły – odparłam, związując włosy w kucyk. Nie potrafiłam spojrzeć rodzicom w oczy. Kochałam ich i szanowałam, i nigdy dotąd nie okłamałam w żadnej istotnej sprawie.

Oboje kiwali głowami z uśmiechem, zadając kolejne pytania, aż to nieuchronne padło z ust mojego ojca, absolwenta Michigan i prawnika z dyplomem z Yale:

– A więc, Conradzie, jakie masz plany na przyszły rok?

Conrad skrzyżował ramiona na piersi, a po chwili je rozłożył, żeby oprzeć się o blat szafki, zupełnie jakby się bał, że upadnie. Potem odchrząknął i powiedział:

– Właściwie to jeszcze nie wiem.

Pomyślałam o tym, co napisał w szkolnym albumie – „znikam stąd" – i o tamtym wieczorze w ogrodzie u Janie. Nagle wydało mi się, jakby to było wieki temu. Może było. Conrad zerknął na swoje stopy, podczas gdy mój ojciec przetrawiał jego słowa, aż znalazł dla nich najlepsze wytłumaczenie:

– Aaa. Robisz sobie rok przerwy? Żeby odkryć swoją pasję?

– Coś w tym stylu. Tak, proszę pana – odparł Conrad, spoglądając na mnie, jakby prosił mnie o pomoc.

– No dobrze – powiedziałam. – Wychodzimy na chwilę.

– Och, dokąd się wybieracie? – zapytała mama, najwyraźniej siląc się na swobodny ton, choć wiedziałam, że zżera ją ciekawość. Pewnie już planowała, jak opowie o tym przez telefon swoim koleżankom.

– Do Green to Tee*. – Pożałowałam swoich słów, gdy tylko zobaczyłam, jak twarz mojego ojca natychmiast się rozjaśnia.

– Och! Grasz w golfa? – zwrócił się do Conrada. – Musimy kiedyś zagrać razem. Jak twój handicap?

Conrad spojrzał na niego pustym wzrokiem. Równie dobrze on mógłby zapytać mojego ojca o jego ulubiony numer Smashing Pumpkins.

– Daj im spokój, kochanie – powiedziała mama, wyraźnie zadowolona, że Conrad przynajmniej gra w golfa. Może nawet jego rodzina należy do Skokie Country Club? Najwidoczniej uznała, że wkrótce się o tym przekona.

*

Jechaliśmy w milczeniu przez miasto, aż dotarliśmy do centrum handlowego niedaleko domu Conrada. Zaparkowaliśmy przy aptece, na szerokim parkingu. Mimo że było wcześnie, przed sklepem roiło się od kupujących – głównie młodych matek żonglujących torbami pomiędzy wózkami na zakupy i uczepionymi nich dziećmi.

– Zaraz wracam – powiedział Conrad i wysiadł, zostawiając włączone radio oraz klimatyzację.

Ulżyło mi, że nie muszę sama kupować testu. Opadłam na siedzenie i zaczęłam zmieniać stacje, zastanawiając

* Green to Tee – nazwa szkoły golfowej niedaleko Chicago.

się, jaka będzie ostatnia piosenka, którą usłyszę, zanim potwierdzi się zła wiadomość. Kiedy Conrad wrócił z plastikową torebką i poważnym wyrazem twarzy, TLC śpiewały *Waterfalls*. Wyłączyłam radio, a on wsiadł do samochodu i podał mi siatkę. W środku była duża paczka gumy Juicy Fruit, butelka dra peppera i numer „Rolling Stone'a" z Courtney Love na okładce. Wyciągnęłam czasopismo i zaczęłam czytać nagłówki: „Na żywo z Lollapalooza"; „Courtney Love jak gwiazda opery mydlanej"; „Jak być *cool* tego lata". Kartkując kolejne strony, z całych sił starałam się ignorować ostatnią rzecz, która została w torbie.

– Lubię Courtney. Ciekawa z niej postać. Ten wywrotowy feminizm i wizerunek, coś pomiędzy diwą a dziwką – mówił Conrad, wyjeżdżając tyłem z parkingu. – I muzyka jest w porządku. *Live Through This* nigdy się nie zestarzeje. A *Doll Parts*? Albo *Violet*? Genialne kawałki. Ale widać, że się stacza. Właściwie mi jej żal...

– Dlatego że jest samotną matką? – zapytałam, skupiona już tylko na jednym.

– Dlatego że facet, którego kochała, strzelił sobie w łeb...

Pokiwałam głową i wyjrzałam przez okno, a tymczasem Conrad przyśpieszył i wyjechał na główną ulicę, wiodącą w stronę jego domu. W pewnym momencie położył mi rękę na kolanie i trzymał ją tam cały czas, nawet kiedy brał nagłe, ostre zakręty – z wyjątkiem momentów, gdy musiał zmienić bieg. W końcu wjechaliśmy na podjazd przed jego domem. Ujął mnie pod brodę i spojrzał mi w oczy.

– Wszystko będzie dobrze – powiedział. – Jestem przy tobie.

Skinęłam głową, choć właściwie go nie słuchałam.

– Twój tata jest w domu? – spytałam.

– Nie. Droga wolna.

Wyskoczył z samochodu, a kiedy zobaczył, że się nie ruszam z miejsca, okrążył maskę, otworzył przede mną drzwi i wziął mnie za ramię.

– No chodź.

Kiedy weszliśmy do domu, wręczył mi różowe pudełko i wskazał łazienkę.

– Idź. Już. Po prostu to zrób.

– Nie chce mi się siku.

Westchnął, cierpliwie sięgnął do reklamówki i podał mi dra peppera. Wzięłam kilka łyków i oddałam mu butelkę.

– Dalej mi się nie chce – powiedziałam.

– Chodź tu. – Posadził mnie na kanapie, objął ramieniem i pocałował w czoło.

Przygryzłam wargę i nagle ogarnął mnie mdlący, obezwładniający strach.

– Nie wiem, po co mam robić ten test. Wiem, że jestem w ciąży.

– Nie wiesz.

– Spóźniam się cztery dni. Cycki mnie bolą. I chce mi się rzygać.

– Niedobrze ci, bo się boisz. Cycki cię bolą, bo zbliża ci się okres. Poza tym może masz zaburzony cykl, bo wpadłaś w histerię?

– Mam zaburzony cykl, bo *wpadłam* – odparłam, gryząc paznokcie, choć oduczyłam się tego jeszcze w gimnazjum.

– Słuchaj – powiedział. – Zrobisz test, a wtedy okaże się jedna z dwóch rzeczy.

Gapiłam się na niego, czekając na to, co powie.

– Wynik będzie negatywny, a wtedy ulży ci jak jeszcze nigdy dotąd i będziemy mogli to uczcić... – Uśmiechnął się i pocałował mnie w szyję, a potem zaczął muskać wargami moje ucho.

Odepchnęłam go i powiedziałam:

– Albo?

– Albo jesteś w ciąży. Co będzie do kitu, ale poradzimy sobie.

– Jak?

– Zrobimy, co będziesz chciała.

– Nie mogę urodzić dziecka. Idę do college'u.

– No tak – powiedział. – W takim razie znajdziemy klinikę. Nie tutaj. Za miastem albo w Indianapolis. Gdzieś, gdzie nikt nas nie zna. I... Zaoszczędziłem mnóstwo forsy, więc nie będzie problemu... I cały czas będę przy tobie, będę cię trzymał za rękę. – Objął mnie i mówił dalej. – A potem przywiozę cię tu z powrotem. Do mojego łóżka. Ugotuję ci rosół i zaśpiewam piosenkę.

Wpatrując się w jakąś plamę na ścianie, usłyszałam, jak wymawia moje imię. Raz, drugi, trzeci. W końcu na niego spojrzałam.

– Zrobię dla ciebie wszystko, Marianne. Wiesz o tym, prawda?

– Aha – odparłam, choć wcale nie byłam pewna.

– W s z y s t k o – powtórzył, a ja wstałam i trzymając w dłoni różowe pudełko, poszłam do łazienki, struchlała z przerażenia.

Kiedy już byłam sama, usiadłam na opuszczonej pokrywie sedesu i po dwa razy przeczytałam każde słowo na pudełku, włącznie z określeniem „stuprocentowa dokładność". Potem zrobiłam to, co napisali w instrukcji, tak dokładnie, jak potrafiłam, zastanawiając się, jak kiedykolwiek mogłam sądzić, że SAT będzie najważniejszym testem w moim życiu. Przez cały czas modliłam się tak żarliwie jak nigdy wcześniej, zwłaszcza podczas tych koszmarnych, brutalnych trzech minut oczekiwania, kiedy waliło mi serce i dzwoniło w uszach, a moje spojrzenie miotało się pomiędzy pałeczką a sekundową wskazówką zegarka. Błagam, Boże, nie pozwól, żeby się pojawiła ta druga kreska – powtarzałam w kółko.

Ale się pojawiła. Z początku powoli. Prawie już sobie wmówiłam, że to złudzenie optyczne. Ale potem zrobiła się jaskrawsza i wyraźniejsza nawet niż kreska kontrolna, aż w końcu pociemniała, tworząc wokół bladoróżową poświatę. Dostałam swoją odpowiedź; nie było się nad czym więcej zastanawiać ani o co modlić.

Wpatrywałam się w swoje odbicie w lustrze i wiedziałam, że bez względu na to, co zrobię dalej, już nigdy nie będę tym, kim byłam wcześniej. Nic już nie będzie takie samo. Wsunęłam patyczek do torebki i otworzyłam drzwi, żeby stawić czoła Conradowi i przyszłości.

– No i? – zapytał. Twarz i usta miał kompletnie blade.

W tamtej chwili stało się ze mną coś, czego nigdy w pełni nie zrozumiałam. Może to była niezgoda na rzeczywistość. Może chciałam go chronić. Może rozpoczęłam w ten sposób bolesny proces oddalania się od niego. Cokolwiek to było, zmusiłam się do uśmiechu i powiedziałam:

– Zgadnij.

– Co?

– Fałszywy alarm.

Wyglądał, jakby uszło z niego powietrze. Klęknął na podłodze z dłońmi złożonymi jak do modlitwy. A potem wstał i huknął głośno niczym kowboj na równinie, po której wędrują stada bizonów. Po chwili przybił mi piątkę, od której zapiekła mnie ręka, i równie mocno klepnął po tyłku.

– Mówiłem ci! – zawołał. – W mordę! Mówiłem!

– Miałeś rację – powiedziałam, a on chwycił mnie w ramiona.

Potem mnie puścił i spojrzał mi głęboko w oczy, po raz pierwszy wypowiadając te słowa, równie wyraźne i niedające się pomylić z niczym innym – jak tamta różowa kreska.

– Kocham cię, Marianne.

Otworzyłam usta, ale on mnie powstrzymał, dotykając palcem moich warg.

– Ćśś. Nic nie mów. Ja po prostu… Chciałem to powiedzieć, niezależnie od tego, jaki będzie wynik. N a p r a w d ę cię kocham.

ROZDZIAŁ 7

Kirby

Następnego ranka daję za wygraną i dzwonię do rodziców. W St. Louis jest tuż przed siódmą. Ponieważ to najbardziej przewidywalni ludzie na świecie, potrafię sobie dokładnie wyobrazić, co w tej chwili robią. Mama siedzi przy toaletce i szykuje się na poranną mszę, a ojciec pałęta się po kuchni, słuchając w radiu programu *The McGraw Show*. Po trzecim dzwonku równocześnie podnoszą słuchawki dwóch aparatów i niemal w tym samym momencie wołają: „halo!". Słyszę w tle wesołą paplaninę McGrawa i niemal czuję zapach kiełbaski, którą ojciec smaży sobie na śniadanie. Niespodziewanie ogarnia mnie niewytłumaczalna tęsknota za domem.

Ale to tylko chwila słabości, która mija, wyparta przez dobrze mi znane uczucia niechęci i buntu. Nagle nie mogę się doczekać, aż im powiem, gdzie jestem.

– Kirby! – woła tata. Jego głos brzmi wesoło i swobodnie. Pewnie dlatego że mnie nie ma w domu. – Jak tam Alabama?

Mama włącza się z pierwszą pretensją:

– Czemu nie odbierasz telefonu?

– Przecież napisałam do was esemesa i maila. – Wywracam oczami.

– Powinnaś też zadzwonić – poucza mnie matka.

– *Sorry*. – Z zadowoleniem stwierdzam, że w moim głosie nie słychać ani odrobiny skruchy.

– Dobrze się bawisz? – pyta ojciec. – Mówili, że w Mobile było wczoraj dwadzieścia siedem stopni.

– Coś podobnego – odpowiadam, dodając w myślach: w Nowym Jorku za to tylko piętnaście.

– Mam nadzieję, że smarujesz się kremem z filtrem – przypomina mi matka. – Pamiętaj, że trzeba go nakładać co kilka godzin. Masz taką jasną skórę, kochanie. Musisz bardzo uważać, żeby słońce cię nie poparzyło.

Myślę o cerze Marianne. Już wiem, po kim odziedziczyłam bladą karnację, która nagle wydaje mi się odrobinę bardziej atrakcyjna. Skoro Marianne tak świetnie wygląda, to może i ja jej kiedyś dorównam? Zastanawiając się, na co właściwie czekam, podchodzę do okna i lekko rozchylam żaluzje. Przez szparę widzę zatłoczoną ulicę, która od samego rana tętni życiem – to coś zupełnie innego niż widok z okna mojej sypialni w domu.

– Co u Charlotte? – rzucam. Dla mojego ojca to sygnał ostrzegawczy, bo nigdy nie pytam o siostrę. Nagle nabiera podejrzeń:

– Wszystko w porządku. Śpi. Co się dzieje, Kirbs?

Odwracam się od okna, przechodzę przez pokój i siadam na łóżku, napawając się wizją tego, co za chwilę nastąpi.

– Słuchajcie, ja wcale nie jestem w Mobile – wypalam, po czym z zadowoleniem wsłuchuję się w ciszę po drugiej stronie słuchawki.

– Gdzie jesteś? – odzywają się w końcu chórem.

– W Nowym Jorku – odpowiadam i pokazuję swojej komórce środkowy palec. Nie mogłam sobie wymarzyć lepszej zemsty za tamte podsłuchane w nocy słowa.

– W Nowym Jorku! – woła matka takim tonem, jakbym jej właśnie oświadczyła, że znalazłam się na afgańskim froncie.

– Co ty robisz w Nowym Jorku? – ojciec sili się na spokojny ton, najwyraźniej próbując nie dopuścić do wybuchu histerii.

– Belinda jest z tobą? – dopytuje mama. – A pani Greene?

– Nie. Jestem sama. No... Może nie do końca sama... Jestem u swojej biologicznej matki. – Zamykam oczy, zastanawiając się, jak można odczuwać równocześnie wstyd i triumf.

– Co, na Boga... – Głos mamy cichnie i wyobrażam ją sobie, jak gapi się w lustro toaletki, wciąż w różowych i fioletowych papilotach. Zazwyczaj zdejmuje je tuż przed wyjściem z domu, a czasem dopiero w samochodzie, co doprowadza mnie i Charlotte do szewskiej pasji. – Dlaczego? – odzywa się w końcu.

– Co „dlaczego”? – odburkuję z myślą, że to najbardziej kretyńskie pytanie, jakie mogła zadać.

– Dlaczego... tam pojechałaś?

– A jak ci się zdaje, mamo?

– Skarbie – włącza się ojciec. Na początku nie wiem, do której z nas się zwraca, ale po chwili słyszę: – Rozumiemy, że chciałaś ją odnaleźć. Ale trzeba było nam powiedzieć. Mogliśmy ci pomóc.

– Nie potrzebuję waszej pomocy – odpowiadam zgodnie z prawdą.

– Wiem. Ale chcielibyśmy... Przynajmniej jakoś cię wesprzeć.

– Tak, jasne – mamroczę pod nosem.

Słyszę w słuchawce urywany oddech matki i założyłabym się o swojego iPoda, że właśnie zaczyna płakać.

– Jak się tam dostałaś? – pyta ojciec.

– Autobusem Greyhound Lines – odpowiadam. Przychodzą mi do głowy słowa piosenki *America* duetu Simon &Garfunkel opowiadające o parze, która wsiada do greyhounda w Pittsburghu. Mój ulubiony wers: „czuję pustkę i ból, chociaż sam nie wiem czemu", bardzo pasuje do sytuacji.

– I co? – Głos matki drży, tak jak przewidziałam. – Polubiłaś ją?

No oczywiście, myślę. Tylko to się liczy. Pal sześć, że chcę zrozumieć, kim jestem i skąd się wzięłam – ważne, że ona jest bohaterką, która ocaliła mnie przed tamtą samolubną kobietą. Kobietą zdolną oddać własne dziecko.

– Jest czadowa – mówię, bo nie potrafię się powstrzymać.

– To... Cudownie – odpowiada mama, pociągając nosem. – Bardzo się cieszę.

– Na pewno? A może miałaś nadzieję, że będzie okropna?

– Kirby! – wtrąca się ojciec stanowczo. – Jesteś niesprawiedliwa.

– *Sorry*. – Ku mojej radości te przeprosiny brzmią jeszcze bardziej nieszczerze niż pierwsze.

– Kiedy wracasz do domu? – pyta mama.

Odpowiadam, że nie wiem – pewnie za dzień lub dwa.

– W środę masz szkołę – przypomina mi.

– Wiem.

– Czyli będziesz jutro wieczorem? – upewnia się ojciec, a ja z zadowoleniem stwierdzam, że to pytanie, nie nakaz. Nie mogą mnie zmusić do powrotu i dobrze o tym wiedzą.

– Pewnie tak – rzucam niedbale. – Muszę już kończyć.

– Co będziesz dziś robić? – pyta mama.

– Idę z nią do pracy – odpowiadam. – Ona jest sławną producentką telewizyjną.

– Jakiego programu? – pyta matka podejrzliwie.

– Nie znasz – odpowiadam, bo wiem, że ogląda tylko telenowele, seriale kryminalne i *reality show* (ale wyłącznie te radosne i pozbawione przekleństw czy drastycznych scen).

– Możemy z nią porozmawiać? – pyta ojciec.

– Nie – rzucam krótko. – Jest pod prysznicem.

– To może jak wyjdzie?

– Wątpię. Jest strasznie zajęta. Zresztą muszę już kończyć.

– W porządku, skarbie. Baw się dobrze – mówi tato. – Uważaj na siebie. Pamiętaj, że to wielkie miasto.

– Dobrze – odpowiadam, bo nagle czuję, że gryzie mnie sumienie. – Będę uważać.

– Kochamy cię – rzuca mama, ale ja już się rozłączam. Wyobrażam sobie scenę, jaka za chwilę rozegra się w domu. Strumienie łez, a później żarliwe modlitwy w czasie porannej mszy. Modlitwy o mój bezpieczny powrót. Za moją zbłąkaną duszę. O to, żebym zapomniała o kobiecie, która się mnie samolubnie pozbyła.

ROZDZIAŁ 8

Marianne

– Zadzwoniłam do rodziców – mówi Kirby. Jedziemy właśnie metrem do mojej pracy. Zabrałam ją ze sobą, bo po pierwsze, nie mam pojęcia, co miałabym z nią robić, a po drugie, nie mogę sobie pozwolić na dzień wolnego.

– Powiedziałaś im, gdzie jesteś? – pytam. Pociąg hamuje z piskiem na stacji i do środka wciskają się kolejni podróżni, a ja pilnuję naszego małego kawałka przestrzeni, rozpychając się łokciami i mocno zapierając stopami o podłogę. Powietrze jest gęste i parne – jak zawsze w podziemiach w deszczowe dni, niezależnie od pory roku.

Kirby kiwa głową. Duże złote kolczyki kołyszą się na wysokości jej brody. Uczesała się dziś w koczek i zrobiła makijaż, nieco zbyt mocno podkreślając oczy czarną kredką. W połączeniu z moim czarnym trenczem, który kazałam jej włożyć, właściwie nie różni się wyglądem od stażystek w naszym biurze – mam więc nadzieję, że ludzie nie będą zadawać pytań.

– I? Co powiedzieli? – dopytuję. Odkąd stanęła w progu mojego mieszkania, co kilka godzin, a czasem nawet co kilka minut uderza mnie nagła świadomość, że to wszystko dzieje się naprawdę. To moja córka. Wciąż ogromnie trudno mi w to uwierzyć.

Pociąg gwałtownie przyśpiesza, a Kirby traci równowagę i odzyskuje ją dopiero po kilku sekundach.

– Tato nic, ale matka się wściekła.

Pytam dlaczego, z nadzieją, że chodziło o jej kłamstwo, a nie o mnie, ale ze spojrzenia, którym mnie obdarza, wnioskuję, że reakcja jej mamy miała jednak ze mną sporo wspólnego.

– Chyba jest o ciebie trochę zazdrosna – mówi Kirby ze wzrokiem utkwionym w jakimś całkiem normalnie wyglądającym facecie, który wychwala na cały głos Jezusa oraz weganizm, nie dbając zbytnio o logikę wywodu.

– Potrzebne nam jeszcze jedno przykazanie – mówię, żeby odwrócić jej myśli od matki. – „Nie będziesz głosił swojej wiary w metrze, a w każdym razie nie w deszczowe poniedziałki".

Kirby się uśmiecha i zafascynowana obserwuje kątem oka samozwańczego kaznodzieję, który zaczyna szczegółowy wykład na temat picia soku śliwkowego w oczekiwaniu na drugie nadejście Chrystusa.

– Twoja mama nie ma powodów do zazdrości – mówię na wszelki wypadek. Wiem, że jestem winna szacunek i wdzięczność kobiecie, która ją wychowała; poza tym chcę uspokoić Kirby. Dziewczyna w zamyśleniu przysłuchuje się kaznodziei, który woła: „chwaaalcie Pana!". Nikt nie reaguje, więc mężczyzna jeszcze głośniej powtarza wezwanie.

– Sama nie wiem – zastanawia się Kirby. – Może to nie zazdrość? Może się czuje zagrożona? Tak, to lepsze określenie.

Wiem, że nie powinno tak być, i zalewa mnie fala wstydu. W końcu mówię:

– Myślę, że po prostu jest zaskoczona. Może gdybyś jej powiedziała, dokąd się wybierasz, nie miałaby nic przeciwko...

Kirby kręci głową i mocniej chwyta się słupka.

– Nie. I tak by się wściekła. Jej się chyba zdaje, że przyjazd tutaj to brak lojalności z mojej strony.

– Ale to twoja m a t k a – mówię. – A ja jestem tylko... Nieznajomą kobietą z Nowego Jorku.

Dopiero kiedy przez twarz Kirby przemyka cień bólu, zdaję sobie sprawę, jaka byłam niedelikatna. Powtarzam w głowie swoje słowa i nagle brzmią one tak, jakbym chciała się jej wyprzeć.

– To znaczy: oczywiście, że jestem kimś więcej – mówię pośpiesznie, żeby zatrzeć poprzednie wrażenie. – Nosiłam cię w brzuchu przez czterdzieści tygodni... No, trzydzieści dziewięć. Urodziłaś się tydzień przed czasem. Dziękuję ci za ten drobny akt miłosierdzia – dodaję z uśmiechem.

Kirby odwzajemnia uśmiech i stwierdza, że to był chyba pierwszy i ostatni raz, kiedy była gdziekolwiek przed czasem.

Kilka chwil później dojeżdżamy do naszego przystanku przy Pięćdziesiątej Piątej Ulicy.

– Wysiadamy – mówię, po czym prowadzę ją po schodach w górę i po chwili jesteśmy na Lexington Avenue.

Omijając samochody, pieszych i kałuże, docieramy na miejsce i wchodzimy do środka przez obrotowe szklane drzwi. Otrząsamy z deszczu nasze duże czarne parasole, ale i tak jesteśmy mokre i zmarznięte. Kiedy udaje mi się złapać oddech, mamroczę, że muszę się napić kawy, i pytam, czy chce coś ze Starbucksa.

– Może gorącą czekoladę? – podpowiadam.

Kirby patrzy na mnie chłodno.

– Mam osiemnaście lat, nie dziesięć.

– No tak – reflektuję się, parskając nerwowym chichotem. W kolejce po kawę dostrzegam Petera, który przegląda swojego blackberry. Kiedy do niego podchodzę, ogarnia mnie dziwne zdenerwowanie. Kirby podąża kilka kroków za mną. Peter podnosi wzrok, a ja macham do niego nieśmiało.

– Cześć – mówi, posyłając mi sztywny uśmiech, który tylko wzmaga moją niepewność. Potem wita się z Kirby. – Wycieczka po stacji? – pyta.

Kirby kiwa głową. Wygląda na zmieszaną.

Śpieszę jej na pomoc:

– Tak, Kirby trochę mi dzisiaj pomoże. W pokoju scenarzystów przydadzą się dodatkowe ręce do pracy.

– Jasne – mówi Peter i posyła jej jeden ze swoich władczych, efektownych uśmiechów. Zyskał dzięki nim reputację sprytnego, wręcz bezlitosnego przeciwnika wśród śmiałków, którzy odważyli się stanąć mu na drodze. – Szczególnie do pilnowania porządku i rozdzielania tych, którzy skaczą sobie do gardeł. Życzę powodzenia.

– Nikt sobie nie skacze do gardeł, prowadzimy konstruktywne dyskusje – protestuję i przechodzę na koniec ogonka, mijając kilka sennych osób czekających na swoją kolej.

– Czy Marianne zdradziła ci warunek, który musisz spełnić, żeby przekroczyć te święte progi? – rzuca Peter przez ramię w stronę Kirby.

Kirby kręci głową, a ja odpowiadam:

– To nie warunek, tylko tradycja.

– Warunek – upiera się Peter.

– O co chodzi? – pyta Kirby.

– Każdy, kto po raz pierwszy wchodzi do pokoju scenarzystów, musi wystąpić przed wszystkimi – odpowiada Peter, przewracając oczami. – Inaczej nie wyjdziesz. Oni pilnują drzwi.

Kirby sztywnieje. Wygląda, jakby zaraz miała zwymiotować – albo rzucić się do ucieczki.

– Jak to: wystąpić? – pyta.

Chciałabym ją uchronić, ale wiem, że praktycznie nie sposób będzie ominąć żelazną regułę, którą sama ustanowiłam. Mówię więc:

– Och, to może być cokolwiek. Możesz opowiedzieć dowcip o babie i lekarzu. Powiedzieć coś wspak. Żonglować. Wymienić stolice wszystkich stanów. Dotknąć językiem nosa. Jeden kolega prawie zwinął się w supełek, to była jakaś pozycja z jogi. Wyglądało to dość bezwstydnie, zwłaszcza że się rozebrał do bokserek, żeby mu nic nie krępowało ruchów... Krótko mówiąc, może to być cokolwiek, ale coś musisz zrobić... Nawet pan wydawca musiał się popisać, zanim go wpuściliśmy do naszego królestwa.

Peter cmoka zniecierpliwiony.

– Nie byłem przygotowany. Ostatni raz mnie kocili w studenckiej drużynie rugby.

– To nie jest żadne kocenie – protestuję. – To po prostu... Taki rytuał przejścia.

– Co zrobiłeś? – pyta go Kirby i widzę, że fakty stopniowo układają jej się w głowie. Peter jest moim wydawcą. Grubą rybą. Moim s z e f e m.

– Zaśpiewałem piosenkę o przyimkach na melodię *Yankee Doodle Dandy.*

Kirby się uśmiecha, podobnie jak dwie kobiety przede mną, które najwyraźniej go rozpoznały.

– Nie chcę cię martwić – ciągnie Peter – ale masz pięć minut, żeby coś wymyślić.

Barista woła go do lady. Peter odwraca się, bierze kawę, w drugą ręką chwyta teczkę i życzy nam miłego dnia.

– Nawzajem – odpowiadam, jakbyśmy byli tylko znajomymi z pracy, którzy ucięli sobie pogawędkę w kolejce po poranną kawę.

*

– Nie wiem, co mam zrobić – mówi Kirby nerwowo w drodze do windy. Chowa swojego bajgla i sok pomarańczowy do torby z wytartym paskiem. Może kupię jej nową z okazji ukończenia szkoły? Pasowałaby jej klasyczna chanelka. Z drugiej strony, jej matka mogłaby kręcić nosem na drogi prezent. W takim razie zdecyduję się na coś skromniejszego. Ale czy nie przesadziłam już z ciuchami od Agnes?

– Masz ulubiony przedmiot w szkole? – pytam, starając się naprowadzić ją na jakiś pomysł. Kirby spogląda na mnie pustym wzrokiem.

– Hm. Umiesz gwizdać?

Kręci głową.

– Potrafisz zaśpiewać bez fałszowania?

Potakuje skromnie, a ja natychmiast sobie wyobrażam, że ma piękny głos. Moje serce zaczyna szybciej bić na wspomnienie o Conradzie.

– To zaśpiewaj – mówię. – Możesz zanucić kawałek hymnu albo swojej ulubionej piosenki. To może być cokolwiek, naprawdę. Nie ma się czym denerwować.

Kirby kiwa głową i rozgląda się spłoszona. Wychodzimy z windy i ruszamy korytarzem, jak w każdy poniedziałek pełnym zaaferowanych ludzi. Kiedy docieramy do mojego niedużego narożnego gabinetu, proszę ją, żeby usiadła na skórzanym fotelu po drugiej stronie biurka, a sama zaczynam organizować sobie pracę: włączam komputer, przeglądam wiadomości od asystentki i sprawdzam skrzynkę pocztową.

– Czeka nas długi dzień – mamroczę, bardziej do siebie niż do niej.

Kirby z powagą kiwa głową.

– Daj znać, jeśli będę mogła w czymś pomóc – mówi. – Mogę uporządkować papiery albo coś takiego.

Spoglądam na nią, zastanawiając się, czy ma w ogóle jakieś prawdziwe życiowe ambicje – i czy jest coś, co mogę zrobić, żeby ją naprowadzić na właściwą drogę. Albo przynajmniej zachęcić, żeby poszła do college'u i zajęła się w życiu czymś lepszym niż porządkowanie papierów.

– W tej chwili jesteśmy w fazie przedprodukcji i przygotowujemy się do spotkań z reklamodawcami – wyjaśniam. – W zeszłym roku serial leciał w czwartki, ale teraz może być inaczej; najpierw trzeba ustalić, jaką będziemy mieli konkurencję.

– A więc jeszcze nie kręcicie? – pyta Kirby z nutką rozczarowania w głosie.

– Nie. Na razie wymyślamy fabułę i szkicujemy scenariusz, żeby go przekazać do studia, a oni wtedy prześlą nam swoje uwagi. Trzeba jeszcze obsadzić gościnne role, ustalić wszystko z aktorami i ekipą, przyjąć projekty nowej scenografii, dogadać się z kamerzystami i oświetleniowcami. No i cały czas kontrolować to, jak nas promuje stacja.

– Kurcze – mówi Kirby. – Strasznie dużo spraw.

– Faktycznie – odpowiadam, a potem chwytam kilka naostrzonych żółtych ołówków, notatnik i iPada. – Ale kiedy widzisz, jak serial zaczyna żyć, stwierdzasz, że było warto... Gotowa?

Kirby kiwa głową, więc wstaję i prowadzę ją korytarzem w stronę długiej, wąskiej, pozbawionej okien salki konferencyjnej, zwanej też pokojem scenarzystów lub – od czasu do czasu – izbą tortur. Wewnątrz już czeka mój sześcioosobowy zespół (kolejni dołączą w przyszłym miesiącu, kiedy zaczniemy kręcić pierwsze odcinki). Rozmawiają o tym, jak spędzili weekend, o plotkach w brukowcach i ewentualnych pomysłach na fabułę. Przekazaliśmy już do studia szczegółowe streszczenia pierwszych trzech odcinków i wyznaczyłam autorów scenariuszy pierwszych dwóch, więc dziś pozostaje nam kontynuować to, co zaczęliśmy w zeszłym tygodniu, czyli powoli szkicować wspólnie kolejne historie i pracować nad losami poszczególnych postaci.

– Cześć! Przepraszam za spóźnienie! – wołam. Połowa obecnych milknie i spogląda na Kirby. Druga, pogrążona w złośliwych plotkach, najwyraźniej postanawia sobie nie przerywać.

– No dobrze, zaczynajmy. To jest Kirby – mówię, wskazując na znieruchomiałą w progu postać. – Przyjechała do nas z St. Louis. Będzie dziś moją prawą ręką.

Rozglądam się z nadzieją, że wszyscy jakimś cudem zapomnieli o mojej zasadzie. Nic z tego. Pierwsza odzywa się Kate McQuillan, która trafiła tu prosto z filmówki, bez żadnych wcześniejszych doświadczeń (sądząc po jej pierwszym występie, nie miała również doświadczenia w kręceniem hula-hoop):

– Co Kirby nam pokaże?

– Myślę, że dziś damy sobie z tym spokój – mówię, zerkając na bladą i skamieniałą z przerażenia dziewczynę.

– Nie ma mowy – protestuje Alexandre José, mój spec od męskiego humoru. Alexandre zaczynał od improwizacji, a w telewizji znalazł się po występach w komediowej trupie Boom Chicago w Amsterdamie. Choć pisaniem scenariuszy zajmuje się od niedawna, traktuję go jak pierwszego oficera tej załogi. Zawsze mogę na niego liczyć również w wypadku konfliktów. Potrafi ukoić nawet najbardziej nadwerężone ego i panować nad atmosferą w razie awantur, co jest nie do przecenienia w takim miejscu jak to.

Alexandre spogląda na Kirby, a potem na mnie.

– Nie popisywałem się tańcem irlandzkim po to, żeby ktoś inny mógł się wymigać. Niech pokaże, na co ją stać.

Kirby zerka na mnie, a ja podnoszę ręce w geście rezygnacji, bo wiem, że z Alexandre nie wygram. Wybacz, mała – myślę. Kurtyna w górę.

Po trzydziestu sekundach bolesnej ciszy Kirby robi kilka małych kroczków do przodu.

– Ee... – zaczyna. – To będzie piosenka.

– Świetnie! Wokalistka! – woła Emily Grace Fuller, pozornie delikatna „panienka z dobrego domu", córka bogatych rodziców z Południa. Patrząc na nią, nikt by się nie domyślił, że potrafi harować jak wół i że jest autorką naszych najbardziej błyskotliwych dialogów. Serialową postacią, z którą jej najlepiej idzie, jest Elza, naiwna dziewczyna, która przeprowadziła się do Filadelfii z Missisipi za swoim chłopakiem, studentem prawa.

– Dawno nie mieliśmy tu prawdziwej wokalistki – mówi Emily Grace, zerkając na koleżankę, która swego czasu zaśpiewała motyw przewodni serialu *The Brady Bunch*, fałszując przy tym niemiłosiernie.

Siadam na swoim zwykłym miejscu u szczytu stołu, a tymczasem Kirby drobnymi kroczkami wychodzi dalej do przodu. Staje przy drugim końcu stołu, odchrząkuje, po czym nagle zaczyna rapować, z maestrią stukając przy tym dłońmi o blat. Ma bardzo cichy, ale ładny głos, a jej poczucie rytmu wprawia mnie w zdumienie: każda z dłoni wybija osobne takty. „*I said a hip hop a hippie to the hippie to the hip hip hop, a you don't stop a rock it to the bang bang boogie say up jumped the boogie to the rhythm of the boogie...*"

Ku żywiołowej radości wszystkich zebranych Kirby rapuje jeszcze kilka linijek, nie połykając ani jednej sylaby i ani na chwilę nie wypadając z rytmu. Bębnienie staje się coraz szybsze i bardziej skomplikowane. Wreszcie kończy i kłania się lekko. To jeden z najbardziej nieśmiałych, a zarazem najlepszych występów, jaki widziałam od długiego czasu. Uśmiecham się z ulgą i satysfakcją, a Jeanelle Chambers, zadziorna dziewczyna z Queens, zaczyna głośno klaskać i mówi:

– A niech to. Genialnie, białasko.

– Dzięki – mamrocze Kirby. Wciąż stoi na środku, ale spuściła już głowę i patrzy na własne stopy.

– Nie jesteś przypadkiem ze dwadzieścia lat za młoda, żeby znać Sugarhill Gang? – pyta Alexandre. – Chyba nawet Def Squad nagrali swój cover, zanim się urodziłaś?

– *Rapper's Delight* to klasyka – odpowiada Kirby, zwracając się do własnych palców u stóp. – A Sugarhill są jak dziadkowie hip-hopu.

Alexandre kiwa głową. Widać, że jest pod wrażeniem i że zaintrygował go mój gość.

– Zgadza się.

Ogarnia mnie duma i zastanawiam się, czy tak się właśnie czują prawdziwi rodzice, kiedy ich pociecha pokona jakąś przeszkodę albo osiągnie coś ważnego. Wskazuję Kirby miejsce obok mnie. Siada na krześle, nie patrząc na mnie. Nie uśmiecha się i zauważam, że oddycha nieregularnie i trzęsą jej się ręce.

To jeszcze dziecko, myślę. Ma tyle lat, ile ja, kiedy ją urodziłam. Tracę na chwilę wątek i przed oczami znów staje mi Conrad. Po raz kolejny zmuszam się do tego, żeby o nim nie myśleć.

– No dobrze – mówię, przybierając oficjalną minę, i wskazuję na białą tablicę pokrytą ujętymi w diagramy pomysłami na postaci i wątki. – Mamy tylko dwie godziny, więc nie traćmy czasu. Zaczynamy od Damiena i Carrie. Przepraszam, od Rogera i Evvie – poprawiam się, gdyż zamiast imion postaci wymieniłam imiona aktorów. – Końcówka pierwszego odcinka. Roger wreszcie wyznaje Evvie, co czuje.

– Słyszałam, że w realu też to zrobił – informuje nas Jeanelle, jedyna członkini zespołu, która kumpluje się z obsadą. Upija łyk kawy i spogląda na nas znad krawędzi kubka, czekając na reakcję.

– Pieprzysz – nie dowierza Alexandre, który właśnie napisał na tablicy czerwonym markerem „Roger + Evvie". – Myślałem, że Damien kręci z Angelą.

– Kręcił – poprawia go Jeanelle. – Czas przeszły.

Zerkam na Kirby – wyraźnie podekscytowaną każdym słowem – i żeby zrobić jej przyjemność, pozwalam zespołowi trochę poplotkować. Skupiają się głównie na tym, jak bardzo Angela się wścieknie, kiedy o wszystkim usłyszy.

– Powiedz im, czego się jeszcze dowiedziałaś – Emily Grace ze śmiechem zwraca się do Jeanelle.

– A, tak. Słyszałam, że Damien ma sporego.

Alexandre kręci głową i wcielając się w stereotypowego geja, mówi:

– Wiesz co? Nie podobają mi się takie uwagi. – Uśmiecha się przy tym szeroko do koleżanek. – Chyba pozwę stację za nieprzyjazne środowisko pracy.

– Ej, obrażasz mnie – odzywa się jedyny poza Alexandre mężczyzna w naszym zespole, Benjie Carr, który jest przy okazji gejem. Oczywiście żartuje, Benjiego nie da się obrazić. Pokazuje palcem leżące na stole pudełko rogalików i zwraca się do Alexandre:

– Trzymaj je z daleka ode mnie. Jestem na diecie oczyszczającej.

– Dobra, dobra! – wołam, spoglądając na zegarek. – Koniec lenistwa, bierzemy się do pracy. Czekam na pomysły!

Alexandre podejmuje swoją rolę stenografa i rozpoczynamy burzę mózgów. Kirby rozgląda się na prawo i lewo, chłonąc każdy szczegół. Dzisiejsze spotkanie przebiega raczej spokojnie – nie licząc dyskusji na temat postaci o imieniu Max. Max to nieco nadęty student z Pensylwanii, który przesiaduje godzinami w barze, pije irlandzką whisky, narzeka na muzykę z szafy grającej i przez cały czas się wymądrza. W tym samym czasie próbuje dość żałosnych i bezowocnych zalotów do naszej bohaterki z Missisipi.

– Za dużo go pokazujemy. On jest jak Wesley – mówi Jeanelle, nawiązując do znienawidzonej postaci Wesleya Crushera z serialu *Star Trek: Następne pokolenie*. Krótko mówiąc, chodzi jej o to, że fani *South Second Street* nie cierpią Maksa, a my, scenarzyści, nie zdajemy sobie z tego sprawy. Co więcej, ludzi najbardziej wkurza właśnie to, że robimy wszystko, żeby go polubili. Wpychamy im go do gardeł. – Koleś jest denerwujący i nudny – mówi dalej Jeanelle. – Szczególnie kiedy próbuje nam wmówić, że jest bystry i interesujący.

– Nie zgadzam się – protestuje Emily Grace.

– Hmm, a to przypadkiem nie dlatego, że sama go wymyśliłaś? – pyta Jeanelle. – I napisałaś scenę, w której w kółko nawija o tym, jaki jest wspaniały?

Alexandre syczy głośno, dotyka stołu i natychmiast odsuwa palec, jakby się oparzył.

– Ale cię załatwiła.

Uśmiecham się i mówię:

– A ja uważam, że Max jest ciekawy. I bardzo dobrze napisany.

– Dzięki. – Emily Grace uśmiecha się do mnie z nieśmiałą wdzięcznością.

– E tam. To frajer – stwierdza Alexandre i bazgroli na tablicy strzelbę. – Zabijmy go. Proponuję napad na tle rasowym. Albo morderstwo połączone z samobójstwem, moglibyśmy przy okazji pozbyć się tego śliskiego adwokata.

– Albo przynajmniej wsadźmy go do autobusu – mówi Jeanelle. W naszym żargonie „wsadzenie do autobusu” oznacza wyrzucenie bohatera ze scenariusza, ale z możliwością powrotu. – Niech odjedzie greyhoundem w nieznane.

Łapię porozumiewawcze spojrzenie Kirby. Dziewczyna unosi brwi i głośno siorbie sok pomarańczowy przez słomkę.

Tak, myślę sobie, możecie kazać mu wsiąść do greyhounda i odwiedzić biologiczną matkę – a potem zorientować się, że nigdy nie powiedziała o nim jego ojcu. To by dopiero była historia.

ROZDZIAŁ 9

Kirby

– Gdzie się nauczyłaś tak śpiewać… To znaczy rapować? I tak genialnie bębnić? – pyta Marianne. Jest już wieczór. Siedzimy w jej gabinecie i jemy zamówione wcześniej chińskie żarcie. To był zwariowany dzień. Nie miałam pojęcia, że są ludzie, którzy tak ciężko i tak długo pracują. Dopiero teraz mamy okazję porozmawiać tylko we dwie.

– Dzięki – mówię, a potem opowiadam jej, jak nauczycielka muzyki w podstawówce powiedziała, że perkusja i waltornia to dwa instrumenty, które najtrudniej opanować, a mój ojciec stwierdził, że taniej będzie pozwolić mi walić w stół, niż kupować róg. Marianne odsuwa prawie nietknięty talerz pełny krewetek i smażonego ryżu (zauważyłam, że w ogóle rzadko coś je) i stwierdza:

– Byłaś niesamowita. Naprawdę.

Jeszcze raz jej dziękuję, a potem obrzucam ją długim spojrzeniem i po chwili milczenia mówię:

– Jutro wracam do domu.

– Ach. No tak. – Marianne udaje zawiedzioną. – Na pewno nie zostaniesz dłużej?

– Może... – odpowiadam z wahaniem. Tak bym chciała, żeby ona chciała, żebym została. Albo żeby przynajmniej naprawdę ze mną pogadała. – W środę powinnam iść do szkoły. Mogę to olać... Ale chyba nie powinnam.

Marianne kiwa głową i bez protestów stwierdza, że oczywiście, rozumie. Ściska mi się serce, ale wiem, że nie mogę jej odpuścić, więc wzruszam ramionami.

Marianne nerwowo mówi dalej:

– W tym tygodniu i tak mam mnóstwo roboty. Jutro znów mamy spotkanie z zespołem, a potem z działami marketingu i finansów i z kamerzystami... Nudziłabyś się. Lepiej opowiedz mi coś jeszcze o swojej grze na perkusji.

Wlepiam w nią zdumione spojrzenie, a potem kręcę głową i stwierdzam, że nie ma o czym opowiadać. To naprawdę śmieszne. Jak ona może gadać o czymś takim, skoro słowem się jeszcze nie zająknęła o moim ojcu? Nie wiem, czy chce coś przede mną ukryć, czy po prostu nie ma ochoty o nim rozmawiać, ale minęło prawie czterdzieści osiem godzin i jestem pewna, że nie zacznie tego tematu, jeśli nie zapytam o to wprost.

Jakiś czas później jesteśmy z powrotem w jej mieszkaniu. Marianne zaczyna ziewać i napomyka coś o pójściu spać. Decyduję: teraz albo nigdy. Słyszę łomotanie własnego serca, a potem swój głos:

– Czy możesz mi powiedzieć coś o moim ojcu?

Marianne patrzy na mnie zmieszana i zaskoczona, zupełnie jakby ani przez chwilę nie przeszło jej przez myśl, że mogę o niego zapytać. Bierze głęboki oddech. Z jej skamieniałej z grozy twarzy wnioskuję, że to będzie długa historia. Ale ona mówi tylko:

– Nazywa się Conrad. Conrad Knight.

– Night? Jak noc?

– Nie. Jak towarzysz króla Artura*.

Przez chwilę zachłystuję się jak głupia magiczną wizją Okrągłego Stołu w zamku Camelot, ale potem dostrzegam, że Marianne marszczy brwi i natychmiast wracają dawne strachy. Boję się, że opowie mi historię, której nie chciałabym usłyszeć. Że prawdą jest to, o czym dyskutowali w kuchni moi rodzice i co sobie dopowiedziałam: gwałt, więzienie, narkotyki. Albo po prostu potwierdzą się moje własne przypuszczenia (które do teraz specjalnie mnie nie przygnębiały): że zostałam poczęta podczas pozbawionej uczucia jednonocnej przygody, która dla żadnego z nich zupełnie nic nie znaczyła. Wiem oczywiście, że byłam „wpadką", ale wolałabym, żeby ta wpadka zdarzyła się ludziom, którzy naprawdę coś do siebie czuli, a nie była tylko wynikiem chwilowej żądzy, która kojarzy mi się z przechwałkami Belindy.

– Jak go poznałaś? – pytam, a serce wali mi coraz szybciej.

– Chodziliśmy razem do szkoły – odpowiada, dodając, że znali się od czwartej klasy podstawówki, ale tak naprawdę poznała go dopiero w wakacje po skończeniu liceum. – Miałam dokładnie tyle lat co ty. On tak samo. Wpadliśmy na siebie na imprezie...

Marianne bierze głęboki oddech. Po jej nieruchomej twarzy poznaję, że gorączkowo myśli. Postanawiam nie

---

* Po angielsku słowo „*night*", oznaczające noc, i „*knight*", oznaczające rycerza, wymawia się tak samo.

odpuszczać i poczekać, aż zacznie mówić dalej. Ale po kilku sekundach ciszy poddaję się i rzucam kolejne pytanie:

– A więc... Jaki on był?

Marianne oddycha głęboko i zaczyna mówić, starannie dobierając słowa:

– Był bardzo bystry. Nie lubił szkoły, ale gdyby tylko zechciał, mógłby zostać prymusem.

Kiwam głową. Po raz pierwszy w życiu czuję jakąś więź z moim prawdziwym ojcem.

Marianne ciągnie, zamyślona:

– Nie był klasycznym buntownikiem, ale chodził własnymi ścieżkami. Nie dbał o to, co o nim pomyślą inni, i to nie było na pokaz; naprawdę go to nie interesowało. Ja tak nie potrafiłam, ale bardzo go za to podziwiałam. Zresztą nie tylko ja.

– Był samotnikiem? – pytam.

– Tak. Można tak powiedzieć. Przynajmniej w szkole nie miał wielu znajomych. Nie było mu to potrzebne. Za to poza szkołą miał kolegów. Kolegów z zespołu. Więc nie do końca dało się go określić jako samotnika. Był po prostu... Niezależny.

– Grał w zespole? – pytam, zachwycona tym odkryciem. Oddycham również z ulgą, że nie okazał się jakimś durnym futbolistą. Nie wiem czemu, ale muzyk czekający na okazję, żeby bzyknąć koleżankę, wydaje mi się lepszy niż sportowiec, który robi to samo.

– Tak – odpowiada Marianne. – Był bardzo zdolny. Grał na gitarze i pianinie, a nawet trochę na saksofonie. Miał piękny głos. Tak samo jak ty.

Nie mogę się powstrzymać i uśmiecham się lekko.

– Jak wyglądał? – pytam.

– Był boski – odpowiada Marianne bez chwili wahania. – Ciemne włosy. Piękne oczy. Masz jego oczy.

– Naprawdę? – pytam, a serce wali mi jeszcze mocniej.

– Tak. Ten sam szaroniebieski kolor, te same ciemne obwódki tęczówek. Ten sam kształt i ta sama wielkość. – Marianne wbija wzrok w ścianę za mną, jakby próbowała przypomnieć sobie więcej szczegółów.

– Masz jakieś jego zdjęcia? – pytam i czuję, że kręci mi się w głowie.

– Jedno. – Marianne wstaje i mówi, że zaraz wróci.

Kilka minut później wraca z pożółkłą, niegdyś białą kopertą. W środku jest kartka wydarta z zeszytu, złożona na trzy i pokryta bazgrołami. Wychylam się, płonąc z ciekawości, żeby dojrzeć chociaż kilka słów. Marianne odczytuje bezgłośnie kilka linijek i wkłada kartkę z powrotem do koperty, a wyciąga fotografię. Spoglądam na nią, przygryzając wargę i oddychając ciężko. W końcu mi ją podaje.

– To on – mówi. Wygląda na równie zdenerwowaną jak ja. – To my.

Patrzę na zdjęcie moich biologicznych rodziców – oszołomiona, choć nie bardzo wiem dlaczego. To zbliżenie, niezbyt dobrze skadrowane, skierowane bardziej na niego niż na nią – takie, jakie robi się z wyciągniętej ręki. Oboje leżą na kocu i krzywią się, mrużąc oczy, jakby raziło ich słońce. Nie widać nieba, ale domyślam się, że było bezchmurne i błękitne, bo zdaje mi się, jakbym je widziała w ich – a przynajmniej w jego – oczach. Przytulają się do siebie policzkami. Marianne się rumieni. Conrad obejmuje ją ramieniem, jego palce nikną w gęstych pasmach jej długich włosów, wypłowiałych od słońca. Fotografia jest mało wyraźna, ale dobrze widać, że faktycznie jest piękny subtelną urodą artysty muzyka. Ma ciemne włosy, jasną cerę, pełne usta i półprzymknięte duże oczy o wypukłych powiekach – tak jak mówiła Marianne, oczy dokładnie tego samego koloru co moje. Choć na zdjęciu wygląda na wyluzowanego, to w jego spojrzeniu i twarzy jest jakaś intensywność, coś, co mi podpowiada, że odczuwa wszystko mocno, a jeśli kocha, to na zabój. Ale może widzę to, co chcę zobaczyć, może chcę po prostu wierzyć, że i ja mam w sobie te cechy, a dotychczas nie dostrzegłam ich u Marianne. Oddaję jej zdjęcie, ale wciąż nie mogę oderwać od niego oczu z nadzieją, że mi je podaruje.

– Kochaliście się? – pytam, czując napięcie wszystkich mięśni. Marzę o tym, żeby powiedziała „tak", chociaż sama nie wiem, czemu to dla mnie takie ważne i czy w ogóle ma to jeszcze jakiekolwiek znaczenie.

Marianne waha się przez chwilę, po czym mówi:

– Nie wiem. Wydaje mi się, jakby to było milion lat temu... To było dziwne lato, Kirby. Naprawdę dziwne i skomplikowane czasy.

– Dlaczego dziwne? – dopytuję. Myślę o tym, jak często Belinda określa swoje kretyńskie miłosne perturbacje jako „skomplikowane". Umawia się z jakimś idiotą, potem się nie umawia. Spotykają się z innymi. Robią sobie przerwę. Widują się bez zobowiązań. Czy Marianne chodzi o takie właśnie głupoty, czy jednak o coś istotniejszego?

– Nasz związek wydarzył się tak nagle – mówi, a ja zauważam, że użyła słowa „związek". – Jak grom z jasnego nieba. W ogóle nie znałam tego chłopaka, a po chwili był całym moim światem...

Zastanawiam się uważnie nad następnym pytaniem, czując, że muszę mądrze dobierać słowa, że jest jakiś limit, który za chwilę może się wyczerpać. Tak naprawdę chcę usłyszeć całą d ł u g ą historię o tym, jak postanowili, że się urodzę, a potem mnie oddali. W końcu walę prosto z mostu:

– Chciałaś mnie urodzić? Czy myślałaś o aborcji?

Marianne krzywi się lekko i po kilku głębokich oddechach wreszcie spogląda mi w oczy. Potem bierze mnie za rękę i wypowiada moje imię, jakby mi miała wyznać coś bardzo ważnego. I rzeczywiście robi to.

– Nie powiedziałam mu.

Wiem, że można to zinterpretować tylko w jeden sposób, ale i tak szukam innego wyjaśnienia, zerkając na dwójkę nastolatków na zdjęciu.

– Nie powiedziałaś mu, że donosisz ciążę?

Marianne patrzy na mnie i potrząsa głową, a potem rumieni się tak samo jak na fotografii, tyle że tym razem z zupełnie innego powodu.

– Jak to... Czy on w ogóle wiedział, że zaszłaś w ciążę? – pytam, a fakty zaczynają krystalizować mi się w głowie.

Marianne znów kręci głową i już nie potrafi spojrzeć mi w oczy.

– Ale czemu...? Zostawił cię? – pytam, wyobrażając sobie, jak ją wystawia do wiatru i zrywa z nią w liście, być może właśnie tym, który zachowała w kopercie, a potem znika z miasta i nigdy więcej nie daje znaku życia.

Ale ona jeszcze raz potrząsa głową i mówi cichutko:

– Nie. To ja go zostawiłam.

– Ty jego? – nie dowierzam.

Marianne kiwa głową.

– Tak. Zerwałam z nim, kiedy się dowiedziałam o ciąży.

– Czyli... On w ogóle nie wie, że istnieję? – pytam, nadal trzymając się nadziei, że powiedziała mu po latach. Że mój biologiczny ojciec wie, że gdzieś na świecie żyje jego córka. Że nie może się doczekać, aż mnie pozna. Może Marianne skontaktowała się z nim w ciągu ostatnich czterdziestu ośmiu godzin?

Ale ona tylko kręci głową.

– Nikt o tobie nie wiedział – mówi. – Nikt nawet nie wiedział, że jestem w ciąży. Poza moją matką.

Mimo wysiłków nie potrafię zrozumieć, jak można utrzymać przed wszystkimi tajemnicę takiego kalibru. Jak jej się to udało?

– Nawet twój ojciec? I najlepsza przyjaciółka? – pytam, myśląc, że gdyby to mnie się coś takiego przydarzyło, Belinda usłyszałaby o tym jako pierwsza. Nie żebym w ogóle potrafiła sobie to wyobrazić. W końcu moje doświadczenia damsko-męskie ograniczają się do trzech dość żałosnych pocałunków, i to po pijaku – niezgrabnych i bez znaczenia.

Marianne kręci głową.

– Tylko mama wie.

– Jak ci się udało to ukryć? – pytam.

– Odłożyłam college na następny rok. Powiedziałam w sekretariacie, że jestem chora. Wszystkim innym oświadczyłam, że szkoła mnie wymęczyła i potrzebuję czasu, żeby się zastanowić, co chcę dalej robić. Ojciec myślał, że piszę scenariusz. Wiedział, że pisanie jest dla mnie ważne, więc... Uwierzył. No i... Wyjechałam na jakiś czas...

– Dokąd?

– Do naszego domku nad jeziorem w Wisconsin. Mama do mnie przyjeżdżała. Zabierała mnie do lekarza i do agencji adopcyjnej. Poza tym się stamtąd nie ruszałam, aż urodziłam. Ciebie.

Odejmuje mi mowę. Nagle ta historia staje się częścią mnie, tak samo jak ta, którą tyle razy opowiadali mi rodzice.

– Urodziłaś mnie w Chicago?

Marianne kiwa głową.

– Tak. Poród zaczął się trzydziestego pierwszego marca i trwał całą dobę. Urodziłaś się pierwszego kwietnia. Ale to już wiesz. – Uśmiecha się sztywno. – Potem spędziłam z tobą trzy dni. To były najtrudniejsze i najsmutniejsze trzy dni w moim życiu.

– Czy... Zdążyłaś się do mnie przywiązać? – Czuję, że pieką mnie oczy i ściska mi się żołądek.

– Och, Kirby. O, tak – odpowiada. – Byłam przy tobie przez cały czas. Wykorzystałam każdą minutę. Każdą sekundę.

Pytam, czy nadała mi jakieś imię. Jak się do mnie zwracała przez te trzy dni?

Marianne kiwa głową i szeptem mówi, że nazwała mnie Katherine. Przez K.

– To moje drugie imię – mówię. – Po cioci.

– O kurcze. Niesamowite, co?

Wzruszam ramionami.

– To dość pospolite imię. Mów dalej.

Po chwili wahania Marianne ciągnie:

– A więc nadałam ci imię, mimo że pracownica socjalna mi to odradzała. I karmiłam cię piersią, chociaż mi mówili, że to zły pomysł. Że trudniej będzie mi się przez to z tobą rozstać. Ale ja chciałam... M u s i a ł a m. Raz pielęgniarka próbowała mi cię zabrać, żebym się trochę przespała, ale jej nie pozwoliłam. Wiedziałam, że niedługo będę musiała cię oddać, i nie chciałam przechodzić przez to dwa razy. – Marianne bierze kilka płytkich oddechów i mówi dalej. – W końcu nadeszła ta chwila. Kobieta z agencji pojawiła się w szpitalu razem z pielęgniarką i dwójką pracowników opieki społecznej. Nagle stanęło przy mnie pięcioro ludzi, wszyscy poważni, oficjalni, z dokumentami w rękach i ustami pełnymi wyjaśnień. Dali mi papiery, w tym ostateczną zgodę na adopcję. Mama siedziała w kącie sali na bujanym fotelu i trzymała cię na rękach, a ja czytałam umowy i składałam podpisy.

Czuję, że zaraz się rozpłaczę. Marianne pyta mnie, czy wszystko w porządku. Kiwam głową. Patrzymy sobie w oczy i czekam na dalszy ciąg.

– Cały ranek byłaś strasznie marudna, ale kiedy oni wszyscy zjawili się w pokoju, przestałaś płakać. Zupełnie jakbyś wiedziała, że zaraz się wydarzy coś ważnego, i nie chciała niczego przeoczyć. Miałaś w sobie coś takiego... To inteligentne, bystre spojrzenie. I patrzyłaś mi w oczy. – Przełyka ślinę. – Poprosiłam, żeby mnie zostawili z tobą na chwilę samą. Nawet mama musiała wyjść z pokoju.

– Czy... Miałaś ochotę zmienić zdanie? – pytam z nadzieją, bardzo pragnąc wierzyć, że nie oddała mnie ot, tak.

– Och, nie masz pojęcia – mówi Marianne i coś w jej głosie sprawia, że jej wierzę. – Wiele razy w ciągu tamtych siedemdziesięciu dwóch godzin. Oczywiście, że tak. Zresztą nie wyobrażam sobie, żeby ktoś spojrzał w twoje oczy... Te wielkie oczy, które prawie nie mrugały i na te maleńkie, wyraziste brwi i śliczne usteczka... Żeby popatrzył na to wszystko i nie chciał już zawsze trzymać cię w ramionach i nie puszczać... Ale ja byłam pewna, że robię to, co dla ciebie najlepsze. Że powinnaś mieć mamę i tatę, którzy są małżeństwem, i to w pełni gotowym na dziecko. Na to, żeby się o nie troszczyć i żeby dać mu dom.

– A Conrad? – pytam. Kiedy wypowiadam jego imię, wzruszenie po raz kolejny ustępuje żalowi i urazie. – Brałaś w ogóle pod uwagę, żeby mu powiedzieć? Przecież razem moglibyście jakoś sobie poradzić?

Marianne potrząsa głową i mówi:

– Wtedy już było na to za późno.

– Jak to?

– Nie rozmawiałam z nim od dziewięciu miesięcy. Uznałam, że minęło za dużo czasu. Poza tym to nie byłoby dla ciebie dobre życie. Dwoje nastolatków, którzy udają dorosłych. Wiedziałam, że jest w tym szpitalu para, która na ciebie czeka. I wiedziałam, jak rozpaczliwie pragną zabrać cię ze sobą.

– Więc... Po prostu... Pożegnałaś się ze mną? – pytam drżącym głosem, żałując straszliwie, że noworodki nie mają pamięci, że nie mam żadnych wspomnień z tych trzech dni, które z nią spędziłam.

– Tak – odpowiada Marianne. – Ale najpierw nakarmiłam cię jeszcze jeden, ostatni raz. Potem zmieniłam ci pieluchę. Ubrałam cię w różową koszulkę, ściąganą na dole, żebyś nie zmarzła. Włożyłam ci też maleńkie buciki. I dzierganą czapeczkę, biało-różową, pasującą do koszulki. Moja mama ją dla ciebie kupiła...

Kiwam głową. Pamiętam tę koszulkę ze zdjęcia, najwyraźniej pierwszego, jakie mi zrobili rodzice. Potem przypominam sobie, że na fotografii zrobionej w samochodzie w drodze do domu byłam już ubrana inaczej, co znaczy, że przebrali mnie przed wyjściem ze szpitala. Ciekawe, czy to dlatego, że mi się ulało, czy po prostu chcieli włożyć mi ubranko, które sami wybrali jako symbol nowego początku, tak samo jak moje nowe imię.

– Co było dalej? – pytam.

– Zaśpiewałam ci kołysankę. Jedyną, którą znałam. O konikach.

– Jak to leci?

Marianne odpowiada, że nie umie śpiewać, ale po chwili odchrząkuje i recytuje słowa:

– „Śpij, kochanie, nie płacz już. Śpij, maleńka, oczka zmruż. A gdy rano zbudzisz się, smyku, podaruję ci stado koników".

Oddycham głęboko, w napięciu czekając na dalszy ciąg opowieści – choć go przecież znam.

– W końcu zasnęłaś. Pocałowałam cię na pożegnanie. W oba policzki, w nos i w bródkę. – Głos jej się łamie. – A potem zebrałam się w sobie, otworzyłam drzwi i wyszłam na korytarz, gdzie moja matka rozmawiała właśnie z psychologiem. Oddałam cię jej bez słowa i wróciłam do pokoju, żeby nie patrzeć, jak cię zabiera.

Spoglądam na nią i nagle strasznie mi żal tamtej dziewczyny. Próbuję sobie wyobrazić, jak się czuła, kiedy pakowała swoje rzeczy, przebierała się z powrotem we własne ciuchy i wychodziła ze szpitala, bez kwiatów i baloników, bez dziecka na ręku. Potem znów myślę o Conradzie. O Conradzie, który nie ma zielonego pojęcia o tym, że istnieję.

– Wiesz, gdzie on teraz jest? – pytam.

Marianne kręci głową, z poczuciem winy wypisanym na twarzy. Ale mnie to nie wystarcza.

– I nigdy, przenigdy nie próbowałaś go odnaleźć?

Marianne wzdycha, a potem przyznaje się, że pojechała kiedyś do jego domu, ale okazało się, że Knightowie już tam nie mieszkają. Na skrzynce na listy widniało jakieś inne nazwisko.

– A Facebook? Internet? Wspólni znajomi? Naprawdę nigdy go nie szukałaś?

– Owszem, próbowałam kilka razy. Ale mi się nie udało. Poza tym nie mam już żadnego kontaktu z ludźmi z liceum. Zresztą on też nie był typem, który przyjeżdżałby na szkolne zjazdy.

– Więc się poddałaś? Nic o nim nie wiesz? Tak po prostu… Zniknął z twojego życia?

Marianne kiwa głową. Długo patrzymy na siebie w milczeniu, aż w końcu wstaje i przytula mnie – po raz pierwszy od dnia, kiedy mnie oddała. Pozwalam jej na to, ale nie odwzajemniam uścisku, bo po głowie kołacze mi się tylko jedno pytanie: „jak mogłaś?".

ROZDZIAŁ 10

Marianne

Jestem jej winna przeprosiny. Za tak wiele spraw. Za to, że ją oddałam. Udawałam, że nic się nie stało, że ona nigdy nie istniała poza tamtymi trzema dniami w szpitalnym pokoju. Za to, że nie mam w mieszkaniu jej zdjęcia. Że przez te lata nie pisałam do niej długich listów, nawet jeśli miałabym trzymać je wszystkie w szufladzie w oczekiwaniu na dzień, kiedy znów ją ujrzę.

Ale najbardziej żałuję tego, że nie powiedziałam prawdy Conradowi – jej ojcu. To tę część całej historii tłumiłam w sobie najmocniej i nadal utrzymuję ją w tajemnicy przed Peterem, powtarzając sobie, że to tylko drobny szczegół, choć w głębi duszy wiem, że to coś znacznie więcej. Coś wielkiego, co powoli wzbiera i unosi się ku powierzchni. Kirby nie mówiła, że chce odnaleźć ojca, ale czuję, że tego pragnie. Co będzie, jeśli jej się uda?

Kładę się spać, przypominając sobie tamten dzień. Chwilę, kiedy okłamałam Conrada. Tuż przed tym, jak wyznał, że mnie kocha, a ja nic nie odpowiedziałam. To był początek moich prób zaprzeczenia własnym uczuciom i wymazania go z pamięci. Pamiętam narastającą w gardle panikę, kiedy usiadłam obok niego na kanapie i oglądaliśmy *Simpsonów*, trzymając się za ręce. Pamiętam, jaki był szczęśliwy z negatywnego, jak sądził, wyniku testu; jak śmiał się z powiedzonek Barta, a ja tymczasem osuwałam się coraz głębiej w otchłań.

– Co jest, mała? – zapytał w pewnym momencie, kiedy zauważył, że się nie śmieję z dialogów, które zazwyczaj bawiły mnie do łez. To właśnie wtedy wyrzuciłam z siebie, zrozpaczona:

– Chyba powinniśmy przestać się spotykać.

– Chcesz ze mną zerwać? – Na jego twarzy odbiły się strach i smutek, takie same, jakie czułam na myśl o tym, że go stracę. Mimo to potwierdziłam. – Czemu? – zapytał, z każdą sekundą bardziej zgnębiony.

– Bo wakacje się kończą – odparłam ze spuszczonym wzrokiem.

– Ale jeszcze się nie skończyły. – Najwyraźniej on też uważał, że nasze rozstanie to kwestia czasu.

– Ale za chwilę się skończą i... Myślę, że łatwiej będzie mieć to już za sobą. – Spojrzałam na niego, ale on odwrócił wzrok, przetrawiając moje słowa. Kiedy znów na mnie popatrzył, na jego twarzy malował się spokój.

– Skoro tego chcesz...

– Po prostu uważam, że tak będzie najlepiej – powiedziałam. Nie byłam pewna, czy chcę, żeby się zgodził, czy też żeby o nas walczył. Chyba pragnęłam jednego i drugiego. A najbardziej marzyłam o zniknięciu tamtej różowej kreski.

– Najlepiej? – powtórzył.

– Tak.

Pokiwał głową, wyłączył telewizor i odłożył pilota na stolik, wlepiając spojrzenie w ciemny ekran. Zaczął mrugać oczami, aż nagle jego długie, ciemne rzęsy zrobiły się wilgotne. Odwróciłam wzrok, nagle przerażona, walcząc z chęcią zarzucenia mu ramion na szyję, cofnięcia swoich słów, kochania się z nim, a przede wszystkim – powiedzenia mu prawdy.

Ten impuls przybrał tylko na sile, kiedy Conrad szepnął:

– Ale ja nie chcę cię jeszcze stracić.

Dobiły mnie desperacja i zrezygnowanie zawarte w tym „jeszcze". Patrzyliśmy sobie w oczy, bez ruchu, i nagle wyobraziłam sobie, co by było, gdybym wybrała inną drogę. Zobaczyłam nas razem, z dzieckiem, w wynajętym mieszkaniu w Ann Arbor. W końcu wzięlibyśmy ślub. Byłoby nam ciężko, ale na pewno moglibyśmy liczyć na pomoc moich rodziców i jakoś byśmy sobie poradzili. Conrad zostawałby z niemowlęciem w ciągu dnia, kiedy ja byłabym na zajęciach, a w weekendy rozwijałby karierę muzyczną. Nie byłoby to typowe studenckie życie – musielibyśmy obejść się bez imprez i pocałunków po pijaku, bez biegania z randki na randkę i meczów futbolowych. Ale poradzilibyśmy sobie. I mogłoby się nam udać, ja mogłabym mimo wszystko pójść do szkoły filmowej i zostać scenarzystką. Conrad mógłby zarabiać jako muzyk albo robić cokolwiek innego, na co miałby ochotę. Bylibyśmy drużyną. Na zawsze. We dwójkę – a potem we trójkę. Może właśnie dlatego zaszłam w ciążę – bo było nam pisane wspólne życie.

Przez chwilę czułam, że dam za wygraną, ale potem nawiedziła mnie inna wizja. Życia pełnego nocnych awantur, trzaskania drzwiami i wrzasków niemowlęcia. Zmęczenia, złych ocen, które nie pozwolą na dalszą naukę, a potem nudnej pracy od dziewiątej do piątej. Mogłam niemal posmakować wstydu, urazy i goryczy, pogardy i nienawiści do samej siebie. Wyobraziłam sobie nieustanne zastanawianie się, „co by było gdyby".

– Naprawdę muszę już iść – powiedziałam, wstając gwałtownie. – Odwieziesz mnie do domu?

Poszedł za mną do drzwi, a potem do samochodu, a na jego twarzy malowały się przerażenie i rozpacz. Ale milczał i przez całą drogę do domu nie padło między nami ani jedno słowo.

Kiedy zatrzymał się na podjeździe, poprosił, żebym do niego później zadzwoniła, to jeszcze porozmawiamy. Pokiwałam głową, ale widziałam to w jego oczach – wiedział, że nie mam zamiaru tego zrobić. Ani dziś, ani kiedykolwiek indziej. Oboje rozumieliśmy, że to pożegnanie.

*

Następnego dnia siedziałyśmy z mamą nad basenem i ustalałyśmy, co muszę ze sobą zabrać do akademika. Nagle wybuchłam płaczem. Mama zdążyła się już dowiedzieć co nieco o Conradzie: że gra w zespole, a teksty jego piosenek są z gatunku „tylko dla dorosłych". Że ma ojca alkoholika i brak mu życiowych ambicji – w każdym razie takich, które zyskałyby jej uznanie. Nic więc dziwnego, że w całej tej sytuacji uznała go za czarny charakter.

– Zerwałaś z nim? – domyśliła się, a ja na te słowa rozszlochałam się jeszcze mocniej.

Przez łzy odparłam, że tak, ale to nie wszystko. Stało się coś znacznie gorszego.

– Coś okropnego – dodałam. – Najgorsza rzecz, jaka mi się w życiu przydarzyła.

– Jesteś w ciąży? – wyszeptała mama.

Pokiwałam głową, zawstydzona, a zarazem uspokojona, że już wie. Moja mama to mądra osoba i w podbramkowych sytuacjach zawsze zachowuje zimną krew. Jedna z najczęściej powtarzanych historii rodzinnych opowiada o tym, jak mój ojciec zakrztusił się kiedyś żeberkiem w restauracji Gene & Georgetti. Mama skoczyła wtedy na równe nogi, okrążyła stolik, przewracając kieliszki z winem, i jak zawodowa ratowniczka wykonała podręcznikowy rękoczyn Heimlicha. Pomyślałam, że skoro potrafi uratować komuś życie, to będzie umiała mi pomóc.

– Przepraszam, mamo – jęknęłam, zwijając się w kłębek na ogrodowym fotelu, przytłoczona ciężarem winy i wstydem, myśląc, że rodzice tyle mi dali, a ja tak im się odwdzięczam.

Ale ona nie straciła głowy.

– Wszystko będzie dobrze, kochanie. Poradzimy sobie – powiedziała, głaszcząc mnie po włosach. – Pomożemy ci... Co powiedział Conrad?

– Conrad o niczym nie wie.

– To dobrze – odparła bez namysłu. Potem dodała jeszcze coś o tym, że to jego wina. Było mi okropnie wstyd, że go nie bronię, ale uznałam, że to nie ma sensu. Teraz grunt to coś wymyślić. A Conrad, dobry czy zły, mój czy nie mój typ, nie był częścią rozwiązania.

*

Nazajutrz matka zabrała mnie do ginekologa i badanie krwi ostatecznie potwierdziło nowiny. Według doktora Kale'a, który niepokojąco przypominał mojego dziadka, byłam w szóstym tygodniu. Dowiodło to, że miałam rację – zaszłam w ciążę tej samej nocy, której straciłam dziewictwo. Trudno o większą ironię losu. Czułam, że to okropne i niesprawiedliwe – zwłaszcza że zawsze się zabezpieczaliśmy. Spoglądałam na lekarza pustym wzrokiem, a on tymczasem zrobił mi wywiad chorobowy i wyjaśnił, jak mam dbać o siebie, „na wypadek gdybym zdecydowała się urodzić".

Mama notowała każdy drobiazg i zadawała pytania, aż nie zostało już nic do powiedzenia. Lekarz odłożył papiery i usiadł obok mnie. Wiedziałam, co zaraz powie, i nie myliłam się. Uśmiechnął się do mnie krzepiąco, odchrząknął i oznajmił, że biorąc pod uwagę mój wiek oraz sytuację, uważa, że powinnam porozmawiać z psychologiem. Spojrzał na moją matkę, a ona przyzwalająco pokiwała głową.

Kilka minut później, kiedy już przebrałam się z powrotem w dżinsy i T-shirt, poprowadzono nas korytarzem do małego, przytulnego gabinetu o ścianach obklejonych dziecięcymi rysunkami oraz portretami jasnowłosych bliźniąt, chłopca i dziewczynki. Za nieskazitelnie czystym biurkiem siedziała drobna blondynka o imieniu Megan. Uśmiechnęła się do nas, zagadnęła swobodnie, po czym spokojnie przedstawiła mi moje „opcje", które były dla mnie dość oczywiste. Mogłam przerwać ciążę; urodzić dziecko i wychowywać je jako samotna matka albo z udziałem ojca. Mogliśmy postanowić, że radzimy sobie sami, albo poprosić o pomoc rodziców lub krewnych. Mogłam też urodzić i oddać dziecko do adopcji – co wiązało się z kolejnymi decyzjami, które Megan jest gotowa omówić ze mną w każdej chwili.

– Masz sporo do przemyślenia, skarbie – powiedziała.

Matka podziękowała jej w moim imieniu.

– Czy jest coś, o co chcesz mnie zapytać?

Pokręciłam głową, chociaż miałam ochotę jej wytłumaczyć – tak na wszelki wypadek – że jestem zupełnie inna niż dziewczyny, z którymi na co dzień rozmawia. I dużo bardziej inteligentna. Na pewno codziennie ktoś ją okłamuje w tej sprawie, ale ja naprawdę się zabezpieczałam i ani przez sekundę nie pomyślałam: „e tam, najwyżej zrobię skrobankę". Dobrze rozumiem swoją sytuację, ale nie potrafię sobie wyobrazić, że urodzę – tak samo, jak nie potrafię sobie wyobrazić, że mogłabym dokonać aborcji albo oddać dziecko do adopcji.

Ale oczywiście nic nie powiedziałam. Megan wręczyła mi swoją wizytówkę oraz folder kliniki, do której mogę się udać, gdybym zdecydowała się przerwać ciążę. Matka odebrała mi oba papierki, wsunęła je od torebki i powiedziała Megan, że będziemy z nią w kontakcie.

*

– Co ja mam robić? – spytałam w drodze do domu.

Nie odrywając oczu od drogi, matka odpowiedziała, że sama muszę podjąć decyzję.

– Mamo, ja pytam ciebie.

Westchnęła głęboko, a potem odparła, że jestem piękna, zdolna i wyjątkowa. Że jestem jej światełkiem. I że dziecko, które urodzę, będzie tak samo wspaniałe. Obiecała, że pomoże mi je wychować – a nawet sama się nim zajmie, jeśli będzie trzeba, jeśli ja tego zechcę. Potem wspomniała o adopcji. Nazwała to szlachetnym gestem, najwyższą formą szczodrości i altruizmu. Stwierdziła, że zawsze miała wielki szacunek dla dziewcząt i kobiet, które zdecydowały się na ten krok. Powiedziała, że będzie mi ciężko – bardzo, bardzo ciężko – nosić w sobie dziecko, a potem je oddać, lecz jeśli to zrobię, już zawsze będę miała świadomość, że podarowałam komuś najcenniejszy prezent, jaki można sobie wyobrazić.

– Ale jeśli urodzę dziecko... To co z college'em? – spytałam.

– Wyjaśnimy im wszystko...

Stanowczo pokręciłam głową. Choć to były tylko teoretyczne rozważania, byłam absolutnie pewna, że nie chcę, żeby ktokolwiek w Michigan wiedział. W ogóle ktokolwiek, gdziekolwiek. Powiedziałam jej to.

– Marianne, nie masz się czego wstydzić – odparła mama, ale po raz pierwszy, odkąd zaczęłyśmy tę rozmowę, wiedziałam, że nie mówi szczerze. Nawet ona nie była w stanie zignorować tego, jakim piętnem jest ciąża nastolatki.

– Nie chcę nikomu o tym mówić. Nigdy. A na pewno nie tacie – powtórzyłam, myśląc, że rozczarować moją mamę to jedno, ale sprawić zawód ojcu, którego w głębi duszy bardziej lubiłam, to zupełnie inna sprawa. Uwielbiałam go, chciałam być taka jak on i bardziej niż czegokolwiek innego pragnęłam, żeby był ze mnie dumny. Ale najważniejsze było to, że po prostu kochałam go ponad wszystko.

Patrzyłam przez okno na znajomy krajobraz rodzinnego miasta i nagle zasypał mnie grad wspomnień z dzieciństwa, w których ojciec grał główną rolę. Chłodne, rześkie soboty w Ann Arbor, kiedy oglądaliśmy mecze futbolowe, tak głośno kibicując naszym ukochanym Rosomakom, że w drodze powrotnej do Chicago rozmawialiśmy zachrypniętymi głosami. Zapach świeżego drewna, kiedy staliśmy w sklepie Ace Hardware, patrząc, jak stolarz wymierza i piłuje deski do wykorzystania w najnowszym projekcie ojca. Wieczory spędzone na odrabianiu matmy. Wyraz skupienia na jego twarzy, okulary zsunięte na koniec nosa, kiedy tłumaczył mi, jak rozwiązać zadanie. Jego cyferki, tak idealnie równe, że wyglądały jak drukowane. Wspólne oglądanie ulubionych seriali – od *Murphy Brown* przez *Szaleję za tobą* po *Cudowne lata* – podczas gdy mama nie była w stanie wysiedzieć spokojnie na tyle długo, żeby obejrzeć z nami cały odcinek. Niekończące się ciepłe dni, które spędzaliśmy w letnim domku, czytając książki w białych bujanych fotelach, jego dużym i moim mniejszym. Myślę o jego powiedzonkach: „pierwsze wrażenie można zrobić tylko raz", „celem życia jest mieć cel w życiu", „kto nie planuje, nie odnosi sukcesu". O tym, jak starannie wykonywał każdą czynność – nieważne, czy wieszał lampki na choince, wycinał dynię na Halloween, odśnieżał podjazd czy przygotowywał kanapki.

Przypominam sobie rozprawę, na której kiedyś byłam i słuchałam, jak wygłasza mowę – myślałam wtedy, że pęknę z dumy i że kiedy dorosnę, na pewno nigdy nie znajdę faceta tak przystojnego, mądrego i wspaniałego jak on. Ale być może wszystkie małe dziewczynki myślą tak o swoich tatusiach – różnica polegała tylko na tym, że ja się co do swojego nie myliłam.

– Obiecaj, że mu nie powiesz – poprosiłam matkę. – Niezależnie od tego, co postanowimy.

Mama skinęła głową, a potem wyciągnęła do mnie rękę i wystawiła mały palec, czego nie robiła od wielu lat. Splotłyśmy palce, pieczętując naszą wspólną tajemnicę.

*

Przez następne dwa tygodnie paraliżowały mnie przerażenie, złość, strach i wstyd. Poza tym czułam się strasznie samotna, jakbym nie miała już nic wspólnego z Janie i dawnymi znajomymi, którzy powoli zaczęli spisywać mnie na straty. Wiedziałam zarazem, że to dopiero początek i że jeśli postanowię urodzić, moja izolacja od świata jeszcze się pogłębi.

Do tego wszystkiego dochodziła przejmująca tęsknota za Conradem. Nie sądziłam, że można za kimś tak tęsknić. Dzwonił do mnie kilka razy i choć mama przekazywała mi wiadomości, nie oddzwoniłam ani razu. Sądziłam, że jeśli całkowicie zerwę z nim kontakt, szybciej się od niego uwolnię – i *vice versa*. W pewnym stopniu wierzyłam również, że to jakiś rodzaj kary, na którą zasłużyliśmy, zachowując się jak oszalałe z miłości szczenięta – a raczej króliki – gdy tymczasem wewnątrz mnie rosło życie, mnożyły się komórki, zaczynało się formować serce i jego komory. Poza tym nie mogłam do niego zadzwonić, skoro nie chciałam go włączać w swoją decyzję. I nieważne, co by powiedział ani jak by to powiedział, byłam pewna, że ta rozmowa tylko pogorszyłaby sprawy.

Na domiar złego zaczęły mnie atakować poranne, popołudniowe i wieczorne mdłości – to było jak jazda kolejką górską na kacu. Przez większość czasu siedziałam sama w pokoju z koszem na śmieci obok łóżka, na wypadek gdybym nie zdążyła do łazienki. Słuchałam muzyki, przeglądałam szkolny album i marzyłam o tym, żeby cofnąć się w czasie do początku roku, albo nawet do początku wakacji – do tych beztroskich, szczęśliwych, dziewiczych czasów, które teraz wydawały się odległe o milion lat. Mama pukała do drzwi kilka razy dziennie i przynosiła mi krakersy, a potem siadała na skraju łóżka i głaskała mnie po głowie. Kilka razy rozmawiałyśmy o mojej decyzji, ale zazwyczaj byłam zbyt oszołomiona, by trzeźwo myśleć, a serce wypełniała mi dławiąca panika, bo wiedziałam, że niezależnie od tego, co zrobię, już zawsze będę żałować swojej decyzji.

*

Któregoś ranka, po tym jak porzygałam się trzy razy, dokonałam wyboru. Poszłam do kuchni. Ojciec właśnie wychodził na poranny jogging, a mama piła kawę, ubrana w różowy kaszmirowy szlafrok, który podarowałam jej na Dzień Matki.

– Cześć, mała – powiedział tato, rozciągając swoje długie nogi, przez co na chwilę upodobnił się znów do pierwszorzędnego tenisisty, którym był w czasach college'u. Jego włosy wciąż były ciemne i siwiały tylko na skroniach. Pamiętam, jak pomyślałam, że gdyby się dowiedział, na pewno osiwiałby do reszty.

– Cześć – wymamrotałam, uświadamiając sobie, że już od wielu dni nie patrzyłam mu w oczy.

– Dostałem właśnie list od mojego profesora historii z Michigan. Nazywa się Barfield. Thomas Barfield. Znakomity facet. Nadal tam wykłada.

– Musi być strasznie leciwy – powiedziałam, zmuszając się do uśmiechu.

Tata się roześmiał.

– Aha. Tak samo jak twój staruszek. – Sięgnął po baton energetyczny, na którego widok zrobiło mi się niedobrze. – Zadzwoniłem i powiedziałem, że się dostałaś, i poprosiłem, żeby miał na ciebie oko. Byłby dla ciebie świetnym mentorem. Może nawet załapałabyś się na jego asystentkę. To by było dla ciebie wspaniałe doświadczenie. Pamiętaj, żeby do niego wpaść i się przedstawić.

– Dobrze, będę pamiętać – odparłam, walcząc z falą mdłości.

Po chwili ojciec wyszedł biegać. Spojrzałam na mamę i powiedziałam:

– Chcę się tego pozbyć.

– Dobrze, kochanie. – Na jej twarzy odmalowała się ulga.

– Jak najszybciej – dodałam.

– Jeszcze dziś zadzwonię do kliniki – obiecała. – Od razu umówię nas na wizytę.

– Myślisz, że dobrze robię? – spytałam.

– Myślę, że tak – odparła mama z uśmiechem, a potem wstała i mocno mnie przytuliła. – Naprawdę.

*

Czekanie było nie do zniesienia. Wreszcie, po trzech dniach, nadszedł umówiony wtorek. Do mojego wyjazdu do college'u zostały dwa tygodnie. Niestety był to jeden z tych rzadkich dni, kiedy ojciec wziął wolne z pracy, i gdy wstałam rano, z przerażeniem stwierdziłam, że wałęsa się po domu w dżinsach i koszulce polo, i – najwyraźniej w nastroju do majsterkowania – pracuje nad listą domowych ulepszeń. Musiałyśmy z mamą odegrać przed nim całe przedstawienie, żeby go przekonać, że wybieramy się do sklepu kupić ubrania, które będą mi potrzebne w Michigan. Ojciec zażartował, że będzie musiał jednak pójść do pracy, żeby na to wszystko zarobić. Jakimś cudem nie zauważył, że jestem w luźnym dresie i bez makijażu, a włosy mam ściągnięte w niedbały kucyk związany frotką. Spędziłam poranek ze wzrokiem wbitym w ziemię, pogrążona w apatii przerywanej raz po raz napadami przerażenia.

Ulżyło mi, kiedy wreszcie wsiadłyśmy do samochodu i ruszyłyśmy w stronę kliniki w North Elton. Przypominałam sobie zdjęcia z folderu, na których widniała zdrowo wyglądająca młoda dziewczyna o dużych, łagodnych oczach i z równo przyciętymi lśniącymi włosami, otoczona przez lekarzy i pielęgniarki uśmiechających się do niej krzepiąco.

Jechałyśmy w milczeniu, aż w pewnej chwili mama spytała, czy chcę posłuchać muzyki. Wyciągnęła płytę z piosenkami Abby. Było to nasze ulubione lekarstwo na smutki, pokiwałam więc głową, myśląc, że być może *Dancing Queen* czy *Voulez-Vous* pomogą mi zapomnieć o zmartwieniach. Kilka pierwszych piosenek rzeczywiście sprawiło, że poczułam się odrobinę lepiej, a dobrze znane teksty i czyste, wysokie wokale działały niemal hipnotycznie, ale kiedy rozległy się słodko-gorzkie nuty *Chiquitita*, musiałam z całych sił powstrzymywać łzy. Przypomniało mi się, jak w dzieciństwie myślałam, że to piosenka o bananach. Mama się śmiała, kiedy jej o tym kiedyś powiedziałam, i wyjaśniła, że *chiquitita* to po hiszpańsku dziewczynka;

że jestem i zawsze będę jej chiquititą. A teraz, w samochodzie, znajome nuty napełniły mnie gorzkim smutkiem.

Spojrzałam na matkę, zaciskającą dłonie na kierownicy, i chociaż okulary przeciwsłoneczne zakrywały jej połowę twarzy, wiedziałam, że piosenka zadziałała i na nią. Wyjrzałam przez okno. Miasto powoli znikało. Powiedziałam sobie, że wkrótce będzie po wszystkim. Że za kilka tygodni wyjadę na studia, gdzie wiele się nauczę z książek i od innych ludzi. Stanę się prawdziwą dorosłą osobą robiącą prawdziwą karierę. Któregoś dnia znów się zakocham i wyjdę za mąż. Przez kilka lat będziemy się z mężem cieszyć swoim towarzystwem, a potem zaczniemy planować narodziny pierwszego dziecka. Zrobimy wszystko tak, jak należy. Zadzwonię do rodziców ze szczęśliwą nowiną – a może powiem im osobiście, jeśli nadal będę mieszkała w Chicago. Rodzice powiedzą, że to najwspanialsza wiadomość, jaką w życiu słyszeli. Conrad, tamta noc u Janie, a zwłaszcza dzisiejszy poranek będą już dawno należały do przeszłości, a może nawet całkiem zatrą się w mojej pamięci. Po dzisiejszym dniu zacznę wszystko od nowa. Z czystym kontem.

Zamknęłam oczy, oparłam głowę o chłodną szybę i zaczęłam poruszać wargami, bezgłośnie powtarzając słowa piosenki, które słyszałam już tysiąc razy. „… I zatańczysz wtedy znów, i ustanie ból, a na żal zabraknie czasu".

*

A jednak, choć naprawdę wierzyłam, że to właściwy wybór – i że mam do niego prawo – nie potrafiłam tego zrobić. Nie potrafiłam się otrząsnąć z myśli, że odbieram komuś życie. Możecie mi wierzyć, że próbowałam. Naprawdę próbowałam. Wypełniłam papiery. Zbadali mi krew. Przebrałam się w specjalną koszulę i pozwoliłam sobie zmierzyć puls. Próbowałam w czasie badania i kiedy dali mi miejscowe znieczulenie. Próbowałam, kiedy leżałam na zimnym metalowym stole, a matka trzymała mnie za rękę (wyobrażałam sobie, że tak samo by mnie trzymała za kilka miesięcy, gdybym podjęła inną decyzję). Próbowałam, kiedy włożyłam stopy w uchwyty, a lekarz włączył nieduży aparat próżniowy, który wedle jego słów miał za zadanie „delikatnie usunąć zawartość mojej macicy". Wszyscy dookoła zaczęli wtedy pokrzepiająco kiwać głowami, przygotowując mnie na to, co określali jako krótki i bezbolesny zabieg.

Ale dla mnie to nie był zwykły zabieg. A tym, co chcieli usunąć, nie była „zawartość macicy". Czułam, że to jest dziecko, i kiedy zamknęłam oczy, przepełniła mnie paląca potrzeba, żeby się dowiedzieć, czy to chłopiec, czy dziewczynka. Po tych kilku sekundach wiedziałam, że jest już po wszystkim i że ani moje cele, ani poglądy nie mają tu znaczenia. Zupełnie jakby moje serce wytoczyło wojnę umysłowi. Wyrwałam stopy z uchwytów i usiadłam prosto, a sztywne papierowe prześcieradło pode mną zaszeleściło głośno. Wszyscy zebrani, w tym moja matka, popatrzyli na mnie z zaskoczeniem i troską, a nawet – tak mi się zdawało – z rozczarowaniem.

– Nie mogę – powiedziałam głośno, do nich, ale przede wszystkim do siebie. – Nie mogę tego zrobić.

I to był koniec. Ubrałam się, a potem razem z mamą wyszłyśmy z kliniki na poranne sierpniowe słońce i wróciłyśmy do domu.

ROZDZIAŁ 11

Kirby

Następnego ranka o świcie Marianne puka do moich drzwi. Nie śpię. Właściwie to przez całą noc spałam chyba tylko dwie godziny, a resztę czasu spędziłam, myśląc o tym, co mi powiedziała, a nawet próbując wyszukać w internecie nazwisko „Conrad Knight".

– Przepraszam, że cię tak wcześnie budzę, ale muszę iść do pracy – woła przez drzwi radosnym, rześkim głosem. Pewnie się cieszy, że wkrótce się mnie pozbędzie. – Zrobiłam ci koktajl owsiany.

– W porządku! Zaraz przyjdę! – odkrzykuję.

Kilka minut później, wyszczotkowawszy zęby i włosy, odnajduję ją w kuchni. Jest już ubrana w granatową sukienkę, buty na obcasie i mnóstwo złotej biżuterii.

– Dzień dobry – mówi, podając mi szklankę.

– Dzień dobry – odpowiadam. Koktajl ma mało zachęcający bury kolor, ale po spróbowaniu okazuje się całkiem znośny. Siedzimy przy blacie na środku kuchni i po raz setny zapada między nami kłopotliwe milczenie. W końcu Marianne robi taką minę, jakby właśnie coś sobie przypomniała.

– Ach! Proszę. To dla ciebie – mówi, wręczając mi kartę pokładową. – Żebyś nie musiała się tłuc autobusem.

– Miałam zamiar pojechać pociągiem – odpowiadam, myśląc o ostatnim mailu od rodziców i o tym, jak im obiecałam, że nie wsiądę po raz drugi do greyhounda.

– Ale to ci zajmie wieczność... Podróżowanie pociągiem jest fajne tylko w teorii. No chyba że jedziesz Orient Ekspresem.

– No tak – mówię. Jasne, myślę przy tym, w mojej rodzinie regularnie podróżuje się Orient Ekspresem.

– Masz bilet na bezpośredni lot do St. Louis. Samolot odlatuje o dziesiątej.

– Nie trzeba było – mówię.

– Och, nie ma sprawy. Mam zniżkę dla stałych klientów...

– Dzięki – rzucam.

– Proszę bardzo – odpowiada Marianne i spogląda na zegarek. – Mamy godzinę. Zdążysz się ubrać i spakować?

– Jasne – odpowiadam. – Spokojnie. – Zerkam na bilet i jeszcze raz jej dziękuję.

– Nie ma za co – mówi.

Patrzę jej w oczy i z całych sił powstrzymuję się, by nie odpowiedzieć jej, że faktycznie nie ma za co.

*

Godzinę później stoimy na rogu Madison Avenue i Osiemdziesiątej Siódmej. Marianne wręczyła mi właśnie pięćdziesiąt dolców na taksówkę, które przyjęłam z niechęcią, bo już i tak jest mi głupio z powodu butów i ciuchów z Barneys. Z drugiej strony boję się, że nie wystarczy mi własnych pieniędzy. Przyglądam się jej, kiedy ze skupieniem wypatruje taksówki, a potem pokazuje mi jakąś kobietę po drugiej stronie ulicy i stwierdza, że jest naszą konkurencją i musimy ją wyprzedzić.

– Kto pierwszy, ten lepszy – żartuje. Kilka sekund później schodzi z chodnika na ulicę i macha gwałtownie, po czym jednym zwinnym, płynnym ruchem dopada bagażnika i wrzuca do środka mój plecak. Potem otwiera drzwi i tłumaczy kierowcy, żeby zawiózł mnie pod terminal Delta na lotnisku LaGuardia. Wszystkie te czynności wykonuje w mgnieniu oka jak Charlotte, kiedy robi nawrót pod wodą.

Poradziwszy sobie z logistyką, patrzymy na siebie ze smutkiem przez kilka sekund, aż Marianne krzyżuje ramiona i mówi:

– Pewnie zdążyłaś wywnioskować z mojej wczorajszej opowieści, że nie jestem mocna w pożegnaniach.

– Tak, domyśliłam się.

Marianne mnie przytula, odrobinę dłużej niż wczoraj. Czuję jej jedwabiste włosy na policzku i zapach wanilii.

– Dasz mi znać, że dotarłaś szczęśliwie? – pyta. Zastanawiam się, czy to szczera prośba, czy raczej traktuje te słowa jako standardową formułkę wygłaszaną, kiedy ktoś odjeżdża. Albo przynajmniej jako coś, co należy powiedzieć dziecku, które się oddało do adopcji.

Ze ściśniętym żołądkiem kiwam głową.

– Masz mój numer – mówi Marianne. – Zadzwoń albo napisz, gdybyś czegoś potrzebowała.

A co jeśli nie będę niczego potrzebować? Jeśli po prostu będę chciała pogadać?

Dziękuję jej, a ona mówi:

– Nie, to ja ci dziękuję za to, że przyjechałaś. Że mnie odnalazłaś.

Chcę odpowiedzieć, ale nie potrafię znaleźć właściwych słów. Uznaję, że lepiej milczeć, niż powiedzieć coś głupiego. Więc tylko kiwam głową i wsiadam do taksówki, a ona zamyka za mną drzwi i macha mi na pożegnanie. Odmachuję, aż znika mi z oczu. Potem osuwam się na oparcie, zastanawiając się, czy ją jeszcze kiedyś zobaczę. Coś mi mówi, że nie – że ona by tego nie chciała. Poznała swoją córkę, podarowała jej ładne buty i bilet na samolot, a teraz może wykreślić ją ze swojej listy i żyć dalej.

Kilka krótkich minut później przejeżdżamy przez ogromny most. Drogowskazy mówią, że to most Roberta Kennedy'ego. Spoglądam przez okno na różowe niebo rozświetlone wschodzącym słońcem, na którego tle odcinają się kominy, wieżowce i billboardy. Czuję niedosyt i żal, zupełnie jakby znów się mnie pozbyła.

*

Pięć i pół godziny później wchodzę do domu. Nie było mnie tylko trzy dni, ale wszystko wygląda i pachnie inaczej. Chyba ma to coś wspólnego z moim samopoczuciem. Słyszę dobiegający z kuchni śmiech, a gdy tam wchodzę, wpadam na Charlotte i Noaha Smitha, najprzystojniejszego chłopaka w szkole, który podobnie jak ona jest asem pływackim. Piją korzenne koktajle i robią do siebie słodkie oczy, zupełnie jakby były pieprzone lata pięćdziesiąte, a oni mieli za chwilę wyjść na potańcówkę.

Kiedy Charlotte mnie dostrzega, zeskakuje ze stołu i rzuca mi się na szyję tak szczerze i z tak niekłamaną radością, że odwzajemniam uścisk – czego nie robiłam od bardzo dawna. Przychodzi mi na myśl, że przytulam kogoś po raz trzeci w ciągu czterdziestu ośmiu godzin. To się nie zdarzyło od czasu, kiedy miałam osiem lat.

– Tata mi powiedział, gdzie byłaś – szepcze mi do ucha. Oczy jej błyszczą tak samo jak wtedy, gdy wygrywa zawody pływackie, i na moment ogarnia mnie poczucie winy, że zwykle nie cieszę się zbytnio z jej sukcesów i nie mam ochoty brać udziału w jej chwilach radości.

Zerkam na Noaha i zauważam, że jak na nastolatka ma już całkiem imponujący zarost. Charlotte pyta:

– Znacie się?

Oboje kręcimy głowami, chociaż ja przecież wiem bardzo dobrze, kim on jest. Charlotte przedstawia nas sobie. Mamroczę pod nosem pozdrowienie, a Noah unosi się lekko z miejsca. Ten rycerski gest sprawia, że Charlotte rozpromienia się z dumy.

– Przepraszam na chwilę – mówi do Noaha, a potem wyciąga mnie do jadalni.

– Jezu, gadaj! Jak było? Jaka ona jest? Tata mówił, że jest producentką!

– Aha. I główną scenarzystką w jednym serialu.

– Kurcze. Ale czad! Poznałaś jakichś sławnych ludzi?

Tłumaczę jej, że nie spotkałyśmy żadnych aktorów, ponieważ serial jest jeszcze w przedprodukcji, ale że byłam w studiu i Marianne przedstawiła mnie scenarzystom.

– To superinteligentni i zabawni ludzie... Było naprawdę świetnie.

– *Wow* – mówi Charlotte. – Ty to masz szczęście.

To samo powtarzała mi przez cały weekend Belinda w swoich esemesach – ale jakoś większe znaczenie mają te słowa z ust mojej urodzonej pod szczęśliwą gwiazdą siostry. Myślę o pięknym chłopcu w sąsiednim pomieszczeniu, o jego seksownym zaroście i kurtce baseballówce przerzuconej przez oparcie krzesła i staram się wmówić samej sobie, że Charlotte ma rację. Że choć ten weekend nie przebiegł tak, jak zaplanowałam, to może dla odmiany tym razem ja z nas dwóch jestem szczęściarą. Jestem spokrewniona z ważną osobą i mnie to również w jakiś sposób czyni ważną, przynajmniej w oczach przyjaciółki oraz siostry.

– Opowiedz mi coś więcej! – prosi Charlotte.

Biorę głęboki oddech. Wiem, że nie będę w stanie wytłumaczyć jej moich uczuć do biologicznej matki, ale mam nadzieję, że zdołam przynajmniej przekazać jej, co czułam, kiedy siedziałam w pokoju scenarzystów i patrzyłam, jak pusta biała tablica stopniowo zapełnia się pomysłami. Albo kiedy stałam na najwyższym poziomie Muzeum Guggenheima i spoglądałam z góry na rzędy dzieł sztuki.

– Nowy Jork, cały jej świat, jest taki niesamowity i ciekawy – mówię.

– A ona? Fajna?

– Bardzo. Elegancka i w dobrym guście, jak... Nikt inny, kogo znam.

– *Wow*, super, Kirby! A twój ojciec? – pyta Charlotte.

Przez chwilę nawiedza mnie znajome poczucie urazy, bo mój ojciec to przecież j e j ojciec, ale wiem, co miała na myśli, więc postanawiam się na nią nie gniewać.

– Jest muzykiem – mówię.

– O mamusiu, ale wypas – piszczy Charlotte. – Normalnie jesteś córką dwojga artystów. Scenarzystki i muzyka. To wiele wyjaśnia.

Uśmiecham się i czuję rozprzestrzeniające się wewnątrz mnie ciepło.

– On też jest sławny? – pyta Charlotte.

Kręcę głową i mówię:

– Nie sądzę. Nazywa się Conrad Knight. Nigdy o nim nie słyszałam.

– Ale może zmienił nazwisko? Może ma jakiś pseudonim?

– Możliwe. Chyba – odpowiadam, bo nie chcę jej powiedzieć prawdy: że Marianne nie ma pojęcia, gdzie on jest. I że on nie ma pojęcia o mnie.

– Wszystko jest możliwe – cieszy się Charlotte. – Ta historia tego dowodzi.

– Chyba masz rację – mówię, a potem pytam, żeby odwrócić od siebie uwagę: – A co u ciebie? Noah Smith, hm? – Wskazuję drzwi do kuchni.

Charlotte uśmiecha się od ucha do ucha i unosi brwi.

– Super, nie?

– Aha. Słodki jest – mówię. – Chodzicie ze sobą?

– Jeszcze nie. – Charlotte podnosi do góry skrzyżowane palce o długich paznokciach pomalowanych lawendowym lakierem. Jeszcze w zeszłym tygodniu uznałabym, że ładnie wyglądają, ale teraz myślę o Marianne, która stwierdziła, że na paznokciach u dłoni lubi tylko neutralne kolory, i chyba się z nią zgadzam. – Ale daj mi tydzień.

Uśmiecham się, podziwiając jej pewność siebie i po raz pierwszy nie czując z tego powodu zawiści. Jej chęć usidlenia Noaha wydaje mi się wręcz prymitywna i nudna w porównaniu z tym, co właśnie przeżyłam.

– Jak tam mama? Bardzo się denerwowała? – pytam, zmieniając temat.

Charlotte się krzywi i odpowiada:

– Yhm. No. Bardzo.

– Powiedziała ci? – pytam. Pewnie matka nie raz jej się na mnie żaliła.

Ale Charlotte kręci głową.

– Nie. Tata mi powiedział. O wszystkim... Mówił, że mamie jest przykro, że z nią nie porozmawiałaś. – Wzrusza ramionami i dodaje: – Przekonałam go, że ty już taka jesteś. Wszystko robisz po swojemu. Ja się przecież nie wkurzyłam, a jestem twoją siostrą.

Kiwam głową. Teraz żałuję, że z nią nie pogadałam.

– Jesteś niezależna i silna – dodaje Charlotte. – Dokładnie wiesz, kim jesteś i czego chcesz.

– Dzięki – mówię, stwierdzając w duchu, że to najmilsza rzecz, jaką usłyszałam w życiu. Szkoda tylko, że to nieprawda.

*

– Po pierwsze: cieszymy się, że szczęśliwie dotarłaś do domu – mówi ojciec wieczorem. Brzmi to, jakby wcześniej przygotował sobie przemowę. Siedzimy w salonie – mama i ja na kanapie, on w rozkładanym fotelu.

– Aha. Dzięki – mamroczę pod nosem.

– Po drugie: rozumiemy, dlaczego chciałaś poznać swoją biologiczną matkę – ciągnie. – Rozumiemy nawet, dlaczego chciałaś pojechać do niej sama. Ale nie podoba nam się, że nas okłamałaś!

– Właśnie – włącza się mama. – Jedyną rzeczą, której nie tolerujemy w tym domu, jest kłamstwo.

– Jedyną? – powtarzam. Nie mogę powstrzymać ironicznego uśmieszku; wiem, jak bardzo ją to wkurza.

Tak jak przewidziałam, matka rzuca mi rozdrażnione spojrzenie i mówi:

– Może nie jedyną, ale najważniejszą.

– Zawsze staraliśmy się z tobą rozmawiać – mówi tata.

– Aha.

– To dlaczego do nas nie przyszłaś? – pyta, nadal opanowany, chociaż zauważam, że jego ubranie jest jeszcze bardziej pogniecione niż zazwyczaj, zupełnie jakby kilka nocy chodził zdenerwowany po domu, zamiast spać. Chociaż może tylko mi się tak wydaje, gdy pomyślę o nieskazitelnie wyprasowanych strojach Marianne i Petera.

– Hm. Chyba po prostu nie chciałam – odpowiadam.

Tata, nie zwracając uwagi na mój nonszalancki ton, pyta:

– Dlaczego?

– Cóż... Przede wszystkim dlatego, że usłyszałam, co o mnie mówiliście – odpowiadam, wbijając w nich bezlitosne spojrzenie. Oboje udają, że nie wiedzą, o co chodzi, więc zrzucam na nich bombę: – Słyszałam, co mówiliście wtedy w kuchni. O mojej biologicznej matce i tak dalej.

Mama pyta, o czym, na Boga, mówię, więc jej wyjaśniam:

– Twierdziliście, że nie znacie mojej prawdziwej historii. Że nie wiecie, kim jestem. I że moi biologiczni rodzice mogą być winni moich problemów. Że mogą być źródłem wszelkiego zła.

Rodzice wymieniają zawstydzone spojrzenia. Mama mówi:

– Kirby, żadne z nas nie użyło słowa „zło".

– Nieważne. Wiem, o co wam chodziło. Więc uznałam, że muszę ją znaleźć. Żeby sprawdzić, czy wasze teorie się zgadzają.

– Kirby. Źle nas zrozumiałaś – mówi tata, przesuwając dłonią po łysinie.

– Nie sądzę. Bardzo dobrze zrozumiałam, tato. Mówiąc w skrócie, stwierdziliście, że moi biologiczni rodzice to ćpuny i kryminaliści.

– Nic podobnego! – Tata w końcu traci panowanie nad sobą. W y g r a ł a m, myślę z zadowoleniem.

– Ale ona nie jest żadnym wykolejeńcem. Pojechałam tam i poznałam wspaniałą, mądrą kobietę. Producentkę, która odniosła sukces w życiu – mówię, choć wiem, że sypię sól na ich rany. – Więc możecie zapomnieć o tych swoich teoriach i wymyślić jakieś inne wytłumaczenie tego, że zawsze muszę spieprzyć wszystko, do czego się wezmę.

– Kirby! – krzyczy ojciec. – Nikt tak o tobie nie myśli.

– Nie?

– Po prostu uważamy, że nie wykorzystujesz swoich możliwości.

– W porównaniu z kim? Z wami? Z Charlotte? Czy z moją biologiczną matką, która robi superkarierę w telewizji? – mówię. Każde moje słowo ocieka sarkazmem. Wiem, że jestem podła, ale nie mogę się powstrzymać. W końcu oni codziennie porównują mnie ze swoim biologicznym dzieckiem. To ja chyba też mogę?

– Hej! Nie takim tonem, młoda damo! – mityguje mnie ojciec.

Wbijam w niego twarde spojrzenie.

– Cóż, tato. Tobie się nie podoba mój ton, a mnie to, że jestem traktowana w tym domu jak obca osoba.

– Sama się stawiasz na tej pozycji – odbija piłeczkę ojciec, oskarżycielsko wyciągając przed siebie palec.

– Niby kiedy? – pytam ze sztucznym uśmiechem.

– W ogóle nie chcesz spędzać z nami czasu – odpowiada matka.

– Na zawodach pływackich? – pytam, spoglądając na nią z wściekłością. – Bez urazy dla Charlotte, ale ja ich nienawidzę. Ciągną się w nieskończoność i są nudne jak flaki z olejem... Poza tym nie lubię sportu, koniec i kropka. Lubię inne rzeczy. Filmy, sztukę, muzykę. Jestem inna niż wy.

– Widzisz? Ja. Wy – mówi ojciec. – Czy ty siebie w ogóle słyszysz?

– Ja też lubię filmy i muzykę – rzuca moja mama. Wygląda na zranioną.

– Okej. Po pierwsze: powiedziałam „filmy". Nie kiepskie strzelanki ani durne romansidła. A po drugie: Barry Manilow to nie muzyka.

– Hej! – woła ojciec, wymachując palcem. Z tym Barrym najwyraźniej przesadziłam.

– Kiedyś uwielbiałaś Barry'ego Manilowa – mówi mama rozżalonym tonem.

– Jak miałam pięć lat i mogłaś mi jeszcze robić pranie mózgu – rzucam bezlitośnie, po czym łagodniejszym tonem dodaję: – No dobra. Przepraszam, że pojechałam do Nowego Jorku i nic wam nie powiedziałam. Po prostu musiałam ją poznać. Musiałam to załatwić sama. I załatwiłam.

– Na pewno? – pyta ojciec, ustawiając oparcie fotela. – I co? Lepiej się czujesz?

– Owszem, lepiej – odpowiadam. Zamykam usta i krzyżuję ramiona. Sama nie wiem, czemu nie jestem w stanie ustąpić, chociaż oni najwyraźniej starają się być mili. A w każdym razie nie zagrozili mi szlabanem, co jest oznaką subtelnej zmiany w rozkładzie sił.

– A więc... Masz zamiar nadal być z nią w kontakcie? – pyta mama.

Wzruszam ramionami, jakby mi to nie robiło różnicy. Tymczasem od powrotu zdążyłam już dwadzieścia razy sprawdzić telefon w nadziei, że odpowiedziała na moją wiadomość, w której napisałam: „Dotarłam szczęśliwie".

– Skoro już przy tym jesteśmy, mamy pewien pomysł – mówi tata.

– Jaki pomysł? – pytam zaniepokojona.

– Chcielibyśmy ją poznać – rzuca mama. Wygląda, jakby właśnie zjadła coś kwaśnego.

Ojciec kiwa głową.

– Może byśmy ją tu zaprosili? Na zakończenie roku?

– Hm... Raczej nie – odpowiadam.

Matka robi bezwstydnie radosną minę.

– Czemu nie? – pyta ojciec.

– Jest naprawdę zajęta.

– Jeśli tak, to odmówi – stwierdza tata. – Ale chcielibyśmy jednak ją zaprosić. O ile się zgodzisz.

– Chcemy z nią przynajmniej porozmawiać – dodaje mama.

– Ale wy nie macie ze sobą nic wspólnego – protestuję.

– Mamy. Ciebie – mówi ojciec.

– I ona na pewno też uważa, że powinnaś iść do college'u – dorzuca matka, zbyt wcześnie odsłaniając karty.

– Ach, więc to o t o chodzi – wołam, pstrykając palcami, jakby właśnie zapaliła mi się nad głową żarówka. – Chcecie ją przekabacić na swoją stronę. Żeby było was troje na mnie jedną?

Matka zbyt szybko i zbyt gorliwie kręci głową, jeszcze bardziej się w ten sposób pogrążając.

– Dobra. Pomyślę o tym – mówię wreszcie. Sama nie wiem, czy bardziej mnie drażni to, że tak łatwo ich przejrzałam, czy przekonanie, że Marianne na pewno nie będzie chciała przyjechać.

– Dzięki – mówi ojciec. – Doceniamy to.

– Mogę już iść? – pytam.

– Możesz – odpowiada niechętnie.

Wstaję i ruszam do swojego pokoju, żeby dalej szukać w sieci śladów Conrada Knighta. Nie mam pojęcia, czy był w college'u, ale założę się o wszystkie stypendia świata, że nie jest fanem Barry'ego Manilowa.

ROZDZIAŁ 12

Marianne

Od wyjazdu Kirby minęło kilka dni. Jestem w lofcie Petera w dzielnicy TriBeCa, gdzie mieszka, odkąd Robin wykopała go z ich mieszkania w kamienicy na Upper East Side. Siedzimy na kanapie, oglądamy telewizję i rozmawiamy o pracy i o Aidanie, który ma niedługo przyjść z wizytą. Atmosfera wydaje się normalna, ale widzę, że coś jest nie tak, i mam silne przeczucie, że chodzi o Kirby. Po jej wyjeździe starałam się wrócić do codzienności, ale czuję, że coś się zmieniło. Chyba za nią tęsknię. A może raczej martwię się, że Peter zmienił do mnie stosunek i jest jeszcze mniej chętny do małżeństwa – albo mam wyrzuty sumienia, że wciąż nie powiedziałam mu wszystkiego?

Czekam, aż poruszy ten temat, a kiedy tego nie robi, wpadam w jeszcze większy popłoch. W końcu postanawiam wyrzucić z siebie to, co mi leży na sercu.

– Nie wiem, czy to ma dla ciebie jakieś znaczenie – mówię, dotykając jego ręki – ale przepraszam, że wcześniej ci o niej nie powiedziałam... Naprawdę mi przykro.

– Mnie też – odpowiada Peter. – Ale tylko ze względu na ciebie.

– Jesteś pewny, że to... niczego między nami nie zmienia? – pytam, zaglądając mu w oczy.

– Myślisz, że przestanę cię kochać, bo oddałaś dziecko do adopcji, kiedy miałaś osiemnaście lat? – pyta. – Naprawdę sądzisz, że jestem taki płytki?

– To by nie znaczyło, że jesteś płytki – protestuję, choć wiem, że wdając się w tę wymianę zdań, unikam prawdziwego problemu. – W każdym razie niekoniecznie.

– Marianne. To, co zrobiłaś, wymagało odwagi. Podziwiam to. I podziwiam ciebie. – Peter kręci głową, jakby wciąż jeszcze docierały do niego rozmiar i znaczenie całej tej historii. – Tylko chyba nie do końca rozumiem... Czemu mi nie powiedziałaś?

– Nikomu nie powiedziałam.

– Ale ja nie jestem „ktoś". – Opiera nogi na stoliku, krzyżując je w kostkach. – Posłuchaj. Rozumiem, że to dla ciebie bardzo osobista sprawa. Pojmuję, dlaczego nie chcesz o tym opowiadać nieznajomym na bankietach... Ale jesteśmy ze sobą już dwa lata. Rozmawialiśmy o małżeństwie.

Po chwili wahania prostuję:

– To ja rozmawiałam o małżeństwie.

Peter wzdycha, jakby to był nieistotny szczegół, po czym pyta:

– Czy gdyby ona się nie zjawiła, a my byśmy się zaręczyli, powiedziałabyś mi?

Kuląc się ze wstydu, odpowiadam, że nie wiem.

– Wiesz.

– No dobrze. Może bym ci nie powiedziała. Nie, chyba nie.

– I uważasz, że to jest w porządku? – pyta. – Że można trzymać coś takiego w tajemnicy przed osobą, z którą chce się dzielić życie?

– Nie wiem – mówię, podciągając kolana pod brodę. – Zdawało mi się, że tak... Ale teraz, kiedy poznałam Kirby... Czuję się, jakbym cię zdradziła.

– Nie zdradziłaś mnie. Po prostu nie miałaś do mnie zaufania – stwierdza Peter, a ja nagle uświadamiam sobie, że ludzie, których naprawdę zdradziłam, to Conrad i Kirby.

Peter chyba się domyśla, co mi chodzi po głowie, bo patrzy mi w oczy i pyta:

– Czy to już wszystko? Powiedziałaś mi o wszystkim?

– Niezupełnie... Jest jeszcze coś – odpowiadam, wycierając dłonie w dżinsy.

Peter robi minę, która oznacza: „wiedziałem", po czym gestem zachęca mnie, żebym mówiła dalej.

– Ojciec Kirby nic o niej nie wie – wyznaję drżącym głosem.

Peter zachowuje kamienną twarz, kiedy opowiadam mu o tym, jak zrobiłam test ciążowy i po raz pierwszy okłamałam Conrada. I o tym, jak wyszłam z jego domu po naszej ostatniej rozmowie i już nigdy nie wróciłam.

W końcu wyraz twarzy Petera się zmienia. Teraz maluje się na niej zarzut.

– Czyli ten facet nawet nie wie, że ma dziecko? – pyta.

Potrząsam głową. Czuję, jak płoną mi policzki, a w piersi wzbiera poczucie winy.

– Dlaczego? – Zanim zdążę otworzyć usta, on mówi dalej, wyraźnie wzburzony: – Dlaczego nie powiedziałaś mu prawdy? Czemu nie powiedziałaś po prostu: „cholera jasna, mamy problem”?

W jego ustach wydaje się to takie proste, a jednak nie potrafię udzielić mu odpowiedzi.

– A może ty w ogóle nie dopuszczałaś do siebie tego, co się stało? – ciśnie dalej Peter. – Stąd to kłamstwo? Dlatego trzymałaś to w tajemnicy?

Krzywię się na dźwięk słów „kłamstwo” i „tajemnica”, których on używa tak, jakby znaczyły to samo.

– Może – odpowiadam. – Naprawdę nie wiem. Po prostu zdawało mi się, że to nie ma sensu.

– Nie ma sensu? – nie dowierza Peter. – Nie ma sensu mówić mężczyźnie, że zrobił ci dziecko?

Próbuję innej linii obrony:

– Chciałam go przed tym uchronić.

– Jak to? – wypala natychmiast Peter. Przez cały czas twardo patrzy mi w oczy.

– Myślisz, że jakikolwiek nastolatek chciałby usłyszeć, że zrobił dziewczynie dziecko? To spełnienie najgorszych koszmarów. Pamiętaj, że mieliśmy po osiemnaście lat. Byliśmy dziećmi.

– Ale nie sądzisz, że on miał prawo wiedzieć? Nie wydaje ci się, że też powinien mieć coś do powiedzenia?

– Najwidoczniej nie. Najwidoczniej uważałam wtedy, że to moja decyzja. Chyba wiesz, że ciało kobiety to jej sprawa?

Peter jest zbyt inteligentny, by dać się złapać na takie hasła.

– Oczywiście. Wiem, że ciało kobiety to jej sprawa... Ale nie mówimy o tym, czy miałaś zatrzymać dziecko, czy nie. Chodzi mi o to, że Conrad miał prawo wiedzieć, co się dzieje.

– Jeśli się zgadzasz, że miałam prawo zrobić aborcję... To chyba tym bardziej mogłam oddać małą do adopcji? Co to za różnica z punktu widzenia Conrada?

– Powiem ci, jaka to różnica – odpowiada Peter ochoczo. – Jedno czyni go ojcem, a drugie nie. Nie uważasz, że ten facet ma prawo wiedzieć o istnieniu własnego dziecka? Sam mam syna i... Boże... Nie potrafię sobie wyobrazić...

– Ale przecież i tak byśmy się nie pobrali ani nie stworzyli rodziny, nie zaczęli razem żyć. Ja się wybierałam do college'u, a on nie.

– Tak, już to mówiłaś. Był nieudacznikiem z gitarą. Nie miał ambicji. Zrozumiałem.

– Nie był żadnym nieudacznikiem – protestuję, dziwnie urażona w imieniu Conrada, choć przychodzi mi do głowy, że nikt nigdy nie potraktował go gorzej niż ja. – Po prostu się różniliśmy. Mieliśmy inne cele w życiu. Ale żadne z nas nie chciało mieć dziecka. – Przygryzam wargę. Nie mam nic na swoją obronę, a mimo to próbuję: – Dałam Kirby dwoje ustatkowanych, kochających rodziców. To o wiele lepsze niż cokolwiek, co mogłabym jej zapewnić sama. Conrad miał ojca alkoholika. Był bez pieniędzy. I, masz rację, nie miał prawdziwych ambicji. Co by było, gdyby z jakiegoś powodu zechciał zatrzymać dziecko? Co miałabym wtedy zrobić?

– Nie wiem – odpowiada Peter, kręcąc głową. – Pewnie musiałabyś dokonać wyboru.

– I to właśnie zrobiłam. Dokonałam wyboru, który był najlepszy dla nas wszystkich – mówię, ale po raz pierwszy w życiu zaczynam wątpić, czy to prawda.

Kilka sekund później słyszę na korytarzu głos Robin – jak zwykle w najgorszym możliwym momencie. Nie wiem, czy robi to, żeby rozdrażnić Petera, żeby spędzać z nim więcej czasu, czy żeby zbić mnie z tropu, ale już nieraz zdarzyło jej się zjawić się u niego za wcześnie, albo i całkiem niespodziewanie. Mogłam się tego spodziewać.

– Cholera, mieli być za czterdzieści pięć minut – mamrocze Peter pod nosem. A potem, ponieważ wie, jak mnie irytują takie sytuacje, dodaje: – Wybacz.

Kiwam głową i przez chwilę rozważam, czy nie schować się w jego sypialni, ale postanawiam wziąć się w garść. Tymczasem Robin wparowuje do środka bez pukania. Krok za nią stąpa Aidan. Peter wstaje, uśmiecha się, przybija z synem piątkę i targa mu przydługą grzywkę, której boysbandowy styl zupełnie nie współgra z poważnym charakterem chłopca.

Potem Peter zwraca się do Robin i pyta:

– Kiedy go zaprowadzisz do fryzjera?

– Taka teraz moda, Peter – odpowiada Robin. – Pracujesz w telewizji. Powinieneś o tym wiedzieć.

– Cześć, Aidan – mówię.

– Cześć, Marianne – odpowiada grzecznie chłopiec, odrzucając włosy opadające mu na lewe oko. Jest miłym, dobrze wychowanym dzieckiem, ale mamy ze sobą słaby kontakt, może dlatego że właściwie rzadko go widuję. Czasem mi się zdaje, że i Peter nie widuje go zbyt często – zwłaszcza kiedy słucham Robin narzekającej na to, jak bardzo jej były mąż jest zapracowany.

Robin rzuca na podłogę torebkę oraz dwie torby z zakupami, a potem siada naprzeciwko mnie, wzdychając ze zmęczenia. Ma na sobie krótką spódniczkę z brązowego zamszu, odsłaniającą smukłe, opalone uda. To osoba, która emanuje seksapilem, ale w niezbyt wyrafinowany sposób. Uśmiecham się, wspominając, co siostra Petera powiedziała kiedyś o Robin: „gdyby miała zabrać tylko jedną rzecz na bezludną wyspę, to z pewnością byłby to lubrykant". Ten komentarz powinien był mnie zaniepokoić, gdyż malował obraz namiętnego okresu, jaki Robin i Peter przeżyli, będąc razem, ale z jakiegoś powodu nigdy nie byłam zazdrosna o jego byłą żonę – nawet kiedy parę razy widziałam ją w bikini. Denerwuje mnie tylko, że zachowuje się czasami, jakby wciąż kochała Petera; na przykład tamtego dnia, gdy przyszliśmy do niej po Aidana, a ona pokazała mi album z ich ślubnymi zdjęciami, ostentacyjnie rozłożony na stoliku w salonie. Peter tylko pogorszył sprawę, bo zbył wszystko śmiechem i powiedział to, co zawsze: „to cała Robin".

Nie chodzi o to, że nie chcę, żeby mój facet dogadywał się z byłą żoną, zresztą właściwie sama ją lubię – potrafi być niezwykle zabawna i jest świetnym kompanem – ale nie cierpię, kiedy się zachowują, jakby wciąż byli razem.

– Co słychać, Robin? – pytam.

Robin wzdycha, po czym rozpoczyna długą litanię żalów o tym, jaka jest zajęta i zestresowana. To najbardziej zajęta i zestresowana niepracująca osoba, jaką w życiu spotkałam. Nagle przerywa w pół zdania opowieść o organizowanym przez siebie balu dobroczynnym i zerka na mój duży palec u stopy z odpryśniętym lakierem na paznokciu.

– Och, kochana, co ci się stało w palec? Uderzyłaś się? – pyta z południowym akcentem. Wychowała się w Connecticut, ale studiowała w Auburn w Alabamie i zdarza jej się używać tamtejszego akcentu, kiedy jest jej to na rękę.

Wzruszam ramionami. Spoglądam na Petera, pogrążonego w rozmowie z Aidanem, i odpowiadam nieco złośliwie:

– Kto wie? Może to się stało, kiedy graliśmy z Peterem w tenisa?

Nie mówię tego bez powodu, Peter opowiadał mi, że w czasie ich małżeństwa sport zawsze stanowił u nich kość niezgody. Peter bynajmniej nie zmuszał Robin do biegania w maratonach albo wspinania się po górach, ale ona odmawiała nawet zamoczenia włosów w trakcie pobytu na plaży. Peter twierdził, że to był symbol bezsensowności ich związku, pokazujący, jak mało mieli ze sobą wspólnego, i tego, że Robin jest materialistką z obsesją na punkcie wyglądu (co potwierdziła, robiąc sobie lifting twarzy w wieku czterdziestu czterech lat).

Ale największym problemem – który w końcu doprowadził do ich rozstania – była jej chroniczna nieszczerość. Nigdy nie wdała się w romans – przynajmniej Peter nic o tym nie wiedział – ani nie okłamała go w żadnej naprawdę istotnej sprawie, ale drobnych kłamstewek i półprawd nazbierało się tyle, że miarka się przebrała. Torebka z aligatora od Devi Kroell „nie była wcale taka droga" (kosztowała cztery tysiące dolarów, co było problemem samym w sobie). Wypiła tylko jednego drinka, nie sześć. To jej były chłopak zaprosił ją do znajomych na Facebooku, a nie odwrotnie. Właściwie, to Robin pasowała do profilu patologicznej kłamczuchy, bo często zmyślała bez powodu i w zupełnie nieistotnych sprawach – nawet spytana, co zjadła na śniadanie, nie odpowiadała zgodnie z prawdą. Peter powiedział mi kiedyś, że w momencie, gdy stwierdził, że nie może jej ufać, przestała mu się podobać. Żołądek mi się ściska na myśl, że teraz będzie czuł do mnie to samo.

Robin trajkocze (głównie do siebie) jeszcze przez kilka minut, aż nagle wstaje i rusza do drzwi.

– Muszę lecieć. Mam randkę! – woła, mijając Petera i Aidana w drodze do wyjścia.

Ku jej wyraźnemu rozczarowaniu Peter nie okazuje krzty zainteresowania jej życiem miłosnym. Podobnie zresztą jak jej odsłoniętymi nogami.

– Nie chcesz wiedzieć, z kim się umówiłam? – pyta o oktawę wyższym głosem, przekrzywiając głowę na bok. Aidan przesiada się na kanapę i wyciąga z torby powieść Ursuli Le Guin. W życiu nie widziałam chłopca, który by tyle czytał. Z pewnością nie odziedziczył tego po matce, która kiedyś oświadczyła bez cienia zażenowania, że „nie cierpi czytać". Kto się przyznaje do czegoś takiego?

– Nieszczególnie – odpowiada Peter, patrząc na nią z rozbawieniem. Prawie jakby ciągle miał do niej słabość, tak jak ma się słabość do psa, który nauczył się kilku uroczych sztuczek. – Ale możesz mi powiedzieć, jeśli masz ochotę.

– Powiem ci. Nie chciałabym mieć przed tobą tajemnic – odpowiada Robin i przez chwilę spogląda na mnie znacząco.

Serce zaczyna mi łomotać. Czyżby jej powiedział? Chyba by mi tego nie zrobił? Ale o co innego mogło jej chodzić? Postanawiam jednak dać mu kredyt zaufania i czekam na dalszy ciąg przedstawienia, zastanawiając się, czy mogłabym skorzystać z jej „repertuaru" przy pisaniu któregoś z kolejnych scenariuszy. W końcu już mi się to zdarzało.

– Umówiłam się z Nathanem Biletem – oświadcza.

Peter spogląda na nią obojętnie.

– Jezu, człowieku. To światowej sławy rzeźbiarz – oburza się Robin. – Pamiętasz, siedziałeś przy nim kilka lat temu na gali Fundacji Radosnych Serc. Ma świetną prasę – wyjaśnia, po czym zwraca się do mnie: – Nathan zajmuje się sztuką kinetyczną. To znaczy, że tworzy ruchome rzeźby.

– Tak, domyśliłam się, co to znaczy – odpowiadam z niewzruszoną miną, a potem staję obok Petera i obejmuję go w pasie, trochę celowo, a trochę dlatego, że nagle ogarnia mnie pragnienie, żeby go dotknąć.

– Robi też rzeźby dźwiękowe. Jest szalenie awangardowy – ciągnie Robin z rozmarzeniem. Zastanawiam się, czy uzna, że należy mi wytłumaczyć słowo „awangardowy" albo „dźwiękowy", ale tego nie robi, więc mówię:

– To musi być niebywale ciekawy facet.

– Owszem. W dodatku jest Francuzem – mówi Robin, wachlując się dłońmi. – Trochę młody, ale myślę, że dotrzymam mu kroku!

– Na pewno, Rob – mówi Peter, po czym klepie ją po ramieniu i delikatnie kieruje w stronę drzwi. – Baw się dobrze.

– Wyrzucasz mnie? – pyta Robin.

Peter się uśmiecha.

– Nie. Tylko nie chcę, żebyś się spóźniła na randkę. Nathanowi mogłoby się to nie spodobać.

Robin uśmiecha się od ucha do ucha, a potem woła do Aidana:

– Kocham cię, skarbie! Do zobaczenia jutro wieczorem!

– Ja też cię kocham, mamo – odpowiada Aidan, nie podnosząc oczu znad książki.

– No dobrze. Idę – mówi Robin z ociąganiem. – Wy dwoje macie na pewno dużo do obgadania. – Znów na mnie patrzy i tym razem nie mam wątpliwości. Wie o wszystkim. – Tylko o jedno was proszę.

– Co takiego? – pytam, starając się panować nad gniewem i urazą.

Robin obniża głos do szeptu:

– Nie mówcie Aidanowi wszystkiego. Po prostu... Nie chcę, żeby już rozmawiał na takie tematy. Nie w jego wieku – dodaje, najwyraźniej upajając się rolą odpowiedzialnego rodzica, którą w końcu nieczęsto odgrywa.

– Och. Jasne, Robin – odpowiadam najbardziej sarkastycznym tonem, na jaki mnie stać.

– Oczywiście wie o pszczółkach i kwiatkach. Ale jednak...

Kątem oka dostrzegam, jak Aidan zerka na rodziców, jakby doskonale wiedział, co się dzieje. Potem wstaje i idzie do swojej sypialni, gdzie prawdopodobnie spędzi większą część wieczoru.

– Wybacz. Nie miałam na myśli nic złego – zapewnia mnie Robin, lekko zmieszana, jak gdyby nie rozumiała, co zrobiła nie tak. O dziwo, wierzę jej. Robin nie jest wyrachowana ani wredna. Jest po prostu głupia.

Ale Peter bardzo dobrze wie, co się stało. Dlatego gdy Robin wychodzi, machając nam na pożegnanie małym paluszkiem, spuszczam wzrok. Nie potrafię spojrzeć Peterowi w oczy.

– Jak mogłeś? – pytam.

– Jak co mogłem?

– Powiedzieć jej.

– Nic jej nie mówiłem – zapewnia, otaczając mnie ramieniem.

Odsuwam się.

– Błagam cię.

– Powiedziałem Aidanowi – wyjaśnia Peter szeptem. – Musiał powtórzyć matce.

– Powiedziałeś A i d a n o w i!?

– Owszem. To problem?

Dobrze wiem, że to podchwytliwe pytanie; jeśli powiem „tak", to znaczy, że nie traktuję Aidana jako integralnego elementu jego życia. Co jest ogromnym problemem, zwłaszcza jeśli chcę poślubić Petera. Mimo to uważam, że powinien był wcześniej zapytać mnie o pozwolenie. Powinniśmy byli o tym porozmawiać, zanim on porozmawiał ze swoim synem, w ogóle z kimkolwiek. Zwłaszcza jeśli wiedział, że Aidan powtórzy wszystko Robin. Tłumaczę mu to, starając się zachować spokój i nie mieszać w to jego byłej żony. Nie o nią tu chodzi.

– To mój s y n, Marianne. Widziałem się z nim tamtego dnia. Tuż po tym, jak poznałem Kirby... Poza tym planowaliśmy przecież spotkanie w czwórkę. Więc uznałem, że mogę z nim o tym pogadać. Zresztą nie uważasz, że to pozytywny skutek uboczny wizyty Kirby? Wreszcie masz okazję, żeby zmierzyć się z tą historią i do wszystkiego się przyznać.

– Przyznać się!? – powtarzam. – Widzisz? Nawet ty uważasz, że mam powód do wstydu.

– Okej. Źle dobrałem słowa – wycofuje się Peter. – Tylko myślałem, że nie chcesz już tego trzymać w tajemnicy... Oczywiście nie wiedziałem wtedy, że nawet twój ojciec o niczym nie wie.

– Boże, Peter – mówię. – Minęło o s i e m n a ś c i e lat. Czemu to dla ciebie takie ważne?

– Bo tak – odpowiada Peter. – To jest najważniejsza rzecz na świecie. Dzieci. Ale skoro ty tak nie uważasz...

– To masz kolejny powód, żeby się ze mną nie żenić? – przerywam mu.

Peter spogląda na mnie w milczeniu, które mówi więcej niż jakiekolwiek słowa.

– Muszę iść – rzucam otępiała, a po chwili przestraszona własnym otępieniem.

Czekam, aż mnie zatrzyma, ale on tylko na mnie patrzy. Kiedy wychodzę z jego mieszkania, zamykając za sobą drzwi, nachodzi mnie uczucie *déjà vu*. Już raz odeszłam, chociaż wcale tego nie chciałam. I już kiedyś czułam, że pewnych błędów nie da się naprawić.

ROZDZIAŁ 13

Kirby

– Poczęstujesz się? – pyta pan Tully, wskazując na otwarte pudełko z pączkami. Właśnie zjadł jednego i zabiera się do następnego. Przyszłam do niego, przy okazji zwalniając się z WF-u, teoretycznie po to, żeby porozmawiać o moich planach dotyczących college'u, choć jeszcze nawet nie zaczęliśmy tego tematu. – Są z cukierni Raya. Re-we-la-cja.

Kręcę głową i mówię mu, że pączki z cukrem pudrem są zbyt brudzące, zwłaszcza gdy się jest ubranym na czerwono. Potem pytam go, co tu właściwie robią te wszystkie ciastka, i zaczynam się głośno zastanawiać nad odpowiedzią: to podziękowania od rodziców? Łapówki od uczniów? Prezenty od zakochanych sekretarek? Pan Tully parska śmiechem, przez co wydaje mi się jeszcze przystojniejszy niż zazwyczaj. Potem wgryza się w ciasto, wzniecając chmurę cukru pudru. Oblizuje kciuk, a ja przyglądam się jego ustom i nagle wpada mi do głowy wizja pana Tully'ego, który całuje się z dziewczyną. Nie ze mną – nie wyobrażałabym sobie takich świństw – ale z jakąś rozchichotaną cycatą studentką. Przychodzi mi na myśl, że go nie doceniam i że na pewno ma lepszy gust, blondyna zmienia się więc w szczupłą brunetkę o wyglądzie intelektualistki. Mrużę oczy i zerkam na zegar na monitorze jego komputera. Dwadzieścia minut do dzwonka.

– A więc – zaczynam i uderzam lekko w nieproporcjonalnie dużą głowę kretyńsko i odrobinę maniakalnie uśmiechniętej plastikowej figurki na biurku. – Mam nowiny.

– Wreszcie zapamiętałaś wzór funkcji kwadratowej? – Pan Tully puszcza do mnie oko. – To by dopiero było coś.

– Ha. Nie. I to niełładnie wyśmiewać się z czyichś niepowodzeń. Wie pan, że w przyszłości mogę przez to wylądować na terapii? Szkolny psycholog, który powinien mi pomagać, wyzywa mnie od głupków.

– Od głupków? Skąd – protestuje pan Tully. – Od uparciuchów i nieuków, hmm... Owszem. – Wyciąga palec w moją stronę i uśmiecha się od ucha do ucha.

– No dobrze – mówię, lekceważąco machając ręką. – To nie ma nic wspólnego z matmą, tylko z tym, gdzie byłam w zeszłym tygodniu.

Pan Tully spogląda w górę, nadal uśmiechnięty, jakby usiłował wymyślić jakąś zabawną ripostę, gdy tymczasem za szybką w drzwiach ukazuje się Scooter Banks, który następnie naciska klamkę i wtyka głowę do gabinetu, wrzeszcząc:

– Ej, panie T.! Wie pan, jak najłatwiej zabić strusia?

– Domyślam się, że moja kwestia brzmi: nie wiem. Jak najłatwiej zabić strusia?

Scooter wybucha śmiechem i woła:

– Przestraszyć go na betonie!

– Wracaj do klasy, Scooter – wygania go pan Tully. Chichocząc, Scooter rusza korytarzem, a ja przewracam oczami i mamroczę pod nosem:

– Imbecyl.

– Imponujące słownictwo – mówi pan Tully. – Widzisz? Wcale nie jesteś głupkiem.

Uśmiecham się, myśląc, że lekcje przed testem SAT jednak się na coś przydały, a potem oznajmiam:

– Poznałam swoją biologiczną matkę. W długi weekend. Znalazłam ją w Nowym Jorku. I pojechałam tam. Sama.

Pan Tully gwiżdże z podziwem, a potem posyła mi spojrzenie, które chciałabym zapamiętać na zawsze. Patrzy na mnie z autentycznym podziwem. Widać, że jest zaintrygowany i pod wrażeniem, i choć wiem, że zawsze mnie lubił, to nigdy nie patrzył na mnie w ten sposób. Ani on, ani nikt inny. Gestem zachęca mnie, żebym mówiła dalej, więc opowiadam mu całą historię: jak sześć tygodni temu zadzwoniłam do agencji, jak pojechałam samiuteńka obskurnym autobusem aż do Nowego Jorku i jak późnym wieczorem zapukałam do jej drzwi.

– Niesamowite – mówi pan Tully, a potem powtarza to słowo jeszcze dwa razy.

Uśmiecham się i opowiadam mu o Marianne. Zgodnie z moimi przewidywaniami słucha uważniej niż Belinda czy Charlotte, aż w końcu, po namyśle, cichym głosem zadaje pierwsze pytanie:

– Myślisz, że jesteście podobne?

– Fizycznie? – upewniam się.

Pan Tully kiwa głową i stwierdza, że możemy od tego zacząć. Odpowiadam, że tak, zdecydowanie widać, że jesteśmy spokrewnione.

– Mamy taką samą cerę, kolor włosów i oczu. I tak samo wielkie uszy. – Rumienię się z uśmiechem.

Pan Tully stuka pięścią w klatkę piersiową i pyta:

– A tu? Tu jesteście podobne?

To pytanie, zwłaszcza połączone z takim gestem, w wykonaniu kogokolwiek innego byłoby wybitnie obciachowe, ale pan Tully jest na tyle świetnym facetem, że może sobie na coś takiego pozwolić.

– Chyba nie... No, może odrobinę – odpowiadam.

– Jak to?

Wzruszam ramionami.

– Trudno to wyjaśnić. Ona jest na pewno inteligentniejsza ode mnie. I bardziej przedsiębiorcza. – Parskam śmiechem i dodaję: – Łagodnie mówiąc.

– Nie wiem... Może i jest bardziej przedsiębiorcza, ale wątpię, żeby była bardziej inteligentna. W końcu jesteś jej córką. I bardzo bystrą dziewczyną.

– Aha. Chyba tylko pan tak uważa.

– Ja i twoje wyniki SAT. Co jeszcze?

– Nie wiem. Jest trochę małomówna. Tak jak ja. Ale świetnie się dogaduje z ludźmi – dodaję, przypominając ją sobie w pokoju scenarzystów. – Zawsze dokładnie wie, co powiedzieć... I jest taka... Pewna siebie. Poukładana.

– To dobrze?

– Raczej. Lepsze to, niż być łamagą.

– Nie jesteś łamagą.

– Jestem.

– Tylko ci się tak wydaje. Jak na nastolatkę jesteś bardzo... Samoświadoma.

– Cokolwiek to znaczy.

– To znaczy, że masz z nią więcej wspólnego, niż myślisz.

Kręcę głową.

– Nie. Ona jest idealna. Ma idealne włosy, idealną skórę, idealne ciuchy. Idealnie stylowe mieszkanie.

– Niełatwo być ideałem.

– Jej łatwo.

– Skoro tak, to... Chyba jest trochę nudna?

Wzruszam ramionami.

– Nie wiem, ale na pewno nie jestem do niej podobna. – Przypominają mi się ciuchy, które mi kupiła. Jeszcze ich nie włożyłam. Już mam mu o tym powiedzieć, ale stwierdzam, że nie chcę mówić głośno tego, co czuję: że próbowała mnie kupić i zrekompensować mi w ten sposób swoje kłamstwo. „Hej, wybacz, twój ojciec nie wie, że istniejesz. Ale spójrz na te buty od Prady!".

– O co chodzi? – pyta pan Tully. Jak on to robi?

Przełykam ślinę, zerkam na swoje dłonie i postanawiam jednak mu powiedzieć.

– Bo... Okazało się... Że nikomu o mnie nie mówiła.

Pan Tully przekrzywia głowę na bok.

– Nikomu?

– Nikomu oprócz swojej mamy.

Nawet jeśli jest wstrząśnięty, to tego nie okazuje i pyta po prostu:

– A co ty o tym myślisz?

– Nie wiem. Chyba jestem zaskoczona.

– Zabolało cię to?

– Trochę – przyznaję, po czym dodaję szybko: – Ale co tam. To nic wielkiego.

– A więc twój biologiczny ojciec nic o tobie nie wie?

– Nie. – Czuję, że płoną mi policzki, jakby to mnie, a nie ją stawiało w złym świetle. – Nawet mu nie powiedziała, że zaszła w ciążę – Pan Tully milczy, więc dodaję: – Wiem. Szokujące, nie?

– Jestem psychologiem – mówi pan Tully, wyginając palce, aż mu strzelają kostki. – Trudno mnie zszokować.

– Szkoda, że pana tam nie było – mówię. – Wtedy, w latach dziewięćdziesiątych.

– Czemu? – dopytuje. – Chciałabyś, żeby wtedy podjęła inną decyzję?

– Nie – odpowiadam szybko. – Tego nie powiedziałam. Po prostu... Szkoda, że mu nie powiedziała.

– Jasne.

– I wie pan co? Wydaje mi się, że ona też żałuje. Może ktoś taki jak pan wtedy by ją przekonał.

– Cóż, w takim razie: na co czekacie?

– Nie rozumiem.

– Czemu go nie odszukacie?

– Już na to za późno – mówię, choć przecież zeszłej nocy spędziłam dwie godziny, szperając w internecie. – Przynajmniej za późno, żeby ona tego chciała. Ma przecież takie idealne życie.

– Mylisz się, Kirby – mówi pan Tully. W tej chwili rozlega się dzwonek. – Jestem pewien, że nie jest za późno.

ROZDZIAŁ 14

Marianne

We wtorek rano Peter puka do drzwi mojego gabinetu. Nigdy wcześniej nie wpadał bez zapowiedzi, zresztą nasze zawodowe spotkania zawsze odbywały się w jego biurze. Pyta, czy mam wolną chwilę.

– Jasne – odpowiadam, czując, jak pocą mi się ręce. Nie rozmawialiśmy, odkąd wyszłam z jego mieszkania trzy dni temu, i choć nie wiem, co właściwie chciałabym od niego usłyszeć, to mam nadzieję, że to osobista wizyta. Jednak już po kilku sekundach uświadamiam sobie, że chodzi o pracę. Peter otwiera tekturową teczkę i wyciąga z niej szkice odcinków, które ode mnie dostał. Natychmiast zauważam zabazgrane uwagami marginesy.

– Nie podoba ci się? – pytam.

– Oczywiście, że się podoba i mnie, i Vicky. – Chodzi mu o naszą dyrektor programową, moją bezpośrednią szefową, która byłaby tu teraz zamiast niego, gdyby nie to, że jesteśmy z Peterem parą. – Ale jest kilka spraw, o których musimy porozmawiać. – Ogarnia mnie przygnębienie. Znam to spojrzenie Petera, widziałam je przy pierwszych dwóch sezonach. Mówi ono, że za chwilę będzie chciał zmienić wszystko, co napisaliśmy.

Przeglądam kartki i w oko wpada mi notka na marginesie: „za dużo picia". Pokazuję na nią palcem i mówię:

– Peter, akcja rozgrywa się w barze. Uważasz, że Norm ze *Zdrówka* za dużo pił?

– Po co się od razu tak burmuszysz?

– Nie burmuszę się. – Spoglądam na pozostałe uwagi, z których wiele wytyka „niewłaściwy ton" jakiejś sceny albo dialogu.

– A to co? – pytam. – Co jest nie tak z tonem?

– Nic. Trzeba go tylko trochę złagodzić – odpowiada Peter, zakładając nogę na nogę i śmiejąc się pod nosem.

Ja się jednak nie uśmiecham.

– Wybacz – mówi, prostując nogi. – To nie czas na żarty.

– Zgadza się. Powiedz mi wprost, o co wam chodzi.

– No dobrze. Dialogi są zbyt odważne. Za dużo tu seksu, alkoholu, przekleństw, przemocy...

– Nie jesteśmy w ABC Family. Chyba o tym wiesz?

– Tak, zdaję sobie sprawę...

– Poza tym ton się nie zmienił.

– Niezupełnie. Stąpacie po śliskim gruncie i... Chyba trochę was ponosi.

– Ale właśnie za to widzowie nas lubią. Nie jesteśmy nijacy.

– Posłuchaj, Marianne – mówi Peter zniecierpliwiony. – Musisz być świadoma pewnych faktów. To, że *South Second* jest puszczany w czwartki o dziewiątej, niesie ze sobą poważny ciężar. Konkurujecie z największymi, więc musicie mieć oglądalność i zapracować na stawki, których żądamy od reklamodawców.

– To znaczy, że jesteśmy maszynką do zarabiania pieniędzy.

Peter prycha, sięga do teczki i rzuca mi kolejny papier.

– Niestety nie.

Spoglądam na kartkę pełną cyfr i wykresów, a potem patrzę na niego, kręcąc głową.

– Nie dajesz nam szansy. A jeśli posłucham tych uwag, nigdy nam się nie uda. Nie możesz nas zamieniać w telenowelę.

– Czy wiesz, co chciała zrobić Vicky? – pyta Peter. – Chciała was wrzucić na piątek, w najgorszy czas. Uratowałem wam tyłki.

– Czemu? – wołam. Nie chcę mu tłumaczyć, że Vicky to nudziara i idiotka. Wie przecież, co o niej myślę.

– Co: czemu?

– Czemu mi uratowałeś tyłek? Dlatego że ze sobą sypiamy? – wypalam, choć dobrze wiem, że nie o to chodzi w naszym związku. – Czy dlatego że wierzysz w nasz serial?

– Szczerze? Jedno i drugie.

– W takim razie zrób coś dla mnie: zapomnij o tym pierwszym, kiedy rozmawiamy o pracy. Nie potrzebuję łaski – rzucam drżącym głosem. Już wiem, że nie wygram. Jeśli serial poradzi sobie w obecnej formie, to dzięki temu, że Peter zrobił mi przysługę. Jeśli zaś ich posłucham, stracimy widzów i zdejmą nas z anteny. Sięgam po myszkę i gwałtownie kasuję kilka wiadomości ze skrzynki odbiorczej, tylko po to, żeby zrobić coś z rękami.

Peter wzdycha i mówi:

– Posłuchaj, Marianne. Robię wszystko, żebyście mieli te czwartki, ale musimy was przenieść na ósmą. Wasza oglądalność nie wystarczy, żeby puszczać *South Second* o dziewiątej, a reklamodawcy narzekają, że jak na ósmą serial jest zbyt mocny. Więc musicie coś z tym zrobić. Przykro mi. Wiem, że nie to chcesz usłyszeć, ale tak wygląda sytuacja. Stacja musi zarabiać.

– Gówno prawda – mamroczę pod nosem, jeszcze raz przeglądając notatki.

– To, że oglądają was miliony, nie ma znaczenia, jeśli serial odstrasza reklamodawców, a rodzice boją się o swoje dzieci.

Patrzę na niego rozgniewana.

– Dzięki, że mi wytłumaczyłeś, jak działa telewizja.

Peter nie zwraca uwagi na mój sarkazm.

– Naprawdę nie chcę, żeby was zdjęli z anteny tylko dlatego, że się uparłaś i musieliśmy wam tak zmienić czas nadawania, że nikt nie mógł was znaleźć w programie.

Staram się zignorować tę protekcjonalną uwagę i mówię mu, że doskonale wiem, jak ważne są zyski.

– Ale nie możesz wymagać, żebym nie protestowała, kiedy mi odbierasz wolność twórczą.

– Nie odbieram ci całej wolności. Tylko trochę – mówi, uśmiechając się półgębkiem, co byłoby urocze, gdyby to nie mój projekt był na tapecie. – Wystarczy parę kosmetycznych zmian. Żeby całość była odrobinę bardziej... Familijna. I odrobinę mniej ostra.

– Czyli, krótko mówiąc, mamy zmienić cały serial – mruczę pod nosem. – Boże. Czemu musimy się dostosowywać do tych wszystkich ćwoków? Mądrzy ludzie też oglądają telewizję. Czy to nie dlatego chciałeś tu pracować?

– Marianne. Uspokój się i przeczytaj te uwagi. Serial nadal będzie inteligentny, tylko... Odrobinę bardziej cenzuralny. Pogadamy jutro – dodaje, a jego opanowanie doprowadza mnie do szału. – Okej?

– Dobra – odpowiadam. Wiem, że jak zwykle zrobię, o co mnie prosi, i że nie mam innego wyboru.

Peter podnosi się z krzesła, a potem siada z powrotem i spogląda na mnie.

– Co? – pytam.

– Czy jest jeszcze coś, o czym chciałaś porozmawiać?

– Raczej nie – odpowiadam. Strasznie nie chcę, żeby wychodził, a jednocześnie nie potrafię powstrzymać złośliwego komentarza: – Poza tym że ogromnie mi przykro, że się nie zgadzasz z decyzją, którą podjęłam w wieku osiemnastu lat.

Peter krzyżuje ramiona na piersi, a potem mówi cicho:

– Cóż. Prawdę mówiąc, podejmujesz tę decyzję każdego dnia na nowo... Ale to twoje życie.

– A to twoja stacja – odgryzam się. Peter kręci głową, wstaje i tym razem to on wychodzi.

*

Nie rozmawiamy ze sobą następnego dnia ani następnego, a tymczasem zbliża się umówiona piątkowa kolacja z przyjaciółmi. Peter dzwoni jakieś trzydzieści minut przed porą spotkania. Jestem właśnie w domu i przebieram się po pracy.

– Niech zgadnę. Nie przyjdziesz? – rzucam w słuchawkę.

– Chciałem tylko ustalić parę zasad – odpowiada zaczepnym, choć pozornie niewinnym tonem.

– To znaczy?

– To znaczy, że nie wiem, czy twoi znajomi wiedzą o Kirby.

– A więc nagle to są tylko moi znajomi?

– Okej. Nasi znajomi.

– Nie – mówię, pośpiesznie rozglądając się za biżuterią. – Nie wiedzą. Byłam odrobinę zajęta, zważywszy, że musiałam od nowa napisać te wszystkie odcinki.

– Masz zamiar im powiedzieć?

– Nie wiem. Jeśli nadarzy się okazja.

– Sama się raczej nie nadarzy.

– W takim razie masz odpowiedź.

– Czyli po prostu zamierzasz udawać?

– Udawać? Co? – pytam, dodając w myślach: udawać, że jesteśmy szczęśliwi?

Peter odchrząkuje i mówi:

– Udawać, że nie dzieje się właśnie wielka rzecz w naszym życiu.

Choć podoba mi się, że powiedział „w naszym życiu" i „wielka rzecz" zamiast „kryzys", to i tak irytuje mnie, że wtrąca się do mojego życia. Nawet Kirby zdaje się rozumieć, że moje życie to moja sprawa. Poza kilkoma esemesami od jej wyjazdu nie miałyśmy kontaktu i ulżyło mi, że nie wspomniała więcej o Conradzie. Nadal nie bardzo wiem, czy dobrze zrobiłam, ale uznałam, że jesteśmy na najlepszej drodze. Ona ma rodzinę, ja chcę założyć własną. Z kimś, kto będzie rozumiał, czemu postąpiłam tak, jak postąpiłam.

– Okej. Chcesz, żebym im powiedziała, to powiem. Może przy deserze? „Ach, słuchajcie, tak przy okazji... Czy wspominałam wam o tym, że osiemnaście lat temu urodziłam dziecko?".

– Przestań dowcipkować, Marianne.

– Dowcipkować!? Zdaje ci się, że ktoś, kto oddał dziecko do adopcji, ma ochotę dowcipkować na ten temat? – mówię i nieruchomieję, wpatrując się w swoje odbicie w lustrze. Wyglądam staro. Albo przynajmniej jak ktoś, kto jest bardzo zmęczony. Szybko odwracam wzrok. – Takie odniosłeś wrażenie w ciągu ostatnich kilku dni?

Peter milczy.

– Właściwie to nie wiem, czy mogłeś w ogóle odnieść jakiekolwiek wrażenie – dodaję. – Odkąd poznałam Kirby, prawie się nie widujemy.

– Wiem – odpowiada Peter. – O to mi właśnie chodzi. Ja ci dałem przestrzeń, a ty jak zwykle wykorzystujesz to, żeby mnie trzymać na dystans.

– I to mówi człowiek, który nie chce nawet słyszeć o małżeństwie – wypalam, licząc w myślach, ile razy poruszałam z nim ten temat. Bez wątpienia przekroczyłam granicę pomiędzy zastanawianiem się nad tym, a wywieraniem na niego presji.

– Teraz na pewno nie jest czas, żeby o tym rozmawiać – mówi Peter.

– Domyślam się, że jest ci to na rękę – odpowiadam.

– Chcesz pogadać o tym, co jest komu na rękę? To pogadajmy o twojej decyzji, Marianne. O tej twojej nieskazitelnej decyzji. Urodzić dziecko, oddać je do adopcji i nie zająknąć się nikomu ani słówkiem. I już. Po problemie.

Czuję, że płoną mi policzki, a ręce zaczynają się trząść.

– Nie masz zielonego pojęcia o rodzeniu dzieci. Ani o aborcji. Ani o tym, przez co przeszłam, i jakie to było trudne.

– W porządku. Masz rację. Przepraszam, przesadziłem. Po prostu uważam, że… – Wzdycha i kończy zdanie: – Uważam, że nie załatwiłaś tego, jak trzeba.

– Załatwiłam.

– Tak? Bo przyprowadziłaś córkę do pracy? I zabrałaś ją do muzeum?

– I to niby ja dowcipkuję? – wołam, choć wiem, że w pewnym sensie ma rację. – Kurcze, Peter. Co twoim zdaniem powinnam była z nią robić?

– Może trochę się do niej zbliżyć?

– Ona nie przyjechała po to, żeby zyskać nową mamusię. Już jedną ma.

– Cóż, jestem pewien, że nie przyjechała również po to, żeby zwiedzać miasto albo chodzić po sklepach. Przyjechała, bo cię potrzebuje.

– To co miałam zrobić? Rozpłakać się jej w rękaw i opowiadać, jak mi smutno, że ją oddałam? – Gdy tylko wypowiadam te słowa, uświadamiam sobie, co powiedziałam. I że choć przez lata starałam się wmówić sobie, że jest odwrotnie, to naprawdę mam wyrzuty sumienia w związku ze swoją decyzją. Mogłam zatrzymać moje dziecko. Mogłam wybrać adopcję otwartą. Albo przynajmniej powiedzieć ludziom prawdę.

Peter oczywiście słyszy to wszystko w moim głosie i prycha na znak, że właśnie potwierdziłam jego tezę.

– Dobra – mówię. – Wygrałeś.

Jego głos robi się łagodny. Przypomina mi terapeutę, który właśnie doprowadził pacjenta do przełomu, który od dawna usiłował w nim wywołać.

– Nie mówię, że źle postąpiłaś, oddając ją do adopcji. Masz dzięki temu wspaniałe życie i ona na pewno też.

Czuję, jak do oczu napływają mi piekące łzy. Chwytam płaszcz i klucze, a potem mówię:

– Peter, ja mam trzydzieści sześć lat. Chcę być matką. Mój chłopak nie chce drugiego dziecka...

– Nie powiedziałem tego.

– A chcesz?

Cisza.

– Rozumiem, że nie.

– Nie wiem.

– Okej. W takim razie: mój chłopak, z którym jestem od dwóch lat, nie wie, czy chce mieć ze mną dziecko. W związku z czym, zakładając, że nadal będziemy razem, ja nie wiem, czy będę miała dziecko. A jeśli założyć, że się rozstaniemy, to Bóg raczy wiedzieć, czy zdążę znaleźć kogoś, kto je ze mną zechce mieć.

– Wolałbym założyć, że jednak nie zerwiesz ze swoim chłopakiem – mówi Peter.

– A ja nie... Więc może powinieneś dziś wieczór zostać w domu.

– Może i powinienem – odpowiada, nareszcie tak samo wściekły jak ja.

– Super. Na razie – rzucam i rozłączam się, zanim on zdąży zrobić to pierwszy.

*

Piętnaście minut później wchodzę do Campagnola, włoskiej restauracji na Upper East Side urządzonej w stylu rustykalnym i odwiedzanej przez zamożną klientelę. To jeden z ulubionych lokali Petera. Od razu zauważam przy barze Claudię i Jess, moje najbliższe przyjaciółki w Nowym Jorku. Jess jak zwykle otacza wianuszek mężczyzn – tym razem jest ich trzech.

– Cześć! – wołam, przekrzykując wesoły gwar i wygrywaną przez pianistę melodię Sinatry. Choć jest mi ciężko na sercu, próbuję zachowywać się swobodnie. Uśmiechając się, zaczynam się zastanawiać, czy całe moje życie nie jest przypadkiem jednym wielkim przedstawieniem.

– Hej, laska! Chcesz TLC? – pyta Jess, unosząc kieliszek.

– A co to takiego? – pytam.

– Whisky, cointreau, pastis, wermut i bitter. Nawet Claudii smakuje – oznajmia Jess, po czym daje znak barmanowi.

– Nawet Claudii? – powtarza Claudia. Wie, że jest z nas trzech najbardziej zachowawcza, lub jak mówi Jess: sztywna, ale zawsze denerwuje ją ta łatka.

Jess uśmiecha się pobłażliwie, po czym zwraca się do wpatrzonych w nią krawaciarzy:

– To dowodzi mojej teorii. Wszyscy lubią whisky: różnica polega tylko na tym gdzie, kiedy i w jakiej postaci.

Mężczyźni wybuchają nieco zbyt żywiołowym śmiechem, wyraźnie podnieceni wizją kobiety, która uwielbia whisky i wygląda przy tym jak modelka. Co czyni Jess jeszcze bardziej atrakcyjną to to, że była bezkompromisową szefową banku, która przetrwała kryzys i wylądowała na czterech łapach, a teraz kieruje działem kredytów inwestycyjnych dla placówek medycznych w Goldmanie. Często w żartach powtarzałam Peterowi, że byłaby dla niego idealną partią i że Jess to szczuplejsza, ładniejsza i inteligentniejsza wersja mnie. Poza tym tak samo jak on boi się zaangażowania.

Gawędząc o tym, co się ostatnio wydarzyło w pracy i w życiu, Claudia i ja robimy wszystko, żeby wyłączyć tamtych przypadkowych facetów z naszej rozmowy – co staje się łatwiejsze, kiedy dołącza do nas Ben, mąż Claudii.

– A gdzie Petey? – pyta po kolejnej głośnej porcji powitań i uścisków.

– Nie mógł przyjść. Pracuje – mówię i wszyscy mi wierzą, bo w przypadku Petera nie jest to nic niezwykłego.

Ale kiedy już siedzimy przy dużym okrągłym stole w centrum ozdobionej olejnymi obrazami sali jadalnej, wyznaję Claudii po cichu, że się pokłóciliśmy.

– Chcesz o tym pogadać? – pyta Claudia.

– O czym? – wtrąca się stanowczo Jess.

– To nic ważnego. Mówiłam właśnie, że trochę się posprzeczaliśmy z Peterem – odpowiadam, wdzięczna za whisky, którą właśnie wlałam sobie do gardła. – Właściwie to chyba grozi nam rozstanie.

– Nie gadaj! – woła Jess. – Co się stało? O kurwa... Chyba cię nie zdradził? Powiedz, że cię nie zdradził.

– Nie – mówię, myśląc o soczystych historiach z jej przeszłości z żonatymi facetami w rolach głównych. Nic dziwnego, że zdrada to pierwsze, co jej przyszło do głowy. – Nic w tym rodzaju. To... Znacznie dłuższa historia.

– Wal – mówi Jess. – Lepiej się poczujesz.

Uśmiecham się, dumając nad tym, jak bardzo się od siebie różnimy. Dla niej nie istnieje coś takiego jak tajemnice między przyjaciółmi.

– Czy to ta suka, jego była? – zgaduje Jess. – Znowu narozrabiała?

– Niezupełnie – mówię.

– Będziesz dalej zgadywać, czy dasz jej powiedzieć? – odzywa się Claudia.

– Po prostu... Wyszły na wierzch pewne sprawy – wyjaśniam i na myśl o Kirby czuję tępy ból w piersi. – I wydaje mi się, że on z tego korzysta, żeby usprawiedliwić swój strach przed kolejnym krokiem.

– Chryste. Poczekaj chwilę. Może byś tak przestała posługiwać się szyfrem? – niecierpliwi się Jess. – Co się dzieje?

– On chyba nie chce drugiego dziecka – mówię.

– Chyba? Czyli nie jesteś pewna? – dopytuje Claudia, specjalistka w tym temacie. Wiele lat temu o mało nie zerwała z Benem z podobnego powodu i zeszli się na nowo dopiero po kilku miesiącach. Z tym że u nich sytuacja przedstawiała się dokładnie odwrotnie – on chciał mieć dziecko, a ona nie. Na początku zdawało im się, że to bariera nie do przeskoczenia, ale po jakimś czasie zrozumieli, że to nieprawda. Teraz mają trzyletnią córeczkę o imieniu Frances i nigdy nie widziałam równie czułej matki jak Claudia.

– Dogadacie się – mówi Ben. Spoglądam mu w twarz, lekko podniesiona na duchu. Ben tak działa na ludzi. Jest mężem i ojcem, jakiego wyobrażają sobie w swojej przyszłości ośmioletnie dziewczynki, które wierzą jeszcze w zakończenia typu „żyli długo i szczęśliwie". Ma bardzo amerykańską urodę; jest przystojny, ale nie z b y t przystojny. Zabawny, ale nie bryluje w towarzystwie. Bystry i ambitny, ale i przywiązany do wartości rodzinnych. Do tego stopnia, że kiedy urodziła się Frances, wziął dwuletni urlop w swojej firmie architektonicznej, żeby poświęcić się jej wychowaniu.

– Spójrz na nas – mówi teraz. – Często po prostu potrzeba czasu.

– Może – odpowiadam. – Tylko czuję, że mam go coraz mniej.

Claudia przewraca oczami i woła, żebym nie gadała głupot, ale ja zamykam jej usta, przypominając, że w moim wieku była już w ciąży.

– Ja jestem dwa lata starsza od ciebie – włącza się Jess. – A jakoś nie panikuję.

Ostrożnie unikając tematu Michaela, jej ostatniego chłopaka, z którym zerwała bardzo niedawno, odpowiadam, że po pierwsze zamroziła swoje jajeczka, a po drugie i tak ma zamiar skorzystać z usług surogatki.

Claudia na chwilę pogrąża się w zadumie, a potem pyta:

– To dlatego Peter dziś nie przyszedł? Bo chcesz mieć dziecko, a on nie jest pewien? – Z jej tonu jasno wynika, że jest przekonana, że im o czymś nie powiedziałam. Między innymi za to właśnie ją lubię. Jest bardzo bystra i potrafi czytać między wierszami.

Waham się przez chwilę, ale w końcu kapituluję, pomyślawszy o Kirby. O niewinnym zapachu jej tanich perfum i niewprawnym makijażu. O jej dużych uszach i ślicznym, nieśmiałym uśmiechu. O tym, jak rapowała w pokoju scenarzystów i zachwycie w jej oczach w Muzeum Guggenheima. Myślę o tym, jak przytuliłam ją ostatni raz, a potem wsadziłam do taksówki. Nagle uświadamiam sobie, jak bardzo za nią tęsknię, a przede wszystkim zdaję sobie sprawę z tego, co straciłam, nie będąc jej matką. Wiem, że wszyscy na mnie patrzą i czekają na odpowiedź. Odstawiam więc kieliszek i mówię:

– Okej. Pokłóciłam się z Peterem, bo... Chcę mieć dziecko. Chcę być mamą...

Claudia dotyka mojej ręki, a ja biorę głęboki oddech i ogromnym wysiłkiem woli zmuszam się, żeby mówić dalej. Zastanawiam się przy tym, czy robię to, bo chcę, czy raczej żeby coś udowodnić Peterowi.

– A chcę tego przede wszystkim dlatego, że... Hm... Ja już kiedyś urodziłam dziecko. Dawno temu.

– Co? Kiedy!? – woła Jess.

Spuszczam wzrok, ale nie daję się zbić z tropu.

– Kiedy miałam osiemnaście lat. Przed college'em. Urodziłam córkę, a potem... Oddałam ją.

– Do adopcji? – pyta Jess.

Uśmiecham się i odpowiadam:

– Nie martw się, nie zostawiłam jej na progu jakiegoś kościoła.

– Boże, Marianne – mówi Claudia. Przypomina mi się, że jej siostra adoptowała dziecko, korzystając z modelu otwartego. Tymczasem Ben gapi się na mnie, a jego oczy są pełne współczucia.

– Cholera – mówi Jess i sięga przez puste krzesło, żeby złapać mnie za rękę.

– Ciężka sprawa, co? – mówię, starając się uśmiechnąć i rozluźnić atmosferę. W tym momencie przychodzi kelnerka i wygłasza swoje standardowe formułki. Wysłuchawszy jej, Jess zamawia dwie butelki czerwonego toskańskiego wina i zestaw naszych ulubionych przekąsek.

Po kilku sekundach znów zwraca się do mnie:

– Czemu nam nie powiedziałaś? – pyta. Sama nie potrafiłaby utrzymać tajemnicy nawet przed taksówkarzem.

– Nikomu nie powiedziałam przez osiemnaście lat. Nikomu z wyjątkiem matki. Nie powiedziałam ojcu. Nie powiedziałam ojcu dziecka. Nikt nic nie wiedział. Aż do zeszłej soboty... Kiedy ona zapukała do moich drzwi. Znalazła mnie.

Czekam, aż ktoś się odezwie, ale kiedy wszyscy milczą – nawet Jess – zaczynam opowiadać im o Kirby, z paniką uświadamiając sobie nagle, że właściwie niewiele o niej wiem. Przypomina mi się uwaga Petera o zwiedzaniu i zakupach, i czuję falę kłującego wstydu.

– Zaczekaj. Czyli nie powiedziałaś jej tatuśkowi? – upewnia się Jess, oczywiście skupiając się na najbardziej soczystej części całej historii. – To wariactwo. A ja zawsze myślałam, że jesteś taką samą nudziarą jak Claudia.

Nie zwracamy na nią uwagi.

– To właśnie dlatego Peter dziś nie przyszedł. Uważa, że nie załatwiłam sprawy jak trzeba – mówię.

Przy stole znów zapada cisza.

– Gniewacie się, że wam nie powiedziałam?

Wszyscy zarzekają się, że nie. Wierzę im. W tym momencie sytuację znów ratuje kelnerka, która zjawia się, żeby nalać nam wino.

Jess jako pierwsza unosi kieliszek.

– Za sekretne adopcje!

Wybuchamy śmiechem, potrząsając głowami.

– Kilka razy naprawdę chciałam wam powiedzieć – wyznaję, spoglądając na Claudię. – Wtedy, kiedy mówiłaś, że twoja siostra zaadoptowała Luke'a… I kiedy zaszłaś w ciążę. – Patrzę na Jess. – I za każdym razem, kiedy mi się zwierzałaś ze swoich niesamowitych przygód. – Uśmiecham się. – Ale dawno temu postanowiłam nikomu nie mówić. Po prostu chciałam zapomnieć o przeszłości i żyć dalej.

– Jak myślisz, z czym Peter ma największy problem? – pyta Ben.

Kręcę głową.

– Nie mam pojęcia. On chyba chce mi dać do zrozumienia, że chodzi mu o nieszczerość. O to, że ukrywałam przed nim coś ważnego.

Claudia pyta, zwracając się do Bena:

– Kochanie, myślisz, że też byś się tak czuł na jego miejscu?

– Trudno mi to sobie wyobrazić... Biorąc pod uwagę, że ty na początku tak bardzo nie chciałaś dziecka.

– No dobrze, to powiedzmy, że chodzi o coś innego – mówię. – Jakąś dużą sprawę, którą ona przed tobą ukrywała.

– Na przykład lesbijski trójkącik? – rzuca Ben.

– Nie udawaj świntucha – odbija piłeczkę Claudia. – I tak nikt ci nie uwierzy.

Ben się uśmiecha, pociąga łyk wina, a potem poważnieje.

– Chciałbym móc powiedzieć, że bym zrozumiał... Bo zdaje mi się, że tak się powinno postąpić... Ale szczerze mówiąc, chyba byłbym wściekły. Nie, nie wściekły. Ale bardzo by mnie to zabolało.

– Naprawdę? – pytam i znów czuję ucisk w żołądku. Skoro nawet Ben miałby z tym problem...

Ben kiwa głową, marszczy brwi i dodaje:

– I chyba bym się też zaczął martwić. Wygląda na to, że tu chodzi o zaufanie. Chyba chcesz wierzyć, że on ci o sobie wszystko powiedział? Przynajmniej wszystko, co istotne? Co by było, gdyby to on ukrył przed tobą coś takiego?

Próbuję sobie wyobrazić, że się okazuje, że Robin nie jest jego pierwszą, ale drugą żoną. Albo że Peter ma jakieś inne dziecko, o którym nic nie wiem.

– Faktycznie. Chyba też bym się zaczęła zastanawiać nad naszym związkiem.

– Ale – kontynuuje Ben – uważam też, że jeśli Peter nie będzie potrafił w końcu tego zaakceptować, to znaczy, że nie kocha cię tak, jak powinien.

Patrzę na niego, czekając na dalszy ciąg.

– To nie jest niewybaczalne przestępstwo. Naprawdę. Sądzę, że wszystko można wybaczyć, jeśli się kogoś kocha – mówi Ben, zerkając na Claudię.

– A co z Kirby? – pyta Claudia. – Cieszysz się, że cię znalazła?

– Tak – odpowiadam. – Przede wszystkim jestem szczęśliwa, że wszystko z nią w porządku. Chyba ma dobrą rodzinę... No i głowę na karku.

– Ale...? – odzywa się Jess.

– Ale to strasznie mi skomplikowało życie. Nie chodzi tylko o Petera. Ale o wszystko... Zanim się zjawiła, zdawało mi się, że to, czy komuś powiem, czy nie, to tylko moja sprawa. A teraz muszę ją brać pod uwagę. Czy chciałaby poznać swojego dziadka? Jeśli tak, to musiałabym powiedzieć tacie. Czy chce być częścią mojego życia? Muszę jej pokazać, że jest w nim mile widziana. I... – Milknę na chwilę i zastanawiam się, czy ta część historii kiedykolwiek stanie się łatwiejsza. – I, jak to elokwentnie ujęła Jess, być może będę musiała powiedzieć „tatuśkowi". Kirby nie powiedziała mi tego wprost, ale... Czuję, że by tego chciała.

– Chcesz go znaleźć? – pyta Ben.

– Nie. – Chciałabym jakoś złagodzić to stwierdzenie, ale nie mam siły. – Spędziłam całe życie, próbując się zdystansować od tej pomyłki. Od niego. Od tamtych czasów. Ostatnie, czego bym chciała, to odgrzebywać stare dzieje.

– Ale co konkretnie? – pyta Jess z błyskiem podniecenia w oku. – Swoje uczucia do niego?

– Jess, to nie brazylijski serial – stopuję ją.

– A szkoda.

– Zamknij się – rzucam, myśląc, że gdyby nasze losy były serialem, Peter zmieniłby scenariusz tak, żebyśmy z Conradem i Kirby zostali szczęśliwą rodzinką.

– Sama się zamknij – odpala Jess. – Lepiej się zamknij i go znajdź. Powinnyście razem wyruszyć na poszukiwania. Jak Thelma i Louise! – Uśmiecha się szeroko i wykonuje rękami niedorzeczny ruch, jakby kogoś łapała na lasso.

ROZDZIAŁ 15

Kirby

– Musimy pójść! – mówi Belinda. Jesteśmy właśnie na lekcji WF-u i biegamy w kółko na czas. Belindzie chodzi o bal na zakończenie roku. Jest to jedyny temat, który nuży mnie bardziej niż pytania o college. A także jedyny temat, który traktuję z większą drwiną. Nie wiadomo który raz z rzędu powtarzam jej, że nie idę, myśląc jednocześnie o Marianne i Conradzie. Od mojej rozmowy z panem Tullym minęło kilka dni, a jedynym, co przez ten czas robiłam, to obsesyjne kombinowanie, jak odnaleźć drugie z rodziców.

– Ej, Kirby – marudzi Belinda. – Nie mam zamiaru być laską, która zamiast się bawić, siedzi w domu, ogląda jakieś durne romansidło i opycha się popcornem.

– To nie oglądaj filmu i nie jedz popcornu – radzę jej, gdy tymczasem Justine Lewis wyprzedza nas po raz drugi; jej blond kucyk tańczy w powietrzu jak linka od latawca, a jaskraworóżowe buty Nike wzniecają chmurę kurzu, która przywodzi mi na myśl Pig-Pena z *Fistaszków*. Chociaż dobre oceny z WF-u w ogóle mi nie imponują, to czuję, że w pewnym sensie jestem zazdrosna o głupią Justine i żałuję, że nie potrafię grać na perkusji tak, jak ona umie biegać, czyli z dumą i nie przejmując się, że na mnie patrzą.

– Jeśli nie pójdziemy – nie daje za wygraną Belinda – będziemy tego żałować od końca życia.

– Boże, naprawdę mam nadzieję, że będę miała w życiu lepsze rzeczy do roboty niż wspominanie głupiego balu i w ogóle tej głupiej budy – odpowiadam.

No chyba że za chwilę zajdę w ciążę – dodaję w duchu. Zresztą nie. Nawet wtedy nie.

– Kurde. Skurcz – mówi Belinda i zwalnia, a po chwili zaczyna kuleć i rozcierać sobie bok.

Pani Tropper, nasza wuefistka, kręci głową z dezaprobatą.

– To coś, co każdy powinien przeżyć – mówi Belinda.

– Chyba dla ciebie.

– Dla wszystkich.

– Poza mną.

– Kirby. Serio mówię. Ludzie będą nas już zawsze pytać: „z kim poszłyście na bal?". A my będziemy na to mówić: „ee, z nikim. Byłyśmy frajerkami i zostałyśmy w domu".

Odpowiadam jej na to, że w życiu nie słyszałam, żeby zadano takie pytanie komuś powyżej dwudziestego roku życia. I że nawet nie mam pojęcia, czy moi rodzice byli na swoim balu, chociaż pamiętam jak przez mgłę dziwaczną opowieść o tym, jak mama i jej koleżanka w ostatniej chwili zamieniły się chłopakami.

– Założę się, że Marianne poszła – mówi Belinda. – Założę się, że była królową balu.

– Wyobraź sobie, że o tym nie gadałyśmy. Szok, nie? – odpowiadam, chociaż nie zdziwiłabym się, gdyby Belinda miała rację. W końcu zakupy w superdrogim sklepie z ciuchami ze swoją nowo poznaną córką to coś w stylu kobiety, która była kiedyś królową balu. To właśnie dlatego nie potrafię się zmusić, żeby włożyć rzeczy, które mi kupiła. Nie byłam nawet w stanie pokazać ich Belindzie ani Charlotte.

– Kirby. Proszę cię. Zrób to dla mnie – nalega Belinda, przystając, żeby zawiązać sznurowadło i złapać oddech. – Czy chociaż raz w życiu mogłybyśmy nie zachowywać się jak frajerki?

Patrzę, jak zawiązuje buty na podwójne supełki, a potem mówię:

– Będzie jeszcze gorzej, jeśli pójdziemy razem, niż jeśli nie pójdziemy wcale.

Belinda kręci głową.

– Co ty. Będziemy wyglądać jak seksowne, wyzwolone kobiety, które nie potrzebują facetów.

Parskam śmiechem i uświadamiam jej, że nie widziałam jeszcze laski, która by marzyła o facecie tak bardzo jak ona.

Jakby na potwierdzenie mojej teorii Belinda mówi:

– Właściwie to ja chyba mam już z kim iść. Nieźle mi się układa z Jakiem Mahoneyem.

– Z kim?

– Z tym kolesiem z centrum handlowego.

Wyrywa mi się głośne jęknięcie.

– No co?

– Z centrum handlowego? Daj spokój, tylko tipsiary podrywają chłopaków w centrach handlowych.

– Wyobraź sobie, że kupowaliśmy okulary w Gallerii. Tam tipsiary nie chodzą.

– Póki ty się tam nie zjawiłaś. – Uśmiecham się.

– Dobra. Możesz sobie mówić, co chcesz, chociaż jestem twoją najlepszą przyjaciółką na całym świecie. Ale Jake nie jest wieśniakiem. Mieszka w Clayton. Chodzi do Chaminade'a*. Gra w lacrosse. A w przyszłym roku będzie studiował w Waszyngtonie.

– Błagam cię. Dobrze wiesz, że chłopak z Chaminade'a w życiu nie spojrzy na laskę z DuBourga.

– Kirb, proszę. On mnie chyba naprawdę lubi.

– Super. To go zaproś na bal. Kto ci zabrania? – mówię. Zaczynamy ostatnie, czwarte okrążenie i czuję, jak pot spływa mi po plecach.

– Ale ty musisz iść z nami. Jake ma kumpla, Philipa...

– Philipa? Koleś ma na imię Philip?

– A co w tym złego?

– Nic. Jeśli jest się królem albo hrabią.

– To do ciebie niepodobne, żeby oceniać książkę po okładce – zauważa Belinda, zgrabnie trafiając w mój czuły punkt.

– Dobra, słuchaj: nie idę na bal. Zwłaszcza jeśli to ma być randka w ciemno. Z Philipem.

– Daję ci słowo, że jest przystojny. Możesz sprawdzić na Facebooku.

– Jasne. Bo na Facebooka nikt nie wrzuca swoich najlepszych zdjęć. Kto jak kto, ale ty powinnaś wiedzieć... – Mam

---

* Liceum im. W.J. Chaminade'a – prywatna katolicka szkoła średnia dla chłopców w St. Louis.

na myśli jej fikcyjne statusy, w których wypisuje, jak genialnie się bawi na zmyślonych imprezach.

– Ja nie kłamię. Tylko naciągam fakty. I używam dużo Photoshopa – mówi Belinda ze śmiechem. – Daj spokój, co ci szkodzi go poznać? A jeśli pójdzie dobrze...

– Nie, dzięki.

Pani Tropper odgwizduje koniec lekcji i spośród kilku maruderów rzuca właśnie do nas:

– Belinda! Kirby! Ruchy, moje panie! Dawaj! Dawaj! No już!

Kiedy odwraca się, żeby się wyżyć na kimś innym, pokazuję jej środkowy palec, ale przestajemy rozmawiać i odrobinę przyśpieszamy. Myślę o balu. Może i w głębi duszy jestem troszkę zawiedziona, że nie pójdę – zwłaszcza po tym, jak wczoraj wieczorem radosna Charlotte pochwaliła mi się, że Noah ją zaprosił, a potem jeszcze sześć razy wracała do mojego pokoju z katalogiem Macy's, w którym pozaginała strony z najładniejszymi wieczorowymi kreacjami. Może kiedyś, dawno, i ja miałam pierwsze dziewczyńskie wizje tego wieczoru. Wyobrażałam sobie, jak wybieram piękną suknię. Jak przychodzi po mnie przystojny chłopiec. Jak z przyjaciółmi pozujemy roześmiani do zdjęć. Przemycamy piersiówkę do limuzyny. Przytuleni tańczymy ostatni taniec. Całujemy się pod rozgwieżdżonym niebem. Takie tam bzdury.

Ale wiem, że to nie jest mój świat. A zadowalanie się wersją Belindy – nieważne, czy pójdziemy same, czy w towarzystwie dwóch idiotów z innej szkoły, którzy pewnie i tak myślą tylko o seksie – nie zmieni moich wspomnień o szkolnych czasach. Nie sprawi, że stanę się „fajniejsza" albo szczęśliwsza – ani że inni zaczną mnie tak postrzegać.

Mogłabym wręcz poczuć się jeszcze gorzej, zwłaszcza że Belinda się pewnie upije i skończy w jakimś pokoju hotelowym, a ja tymczasem będę stała w kącie jak kołek w usztywnianym staniku, nierównej sprejowej opaleniźnie i z jakimś kujonem o imieniu Philip. Nie, dzięki.

Mijamy linię mety. Pani Tropper wrzeszczy, potrząsając głową:

– Mila w trzydzieści minut i czterdzieści dwie sekundy! Żałosny wynik, drogie panie. Moja babcia szybciej biega.

Wzruszam ramionami i spoglądam na nią pustym wzrokiem, żeby wiedziała, jak bardzo ją olewam. To jedyna rzecz, w której jestem naprawdę dobra.

ROZDZIAŁ 16

Marianne

W poniedziałek rano do mojego biura wpada Angela Rivers. Jej wejście jest równie dramatyczne jak najbardziej dramatyczna z odegranych przez nią scen, w której odkryła, że jej narzeczony ma romans ze swoją byłą. W ciągu zaledwie kilku sekund uświadamiam sobie, że to nie przypadek.

– On się z nią pieprzy! – oświadcza, demonstrując przy tym swój aktorski warsztat. Oscyluje pomiędzy żałosnym szlochaniem a ślepą furią. Ma zaczerwienione oczy, skórę całą w różowe plamki i – co zauważam po chwili – zrobiła coś dziwnego ze swoimi pięknymi rudymi włosami, które były dotąd jej znakiem rozpoznawczym. Nie tylko zmienił się ich kolor – są teraz jakby pomarańczowe, w stylu Cyndi Lauper – ale kiedy chowa twarz w dłoniach, okazuje się, że z tyłu brakuje kilku grubych pasm. Albo odcięła je sama, albo ma jakąś wyjątkowo wredną fryzjerkę. Natychmiast zaczynam zachodzić w głowę, jak to zatuszować lub wpisać tę drastyczną przemianę w scenariusz.

Angela powtarza swój wstrząsający komunikat, a ja tymczasem się zastanawiam, czemu nie potrafię potraktować jej rozpaczy poważnie. Czy jestem egoistką, która dba tylko o to, jak ta nowina (oraz fatalna fryzura) wpłynie na serial? A może raczej brak mi pewności, czy Angela po prostu nie odgrywa przede mną przedstawienia? Zauważam, że w całej tej porywającej scenie brak jednego – prawdziwych łez.

– Kto kogo pieprzy? – pytam odrobinę zbyt głośno. Zerkam w stronę korytarza z nadzieją, że nikt mnie nie usłyszał, choć Angela oczywiście pragnie, że usłyszeli nas absolutnie wszyscy. Nie odpowiada na moje pytanie, a tymczasem dwoje asystentów popatruje w stronę gabinetu, wstaję więc, mijam ją i jednym pchnięciem zamykam drzwi.

– Damien – odpowiada wreszcie. – Powinnam się domyślić, że nie wolno ufać facetowi, który nosi imię szatana!

– Co? – pytam zdezorientowana.

– Damien Thorn? Z *Omenu*? – wyjaśnia Angela wyniosłym tonem, jakby uważała mnie za idiotkę, bo nie skojarzyłam od razu tego imienia z horrorem z lat siedemdziesiątych. – Nie mogę z nim pracować.

Wpatruję się w nią bez słowa i powoli dociera do mnie powaga sytuacji. Po Angeli Damien jest najważniejszym członkiem obsady, nazywanym w hollywoodzkich kręgach „wschodzącą gwiazdą" i okrzykniętym niedawno przez magazyn „People" jednym z pięćdziesięciu najpiękniejszych ludzi. Krótko mówiąc, nie możemy sobie pozwolić na chimery Angeli. W tym momencie przypominam sobie, co Jeanelle opowiadała w pokoju scenarzystów, i zaczynam się modlić, żeby plotki się nie sprawdziły i żeby się nie okazało, że Damien pieprzy naszą *trzecią* gwiazdę – Carrie England.

Niestety.

– Nie mogę uwierzyć, że ten drań mnie zdradził – mówi Angela. – I to w dodatku z nią. Przecież dobrze wie, jak ja nie cierpię tej Carrie!

Rzeczywiście, to akurat wiemy wszyscy, choć nikt nie rozumie do końca, co jest powodem tej nienawiści. Carrie to jedna z najbardziej ujmujących, skromnych i pozbawionych kaprysów aktorek, z jakimi w życiu pracowałam, choć wyrażenie „pozbawiona kaprysów aktorka" jest właściwie oksymoronem. Może to właśnie tak bardzo rozjusza Angelę – fakt, że wszyscy wciąż się zachwycają tym, jaka Carrie jest czarująca, zarówno pod względem urody, jak i pięknego wnętrza. Może w głębi duszy Angela wie, że jej samej brakuje tego drugiego? I może zaczyna sobie teraz uświadamiać, że właśnie to okazało się najważniejsze? Choć, szczerze mówiąc, wątpię, żeby była zdolna do takich refleksji.

Właśnie mam ją zapytać o szczegóły, kiedy Angela potrząsa głową, splata dłonie i przyjmuje dramatyczną pozę kobiety zranionej.

– Przykro mi, Marianne, ale odchodzę.

– Nie. Uspokój się – mówię, choć sama panikuję. To polecenie tylko jeszcze bardziej rozwściecza Angelę, która wstaje, odrzuca włosy na bok i oświadcza:

– Nie będę z nimi pracować. Ani z jednym, ani z drugim. Chyba że... – Spogląda na mnie, odgrywając swoją rolę z aktorską wirtuozerią. – Chyba że ich wyrzucisz.

– Mam wyrzucić Damiena i Carrie?

– Tak. Oboje. – Angela zastanawia się przez sekundę, po czym dodaje: – Albo przynajmniej ją.

Patrzy na mnie wyzywająco, a ja nagle sobie uświadamiam, że celem jej wizyty nie była chęć wypłakania się, tylko zemsta.

– Podpisaliśmy z nimi kontrakty – odpowiadam, kręcąc głową, a równocześnie kalkulując w myślach koszt wykupienia kontraktu Carrie i zastąpienia jej inną aktorką. Oczywiście dałoby się to zrobić, ale są pewne zasady. To byłby skandal i groźny precedens, pokazujący, że to Angela rozdaje karty. Straciłabym kontrolę nad własnym serialem i szacunek współpracowników.

– Nie mogę tego zrobić – mówię.

– W takim razie odchodzę – odpowiada Angela i rusza do wyjścia.

– Czekaj. Czekaj! Zadzwonimy do Standisha. – Tak wszyscy w studio nazywają Petera. – Zrozum, musimy działać racjonalnie.

– Ja działam racjonalnie – oznajmia Angela. – Co jest nieracjonalnego w mojej reakcji na zdradę? Byłaś kiedyś zdradzona?

Przez chwilę czuję, że mi jej żal.

– Nic o tym nie wiem – odpowiadam.

– W takim razie nie masz pojęcia, jak to jest.

– Ale ten program to dla ciebie drzwi do kariery – mówię, sięgając po najskuteczniejszą broń w moim arsenale i apelując do jej ego. – Dzięki niemu powoli stajesz się gwiazdą. Nominowali cię do People's Choice Award. Jeśli wykręcisz nam taki numer, stracisz wizerunek.

– To nie jest żaden numer – odbija piłeczkę Angela. – Idę za głosem serca. Jestem wierna sobie. Uczucia są dla mnie ważniejsze niż sława.

– Ludzie tego tak nie odbiorą. Uznają cię za kapryśną diwę. – Którą zresztą jesteś, dodaję w myślach.

– Diwę? To nie ja jestem kapryśna, tylko ona.

Wzdycham i myślę, że może powinnam się przerzucić na pisanie powieści, a tymczasem Angela rzuca:

– Zresztą to wszystko twoja wina!

– Moja wina? – powtarzam z niedowierzaniem.

– Twoja i reszty scenarzystów – mówi, wyciągając oskarżycielsko palec. – To wyście ich wrzucili do jednego łóżka. Mówiłam, że to zły pomysł.

– Powiedziałaś, że to nie będzie zgodne z charakterem postaci. A nie, że się martwisz o konsekwencje.

– A jednak was ostrzegałam – upiera się.

– Dobrze. Zadzwońmy do Standisha. – Obracam się na krześle i wciskam szybkie wybieranie. Obniżam głos i gdy Peter podnosi słuchawkę, mówię: – Hm. To ja. Cześć. Czy możesz przyjść tu na chwilę?

– Teraz? – pyta.

– Ee, tak. To ważna sprawa.

– No raczej! – prycha Angela za moimi plecami.

– Cholera. To Angela Rivers? – niepokoi się Peter. – Słyszałem, że przyszła.

– Aha – odpowiadam.

– Powiedz mi, że nie odstawiła „Charliego Sheena".

– Obawiam się, że tak. Przyjdziesz tu?

– Tak, tak. Zaraz będę – odpowiada, a w jego głosie pobrzmiewa taka sama mieszanka irytacji i popłochu, jaką i ja odczuwam. Oboje dobrze wiemy, że ta sytuacja może rozwalić nasz serial od środka, zwłaszcza że już teraz mamy nóż na gardle.

Odkładam słuchawkę i wbijam wzrok w Angelę.

– Już idzie – informuję ją.

– A tak w ogóle, to jak wam się układa?

– Świetnie – kłamię, zastanawiając się, czy ktoś wie, że i nasz związek jest zagrożony.

Chwilę później w gabinecie zjawia się Peter, roztaczając wokół siebie seksowną aurę spokojnego profesjonalizmu. Siada obok Angeli i cierpliwie słucha jej tyrady na temat Carrie oraz żądań, by natychmiast wyrzucić rywalkę z serialu, mrucząc przy tym pod nosem słowa troski.

Kiedy Angela wreszcie milknie, składa jej wyrazy ubolewania:

– Proszę im pokazać, że jest pani mądrzejsza – dodaje. – Że jest profesjonalistką.

Angela pociąga nosem.

– Rzeczywiście, jestem.

– Wiem. – Peter zachęcająco kręci głową, a potem spogląda na zegarek. – Wybaczcie, moje panie, ale mam spotkanie z działem marketingu.

– Ja też muszę już iść – zrywa się Angela. – Ale dziękuję panu, panie Standish. Bardzo, bardzo dziękuję. Pozwolił mi pan spojrzeć na to wszystko z innej strony.

– Proszę mi mówić po imieniu – mówi Peter z pobłażliwym uśmiechem, który, sądząc po jej zmysłowym spojrzeniu, Angela odczytuje zupełnie inaczej.

– Dzięki, Peter... Dałeś mi do myślenia.

– Cudownie. Będziemy w kontakcie, okej?

Angela się uśmiecha, odrzucając włosy do tyłu, a potem odpowiada skromnie:

– Bardzo się cieszę.

Kiedy zamykają się za nią drzwi, wywracam oczami i mówię:

– Nie do wiary.

– Och, wręcz przeciwnie – stwierdza Peter. – To zwariowana aktoreczka, której poprzewracało się w głowie, jak im wszystkim zresztą. I czemu się zrobiła na Pippi Langstrumpf? O co tu chodzi?

– Nie wiem. Nie zdążyłyśmy do tego dojść.

Peter potrząsa głową.

– Minie jej.

– A jeśli nie? Zrobimy, co każe, i zwolnimy Carrie?

– Chyba żartujesz? – Peter jest zdumiony. – Jeśli to zrobisz, nikt cię więcej nie potraktuje poważnie. Ani pozostali scenarzyści, ani aktorzy, ani reszta ekipy.

– Wiem, wiem – odpowiadam, zastanawiając się, czy on sam mnie jeszcze bierze poważnie. – Tylko pytam.

– Nigdy w życiu. Po prostu miejmy ją na oku. Obserwujmy sytuację. Może nam to dać przewagę. I informujmy na bieżąco Anitę z działu promocji, żeby była gotowa nad tym zapanować, gdyby historia dostała się do mediów. No i zadzwoń do agentki Angeli. Niech ją złapie za łeb, żeby przypadkiem czegoś nie wypaplała gazetom.

– Aha. Właśnie dostałam maila od Jen Peros z „Us Weekly" – stwierdzam, zajrzawszy do skrzynki odbiorczej. Peter potrząsa głową, strzelając palcami.

– Kurwa, ale nas ta wariatka urządziła.

– Aha – potwierdzam.

Peter podnosi wzrok i spogląda na mnie.

– Stęskniłem się za tobą – mówi. – Ale może tak będzie lepiej. Spędzić trochę czasu z dala od siebie.

Kiwam głową, udając, że się z nim zgadzam, choć tak naprawdę mam ochotę go przytulić i wcisnąć nos w jego szyję.

– Mamy sporo do przemyślenia – ciągnie.

Chciałabym go zapytać, nad czym dokładnie on ma zamiar się zastanawiać. Nad swoimi uczuciami do mnie? Moją przeszłością? Naszą przyszłością? Ale boję się jego odpowiedzi. A nuż stwierdzi, że to wszystko jest ze sobą ściśle i nieuchronnie splecione. Albo jeszcze gorzej – powie mi to, co chcę usłyszeć, tak samo jak właśnie zrobił z gwiazdą mojego serialu.

*

Tego wieczoru, gdy wracam do domu, zastaję w westybulu paczkę. Przesyłka jest od Kirby, co poznaję po jej adresie w St. Louis, wypisanym równymi literkami w lewym górnym rogu. Nie mam pojęcia, co może być w środku, więc rozrywam papier i z rozgoryczeniem stwierdzam, że pakunek jest pełen ubrań, które jej kupiłam. Nawet nie odczepiła metek. Również buty na koturnie spoczywają wciśnięte w granatowe pudełko z logo Prady. Na końcu znajduję liścik, napisany pochyłym pismem, tak drobnym, że muszę włożyć okulary.

Droga Marianne,
jeszcze raz dziękuję, że pozwoliłaś mi zostać u siebie, kiedy przyjechałam do Nowego Jorku i że kupiłaś mi bilet na samolot. To było bardzo miłe z Twojej strony. Było mi również bardzo przyjemnie zobaczyć, jak pracujesz. Świetnie się bawiłam i na pewno będę oglądać Twój serial (czekam zwłaszcza na odcinki z Shabą. Ha).

Jak widzisz, odsyłam ubrania, które mi kupiłaś. Jestem Ci naprawdę wdzięczna i tak dalej, ale nie mogę ich zatrzymać. Źle bym się z tym czuła. To zbyt drogi prezent, a poza tym tak naprawdę nie są w moim stylu. Mam nadzieję, że zrozumiesz. Jeszcze raz dzięki za wszystko.

Łączę pozdrowienia
Kirby K. Rose

Odczytuję list dwa razy i dociera do mnie, że nie wspominała w nim o Conradzie. Ani o tym, że się cieszy, że mnie poznała. Nic nie wskazuje na to, że jesteśmy dla siebie kimś więcej niż przelotnymi znajomymi. Składam kartkę na pół i wciskam do szuflady obok zdjęcia Conrada, uświadamiając sobie nagle, że to moja jedyna pamiątka związana z Kirby. Nagle ogarnia mnie wstyd, że tak mało wiem o własnej córce. Że kiedy tu była, nie zrobiłam jej choćby jednego zdjęcia. Że kupiłam jej te wszystkie rzeczy, zanim w ogóle powiedziałam jej prawdę. Stwierdzam, że Peter miał rację – sekrety to rzeczywiście to samo co kłamstwa, w związku z czym można spokojnie powiedzieć, że moje życie to jedno wielkie kłamstwo.

A potem, nie zastanawiając się długo, chwytam telefon i wybieram jej numer ze szczerą nadzieją, że odbierze. Po chwili słyszę jej głos, w którym pobrzmiewa nuta zaskoczenia. To tylko pogłębia moje poczucie winy.

– Cześć, Kirby – mówię. – Tu Marianne.

– Wiem – odpowiada. – Cześć.

– Dostałam paczkę.

– No tak. Mam nadzieję, że nie uznałaś tego za nieuprzejme. Naprawdę jestem ci wdzięczna, ale... Po prostu...

Potrząsam głową, czując, że się zaraz rozpłaczę.

– Kirby. Przestań. Ja wszystko rozumiem. Przepraszam cię.

– Za co? – pyta Kirby. Czuję, że to sprawdzian.

– Za to, że cię ciągałam po sklepach, chociaż było tyle ważniejszych rzeczy, które mogłyśmy robić. Powinnyśmy były porozmawiać. Wierz mi, że sama nie wiem, co sobie myślałam. Chyba po prostu… Starałam się znaleźć sytuację, w której będę się czuła komfortowo – mówię, a przy tym zastanawiam się, jak o mnie świadczy fakt, że tą sytuacją okazały się zakupy w Barneys. – To był naprawdę kiepski pomysł.

– Aha – mówi Kirby, a ja wreszcie czuję, że powiedziałam, co trzeba.

– Byłam przerażona – wyznaję.

– Wiem – mówi Kirby. – Ja też.

– Nadal jestem – dodaję i nagle ogarnia mnie niezmierna ulga, że powiedziałam jej prawdę nie tylko o tym, co się wydarzyło, ale również o tym, jakie były moje uczucia. W pewnym sensie to drugie było dla mnie jeszcze trudniejsze. W pewnym sensie wygląda to na pierwszą prawdziwą chwilę szczerości między nami.

Przez kilka sekund obie milczymy, a potem Kirby odchrząkuje i mówi:

– To… Co teraz?

– Nie wiem – odpowiadam. – Ale miałam nadzieję, że wymyślimy coś razem.

– Tak. Ja też.

ROZDZIAŁ 17

Kirby

– Muszę ci coś powiedzieć – szczebiocze Belinda zagapiona we wsteczne lusterko, poprawiając grzywkę i malując usta. Właśnie zaparkowałyśmy przed Tivoli, moim ulubionym kinem w całym mieście. – Mam nadzieję, że mnie nie znienawidzisz.

Unoszę brwi, a ona spryskuje perfumami kark i zgięcie ręki.

– Chcesz? – pyta, wyciągając w moją stronę flakonik Glam Princess od Very Wang, który zawsze wozi w samochodzie. Ma jeszcze drugi w domu i trzeci – w szkolnej szafce.

– Nie, dzięki. Nie trzeba... Co jest, Bel?

– Nooo więc, powiedzmy, że tak jakby zaprosiłam Jake'a i Philipa do kina. Zobacz, już są! – oznajmia piskliwie, wskazując dwóch chłopaków, którzy właśnie wysiadają z samochodu.

– Nie. Zrobiłaś. Tego. – Nagle rozumiem, czemu zmusiła mnie, żebym się umalowała, a nawet próbowała mnie namówić, żebym włożyła jedną z jej wydekoltowanych sukienek.

– Daj spokój, Kirby, spójrz na nich! Są boscy! Od razu widać, że grają w lacrosse.

Mrużę oczy, żeby się lepiej przyjrzeć. Tylko jeden z nich wygląda na sportowca. Ma szerokie ramiona i chodzi tak, jakby świat należał do niego. Drugi jest niższy, drobniejszy i jest Azjatą. Tak czy inaczej, nie mam ochoty rozmawiać z żadnym z nich. Krzyżuję ramiona na piersi, potrząsam głową i każę Belindzie zawieźć się do domu.

Przyjaciółka spogląda na mnie groźnie, boleśnie dźga palcem w ramię i mówi:

– Wysiadaj z samochodu, Kirby. Już. Pójdziesz na tę randkę, czy ci się to podoba, czy nie.

Nie ruszam się z miejsca przez co najmniej trzydzieści sekund. Tymczasem chłopcy znikają za drzwiami kina. Belinda zaczyna się pocić, jęczeć i błagać mnie, żebym wysiadła. Spoglądam na nią ze złością. W końcu wysiadam, trzaskam drzwiami i wlokę się za nią, mamrocząc pod nosem, że jeszcze tego pożałuje, i zapewniając ją, że ten wieczór będzie kompletną katastrofą.

– Proszę cię, spójrz na to pozytywnie – trajkocze Belinda. Wyciąga puderniczkę i po raz ostatni spogląda w lusterko. Po chwili stoimy już przy kasie.

– Jaaake! – woła. Jake i jego towarzysz odwracają się w naszą stronę. Belinda podbiega do nich cała w skowronkach, a potem staje na palcach i całuje wybranka w policzek. Muszę jej oddać sprawiedliwość: to dość śmiały ruch. Mimo to dalej się na nią gniewam.

– Cześć, Bel – mówi Jake. Przyglądam mu się dokładniej. Jest wysoki, umięśniony, jasnowłosy i przystojny w sposób, który nie uszedłby niczyjej uwadze. Widać, że zdaje sobie z tego sprawę; ma na sobie obcisłą koszulkę, czapkę z logo szkolnej drużyny lacrosse i lustrzane ray-bany, które sprawiają, że wzbudza we mnie jeszcze mniej zaufania niż z daleka.

Belinda rzuca mu się na szyję, celowo ocierając się cyckami o jego tors. Kiedy Jake w końcu zdejmuje okulary, dostrzegam w jego oczach pełną uciechy satysfakcję. Chłopcy często patrzą w ten sposób na Belindę, kiedy dostają od niej to, na co czekali. To spojrzenie, które obwieszcza: „obciągnęła mi na parkingu przed Taco Bell" – takie samo, jakie posłał mi w zeszłym roku Richie Hayworth, kiedy wyłonili się z Belindą z tylnego siedzenia audi jego matki. Nagle przestaję wierzyć, że Belinda widzi dziś Jake'a po raz pierwszy od spotkania w centrum handlowym. Zresztą zdarzało jej się już kłamać na temat swoich „podbojów". To dziwne. Czasem mi się zdaje, że przesadza, opowiadając o swoich erotycznych przygodach, innym razem jestem pewna, że coś przede mną ukrywa. Co moim zdaniem dowodzi, że sama nie wie, czy powinna być z nich dumna, czy raczej się ich wstydzić.

W przeciwieństwie do swoich poprzedników ten cały Jake jest przynajmniej całkiem nieźle wychowany, ponieważ natychmiast przedstawia mnie swojemu koledze, a przy tym – co niespotykane – pamięta, jak mam na imię.

Philip kiwa głową i posyła mi porozumiewawczy uśmiech. Nagle wydaje mi się, że tak samo jak ja drwi z tej całej „ustawki" i tak samo jak ja został tu zaciągnięty podstępem – nie jest jednak równie wkurzony, raczej lekko poirytowany. W tym momencie stwierdzam, że podobają mi się jego półdługie lśniące czarne włosy i oliwkowa skóra.

– Słyszałem, że nie lubisz krwawych filmów – mówi, okraszając swoje słowa kolejnym ironicznym uśmiechem.

– Nie. Przemoc dla samej przemocy jakoś mnie nie bawi – odpowiadam, wciąż odrobinę bojowo.

– Ja bym się obył bez niepotrzebnych scen erotycznych – mówi Philip, zerkając na migdalących się Jake'a i Belindę. – Ale oni są chyba innego zdania.

Wybucham śmiechem i postanawiam dać mu szansę, a przynajmniej dać szansę temu wieczorowi. Ruszamy za Jakiem i Belindą na salę. Pracownica kina sprawdza nasze bilety i przerywa je na pół. Belinda odbiera Jake'owi oderwane końcówki i wciska je do tylnej kieszeni swoich niemożliwie obcisłych białych dżinsów. Spogląda na mnie przez ramię, mruga, jakby chciała powiedzieć: „Jeszcze jedno spotkanie, na przykład na balu, i będziemy je chciały zachować na pamiątkę". Potem zwraca się do Philipa:

– Na co idziemy?

– Na brazylijski film – odpowiada Philip.

– Mam nadzieję, dziewczyny, że uważałyście na hiszpańskim! – woła Jake.

– Stary, w Brazylii mówią po portugalsku – poprawia go Philip. – Poza tym film ma napisy, idioto.

Uśmiecham się. Kolejny punkt dla Philipa. Belinda się krzywi.

– Napisy?

Jake kręci głową, odwraca się i wali Philipa w ramię tak mocno, że tamten na chwilę traci równowagę. Jake tymczasem odwraca się do mnie i mówi:

– Ej, Kirby. Kolega udaje mądrego, żeby ci zaimponować.

– Ależ ja jestem mądry – odpowiada z uśmiechem Philip. – Chciałem, żeby pomyślały, że ty też, ale chyba to spieprzyłeś, nie?

– Jasne, stary – zbywa go Jake. – Ktoś ma ochotę na popcorn?

Odmawiam grzecznie, ale Belinda woła, że owszem, ma wielką ochotę, choć wiem, że traktuje to wyłącznie jako kolejną okazję do obmacywanek. Znam jej sztuczki. Jake i Belinda stają razem w kolejce, a tymczasem Philip spogląda na mnie znacząco i pyta:

– Na pewno nic nie chcesz?

Kręcę głową.

– Ale dzięki za troskę. – Zastanawiam się, co jeszcze powiedzieć, i w końcu pytam: – Ciebie też zwabili tu podstępem?

Philip parska śmiechem.

– Nie, wiedziałem o wszystkim. Jake mi pokazał twoje zdjęcie... Więc od razu się zgodziłem.

Czuję, że się rumienię. Komplement wydaje mi się szczery; Philip wypowiedział go tak rzeczowym tonem, że nie brzmi to jak próba taniego podrywu. – Ale przykro mi, jeśli nie chciałaś tu być.

– Nie, nie o to mi chodziło – protestuję, przypominając sobie zdanie, które Belinda przeczytała kiedyś w jakimś czasopiśmie: „chłopcy też mają uczucia".

– W której jesteś klasie? – pytam, bo nie mam pojęcia, o czym zwykle rozmawia się na randce.

– W ostatniej. Ty też, prawda?

Kiwam głową, a on oczywiście zadaje kolejne pytanie – o to, dokąd się wybieram na studia.

– Jeszcze nie wiem – odpowiadam. Philip parska śmiechem.

– To chyba zostało ci mało czasu, nie? Co masz do wyboru?

– Missouri – odpowiadam. – Albo nic. I chyba stanie na tym drugim.

Zamiast od razu spisać mnie na straty, Philip przygląda mi się z zaciekawieniem.

– Czemu?

Wzruszam ramionami.

– Nie wiem. Jakoś nie przemawia do mnie idea chodzenia do jednego college'u z połową ludzi z liceum.

– Tu cię rozumiem – mówi Philip i pyta, czemu nie ubiegałam się o miejsce w college'u w innym stanie.

– Bo nie mamy pieniędzy – odpowiadam zgodnie z prawdą. – Rodziców na to nie stać. A ja raczej nie mam szans na stypendium.

Philip kiwa głową. Widzę, że mnie nie ocenia. Pytam, dokąd on się wybiera.

– Pewnie celujesz w Ivy League*?

– Jestem tylko w połowie Koreańczykiem – zauważa Philip ze śmiechem. – Mam kiepskie wyniki z matmy. Nie gram też na wiolonczeli ani w szachy.

– Nie o to mi chodziło – wycofuję się spłoszona, uświadamiając sobie, że posłużyłam się stereotypem, choć tak naprawdę moje pytanie miało więcej wspólnego z faktem, że chodzi do Chaminade'a i ogląda obcojęzyczne filmy niż z kolorem jego skóry.

– Żartowałem. – Philip patrzy na mnie wesoło i już wiem, że się nie obraził. – Wybieram się do Colorado.

---

* Ivy League (Liga Bluszczowa) – stowarzyszenie ośmiu najstarszych i najbardziej prestiżowych uniwersytetów w Stanach Zjednoczonych.

– Super – mówię.

– Aha. Pochodzę z Denver. Sprowadziliśmy się tu sześć lat temu, kiedy tatę przenieśli do St. Louis. Jest inżynierem w fabryce Boeinga.

– Podoba ci się tu?

– Pewnie. Jest świetnie. Uwielbiam wodę i góry, świeże powietrze.

– A co robisz w wakacje? – pytam, zastanawiając się, czy znalazł sobie pracę, czy raczej jest jednym z tych zepsutych chłopaków z Clayton, którzy całe lato wylegują się w country clubie albo urządzają głośne imprezy w letnich domkach rodziców nad zalewem w górach Ozark.

– Wybieram się na Alaskę – odpowiada Philip, a jego twarz rozświetla się jeszcze bardziej. – Dostałem staż w UNAVCO. W Plate Boundary Observatory.

Pytam, co to takiego. Philip tłumaczy mi, że chodzi o sieć stacji sejsmologicznych monitorujących uskoki w płycie tektonicznej Pacyfiku i Ameryki Północnej.

– Super – mówię, bo jego wyjaśnienia są zbyt skomplikowane, żebym potrafiła zadać jeszcze jakieś pytania.

– Tak, cieszę się jak nie wiem. Kolega był tam w zeszłym roku i mówi, że to ciężka robota. Używa się maszyn, lata helikopterami i trzeba targać ze sobą ciężki sprzęt. – Philip napina nieistniejący biceps i dodaje: – W końcu muszę nabrać mięśni, jeśli chcę poderwać w college'u jakąś dziewczynę, nie?

– To się zatrudnij w firmie przeprowadzkowej, będzie łatwiej.

Philip się śmieje.

– Żartowałam. To brzmi naprawdę rewelacyjnie.

– Aha. Trzeba się liczyć z mnóstwem żmudnej pracy, ale przy okazji odwiedza się nieznane i niezaludnione części Alaski, no i można się sporo nauczyć o geologii i geofizyce. – Philip uśmiecha się nieśmiało i dodaje: – Słyszałem, że to niesamowicie piękne miejsce.

Kiwam głową i ogarnia mnie to samo uczucie co wtedy, gdy spacerowałam Piątą Aleją, wchodziłam do Muzeum Guggenheima czy przysłuchiwałam się rozmowom w pokoju scenarzystów. Uczucie, że bardzo mało wiem o świecie, któremu towarzyszy maleńka iskierka podniecenia na myśl o tym, że być może świat jest jednak pełen możliwości.

Kilka sekund później dołączają do nas Jake i Belinda, taszczący ogromne pudło popcornu, paczkę truskawkowych żelków i kubki coli tak wielkie, że można by w nich utopić wiewiórkę. Belinda najwyraźniej wzięła sobie do serca inną poradę z czasopisma: „chłopcy nie lubią dziewczyn, które jedzą tylko sałatki".

Wchodzimy wszyscy razem do niemal pustej sali kinowej. Philip prowadzi nas po schodkach i wybiera pierwszy rząd na balkonie. Siadam obok niego, Belinda koło mnie, a Jake na końcu. Dalej rozmawiamy o wyprawie na Alaskę, a tymczasem dolatuje mnie fragment głupawej pogawędki Jake'a i Belindy, którzy dyskutują o zaletach różnych rodzajów sprzedawanych w kinach słodyczy. Nagle przychodzi mi do głowy, że nasza nieoficjalna randka przebiega znacznie lepiej niż ich – zaplanowana.

– A ty? – pyta Philip. – Masz jakieś plany na wakacje?

– Nie, siedzę tutaj. Pracuję u Schnucka – odpowiadam, żałując, że nie mam w zanadrzu nic ciekawszego, gdy naraz uświadamiam sobie, że owszem, mam. – Właśnie wróciłam z Nowego Jorku.

– Super. Co tam robiłaś? – pyta Philip, wpatrując się we mnie tak intensywnie, że aż czuję dziwne mrowienie w brzuchu.

– Odwiedziłam biologiczną matkę.

– Biologiczną?

– Tak. Jestem adoptowana – wyjaśniam, doskonale zdając sobie sprawę z tego, że wykorzystuję ją, żeby się wydać bardziej interesująca.

– Och, rozumiem – odpowiada Philip z uśmiechem, kiwając głową.

– Aha. Właśnie ją odnalazłam. Zadzwoniłam do agencji. Zdobyłam jej adres i pojechałam do Nowego Jorku. Okazało się, że mieszka na Manhattanie – tłumaczę, choć czuję, że to w pewnym stopniu hipokryzja: chwalę się swoją nowo odkrytą olśniewającą matką niedługo po tym, jak odesłałam jej naburmuszona sprezentowane mi olśniewające ciuchy. Z drugiej strony, w końcu jest moją matką, i nic tego nie zmieni. Prawdą jest również to, że ją odnalazłam – na dodatek całkiem sama, co nawet w moich własnych oczach czyni mnie kimś wyjątkowym.

Philip otwiera usta, twarz mu zastyga w uśmiechu – widać, że jest pod wrażeniem. W ten sam sposób patrzył na mnie ostatnio pan Tully. Ale co innego szkolny psycholog, a co innego chłopak w moim wieku, w ciemnym kinie, podczas randki – nieważne, prawdziwej, udawanej czy w ciemno.

– Ale jazda – mówi.

– Aha – odpowiadam. – Ona jest producentką telewizyjną.

Belinda, która od dłuższego czasu podsłuchuje naszą rozmowę, nachyla się teraz w moją stronę, wysypując mi popcorn na kolana.

– Jej mama jest megasławna – informuje Philipa. – Widziałeś *South Second Street*?

– Nie widziałem, ale coś słyszałem.

– To serial jej mamy! – woła Belinda. Nagle zalewa mnie fala wdzięczności za jej bezwarunkową lojalność i szczery entuzjazm. I może nawet za to, że mnie zmusiła, żebym tu dzisiaj przyszła.

Gasną światła, kończą się reklamy i leci pierwszy zwiastun. Philip wyciąga z kieszeni okulary w ciemnych oprawkach.

– Jestem ślepy jak kret – tłumaczy, zakładając je, i uśmiecha się do mnie z ukosa. Uznaję, że mu pasują.

– No i? – szepcze mi do ucha po chwili. – Jak ci się podoba?

– Film? – pytam.

– Nie. Randka – odpowiada z kamienną twarzą.

– Jak na razie – stwierdzam, znów czując mrowienie w brzuchu – chyba idzie całkiem nieźle.

ROZDZIAŁ 18

Marianne

– Proszę, proszę! Jednak żyjesz! – woła mama w słuchawkę, jak to ona żartobliwie, choć z maskowanym wyrzutem. W końcu udało jej się dodzwonić do mnie do pracy. – Już miałam kazać moim ludziom, żeby się skontaktowali z twoimi ludźmi...

– Bardzo śmieszne – odpowiadam. Włączam tryb głośnomówiący i odchylam się na krześle, rozprostowując zesztywniałe ramiona i plecy.

– Ale to niestety niemożliwe – mówi mama ze śmiechem – ponieważ nie mam swoich ludzi.

– Ha. Właśnie, że masz – protestuję, myśląc o jej ogrodniku, czyścicielu basenu, człowieku, który naprawia domowe usterki, opiekunce do psa oraz wieloletniej gosposi Marcie.

– Jak się czujesz, kochanie? Martwię się o ciebie – mówi mama.

– Wszystko w porządku – odpowiadam i wyłączam głośnik. Opowiadam jej o pracy i o aferze, którą rozpętała Angela. Ogłosiła ostatnio, że wybiera się „ćwiczyć zen do Urugwaju", żeby „oczyścić umysł i poradzić sobie z niewiernością", i nie wiadomo, kiedy wraca. Tymczasem dwa dni po jej wyjeździe do brukowców przeciekły zdjęcia wskazujące na coś zupełnie innego niż „duchowa podróż w poszukiwaniu spokoju". Na jednej z serii fotografii zrobionych w luksusowym ośrodku wypoczynkowym Estancia Vik Angela tańczy topless przy ognisku na plaży w towarzystwie opalonego brazylijskiego piłkarza, słynącego na całym świecie z zamiłowania do kobiet i pijaństwa, a także z licznych żółtych kartek.

– Poza tym wszystko w porządku? – pyta mama.

Sztywnieję na myśl o Kirby, Peterze, a przede wszystkim Conradzie.

– Nie, mamo – odpowiadam. – Właściwie to jest całkiem źle.

– Co się dzieje? – pyta. Milczę. – Marianne? Chcesz, żebym przyleciała? Pójdziemy na kolację. Mam ochotę na małe zakupy. Może wypad do teatru. Twojemu ojcu też się przyda taki wyjazd.

– Nie. Nie bierz taty – mówię natychmiast i to mnie zdradza.

– Skarbie. Czy chodzi o... Tamto?

Tak właśnie określamy sprawę Kirby podczas rzadkich chwil, kiedy w ogóle poruszamy ten temat. Jakby każda z nas chciała chronić drugą przed bólem. Przypominają mi się wyrzuty Petera, który twierdził, że chcę mieć perfekcyjnie uporządkowane życie – i nagle dostrzegam, ile w nich prawdy, a potem uświadamiam sobie, po kim odziedziczyłam tę potrzebę.

– Tak – szepczę, zawstydzona, że musiały minąć trzy tygodnie, zanim powiedziałam własnej matce, że moja córka mnie odnalazła.

Mama nie zadaje więcej pytań, tylko mówi:

– W tej chwili sprawdzam połączenia i wieczorem będę u ciebie.

– Dzięki, mamo – odpowiadam i odkładam słuchawkę. Czuję, że historia właśnie zatoczyła koło i wróciłyśmy do tamtego gorącego lata. I że po raz kolejny naprawdę potrzebuję swojej mamy.

*

Kilka godzin później na ulicy przed budynkiem stacji wpadam na Petera. Właśnie wsiada do czarnego lincolna. Zauważa mnie kątem oka, wychyla się z samochodu i macha.

Przygryzam wargę i odpowiadam na pozdrowienie, a potem ruszam w swoją stronę. Słyszę, że mnie woła, więc się odwracam i przyglądam mu się chłodno, po czym robię kilka kroków w jego stronę.

– Cześć – mówi.

– Cześć – odpowiadam.

Peter zerka na niebo zasnute złowieszczymi czarnymi chmurami.

– Idzie burza.

– Tak. Może wreszcie się ochłodzi – stwierdzam, myśląc przy tym, że oto, do czego między nami doszło: z braku lepszych tematów gawędzimy o pogodzie.

– Wracasz do domu? – zgaduje Peter.

– Nie. Idę na kolację.

Unosi brwi.

– Randka? Tak szybko?

– Tak, randka. Z mamą.

Peter się rozpromienia – bardzo lubi moją matkę.

– Pozdrów ją ode mnie.

– Pozdrowię – odpowiadam i zerkam na jego zielony krawat oraz zieloną chusteczkę w butonierce. Nagle łapię się na tym, że nie chcę się z nim rozstać. Pytam: – A ty dokąd jedziesz?

– Na lotnisko JFK. O dziewiątej mam samolot do Los Angeles.

– Wyjazd służbowy czy prywatny? – pytam, starannie wymierzając dozę sarkazmu.

– A jak myślisz?

Wzruszam ramionami, jakbym chciała powiedzieć, że przecież nie mam pojęcia, co się u niego dzieje. Równie dobrze mógłby się wybierać na Zachodnie Wybrzeże, żeby pójść na randkę z jakąś durną aktoreczką. Być może uznał, że jeśli ma znosić te wszystkie dramaty w moim życiu, to woli się już związać z jakąś dwudziestopięciolatką, która nie marzy o dziecku. Która n i e m a dziecka. Czuję, że ogarnia mnie uczucie irracjonalnej zazdrości wymieszanej ze smutkiem, gniewem i goryczą.

W końcu Peter mówi:

– Nie. Żadnych prywatnych wyjazdów. Jadę pokazać im piloty i ustalić ostateczną ramówkę.

– Jesteśmy bezpieczni?

Spogląda na mnie pytająco, a po chwili mówi:

– Ach, tak. Myślałem, że pytasz o nas. Chodzi ci o serial?

– Tak, chodzi mi o to, czy serial nie jest zagrożony.

Zadaję to pytanie, choć jestem przekonana, że i tak nas wyemitują, ale Peter bezsilnie wzrusza ramionami, zupełnie jakby tylko segregował korespondencję, a nie rządził całą stacją.

– Wiemy, co się dzieje z Rivers? – pyta.

– Nie – odpowiadam, powstrzymując się od dodania, że nie mam również pojęcia, co się dzieje z nami. – Czemu pytasz? Chyba nie zależy od niej los całego serialu?

Peter się krzywi, a ja czuję ukłucie paniki, bo zaczynam się obawiać, że nie tylko mój związek, ale też moja kariera stanęły właśnie pod znakiem zapytania. Że być może grozi nam coś więcej niż nadawanie o innej godzinie i konieczność złagodzenia niektórych dialogów.

– Serio?

– Reklamodawcy nie są zadowoleni.

W gardle wzbiera mi rozpacz, ale próbuję się opanować i przedstawić mu swoje argumenty:

– W *South Second* wszystkie główne postaci są ważne. Wciąż mamy Damiena i Carrie... A oni mają w sumie z milion obserwatorów na Twitterze. Dwa, może nawet trzy razy więcej, odkąd wyszła na jaw ta historia.

– Uspokój się, Marianne.

– Nie, Peter. Nie mogę się uspokoić. Chyba że mi powiesz, że jesteśmy bezpieczni. Naprawdę, musisz w nas uwierzyć... Poradzimy sobie. Nawet bez niej. Skoro *Biuro* zostało na antenie bez Carrella, to my damy sobie radę bez jakiejś świrniętej trzeciorzędnej aktoreczki.

– Nie pomagasz sobie, nazywając swoją główną gwiazdę...

– Ale Peter, przecież to nie aktorzy są najważniejsi. Najważniejszy jest scenariusz.

Peter się uśmiecha i przez sekundę wydaje mi się, że ze mnie drwi, ale potem uświadamiam sobie, że w jego oczach widać czułość – że patrzy na mnie tak jak zawsze, gdy podziwia moją niezłomność i konsekwencję. Nagle uzmysławiam sobie, że już od dawna nie nazywał mnie Czempionkiem.

– Nie pozwól nas wywalić z ramówki, Peter. Przekonaj swoich ludzi, że utrzymamy widownię. Wiem, że nam się uda. Ty też to wiesz, prawda?

Już, już ma odpowiedzieć, kiedy nagle z nieba spada straszliwa ulewa i strugi deszczu zaczynają bębnić o chodnik. Na szczęście stoję pod gzymsem, nie przemakam więc od razu do suchej nitki, ale i tak klnę pod nosem, że nie wzięłam parasola i że w taką pogodę złapanie taksówki będzie właściwie niemożliwe. Zwłaszcza o tej godzinie. Peter spogląda na mnie ze współczuciem, przesuwa się i poklepuje miejsce obok siebie.

– Wsiadaj. Podwiozę cię.

Waham się przez chwilę i robię, co mogę, żeby oprzeć się pokusie.

– Spóźnisz się na samolot – mówię.

– Gdzie się umówiłaś na tę kolację?

– W The Modern. To nie po drodze.

– To tylko cztery przecznice. No chodź. Nie bądź uparta. Wsiadaj.

Gramolę się do środka i zamykam drzwi, a potem zakładam nogę na nogę i odchylam się w stronę okna jak najdalej od niego.

– Wysadzimy panią na Pięćdziesiątej trzeciej, między Piątą a Szóstą – mówi Peter do kierowcy. Deszcz bębni o dach samochodu, a ciszę przerywa tylko rytmiczny szum wycieraczek. W końcu Peter chrząka i dotyka mojej ręki, tak jak zrobiłby to brat albo przyjaciel, a nie chłopak, ani nawet ekschłopak. – Zrobię wszystko, co w mojej mocy – zapewnia.

– W takim razie nie mam się czym martwić – odpowiadam z naciskiem. – W końcu jesteś szefem szefów. A jako taki, z pewnością potrafisz myśleć perspektywicznie.

– Oczywiście – mówi Peter i znów zapada między nami milczenie. Mimo dużego ruchu na drodze już chwilę później zatrzymujemy się przed restauracją. Oddycham z ulgą.

– Dzięki za podwiezienie – mówię krótko. – I za rozmowę. Doceniam twoją szczerość.

– Marianne – mówi Peter błagalnym tonem.

– Co? – rzucam ostro.

Czekam, aż coś powie, ale on tylko kręci głową i odwraca wzrok, jakby przeczuwał, że jednak skasuje mój serial. Albo nasz związek. A może jedno i drugie.

– Na razie – mówi w końcu. – Zadzwonię do ciebie, jak tylko będę coś wiedział.

– W porządku – odpowiadam. A potem wysiadam z samochodu, z trzaskiem zamykam drzwi i w strugach deszczu biegnę do mamy.

*

Przechodzę przez długi korytarz i w przedsionku restauracji dostrzegam matkę ubraną w czerwony dwurzędowy trencz. U jej stóp stoi czarna walizka na kółkach z Maison Goyard – chwaliła mi się ostatnio, że „upolowała” ją na eBayu.

– Doskonałe wyczucie czasu! – woła, biegnąc w moją stronę. Przytulamy się odrobinę dłużej niż zwykle. Mama całuje mnie w policzek, a potem zagląda mi w oczy. – Tak dobrze cię widzieć, kochanie.

– Ciebie też. – Teraz już jestem pewna, że wie, o co chodzi. Ona jednak, jak zwykle opanowana, oświadcza:

– Dobrze wyglądasz. Naprawdę świetnie. Zmieniłaś kolor włosów?

– Trochę rozjaśniłam – odpowiadam, odgarniając je za uszy. – No wiesz, na lato.

Mama się uśmiecha i stwierdza, że sama też powinna coś zrobić z fryzurą, może tutaj wybierze się do salonu.

– Kiedy wracasz? – pytam.

– Och, nie mam pojęcia. Kliknęłam coś na komputerze. Chyba w piątek po południu... Musiałabym sprawdzić.

– Mogę cię umówić z Daną. – Mam na myśli swoją długoletnią stylistkę w salonie Louisa Licari.

– Cudownie – odpowiada i ruszamy dalej, po drodze zostawiając płaszcze i walizkę u rudowłosej kierowniczki sali, która mogłaby znakomicie zastąpić Angelę Rivers. Potem – co zdarza się tylko w najlepszych lokalach – natychmiast i po cichu prowadzą nas do wąskiej, sklepionej, lśniącej sali jadalnej i do ulubionego przez Petera dwuosobowego stolika z widokiem na rzeźby w ogrodzie*. Przychodzi mi do głowy kolejny minus rozstania z Peterem – nie będę już dostawać na poczekaniu najlepszego stolika w restauracji.

Siadamy. Matka omiata wzrokiem salę, a potem spogląda przez okno na ogród, wzdychając z zadowolenia.

– Co za cudowna przestrzeń. Olśniewająca... Czy nie zaprojektował go przypadkiem ten facet od Union Square Café i Gramercy Tavern? – pyta. Jest doskonale zorient-

* The Modern to restauracja znajdująca się w nowojorskim Muzeum Sztuki Nowoczesnej.

wana w najlepszych restauracjach i hotelach na Manhattanie (podobnie zresztą jak w Paryżu i LA).

Kiwam głową i potwierdzam:

– Tak. Danny Meyer. Zrobił też Eleven Madison... I Shake Shack.

– A kto jest szefem kuchni? – pyta, zerkając na ogromne, eleganckie bukiety z różowo-fioletowych egzotycznych kwiatów, zdobiące centralny punkt sali.

– Gabriel Kreuther. Uczeń klasycznych mistrzów. Pochodzi z Alzacji. A jego cukiernikiem jest Marc Aumont – recytuję, po czym zdaję sobie sprawę z tego, że moja matka jest taką samą kulinarną snobką jak Peter, który sprawił, że wyuczyłam się tego wszystkiego na blachę.

W milczeniu przeglądamy menu. Proces wyboru dań to dla mojej mamy niemal religijne przeżycie. Po zastanowieniu zamawiamy wino Sonoma Sauvignon Blanc, a także niemal identyczne dania: zupę szparagową, przegrzebki, dorsza, którego ona w ostatniej chwili zmienia na homara, oraz francuski deser vacherin z truskawkami i rabarbarem.

Czekając na wino, zwlekam z rozpoczęciem trudnego tematu. Opowiadam jej o Angeli i mojej ostatniej rozmowie z Peterem. Mama, lojalna jak zawsze, chwali serial, zachwycając się scenariuszem i stwierdzając, że Angela nie jest nam do niczego potrzebna, a zdjęcie nas z anteny oznaczałoby, że szefowie stacji w ogóle nie potrafią myśleć przyszłościowo.

– Jesteście zbyt dobrzy – dodaje.

– Dzięki, mamo – odpowiadam. – Niestety to by nie był pierwszy przypadek, kiedy poleciał świetny serial.

– To prawda – przyznaje mama i wymienia kilka swoich ulubionych tytułów, niektórych sprzed ponad dekady. – A te okropne puszczają bez końca. Mój Boże. Jaka szkoda, że ludzie nie mają gustu.

Uśmiecham się, myśląc, że to chyba jej życiowa dewiza. Kelner przynosi nam wino, otwiera butelkę i tym razem to mnie przypada zadanie, które zazwyczaj należy do Petera. Obracam płyn w kieliszku, próbuję, uśmiecham się i kiwam głową, a potem jak zahipnotyzowana przyglądam się pełnym gracji ruchom kelnera, który napełnia nasze kieliszki z idealną precyzją.

Kiedy znów zostajemy same, mama wznosi toast:

– Za matki i córki.

Opanowuję drżenie dłoni i stukam się z nią kieliszkiem. Potem obie w tej samej chwili upijamy łyk i zgodnym ruchem odstawiamy wino na stół.

– A więc – zaczynam, bo wiem, że nie mogę tego odkładać ani chwili dłużej. – Pewnie się domyślasz, o co chodzi, prawda?

– Mam pewne przypuszczenia.

– Znalazła mnie – mówię.

– Och. – Matka robi tragiczną minę. – Opowiadaj.

A więc opowiadam, przeplatając wątki Kirby i Petera. Zaczynam od tamtego wieczoru, kiedy go spytałam o małżeństwo, a niedługo później ona zapukała do moich drzwi, kończę zaś na dzisiejszej rozmowie w drodze do restauracji.

– To cudowna dziewczyna – dodaję, myśląc o jej liście i odesłanych ubraniach, i o tym, jaka jest p r a w d z i w a. – Chyba moglybyśmy się do siebie zbliżyć. Nie jestem pewna, jak miałaby wyglądać ta relacja, ale kiedy rozmawiałyśmy... Dobrze mi się z nią rozmawia.

Czekam na reakcję – w końcu chodzi o jej wnuczkę – ale mama mówi tylko:

– Pamiętaj, bądź ostrożna.

– Ostrożna? – powtarzam, urażona, że to pierwsze, co jej przyszło do głowy. Z drugiej strony w głębi duszy wiem, że nie mogę jej winić, ponieważ w czasie wizyty Kirby czułam się mniej więcej tak samo.

– Bądź ostrożna z otwieraniem drzwi, których nie chcesz otwierać. Może ci się wydawać, że Peter cię wspiera, ale czy naprawdę potrzebne mu takie komplikacje? Ciężko pracowałaś na to życie. Bardzo ciężko.

Wiem, że chodzi jej przede wszystkim o Conrada, zgadzam się zresztą, że odnalezienie go może jeszcze bardziej wszystko skomplikować. A jednak przede wszystkim zastanawiam się, co ona ma na myśli, mówiąc: „to życie". I czy nie polegało ono przypadkiem głównie na tworzeniu wokół siebie zasłony dymnej.

*

Kilka godzin później siedzę w pokoju gościnnym, na łóżku, w którym niedawno spała Kirby, i patrzę, jak moja matka rozpakowuje walizkę. Wzięła ze sobą zadziwiająco mało rzeczy, pewnie dlatego, że się śpieszyła. Rozwiesza w szafie swoje ulubione kostiumy z dzianiny, a potem wyjmuje długą, luźną sukienkę w hawajskie wzory.

– Jak ci się podoba? – pyta, wyciągając ją przed siebie.

Krzywię się i mówię:

– W porządku... Ale jakoś do ciebie nie pasuje.

Matka wybucha śmiechem.

– Możesz wierzyć lub nie, ale podoba mi się. Twój ojciec mi ją kupił.

– Od kiedy to tata kupuje ci ciuchy? Nawet ja bym się nie odważyła.

– Od niedawna. Stara się być romantyczny i daje mi prezenty bez okazji. Tak po prostu.

Uśmiecham się na wspomnienie beretu od Petera, a potem pytam, czemu tata nagle zaczął tak się starać.

– Mieliśmy mały kryzys – odpowiada mama.

– Kiedy? – pytam zaskoczona. Nie miałam o niczym pojęcia. Moi rodzice zawsze wydawali się zgodną parą i prawie nie pamiętam, żeby się kiedykolwiek kłócili.

– Och, sama nie wiem. Zdarza nam się coś takiego od czasu do czasu. Małe sprzeczki i te większe... Ale tak to bywa w małżeństwie. Trzeba się starać, mieć mnóstwo cierpliwości i uważać na najmniejsze oznaki problemów. Może powinniście z Peterem iść do poradni. Może to pozwoli wam odbudować zaufanie. Pamiętaj: grunt to ze sobą rozmawiać.

– Czy w takim razie zgadzasz się ze mną, że powinnyśmy powiedzieć tacie? O Kirby?

Przez jej twarz przemyka dziwny wyraz. Po chwili mama zaczyna udawać, że niezwykle ją zajmuje wyciąganie rzeczy z walizki i rozwieszanie ich w szafie. Czekam, aż odpowie, ale słyszę tylko, jak nuci nerwowo pod nosem, wynosząc kosmetyki do łazienki.

– Mamo? Słyszałaś? – nie daję za wygraną. Gdy wraca, wyczuwam u niej niewątpliwą zmianę nastroju.

– Kochanie... – odzywa się lekko drżącym głosem, a ja nagle zaczynam się martwić, że ma raka albo inną poważną chorobę. – Twój ojciec... – ciągnie, po czym milknie znowu i bierze głęboki oddech. – Twój ojciec już wie.

– Zadzwoniłaś do niego? Dzisiaj, tak? – pytam, myśląc, że mogła się z nim skontaktować pomiędzy drugim daniem a deserem, kiedy poszła do łazienki.

– Nie – odpowiada, krzywiąc się.

– To od kiedy wie? – pytam stanowczo, starając się powściągnąć emocje: mieszankę szoku, wstydu i urazy.

– Od... Właściwie to prawie od początku.

Patrzę na nią przez chwilę, po czym wychodzę z pokoju.

Kilka minut później odnajduje mnie w ciemnej kuchni, siada na taborecie naprzeciwko i zaczyna wyjaśniać. Mówi, że to było zbyt trudne. Że mogłaby utrzymać w tajemnicy aborcję, ale nie ciążę i poród. Poza tym – co ważniejsze – uważała, że należy mu powiedzieć. Teoretycznie byłam dorosła, ale on wciąż traktował mnie jak swoją małą córeczkę i miał prawo wiedzieć, co się ze mną dzieje. Co się dzieje z jego jedynym dzieckiem.

Choć niechętnie, to jednak przyjmuję do wiadomości jej argumenty. W końcu od wizyty Kirby sama rozważałam, czy mu nie powiedzieć. Nie mogę się jednak pogodzić z tym, że nigdy mi nie zdradziła, że on wie. Nagle się okazuje, że to nie ja przed nim, ale oni przede mną mieli tajemnicę. A ja nawet nie wiem, co mój ojciec o tym wszystkim myśli i jakie było jego zdanie na temat mojej decyzji, żeby oddać dziecko. Pytam ją o to, spoglądając przy tym na jej dłonie i zachodząc w głowę, kiedy zdążyły się zmienić w dłonie starej kobiety.

Mama wzdycha głęboko i mówi:

– Cóż, przede wszystkim ojciec był zły, że zabrałam cię do kliniki aborcyjnej, nie zapytawszy go o opinię. Bardzo chciał, żebyś urodziła to dziecko.

– Naprawdę? – pytam przez ściśnięte gardło. Przyjmuję to z ulgą, ale i ze smutkiem, że nie mógł potrzymać Kirby na rękach ani się z nią pożegnać. Gdyby matka powiedziała mi prawdę, mógłby być tam z nami.

– Wiesz, że ojciec jest przeciwnikiem aborcji – ciągnie mama. – Uważał, że żałowałabyś tego do końca życia.

Kiwam głową, zastanawiając się, czy to właśnie szacunek dla jego poglądów sprawił, że się wycofałam. Nagle przypominam sobie kilka antyaborcyjnych komentarzy, które wygłosił podczas wyborów prezydenckich w dziewięćdziesiątym szóstym. Wtedy mi się zdawało, że to rzucona ot tak filozoficzna uwaga będąca częścią politycznej debaty. Teraz rozumiem, że jego wypowiedzi mogły mieć drugie dno. Przypominam sobie rozmowy, które prowadziliśmy przez te wszystkie lata. Nagle czuję, że zmienia się cały szkielet naszych relacji i nic już nie jest takie, jakie się wcześniej zdawało. Zaczynam rozumieć, jak się kończy niemówienie prawdy. I o co chodziło Peterowi. Nadal jednak nie potrafię sobie wyobrazić, jak czułby się Conrad, gdyby się dowiedział.

– Zgadzasz się z tatą? – pytam. – Myślisz… Że bym tego żałowała?

– Szczerze mówiąc… Nie wiem – przyznaje mama i z gardła wyrywa jej się szloch. – Wtedy w klinice… Bardzo chciałam, żebyś to już miała za sobą… Żebyś mogła zapomnieć i żyć dalej. Tak szybko, jak się da. Ale szanowałam twoją decyzję. Tak samo jak uszanowałam decyzję, żeby oddać dziecko do adopcji.

– A tata? Co o tym myślał?

Matka wzdycha.

– Twój ojciec chciał ją zatrzymać. Powtarzał, że możesz iść na Northwestern czy na jakąś inną uczelnię w pobliżu, albo że my się przeprowadzimy do Ann Arbor na kilka lat, żeby ci pomóc przy dziecku. Zasugerował nawet, że moglibyśmy ją wychować za ciebie. Jako naszą córkę. Twoją siostrę.

– Skłonność do kłamstwa jest jednak u nas dziedziczna – stwierdzam.

– Masz rację. – Mama kiwa głową. – Ale twój ojciec był przekonany, że tak by było najlepiej. Bardzo długo mieliśmy przez to problemy, bo ciągle się kłóciliśmy. O samą decyzję i o to, że nie chciałam mu pozwolić z tobą porozmawiać. Miał do mnie duży żal... Zresztą wasze stosunki też się od tamtego czasu zmieniły.

– Jak to? – pytam, choć tak naprawdę zawsze to czułam.

– Byliście sobie tacy bliscy. Zawsze byłaś córeczką tatusia... Ale od tamtego czasu... Stworzył się między wami jakiś dystans. Odnosicie się do siebie tak... Oficjalnie.

Rzeczywiście. W czasach przed poczęciem Kirby byliśmy ze sobą tak blisko, jak blisko może być ojciec z córką. Ale po tamtych wakacjach wszystko się zmieniło. Wtedy wmawiałam sobie, że to nieuchronna konsekwencja dorastania, wyjazdu z domu, budowania własnego życia. Powtarzałam sobie, że wciąż jest między nami więź, tylko trochę inna. Ale teraz widzę wyraźnie, że to była cena, jaką przyszło mi zapłacić za kłamstwo. Unikaliśmy się. Nawet kiedy byliśmy tylko we dwoje, nie rozmawialiśmy o ważnych sprawach, takich jak małżeństwo, dzieci, życie czy śmierć. Prowadziliśmy powierzchowne pogawędki o niczym, bo dzieliła nas przepaść pełna tajemnic.

Spoglądam na mamę, zastanawiając się, czy sytuacja wyglądałaby inaczej, gdyby mu nie powiedziała. A potem – czy naprawiłoby to nasze stosunki, gdyby ojciec poznał Kirby. I czy w ogóle da się cofnąć czas.

ROZDZIAŁ 19

Kirby

Jest niedziela rano – moja ulubiona pora w całym tygodniu, odkąd mama przestała ciągać mnie do kościoła. Jestem w swoim świecie: walę w perkusję, ile starczy sił, bo wiem, że sąsiedzi też są na mszy. W słuchawkach iPoda leci lista klasycznych solówek: na początek *Moby Dick* Led Zeppelin (solo Johna Bonhama to jeden z najlepszych bębniarskich popisów wszech czasów) i *One World* The Police (nigdy nie będę miała dość Stewarta Copelanda), potem Gina Schock (mam nad łóżkiem oryginalny stary plakat The Go-Go's), Sheila E. (genialna sama w sobie, a na dodatek grała z największymi, włączając w to Prince'a, Ringo i Marvina Gaye'a), a nawet Karen Carpenter (prawdopodobnie tylko to jedno nazwisko cokolwiek mówi moim rodzicom).

Tymczasem moje myśli dryfują w stronę wczorajszej randki z Philipem, a wspomnienia jak teledysk towarzyszą ukochanym kawałkom. Po kinie wybraliśmy się tylko na szybkiego burgera do Blueberry Hill, zanim nadeszła pora powrotu do domu, ale to wystarczyło, żeby stwierdzić, że Philip mnie lubi. Przynajmniej jako koleżankę, a może i kogoś więcej. Nie chodziło nawet o to, co mówił, ale o to, jak na mnie patrzył – „z tym wielkim, debilnym uśmiechem", jak to określiła Belinda, kiedy wymieniałyśmy wrażenia w damskiej toalecie. Zaprotestowałam przeciwko słowu „debilny", ale poza tym wszystko się zgadzało – uśmiech był szeroki i naprawdę szczery.

Wciąż o nim myśląc, zdejmuję słuchawki, odkładam pałki i sięgam po telefon. Sprawdzam pocztę i znajduję w skrzynce wiadomość oznaczoną facebookową ikonką – zaproszenie do znajomych. Czuję, jak przyśpiesza mi puls, kiedy klikam „potwierdź", a kilka sekund później na mojej tablicy wyświetla się post: „Nadal nie zdołałem zrozumieć, o co chodziło w końcówce filmu. Świetnie się bawiłem. Powtórzymy to?".

Przez chwilę delektuję się tymi słowami. Z radości aż mi się kręci w głowie. Nie dość że byłam na pierwszej prawdziwej randce z przystojnym chłopakiem, to jeszcze bawił się w moim towarzystwie na tyle dobrze, że chce się ze mną umówić po raz drugi. A na dodatek opublikował zaproszenie na Facebooku, żeby je zobaczył cały świat. A przynajmniej wszyscy moi znajomi w liczbie stu czternastu. To trochę żałosne, ale w życiu nie byłam z siebie taka zadowolona – nawet wtedy, gdy rapowałam w pokoju scenarzystów – więc natychmiast odpowiadam na jego tablicy (nie wstydząc się jego trzystu szesnastu znajomych): „Ja też się super bawiłam. Jeśli chodzi o drugą rundę, to jestem za. Daj znać kiedy".

Zaczynam chciwie przeglądać jego cztery albumy ze zdjęciami (większość robiona pod namiotem lub na nartach), kiedy nagle rozdzwania się telefon. To Belinda. Odbieram, uśmiechając się szeroko.

– Słucham? – mówię. – Czym ci mogę służyć?

– Boże, Boooże! Podryw na Facebooku! – woła w słuchawkę, a potem wydaje z siebie przenikliwy pisk, tak głośny, że muszę odsunąć telefon od ucha. – I co to za gadka o drugiej rundzie!? – dopytuje. – Czyżby wczoraj do czegoś doszło?

– Jezu, Bel, wyluzuj – stopuję ją, zastanawiając się, czy mój komentarz rzeczywiście brzmiał tak, jak go odczytała, czy raczej jej umysł to po prostu jeden wielki rynsztok, nawet w niedzielny poranek, gdy powinna być, podobnie zresztą jak i ja, w kościele. – Chodziło mi o film.

– Przyznaj się, kochasz go. Zabujałaś się po uszy.

– Jest całkiem fajny – odpowiadam, bo nie chcę przyznać, że po raz pierwszy w życiu rzeczywiście się zadurzyłam w kimś, kto nie jest słynnym muzykiem, gwiazdorem filmowym ani panem Tullym.

– Założę się, że chcesz go bzyknąć.

Wzdycham ciężko, ale milczę, żeby jej pokazać, że ta uwaga nie jest warta odpowiedzi.

– Podoba ci się? – pyta Belinda.

– Już mówiłam. Jest przystojny. I ma ładne oczy.

– O Boże! Idziemy na bal! Musisz go zaprosić!

– Zobaczymy – rzucam. – Na razie się nie ciesz.

– Zostały dwa tygodnie. Nie ma czasu. No, Kirby!

– A ty poprosiłaś Jake'a? – pytam, przypominając sobie, jak się obściskiwali w kinie. Pewnie dlatego żadne z nich nie miało nic do powiedzenia o tym dziwacznym zakończeniu, o którym my z Philipem nie mogliśmy przestać dyskutować przez resztę wieczoru.

– Tak. Właśnie miałam ci powiedzieć.

– I co?

– Zgodził się!

– A co robiliście po Blueberry Hill? – pytam, bo wiem, że ustalona godzina powrotu do domu nic dla Belindy nie znaczy, tym bardziej że jej matka ma wyjątkowo twardy sen.

– Całowaliśmy się, a potem zrobiłam mu laskę. I doszedł! Ma się tę wprawę.

Krzywię się.

– Fuuj. To obrzydliwe.

– Nie ma nic obrzydliwego w robieniu laski – oświadcza Belinda, po czym zaczyna mnie raczyć anatomicznymi szczegółami, które przyprawiają mnie o mdłości. – Trudno było wziąć całego do buzi. Ale dałam radę. Ćwiczenia na ogórku naprawdę pomogły.

– Przestań! – wrzeszczę, parskając śmiechem.

– Okej – odpowiada Belinda, chichocząc. – Ale tylko jeśli obiecasz, że zaprosisz Philipa na bal.

– Zobaczymy – mówię. Łaskotanie w brzuchu powraca.

– Tak jest! – cieszy się Belinda. – Założę się, że Philip też lubi, żeby mu obciągnąć.

Potrząsam głową i mimowolnie wyobrażam go sobie na przednim siedzeniu samochodu, wywracającego oczami z rozkoszy, z dżinsami spuszczonymi do połowy ud, a także tył mojej głowy obijający się o kierownicę. Nie mam najmniejszego zamiaru realizować tej wizji, ale z osłupieniem stwierdzam, że nie wywołuje we mnie obrzydzenia.

*

Pod koniec tygodnia, po kilku prywatnych wiadomościach na Facebooku (w jednej z nich poprosił mnie o numer telefonu), Philip wreszcie dzwoni na moją komórkę. Akurat siedzimy z Charlotte w salonie. Powiedziałam siostrze o wszystkim, pomijając tylko uczucia, które zaczynają się we mnie rodzić. Podejrzewam, że i tak się domyśla. Charlotte cieszy się razem ze mną i namawia mnie, żebym jednak poszła na bal. Teraz ścisza telewizor, unosi brwi i pyta:

– To on?

Chwytam telefon, leżący na stoliku. Na ekranie wyświetla się imię Philipa. Z uśmiechem kiwam głową, a potem uciekam do siebie, odbierając już na schodach.

– Cześć. Co robisz? – pyta Philip tak swobodnie, jakbyśmy już milion razy gawędzili przez telefon.

– Nic specjalnego – odpowiadam, usiłując złapać oddech. Zamykam drzwi i rzucam się na łóżko. – Oglądam telewizję, zamiast odrabiać lekcje. Unikam rodziców. Czyli normalka.

– Dobrze cię rozumiem – mówi, a potem jeszcze raz mi powtarza, że świetnie się ze mną ostatnio bawił. Zalewa mnie łaskocząca fala ciepła i znów wyobrażam sobie nas razem, tym razem w bardziej przyzwoitej sytuacji. Philip ma na sobie smoking, a ja piękną sukienkę i tańczymy, przytuleni, w rytm jakiejś wolnej melodii.

– Tak, było super – odpowiadam i nagle myślę: „a co tam". Choć pocą mi się ręce, czuję suchość w ustach, a serce wali mi jak oszalałe, mówię: – Hej, Philip. Mam pytanie.

– Wal.

Biorę głęboki wdech, ale czuję, że zaczynam się wahać.

– Sama nie wiem. To pewnie głupi pomysł… Wiem, że to właściwie jedna wielka tandeta… I ja się zazwyczaj nie bawię w takie rzeczy… Ale mogłoby być fajnie… I Belinda z Jakiem też idą… Więc pomyślałam, że może…

– Kirby – przerywa mi Philip. – Czy ty mnie zapraszasz na bal?

– Ee, no tak – przyznaję, parskając nerwowym śmiechem. – Tak, właśnie o to mi chodziło.

– To mnie po prostu zaproś – mówi Philip ze śmiechem. – Bez tych wszystkich wstępów.

– Czy poszedłbyś na bal? Ze mną? – dodaję, żeby miał stuprocentową pewność, na co się pisze.

– Bardzo chętnie – odpowiada i czuję, że uśmiecha się od ucha do ucha.

– To dobrze. – I ja się uśmiecham. – W takim razie jesteśmy umówieni.

*

Następnego dnia moja mama zabiera mnie, Charlotte i Belindę poszukać sukienek na bal. Do „godziny zero", jak to określa moja przyjaciółka, zostało dziewięć dni. Wyraźnie widać, że Bel i Charlotte preferują długie suknie w jasnych, wiosennych kolorach, ja zaś ściągam z wieszaków te krótsze i w większości – czarne. Być może dlatego, że podobne stroje widziałam w szafie Marianne, która twierdziła, że każda dziewczyna powinna posiadać przynajmniej jedną „małą czarną", a najlepiej – dwie albo trzy.

Moja mama oczywiście nie waha się pouczyć mnie, że czarne rzeczy nie nadają się dla nastolatki i krzywi się, ilekroć ściągam z wieszaka coś ciemnego. W końcu, kiedy pokazuję jej obszytą frędzlami sukienkę w stylu lat dwudziestych, oznajmia stanowczo:

– Jest dla ciebie zbyt dorosła.

– Jak to? – pytam. – Ciągle mi mówisz, że mam się zachowywać jak dorosła.

– Wiesz, o co mi chodzi – nie ustępuje matka.

Charlotte rusza z odsieczą:

– Mamo, ta cała zasada dotycząca czerni jest strasznie przestarzała. Teraz wszyscy noszą czarne rzeczy. Nawet małe dzieci. Widziałaś dzieciaki Angie i Brada?

Mama przewraca oczami i wyraża nadzieję, że nie mamy zamiaru naśladować tych „dziwaków".

– Nieważne. Zgodziłyśmy się wziąć cię ze sobą pod warunkiem, że nie będziesz się wtrącać, pamiętasz? – mówię.

– Bez urazy, proszę pani, ale ja w życiu nie poszłabym z mamą na zakupy – odzywa się Belinda. – Naprawdę nikt tego nie robi.

– Nieprawda – protestuje mama, spoglądając na Belindę ze złością, co zresztą zdarza jej się dość często. – W zeszłym tygodniu widziałam w Dillard Mary Margaret z matką. Znalazły dla niej śliczną sukienkę do pół łydki...

– Do pół łydki? – powtarza Belinda i robi minę, jakby właśnie zjadła coś paskudnego. – Sukienki się nosi krótkie albo długie. Skąd ona się urwała?

– Chodzi o to, że nie jestem jedyną matką, która chodzi z dziećmi na zakupy...

Przerywam jej, bo pewne rzeczy trzeba powiedzieć głośno:

– Mary Margaret to głupia krowa. Chodzi z matką, bo nie ma koleżanek.

– Jej mama wspomniała, że Mary jest przewodniczącą komitetu organizującego bal. Taka osoba musi mieć koleżanki.

– Też nam się tak zdawało – wtrąca się Charlotte. – Ale nie w tym wypadku. Nikt by z nią nie wytrzymał.

– Nawet nie ma z kim iść na ten bal – wtóruje jej Belinda. W tym momencie wymieniamy pełne wyższości uśmiechy. W ciągu zaledwie kilku dni stałyśmy się takie, jakimi Belinda – a po cichu może i ja – zawsze pragnęła nas widzieć. Ostatnio nawet w szkole czuję się inaczej, choć nikt nie wie o zmianie w moim życiu ani nikogo ona nie obchodzi. Jednak wystarczy, że ja wiem, i to sprawia, że czuję się ze sobą całkiem nieźle.

– Dobrze, dobrze. Już nic nie mówię – mama się wycofuje, usiłując grać rolę wyluzowanej rodzicielki, choć jest to całkowicie wbrew jej naturze. – Jestem wam nieskończenie wdzięczna za zaproszenie na to spontaniczne zakupowe szaleństwo i obiecuję, że zachowam swoje przestarzałe opinie dla siebie.

Kiwam głową z aprobatą i w towarzystwie młodej sprzedawczyni o imieniu Shelly zapuszczamy się dalej w głąb sklepu. Jakieś pół godziny później każda z nas jest już za kotarką i gorączkowo przymierza sukienkę za sukienką, co chwilę którąś odrzucając na bok, marudząc, że wygląda okropnie, albo wysyłając Shelly po inny rozmiar. Tylko raz na jakiś czas jedna z nas wychodzi się pokazać, bo trafił jej się model, który jest albo wyjątkowo paskudny, albo – naprawdę ładny.

Po wielu analizach, protestach, słowach zachęty i wybuchach zachwytu każda z nas wybiera ulubioną kreację i staje w niej przed mamą oraz Shelly, żeby przejrzeć się w potrójnym lustrze przed podjęciem ostatecznej decyzji.

– Dziewczęta! Wyglądacie cudownie! Zaraz się rozpłaczę! – woła mama.

– Przecież już płaczesz – mówię.

– Mamo! – woła Charlotte z charakterystyczną nutą rozdrażnienia w głosie, a potem ciszej dodaje: – Przestań, robisz nam obciach. Pomyślałby kto, że wybieramy suknie ślubne! – A jednak gdy po chwili odwraca się do mnie, słyszę jej szept: – Chociaż ja na pewno wyjdę za Noaha.

– Nie mogę się powstrzymać. Moje dziewczynki dorosły. Pamiętam, jak wszystkie trzy nosiłyście pieluchy i pluskałyście się w baseniku w pomarańczowych rękawkach. A teraz… – ciągnie, tak wzruszona, że zdaje się, jakby zapomniała o całej swojej niechęci do Belindy. A przy okazji i do mnie.

– Okej, zacznijmy od Lottie – zarządza Belinda i przygląda się mojej siostrze, ubranej w długą szyfonową suknię. – Obróć się – rozkazuje.

Charlotte obraca się w kółko. Obie z Belindą wydajemy z siebie pełne aprobaty pomruki. W odróżnieniu od nas Charlotte wyglądała dobrze prawie we wszystkim, co przymierzyła, ale ten model wygrywa – sukienka ma łososiowy kolor, który pasuje do włosów Charlotte i jej opalonej skóry, a to, że jest bez ramiączek, podkreśla jej ramiona i plecy pływaczki. Sukienka jest modna, a jednocześnie słodka i dziewczęca, co zadowala przedstawicielki obu pokoleń obecne w sklepie. Belinda i ja oświadczamy, że jest gotowa, nie musi przymierzać nic więcej. Wyraźnie widać, że Charlotte się z nami zgadza, obraca się to w lewo, to w prawo, stając na palcach i podziwiając się ze wszystkich stron, a nawet rzucając do lustra namiętne spojrzenia, co wyprowadza mamę z równowagi jeszcze bardziej niż czarny kolor.

– Ile kosztuje? – szepcze mama do Shelly, chociaż wie, że ją słyszymy. Shelly zapewnia ją radośnie, że cena jest rozsądna, ale mama nadal wygląda na niespokojną.

– Jak bardzo rozsądna? – pyta.

– Trzysta, ale...

Mama wydaje z siebie zduszony okrzyk, więc Shelly szybko kończy:

– Ale mają panie szczęście: pięćdziesiąt procent zniżki!

Pochyla się nad wielkim kalkulatorem. Wymieniamy z siostrą rozbawione spojrzenia: coś takiego nawet ja potrafię obliczyć w głowie.

– Sto pięćdziesiąt plus podatek – oznajmia Shelly.

– Wspaniale – mówi mama, a potem wszystkie zwracamy się ku Belindzie. Wybrała długą turkusową suknię z surowego jedwabiu z asymetrycznym dekoltem i jednym ramiączkiem, rozszerzającą się od kolan w dół i z trenem wysadzanym brylancikami, który sprawia, że Bel wygląda jak ponętna syrena. Poza tym kreacja ukrywa jej biodra oraz brzuch, za to podkreśla idealną, kształtną pupę (którą Belinda nazywa „murzyńskim tyłeczkiem") i duży biust.

– Jest świetna – mówię.

– Mnie też się podoba – dorzuca Charlotte.

– Nie za odważna? – pyta mama.

– Nie – stwierdzam, a Charlotte zauważa, że sukienka nie ma nawet specjalnie dużego dekoltu. Belinda oczywiście odbiera to jako pretekst, żeby pomacać swoje „kumpele", jak je nazywa, na co mama już nie reaguje, prawdopodobnie uznawszy, że przyjaciółka jej córki to absolutnie beznadziejny przypadek.

Jeszcze przez chwilę zachwycamy się głośno, aż w końcu Shelly mówi:

– Obawiam się, kochana, że to jedna z naszych najdroższych sukienek.

– Wiem – odpowiada Belinda. – Widziałam metkę z ceną.

– Ile? – pytam.

– Czterysta – odpowiada Shelly, krzywiąc się lekko, jakby się spodziewała, że nam się to nie spodoba.

– Też jest na wyprzedaży? – pyta Belinda.

– Niestety nie. Ale jest warta tych pieniędzy. Spójrzcie tylko na ten tren.

– Zadzwoń do mamy. Albo do taty – radzę Belindzie. – Może każde zapłaci połowę i będziesz mogła zaszaleć.

– Nie ma szans – stwierdza Belinda, ale po chwili wraca do przymierzalni, sięga po telefon i rozpoczyna negocjacje. Słyszę, jak pyta matkę, czy ojciec przysyłał ostatnio jakieś czeki, a z tonu jej następnej wypowiedzi wnioskuję, że odpowiedź brzmiała jak zawsze: nie.

Kilkadziesiąt sekund później Belinda wyłania się zza zasłony, już przebrana w swoją wyblakłą koszulkę polo i obcisłą zgniłozieloną spódniczkę. Ma ponurą minę.

– Twoja kolej, Kirb – mówi.

Żal mi przyjaciółki, ale spoglądam w dół na swoją czarną sukienkę z obniżoną talią i uznaję, że naprawdę mi się podoba. Wystarczająco dobrze leży i jest elegancka – nie tylko z uwagi na kolor, ale także ze względu na ogólny styl. Plus: jest oryginalna. Nikt nie będzie miał takiej samej. Poza tym kiedy chodzę, frędzelki się kołyszą, co wygląda bardzo efektownie. Domyślam się, co dopiero będzie w tańcu.

– Pasuje do ciebie – zachwyca się Belinda, siedząca po turecku na podłodze. – Jest super.

Mama i Charlotte zgadzają się, że sukienka wygląda świetnie. Proszę siostrę, żeby zrobiła mi zdjęcie telefonem. Przybieram pozę z ręką na biodrze i jedną nogą wysuniętą do przodu na wzór gwiazd z magazynów, ale chyba robię coś nie tak, bo głupio się czuję i na zdjęciu też wychodzę idiotycznie. Proszę więc Charlotte, żeby spróbowała jeszcze raz, i tym razem staję normalnie.

– Wyślesz zdjęcie Marianne? – zgaduje mama. Jej ton jest swobodny, ale wiem, że ją to zasmuca, przez co jest mi jej żal, a jednocześnie ogarnia mnie irytacja.

– Nie, mamo – odpowiadam. Chociaż może i przyszło mi do głowy, żeby pokazać Marianne moją sukienkę na bal. Jakbym chciała ją jeszcze raz zapewnić, że nie mam do niej pretensji o tamte drogie ciuchy. Poza tym jestem pewna, że kreacja by jej się spodobała.

– Tak, tak! Zrób to! – woła Charlotte. – Mogłaby ci doradzić jakieś dobre buty i torebkę, i biżuterię.

– Chwileczkę! Buty, torebka, biżuteria? – mityguje ją mama. – Nie wiem, czy nam się to zmieści w budżecie. Możecie pożyczyć coś ode mnie.

– Albo jeszcze lepiej – przerywa jej Charlotte – możesz poprosić Marianne, żeby ci coś pożyczyła. Na pewno ma genialną biżuterię i buty... Jaki nosi rozmiar?

– Ten sam, co ja – odpowiadam. – Trzydzieści siedem.

Mama, która nosi czterdziestkę, zaciska wargi, a potem mówi:

– Cóż, jestem pewna, że Marianne spodoba się sukienka. I na pewno nie będzie jej przeszkadzać, że jest czarna.

Kiwam głową, bo wiem, że to prawda, i mam nadzieję, że Philip też pochwali mój wybór.

Shelly podaje nam cenę, nieco wyższą niż w wypadku Charlotte, ale na szczęście ta sukienka również jest przeceniona. Spoglądam na matkę, a ona przyzwalająco kiwa głową.

– Wezmę ją – mówię do Shelly, a potem rozpinam suwak, zdejmuję kreację i uśmiecham się do mamy z wdzięcznością. – Dzięki – mówię bezgłośnie, wręczając jej strój.

– Proszę bardzo – odpowiada szeptem, a potem zabiera obie sukienki do kasy.

Kiedy idę się przebrać z powrotem w szkolny mundurek, Belinda wchodzi za mną do przymierzalni. Wygląda na przygnębioną. Patrzę na nią współczująco i pytam:

– Naprawdę nic innego ci się nie podobało?

– Nie w porównaniu z tamtą – odpowiada.

– No dobrze. Ile masz oszczędności? – pytam, ale nie czekam na odpowiedź, bo i tak ją znam. – Okej. Pożyczyłabym ci trochę forsy, ale wszystko wydałam na bilet do Nowego Jorku. A poza tym: czterysta dolców? To idiotyzm wydawać tyle na kieckę, którą włożysz tylko raz.

– Chyba że się jest Marianne – mówi Belinda. – Założę się, że dla niej to tyle co nic. Szczęściara z ciebie, że masz bogatą krewną.

To pierwszy raz, kiedy ktoś określił Marianne jako moją „krewną", bogatą czy nie, i chociaż podoba mi się brzmienie tego słowa, to myślę o ciuchach, które odesłałam, i uświadamiam Belindzie, że to Marianne ma pieniądze, nie ja.

Belinda wzdycha, a potem wraca do drugiej przymierzalni, w której zostawiła swoją podróbkę torby od Gucciego.

Kilka chwil później siedzimy już w samochodzie, Charlotte z przodu obok mamy, a Belinda i ja z tyłu. Sprawdzam telefon i znajduję esemesa od Philipa – to już trzeci dzisiaj. „Udało się?”.

Oczywiście chodzi mu o sukienkę, więc odpisuję: „Tak. Znalazłam to, czego chciałam”.

Odpowiedź przychodzi niemal natychmiast: „Chodzi ci o sukienkę, czy o chłopaka?”.

„O jedno i drugie” – wystukuję w przypływie pewności siebie, a potem dodaję średnik i nawias – choć kiedyś przysięgłam sobie nigdy nie używać emotikonów.

– Piszesz do Philipa? – pyta Belinda.

Uśmiecham się i kiwam głową.

– A ty miałaś dziś wiadomości od Jake'a?

– Poczekaj, sprawdzę. – Sięga do torby i wyciąga iPhone'a wraz z paczuszką gumy cynamonowej. Wyjmuje gumę i podaje mi paczuszkę. Biorę ją, wyciskam na dłoń dwie czerwone pastylki i pochylam się, żeby wrzucić gumę z powrotem do torby.

Wtedy właśnie coś przyciąga moje spojrzenie – fragment niedającego się pomylić z niczym innym turkusowego jedwabiu, upchanego na dnie torby. Zerkam na Belindę, marszcząc brwi, a ona podnosi znad telefonu wzrok, w którym maluje się mieszanka wstydu i zaczepności. Nie patrzyła tak na mnie, odkąd w czwartej klasie podstawówki złapałam ją na kłamstwie dotyczącym nocowania u Amy Bunce. Zaprosiły mnie wtedy na piżamowe party, po czym odwołały je w ostatniej chwili, twierdząc, że matka Amy dostała straszliwej migreny. Nigdy jej tego nie wypomniałam, ale bolało mnie to bardzo długo i do dziś nie rozumiem, jak mogła mi coś takiego zrobić.

Teraz czuję się tak samo: jestem zdezorientowana i mam poczucie zdrady, chociaż nie do końca wiem dlaczego.

Belindzie zdarzały się drobne kradzieże: paczka papierosów, jakaś tania biżuteria. Kiedyś zwinęła nawet legginsy, ukrywając je pod dżinsami. I choć nigdy stanowczo jej za to nie potępiłam, to wspominałam często, że takie rzeczy nie są warte ryzyka. Poza tym zawsze raczej obśmiewałam takie sytuacje.

Tym razem jednak jest inaczej. Po pierwsze, nie powiedziała mi, co ma zamiar zrobić. Po drugie, sukienka kosztowała czterysta dolarów. Cholera – przecież to może być prawdziwe przestępstwo. Staram się złapać z nią kontakt wzrokowy, ale ona nie chce na mnie spojrzeć i esemesuje jak szalona, udając, że to ją pochłania do szczętu. Zastanawiam się, co by zrobili moi rodzice, gdyby się dowiedzieli – pewnie zabroniliby mi się z nią spotykać. Ale z jakiegoś powodu zaczynam również zachodzić w głowę, co by zrobiła Marianne. Jak by zareagowała. Co by sobie pomyślała o Belindzie. I o mnie – gdyby wiedziała, że wyglądam sobie przez okno, udając, że u moich stóp nie leży kradziona sukienka za czterysta dolców.

ROZDZIAŁ 20

Marianne

Kilka dni po powrocie mamy do Chicago siedzę na łóżku i oglądam serial *Mad Men*, zastanawiając się przy tym, w jaki sposób spieprzyliby go w mojej stacji, gdyby mieli taką możliwość. Nagle dzwoni telefon. Spoglądam w dół i puls mi przyśpiesza, bo na ekraniku wyświetla się numer Kirby.

Odbieram natychmiast.

– Hej! – rzucam w słuchawkę.

– Cześć. Nie przeszkadzam? – pyta. Ma smutny głos. Przychodzi mi na myśl, że wciąż się gniewa o tamte ciuchy, ale stwierdzam, że może Kirby po prostu tak ma. Nie jest typem radosnej nastolatki.

– Nie przeszkadzasz – zapewniam ją. – Oglądam telewizję... Co słychać? – pytam z nadzieją, że wszystko u niej w porządku. Nagle czuję, że bardzo chcę z nią porozmawiać. O czymkolwiek, nawet o Conradzie.

– No cóż… Wybieram się na bal na zakończenie roku. – W jej głosie pobrzmiewa odrobina nieśmiałości, ale i duma, jakby to był dla niej przełomowy moment.

– To świetnie! Pewnie się cieszysz – odpowiadam. – Kto jest tym szczęśliwcem?

– Nazywa się Philip Chang, chodzi do innej szkoły, ale poznałam go przez moją przyjaciółkę Belindę. Ona chodzi z jego najlepszym kumplem. Wybieramy się we czwórkę.

– Podoba ci się ten Philip? – pytam. – Czy idziecie jako znajomi?

Po chwili wahania Kirby odpowiada:

– Nie wiem. Jest miły i bardzo inteligentny. I mamy ze sobą dużo wspólnego. Jest taki jakiś… Inny niż chłopacy z mojej szkoły. Więc chyba tak. Chyba mi się podoba.

Słyszę w jej głosie radość i podekscytowanie, które sprawiają, że zalewa mnie bolesna fala tęsknoty za Conradem. Byliśmy ze sobą krótko, ale bardzo blisko i też podobało mi się w nim to, że nie przypominał żadnego z moich kolegów. Zaczynam się zastanawiać, czy nadal taki jest, czy może te osiemnaście lat go zmieniło. Ale jakoś nie mogę go sobie wyobrazić jako mieszkającego na przedmieściach ojca gromadki dzieci, jeżdżącego minivanem i nienawidzącego swojej nudnej biurowej pracy. Otrząsam się z tych myśli i oświadczam Kirby, że cieszę się razem z nią.

– Aha. Dzięki. Właściwie to nic takiego… Ale znalazłam fajną sukienkę.

Proszę, żeby mi ją opisała. Mówi, że jest czarna i w stylu lat dwudziestych.

– Prześlę ci zdjęcie – dodaje.

– Świetnie, chcę ją zobaczyć… A później będę chciała obejrzeć zdjęcia z balu. Rób ich dużo.

– Nie ma sprawy – odpowiada, a potem pyta, czy ja byłam na swoim balu.

Odpowiadam, że w przedostatniej klasie nie, bo dopadł mnie straszny atak mononukleozy, ale poszłam rok później.

– Z Conradem? – pyta.

– Nie. Z moim ówczesnym chłopakiem. Nazywał się Todd Peterson.

– Dobrze się bawiłaś?

– Tak – odpowiadam bez przekonania, a potem parskam śmiechem. – Nie, właściwie to nie. Większość czasu spędziliśmy na kłótniach.

– O co?

Wtykam telefon pomiędzy ucho a ramię i zacieśniam pasek frotowego szlafroka. – Ten Todd był strasznie dziecinny. A jego kumple byli jeszcze gorsi, okropni. Większości z nich nie znosiłam. Poza tym zamienili cały wieczór w jedną wielką popijawę.

– A tobie... Brakowało w tym romantyzmu? – zgaduje Kirby.

– Chciałam przynajmniej z a t a ń c z y ć. Cholera, byłabym zadowolona, gdybyśmy chociaż spędzili trochę czasu na sali. Zamiast tego musiałam cały wieczór patrzeć, jak się upijają w zadymionym pokoju hotelowym. To było strasznie przygnębiające.

– To beznadziejnie – mówi Kirby.

– Nie mówię, że bal na koniec szkoły ma być najważniejszym wieczorem w życiu. Ale Todd mógł się chociaż odrobinę postarać, nie? Albo powstrzymać się od picia przynajmniej na tyle, żeby następnego ranka cokolwiek pamiętać. A ten kretyn stracił przytomność jeszcze przed dziewiątą.

– To dlatego z nim zerwałaś? – pyta Kirby, a ja zaczynam się zastanawiać, co by było, gdyby tamtego wieczoru Todd zachowywał się inaczej. Czy w wakacje dalej byśmy się spotykali? Czy w końcu poszłabym z nim do łóżka? A gdybym to z nim zaszła w ciążę? Czy bym mu powiedziała? Czy zatrzymałabym dziecko?

– Tak – odpowiadam. – Chyba dlatego. Chociaż właściwie nigdy jakoś specjalnie za nim nie szalałam. W każdym razie zerwaliśmy w parku rozrywki, w kolejce do rollercoastera. Strasznie się popisywał i opowiadał, że ma ogromnego kaca, jakby to było coś, czym należy się chwalić. Poczułam, że nie zniosę tego ani chwili dłużej... Więc zostawiłam go i poszłam na watę cukrową. – Śmieję się i dodaję: – Todd przy drugim zakręcie narzygał jakiemuś dzieciakowi na głowę, więc to była z pewnością dobra decyzja.

Kirby wybucha śmiechem, a potem na chwilę milknie. W końcu mówi:

– Czy mogę cię o coś zapytać? Chodzi o moją przyjaciółkę Belindę.

– Tak? – pytam, czekając na dalszy ciąg.

Słyszę, jak Kirby bierze głęboki oddech, a potem zaczyna powoli:

– Kupowałyśmy razem kreacje na bal. Z moją siostrą. I z mamą. Charlotte i ja znalazłyśmy sukienki, które kosztowały po sto pięćdziesiąt dolarów. Były na wyprzedaży, za pół ceny.

– Świetna okazja – wtrącam nerwowo.

– Tak, to nam się udało... Ale Belinda... Zachwyciła się taką bardzo wymyślną kiecką z kryształkami i tak dalej, wariacko drogą. Za czterysta dolców. Wiem, że dla ciebie to może nie jest dużo, ale nas zdecydowanie nie stać na coś takiego.

Krzywię się, słysząc to „ciebie" i „nas", i na nowo ogarnia mnie wstyd na wspomnienie wycieczki do Barneys. Tymczasem Kirby mówi dalej:

– Belinda mieszka z mamą, jej rodzice są rozwiedzeni, a ojciec to taki trochę bumelant. Do tego Belinda w ogóle nie umie oszczędzać. Więc ta sukienka mogłaby równie dobrze kosztować milion, rozumiesz?

– Jasne – odpowiadam, starając się pojąć, do czego zmierza. – A więc kupiła jakąś inną.

– Nie – mówi Kirby. – Wzięła... Tamtą.

– Jak to? Zapłaciła kartą kredytową?

– Niee – powtarza Kirby takim tonem, jakby rozmawiała z kimś wyjątkowo nierozgarniętym. Kiedy nie reaguję od razu, wzdycha i mówi: – Ona ją ukradła, Marianne. Włożyła do torby i sobie z nią wyszła. Tak po prostu, w biały dzień.

Podnoszę się gwałtownie. Przychodzi mi do głowy, że byłam naiwna, nie przewidziawszy takiego finału tej historii. Przypominają mi się znajome dziewczyny z liceum, które kradły dla sportu. Większość miała pieniądze, ale liczyła się dla nich adrenalina.

– Przyłapałaś ją na gorącym uczynku? – pytam, z nadzieją, że Kirby nie okaże się wspólniczką przestępstwa.

– Nie. Zobaczyłam sukienkę dopiero w samochodzie, w jej torbie.

– Spytałaś, skąd ją ma?

– Nie. Udawałam, że nic nie widzę. Obie udawałyśmy... Myślisz, że trzeba było... Coś jej powiedzieć? – pyta Kirby, jakby mnie zachęcała, żebym jej doradziła.

– Zdecydowanie – stwierdzam. Czuję, że podjęłam swoją pierwszą odpowiedzialną rodzicielską decyzję i że to przełomowa chwila.

– Co powinnam jej powiedzieć?

– Że wiesz o wszystkim i uważasz, że popełniła błąd. Że ma ją odnieść z powrotem. Mogłaby po prostu niepostrzeżenie zostawić ją w sklepie. Nie musi się przyznawać. Na pewno mają tam inne rzeczy, na które ją stać…

Kirby milczy, jakby szukała minusów tego rozwiązania. I rzeczywiście, po chwili mówi:

– To się nie uda. Belinda wie, czego chce. Widziałam jej minę w samochodzie. Tylko by się wkurzyła, gdybym coś powiedziała… – Kirby zawiesza głos.

Po chwili wahania pytam ją, czy powiedziała o tym rodzicom.

– W życiu – odpowiada. Pochlebia mi to, a jednocześnie przytłacza mnie poczucie odpowiedzialności. – Nie mówiłam nikomu. Mogę mieć przez to kłopoty? Myślisz, że złamałam prawo?

– Nie sądzę. Skoro jej w tym nie pomagałaś… Ale powinnaś ją zachęcić, żeby oddała tę kieckę. Dla własnego dobra.

– Kurde – mówi.

– Wiem, że to trudne, Kirb. – Słyszę w słuchawce jej oddech, jakby się intensywnie nad czymś zastanawiała. – Po prostu z nią pogadaj… Powiedz jej, co czujesz. Szczerze.

Kiedy wypowiadam te słowa, nagle sobie uświadamiam, że ja sama przez wiele lat nie potrafiłam zdobyć się na szczerość. Mam nadzieję, że Kirby okaże się lepsza ode mnie.

– Myślę też, że powinnaś o tym porozmawiać z rodzicami – dodaję.

– Nie, nigdy w życiu. Nie mogę. I tak nie przepadają za Belindą. Poza tym pewnie będą chcieli pójść na policję. Dla nich wszystko jest czarne albo białe.

– Niektórzy tak mają – przyznaję, myśląc o Peterze, który zawsze uważał, że należy postępować właściwie i mówić prawdę niezależnie od konsekwencji, nawet jeśli to oznacza, że się kogoś skrzywdzi. Z drugiej strony, być może ważniejsza jest lojalność wobec przyjaciół i ochrona tych, których się kocha. Czy nie dlatego właśnie okłamałam Conrada? I tatę? I Petera? A może chciałam tylko chronić samą siebie? Nagle zaczynam sobie uświadamiać, na ile pytań nie znam odpowiedzi i jak trudno jest być rodzicem. Jak trudno zbudować prawdziwą relację.

– Po prostu idź za głosem serca – mówię, choć wiem, że to brzmi banalnie. A jednak ta zasada towarzyszyła mi przy podejmowaniu najtrudniejszej decyzji w życiu: czy urodzić Kirby. – Ja, postępując w ten sposób, nigdy nie żałowałam – dodaję. – A kiedy przestawałam słuchać serca…

Choć nie kończę zdania, to czuję jego ciężar wiszący między nami. Obie dokańczamy je sobie w myślach, wypełniając lukę. Wypełniając ostatnie osiemnaście lat mojego życia. Wszystkie tajemnice i kłamstwa. Oczywiście, miałam swoje powody, wymówki i usprawiedliwienia. Ale w głębi duszy chyba zawsze wiedziałam, że to, co zrobiłam, było złe. A teraz być może wreszcie nadszedł czas, żeby to zło naprawić.

– Pomogłam ci? – pytam z nadzieją, że udzieliłam jej właściwej rady.

– Tak – odpowiada. – Pomogłaś. Dziękuję, Marianne.

– Bardzo proszę, Kirby – mówię, żałując, że nie jestem w stanie powiedzieć jej nic więcej. Że sytuacja nie jest taka łatwa, jak by to wynikało z moich słów.

ROZDZIAŁ 21

Kirby

Po szkole odwiedzam Belindę. Zastaję ją w kuchni. Robi galaretkę truskawkową i ogląda *Dni naszego życia*. Prawie nie reaguje – jest przyzwyczajona do tego, że wchodzę do jej domu bez pukania.

– Hej! – mówię, maskując niepokój szerokim uśmiechem.

Belinda mnie ucisza, wskazując na przedpotopowy telewizor i dalej miesza czerwony płyn drewnianą łyżką. Zerkam na ekran i pytam, co się wydarzyło. Nie odrywając oczu od telewizora, Belinda odpowiada beznamiętnym tonem:

– Taylor właśnie zapytał EJ'a, czy to on jest winny śmierci Arianny.

Kiwam głową, nagle zainteresowana losami bohaterów, które śledzę tylko pobieżnie. Po chwili jednak przypominam sobie, że mamy przecież do czynienia z naszą prywatną telenowelą. Kilka sekund później reklama środka do czyszczenia dywanów wyrywa Belindę z transu.

– Co jest? – pyta.

– Nic takiego – kłamię, biorąc do ręki puste pudełko po galaretce i spoglądając na skład. – Cholera jasna. Tylko dziesięć kalorii w jednej porcji?

– Super, nie? Od zeszłego tygodnia straciłam ponad dwa kilo. Nic tylko dieta galaretkowa.

– Ha – odpowiadam, szukając pretekstu, żeby ją naprowadzić na właściwy temat. – Ale po co ty się odchudzasz? Wyglądasz świetnie.

– Chcę mieć płaski brzuch – odpowiada. – Żeby jak Jake zobaczy mnie bez wyszczuplających majtek…

– A więc znalazłaś sukienkę? – przerywam jej niezgrabnie.

Belinda sięga po pilota, gwałtownie wycisza telewizor i dalej miesza galaretkę.

– Daj spokój, Kirb – mówi.

– Co? – Robię wielkie oczy, zupełnie jakbym to ja była winna i musiała udawać zdziwioną.

– Wiesz, że znalazłam sukienkę – mówi, pokazując palcami cudzysłów przy słowie „znalazłam".

Wpatruję się w nią, udając, że nie rozumiem, i czekając na pełne wyznanie. Kiedy nie nadchodzi, odbijam słabo piłeczkę:

– To ty daj spokój.

Belinda przewraca oczami.

– Ukradłaś tę sukienkę.

– I co z tego? – rzuca.

– Co z tego? – powtarzam. – Jak to: co z tego?

– Ukradłam sukienkę, wielka mi rzecz. – Wzrusza ramionami, oblizuje łyżkę i kiwa głową z zadowoleniem, jakby właśnie przygotowała jakiś niesamowity sos, a nie rozpuściła proszek w wodzie.

– Ale... Tak się nie robi. – Niedobrze mi na myśl o tym, jak świętoszkowato to brzmi, ale nie znajduję innych słów.

– Coś podobnego – odpowiada Belinda, a potem dodaje: – To tylko jedna głupia sukienka. Masz pojęcie, jak oni tam zawyżają ceny? Założę się, że uszyli im ją w Chinach za czterdzieści dolców.

Patrzę na nią i czuję się bezsilna. Wiem, że z Belindą nie wygram, nie dlatego że ma takie świetne argumenty – raczej dlatego że ich nie ma i nie można z nią logicznie dyskutować. Widzi świat tak, jak chce, i nic nie skłoni jej do zmiany zdania. A mimo to wciąż próbuję, atakując z innej strony:

– Daj spokój, Bel. Nie warto. Co będzie, jeśli cię złapią przed samym końcem roku? Pomyśl, co się stało, kiedy Louie wrzucił alka-seltzer do basenu. Przez to nie skończy szkoły w terminie.

Belinda kręci głową i mówi:

– Dyrektor nic nie może mi zrobić. Nawet gdyby mnie aresztowali. To się wydarzyło poza szkołą.

– Mogą cię wyrzucić za przestępstwo.

– To nie przestępstwo, tylko wykroczenie.

– A co, sprawdzałaś? – pytam. – Zaplanowałaś to sobie?

– Niczego nie zaplanowałam – oburza się Belinda. – Zapłaciłabym, gdyby nie żądali takiej kretyńskiej ceny.

Próbuję ją przekonywać, ale ona pogłaśnia telewizor, jakby chciała mi pokazać, że ta rozmowa ją nudzi jeszcze bardziej niż reklamy. Czuję, że narastająca we mnie frustracja powoli zmienia się w gniew, i mówię najgłośniej, jak się da, starając się jednak nie krzyczeć:

– Belindo. Proszę cię. Oddaj tę sukienkę. Proszę.

Spogląda na mnie rozbawiona, a potem powtarza moje słowa afektowanym tonem, takim samym, jakiego używa, przedrzeźniając siostrę Violę, najmniej szanowaną nauczycielkę w całym DuBourgu.

– Czy ty siebie w ogóle słyszysz? – dodaje. – Od kiedy jesteś taka święta? – Już, już mam odpowiedzieć, ale ona nie daje mi dojść do głosu. – Chyba się upodabniasz do tej snobki Marianne.

Choć to stwierdzenie pozbawione jest sensu, rozwściecza mnie na tyle, że stawiam jej ultimatum – pierwsze, odkąd się znamy:

– Oddaj sukienkę albo nie idę z tobą na bal. – Natychmiast żałuję swoich słów, ale jest już za późno.

Belinda wzrusza ramionami.

– Jak sobie chcesz, Kirby. Nie potrzebuję cię. Idę z superfacetem. I mam za darmo kieckę wartą czterysta dolarów.

– *Wow.* W porządku – mówię. – W takim razie na mnie nie licz.

– To cześć – rzuca Belinda z lodowatą obojętnością. Wiedziałam, że potrafi być wredna, ale jeszcze nigdy w życiu mnie tak nie potraktowała.

Ruszam do wyjścia, ale po kilku krokach przystaję i mówię:

– A tak przy okazji… Marianne nie jest żadną snobką. To jedna z najfajniejszych osób, jakie znam.

– W takim razie szkoda, że to nie przeszło na ciebie – odpowiada Belinda.

Udaję, że jej nie słyszałam, ale jej słowa brzmią mi w głowie przez całą drogę do domu. A najgorsze jest to, że przyznaję jej rację.

*

Parę godzin później dzwonię do Marianne ze sprawozdaniem. Odbiera natychmiast. W tle słyszę odgłosy miasta.

– Co robisz? – pytam.

Odpowiada, że biegnie wrzucić coś na ząb, a potem musi wracać do pracy.

– Rozmawiałaś z Belindą? – pyta.

Mówię, że tak, i powtarzam jej wszystko oprócz tych kilku ostatnich słów zniewagi.

– Wygląda na to, że nie pójdę na bal – dodaję.

– Och, przykro mi, że tak wyszło – mówi. – Może ona jeszcze zmieni zdanie?

– Nie sądzę. Dopiero teraz zaczynam sobie uświadamiać powagę sytuacji. Nie chodzi o bal. Łatwo przyszło, łatwo poszło. Gorzej, że być może straciłam najlepszą przyjaciółkę. – Przytrafiło ci się kiedyś coś takiego? – pytam Marianne.

Mówi, że nie, ale że ona ze swoją przyjaciółką z liceum już dawno straciła kontakt.

– Nie pokłóciłyśmy się. Po prostu oddaliłyśmy się od siebie.

– Czemu?

– Och, nie wiem. Z wielu powodów… Ale głównie dlatego, że nie byłam z nią szczera.

– Chodziło o mnie? – zgaduję.

Po chwili wahania Marianne mówi: tak.

– Myślę, że ty sobie poradziłaś o wiele lepiej. Powiedziałaś jej prawdę.

– Aha. Tylko że ona mnie teraz nienawidzi.

– Nie nienawidzi cię. Musisz jej dać trochę czasu… Może napisz list. Powiedz, że się nie zgadzasz z tym, co zrobiła, ale nadal ją kochasz i masz nadzieję, że będzie się cudownie bawiła na balu.

– Ale co powiedzieć Philipowi?

– Chłopcom zazwyczaj nie zależy specjalnie na takich imprezach – pociesza mnie Marianne. – Możesz mu to jakoś wynagrodzić.

– No tak. – Nagle czuję, że już dłużej nie wytrzymam, i mówię: – Próbowałam go znaleźć.

Tak, jak przewidziałam, pyta:

– Kogo?

– Conrada – odpowiadam. – Odkąd wyjechałam z Nowego Jorku, szukałam go wszędzie. Na Facebooku, LinkedIn, w Google. Wszędzie.

– I? – pyta Marianne zaniepokojona.

– I nic. Myślałam, że jestem blisko, kiedy znalazłam jedynego Conrada Knighta na Facebooku. Nie miał zdjęcia profilowego. Ale czekałam tydzień, aż mi odpowie, a potem się okazało, że to nie on. – Po chwili wahania szybko mówię dalej: – Zastanawiałam się, czy nie mogłabyś mi pomóc... No wiesz... Znaleźć go. Może wreszcie coś mi podpowiesz? Może pamiętasz nazwiska jakichś jego dawnych znajomych?

– Kirby – zaczyna Marianne, ale jej przerywam:

– Naprawdę, jeśli nie chcesz, to w porządku. Rozumiem, naprawdę. To nic takiego...

– Kirby – powtarza Marianne, tym razem bardziej stanowczo.

– Co? – pytam, wstrzymując oddech i gorączkowo się zastanawiając, jaki będzie mój następny krok, jeśli odmówi mi pomocy.

– Ja już go znalazłam – oznajmia.

Nieruchomieję.

– Znalazłaś go? Kiedy? – pytam, wsłuchując się w szaleńcze bicie własnego serca.

– Wczoraj wieczorem.

– Gdzie on jest?

– Wciąż mieszka w Chicago. W centrum. Jakieś pół godziny jazdy samochodem od dzielnicy, w której się wychowaliśmy. Mam tu jego adres i numer telefonu.

– Jak go znalazłaś?

– W książce telefonicznej. Mieszka w Lincoln Park.

Potrząsam głową, bo nie rozumiem, jak mogłam nie wpaść na najprostszy pomysł: zajrzeć do pieprzonej książki telefonicznej.

– Jesteś pewna, że to właściwy Conrad Knight? – pytam, chodząc tam i z powrotem po zimnej drewnianej podłodze.

– Tak – odpowiada.

– Skąd wiesz?

– Cóż... Zadzwoniłam pod ten numer. Z pracy. Głos mu się nie zmienił.

– Rozmawiałaś z nim? – pytam podekscytowana.

– Nie. Trafiłam na pocztę głosową. Ale nie zostawiłam wiadomości.

– Aha – odpowiadam z ulgą. Ostatnie, czego bym chciała, to to, żeby ona to schrzaniła. Gdyby z nim porozmawiała, Conrad mógłby uznać, że nie chce mieć nic wspólnego ani z nią, ani ze mną. Wszystko trzeba dokładnie zaplanować. Albo pójść na kompletny spontan.

– Tak sobie myślałam... Czy chciałabyś, żebyśmy razem do niego pojechały? – pyta Marianne.

– Do Chicago? – upewniam się, bo nie wiem, czy nie żartuje.

– Tak. Oczywiście... Tylko jeśli tego chcesz. Mogłabyś przy okazji poznać moich rodziców... Ale może wolisz pojechać sama?

– Nie. Chcę, żebyś ze mną była – odpowiadam, myśląc o fotografii, którą mi pokazała, i o tym, ile czasu minęło, odkąd ją zrobiono. Osiemnaście lat. Całe moje życie. Nagle przeszywa mnie dreszcz i pytam:

– Kiedy jedziemy?

*

Następnego wieczoru po kolacji rodzice proponują wypad do lodziarni Teda Drewesa. To nasza rodzinna tradycja, w której zawsze uczestniczę bez protestów – lody są naprawdę dobre. Charlotte pyta, czy może zaprosić Noaha, ale tata się sprzeciwia:

– Char, jeśli nie masz nic przeciwko temu, to tym razem pojedziemy tylko we czwórkę.

Moja siostra wygląda na zawiedzioną, ale nie protestuje i sięga po telefon, żeby napisać do Noaha. Próbuję sobie przypomnieć, kiedy ostatni raz pokłóciła się z rodzicami, ale nic mi nie przychodzi do głowy. To nienormalne. Wstaje, żeby pomóc mi posprzątać ze stołu, ale w tej chwili mama, która najwyraźniej postanowiła być szalona i spontaniczna, mówi:

– Wiecie co? Bałagan może poczekać. Jedźmy od razu!

Kilka chwil później siedzimy już w samochodzie. Rodzice gawędzą w najlepsze, a Charlotte po kryjomu wciąż esemesuje do Noaha – jej palce skaczą po klawiaturze z prędkością światła. Zerkam na ekran jej telefonu i widzę całe mnóstwo uśmiechniętych buziek, wykrzykników oraz jedno czerwone serduszko.

Wjeżdżamy na parking. Z drzwi lodziarni wyłania się kolejka, która ciągnie się aż do ulicy, choć lato jeszcze się nawet nie zaczęło. Jest ciepły, parny wiosenny wieczór. Zerkamy z ukosa na kartę, choć od dawna znamy ją na pamięć i każde z nas ma swój ukochany deser. Oczywiście wszyscy zamawiamy to co zwykle. Przez chwilę spacerujemy wokół lodziarni, przystajemy, oparci o czarne metalowe barierki, aż w końcu wracamy przez parking do samochodu, w milczeniu wymachując czerwonymi plastikowymi łyżeczkami. Mama pierwsza kończy swoją maleńką porcję i sięga łyżeczką do kubka taty, który odsuwa swój deser na bezpieczną odległość i woła:

– Kochanie! Mówiłem, żebyś nie brała małej porcji!

– Ale ja się odchudzam! Muszę zrzucić pięć kilo przed końcem roku Kirby!

– A kalorie w moim kubku się nie liczą? – mówi tata ze śmiechem.

– Proszę cię! Chcę tylko spróbować! – upiera się mama.

Przestaję ich słuchać, zastanawiając się, jak poruszyć temat Chicago. W końcu chrząkam i mówię wprost:

– Rozmawiałam wczoraj z Marianne.

– Jak tam moja biologiczna ciocia? – wtrąca się Charlotte, uśmiechnięta od ucha do ucha.

To pytanie niezbyt dobrze wpływa na mamę, która natychmiast markotnieje. Charlotte jest bystra i zawsze chce dobrze, ale czasami strasznie brak jej wyczucia. Właściwie to chyba jedyna dziedzina, w której nad nią góruję, choć mało mam z tego pożytku.

– Wszystko u niej w porządku – odpowiadam.

– To wspaniale – woła tata odrobinę za głośno. Grzebie łyżeczką w lodach, oblizuje ją, a potem dodaje: – To wspaniale, że macie ze sobą kontakt.

– Powiedziałaś jej, że ją zapraszamy na zakończenie roku? – pyta mama.

– I że może się u nas zatrzymać? – wtóruje jej ojciec.

– Art, jestem pewna, że będzie jej wygodniej w hotelu. Może nie mamy tutaj Plazy, ale Chase Park też jest niczego sobie.

– Właściwie to rozmawiałyśmy o wyjeździe… O wspólnym wyjeździe – mówię.

– Kiedy? – pyta mama.

– W przyszły weekend.

– A bal? – wołają chórem mama i Charlotte, obie wstrząśnięte.

Wzruszam ramionami i stwierdzam, że zmieniłam zdanie. Sukienkę można zwrócić.

– Pokłóciłaś się z Philipem? – pyta Charlotte.

Mówię jej, że z nami wszystko w porządku.

– Czy chodzi o to, że chcieliśmy go najpierw poznać? – niepokoi się ojciec.

– Nie – zapewniam go. – Poza tym, możecie mi wierzyć albo nie, ale spodobałby się wam. Jest porządny. I inteligentny. Może jego rodzice nie byliby zachwyceni mną, ale wy na pewno byście go polubili.

Moi rodzice wymieniają spojrzenia, najwyraźniej nie wiedząc, co począć z tym stwierdzeniem.

– No dobrze, ale dokąd chcecie jechać? – pyta wreszcie mama.

– Do Chicago.

– Dlaczego do Chicago? – dziwi się ojciec, jakby to nie było oczywiste. Jakby nie pamiętał, gdzie podpisywał papiery adopcyjne.

– Hm. Dlatego że tam mieszka mój biologiczny ojciec – odpowiadam, powstrzymując się od rozpoczęcia zdania od: „a jak ci się zdaje?". Charlotte reaguje wybuchem radości:

– Jeezu! Bosko! On jest muzykiem – informuje rodziców z entuzjazmem.

– O! Naprawdę? – mówi ojciec.

– Był muzykiem – poprawiam ją. – Nie wiemy, co teraz robi.

– My?

– Ja i Marianne. Ona z nim już bardzo długo nie rozmawiała.

Od jakichś osiemnastu lat – dodaję w myślach.

– Tak się często kończą szkolne miłości – zauważa mama, zerkając znacząco na Charlotte. Równie dobrze mogłaby powiedzieć: „Tylko uważaj, żeby ci ten cały Noah nie zrobił dziecka, bo inaczej do twoich drzwi też może kiedyś zapukać nastoletnia córka". Potem znów zwraca się do mnie i pyta: – Chodzili razem do szkoły, prawda?

– Tak. Zeszli się tuż po zakończeniu ostatniej klasy – odpowiadam, myśląc, że musiała się tego dowiedzieć od Charlotte; bardzo uważałam, żeby jej nie zdradzać żadnych szczegółów.

– A gdzie on studiował? – drąży mama, siląc się na swobodny ton.

Uśmiecham się pod nosem i z zadowoleniem odpowiadam:

– Właściwie to chyba nie poszedł na studia.

– Naprawdę? – rzuca ojciec.

Nie potrafię się powstrzymać i mówię:

– Tak. A mimo to Marianne go kochała.

Charlotte znów nie zauważa ironii:

– A czemu miałaby go nie kochać. Ty może nie pójdziesz do college'u, a przecież cię kochamy.

– No tak – mówię. – Dzięki, Charlotte.

– Oczywiście, że kochamy Kirby, niezależnie od tego, co postanowi – odzywa się mama. – Ale właśnie dlatego, że ją kochamy, chcemy, żeby się uczyła.

– Ale wszystko zależy od ciebie, Kirb – dodaje tata. – Nie będziemy cię zmuszać.

– Chociaż za chwilę trzeba będzie wpłacić depozyt – wtrąca mama. – Warto o tym pamiętać.

– Tak, bo ta wielka kartka na lodówce nie wystarczy?

– Kochanie, chodzi tylko o to, że... Nie masz już wiele czasu – łagodzi sytuację ojciec. – A brak decyzji to też w pewnym sensie decyzja.

– Może twój biologiczny ojciec coś ci powie na ten temat – mówi matka. – Może ci coś poradzi.

– Tak. Może – zgadzam się. – Marianne twierdzi, że był bardzo inteligentny.

– To świetnie. Naprawdę świetnie. – W głosie taty pobrzmiewa ten sam niepokój, który już od dawna wyczuwam u mamy. – Na pewno bardzo się cieszy, że cię pozna.

Zastanawiam się, czy powiedzieć im prawdę – że Conrad nie ma pojęcia o moim istnieniu – ale mówię tylko:

– Tak. Na pewno będzie fajnie.

A potem zmawiam w duchu modlitwę, żeby cały plan nie okazał się kompletną katastrofą. Żeby się okazało, że Conrad odniósł w życiu jakiś sukces, albo przynajmniej – że jest szczęśliwy, mimo że nie chodził do college'u. Żeby mnie nie znienawidził za to, co zrobiła Marianne. I żeby ta wizyta dowiodła, że rację miał pan Tully, twierdząc, że nigdy nie jest za późno.

ROZDZIAŁ 22

Marianne

Następnego wieczoru za zgodą Kirby (choć jak zwykle trochę marudziła, że to nie ich sprawa, że ma osiemnaście lat i może robić, co jej się podoba) dzwonię do jej rodziców. Wsłuchuję się w sygnał, bardziej zdenerwowana, niż przewidywałam. Moje zdenerwowanie jeszcze się potęguje, kiedy ojciec Kirby odbiera i tubalnym, energicznym głosem woła:

– Halo, Art przy telefonie.

– Dzień dobry – zaczynam, wyglądając przez okno gabinetu. – Tu Marianne Caldwell. Czy mam przyjemność z panem Rose?

– Tak! Oczywiście! Arthur Rose z tej strony. Ale proszę mi mówić Art. Wszyscy mnie tak nazywają.

– Dzięki, Art. Dzwonię w sprawie... To znaczy... Pewnie państwo słyszeli... – Zamykam oczy i potrząsam głową z myślą, że jak na kogoś, kto żyje z pisania dialogów, jest to dość żałosny wstęp.

– Tak, tak. Wiemy o wszystkim – odpowiada Art. – To ci dopiero historia. Żona i ja cieszymy się razem z tobą i Kirby. Że się odnalazłyście... I tak dalej. – Parska śmiechem, a ja nagle sobie uświadamiam, że to śmiech wymuszony i że prawdopodobnie Art czuje się tak samo niezręcznie jak ja.

– Tak. Cudownie było ją poznać – przyznaję. – Rozumiem, że Kirby mówiła wam o naszym pomyśle? O tym wypadzie do Chicago?

– Tak. Tak, oczywiście, że mówiła! – woła Art. – Domyślam się, że pozna twoich rodziców?

– Tak.

– No i... Jak właściwie mamy nazywać tego pana? Wybacz, nigdy specjalnie się nad tym nie zastanawialiśmy, dopiero niedawno...

– Wiem. Cała ta terminologia jest dość... Kłopotliwa – przyznaję. – Sama właściwie nie wiem, jak go określić. Jej biologiczny ojciec? Tata? Może zostańmy przy imieniu. Tak będzie łatwiej dla wszystkich.

– Dobry pomysł. Podoba mi się. To... Jak on właściwie ma na imię?

– Conrad. Conrad Knight – mówię ze ściśniętym żołądkiem. Dopiero teraz wyraźnie dociera do mnie to, co chcę zrobić. – Spróbujemy się z nim spotkać.

– Tak, żona i ja trochę się martwimy... Ale najważniejsze jest dobro Kirby i przede wszystkim chcemy ją wspierać. No i bardzo się cieszymy, że tym razem powiedziała nam o wyjeździe, zamiast wymykać się chyłkiem, jak do Nowego Jorku. – Art chichocze, a w tle słyszę głos Kirby, rzucającej jakąś gwałtowną, cierpką uwagę. Po chwili na moją komórkę przychodzi esemes: „*Sorry*, on strasznie lubi gadać".

– Ale oczywiście już się na nią nie gniewamy. Rozumiemy, czemu to zrobiła, i zawsze uważaliśmy, że powinna cię odnaleźć, jeśli będzie odczuwała taką potrzebę. Cieszymy się razem z nią. I razem z tobą.

– Dzięki – mówię.

– Poza tym: mój Boże, mamy z żoną szczęście, że okazałaś się takim rekinem biznesu. Coś takiego. Producentka! Fiu, fiu!

– To bardzo miłe, Art – mówię. Z jakiegoś powodu ta rozmowa wydaje mi się jeszcze bardziej nierealna niż moment, kiedy Kirby stanęła w progu mojego mieszkania. Może dlatego że moje powiązanie z tym człowiekiem, choć istotne, jest całkowicie przypadkowe. Zaszłam w ciążę, urodziłam. Oni chcieli mieć dziecko. Agencja oddała im moje. I tyle.

– Naprawdę, to wspaniałe osiągnięcie – zachwyca się dalej Art. Czuję, że mówi szczerze. I że jest miłym facetem. A jednak wolałabym, żeby zmienił temat. Ale nic z tego.

– Kirby jest z ciebie taka dumna – ciągnie Art. – I słusznie zresztą. To naprawdę coś: produkować serial i mieszkać w Nowym Jorku. Wielkie Jabłko. Kto by pomyślał. Byliśmy tam raz z żoną. – Kolejne gwizdnięcie. – Przeogromna metropolia. Świetnie się bawiliśmy, ale nie wiem, jak tam można żyć na co dzień… Zaraz. Poczekaj chwileczkę… Wybacz, Marianne, jedną chwilę.

Mówię mu, że nie ma problemu, a potem słyszę jakieś szepty; pewnie Kirby znów go opieprza. Po chwili Art odzywa się znowu, lekko speszony:

– Słuchaj, Marianne. Dam ci moją żonę. Umiera z niecierpliwości, żeby z tobą porozmawiać.

Biorę głęboki oddech. Art to jedno, ale matka Kirby to co innego. Serce mi łomocze w oczekiwaniu na dźwięk głosu kobiety, która wychowała moje dziecko.

– Halo? – mówi, a ja uświadamiam sobie, że już ją oceniam, szukając jakiejkolwiek wady.

– Dzień dobry – mówię, pewna, że cokolwiek w tej chwili przeżywam, ona musi odczuwać ze zdwojoną siłą. – Jestem Marianne.

– A ja Lynn.

– Miło cię poznać – mówię, przełykając ślinę. – Przez telefon – dodaję.

– Tak – odpowiada ona. – Mnie też jest bardzo miło.

W tym momencie rozmowa się urywa. Gorączkowo zachodzę w głowę, co powiedzieć; coś, co ją uspokoi, zapewni, że jestem odpowiedzialną i dojrzałą osobą, i że nie próbuję zająć jej miejsca. – Jestem wam bardzo wdzięczna, że pozwoliliście Kirby pojechać do Chicago – mówię w końcu.

– Cóż, nasza córka ma osiemnaście lat. Już nie potrzebuje naszego pozwolenia – odpowiada Lynn nieco buńczucznym tonem, który mnie zaskakuje. Nie wiem, czemu się spodziewałam, że będzie typem popychadła. – Ale bardzo proszę. Wspieramy Kirby. I ciebie.

To miłe słowa, ale wiem, że nie są do końca szczere, choć ona sama chciałaby, żeby takie były. Ogarnia mnie znajome uczucie, którego początkowo nie potrafię określić. W końcu uświadamiam sobie, że tak samo się czuję podczas rozmów z byłą żoną Petera. Robin chce, żeby Aidan mnie lubił – ale nie za bardzo. I oczywiście zawsze dba oto, żebym pamiętała, gdzie jest moje miejsce. Nawet jeśli wyjdę za jego ojca, nigdy nie będę jego matką. Tak samo jak nigdy nie będę matką Kirby.

– Dziękuję – mówię, balansując na tej wąskiej granicy. – Bardzo się cieszę, że mogłam poznać waszą córkę.

Waszą córkę. Powtarzam w myślach te słowa i czuję, że Lynn robi to samo, bo po chwili już nieco łagodniejszym tonem mówi:

– Jesteś dla niej bardzo miła. Dziękujemy ci za to.

– Oczywiście – odpowiadam.

– A więc *à propos* weekendu – ciągnie Lynn. – Art i ja cieszymy się razem z Kirby. Szkoda tylko, że ominie ją bal.

Na ekranie mojej komórki wyświetla się kolejny esemes: „Jezu. I ja tak mam codziennie".

– E, takie bale to właściwie wiele hałasu o nic – rzucam, po czym natychmiast tego żałuję.

Tak jak przewidywałam, w słuchawce zapada lodowata cisza, a potem Lynn mówi:

– Po prostu dziwimy się z Artem, czemu zrezygnowała z takiej wyjątkowej okazji, skoro miała już plany, sukienkę i tak dalej. – Myślę o Belindzie i biorę głęboki oddech, zastanawiając się, jak zmienić temat. Tymczasem Lynn ciągnie: – Ale taka już jest Kirby. Chodzi własnymi ścieżkami.

Zupełnie tak jak Conrad – myślę z drżeniem serca.

– W każdym razie Art i ja postanowiliśmy, że zrobi to, co będzie chciała. Skoro jest gotowa zrezygnować z balu, to jej sprawa. Wie, co na ten temat sądzimy. A teraz wiesz i ty.

– Tak – mówię, starając się jak najuważniej dobierać słowa. – I cokolwiek postanowi… Chcę, żebyście wiedzieli, że się nią zaopiekuję. Nie jestem jej matką… W ogóle nie jestem niczyją matką… – Śmieję się nerwowo. – Ale zrobię co w mojej mocy dla Kirby. Dla waszej córki.

*

Następnego ranka dzwoni Peter i zaprasza mnie na lunch. Zgadzam się, bo w końcu jest moim szefem, a mój serial jest zagrożony. Peter proponuje restaurację Aquavit, ale się sprzeciwiam, bo nie jestem w nastroju na wizytę w eleganckim, snobistycznym lokalu, zwłaszcza takim, który serwuje marynowanego łososia i tartaletki z dziczyzną.

– W porządku – zgadza się Peter. – To dokąd chcesz iść?

– Do Burgerowego Raju – odpowiadam, specjalnie wybierając knajpę z jarzeniowym oświetleniem, gdzie stołują się turyści oraz młodzi stażyści i wolontariusze pracujący w centrum. Peter stanowczo nie należy do żadnego z tych światów.

– Serio? Burgerowy Raj? – dziwi się. Choć go nie widzę, wiem, że się skrzywił.

– Tak – odpowiadam z uporem.

– A to przypadkiem nie jest jakiś sieciowy bar? – pyta, zupełnie jakby to było coś złego.

– Owszem. Mają tam najlepsze kanapki z tuńczykiem w całym mieście. Spotkajmy się na rogu Pięćdziesiątej Czwartej i Madison. O wpół do drugiej.

Kilka godzin później siedzimy naprzeciwko siebie przy niebieskim plastikowym stoliku. Założę się, że Peter nie widział takiego od lat.

– Burgerowy Raj, coś podobnego. – Siada, odrzuca do tyłu krawat i rozkłada papierową serwetkę. – Musisz być na mnie naprawdę wkurzona.

– Nie bądź takim snobem – odgryzam się.

– A ty może nie jesteś snobką?

– Nie jestem. – Przychodzą mi na myśl Kirby i jej rodzice, i nagle czuję ogromną potrzebę zdystansowania się od niemożliwie wysokiego mniemania, jakie mają o sobie mieszkańcy Manhattanu. – Ani trochę.

Peter nachyla się w moją stronę.

– Owszem, jesteś snobką i jedna kanapka z tuńczykiem tego nie zmieni. – Mruga do mnie i jest przy tym irytująco przystojny. W tym momencie podchodzi kelnerka, otwiera notes i pyta, co zamawiamy.

– Dla pani kanapka z tuńczykiem – mówi Peter, coraz bardziej rozbawiony. – Ze wszystkimi dodatkami.

– Bez dodatków – przerywam mu. – Poproszę bez dodatków. Na białym toście.

– Och, ty moja prosta istoto – szepcze do mnie Peter, a potem spogląda na naburmuszoną kelnerkę. – A ja poproszę o jednego z waszych niebiańskich burgerów.

– Z serem?

– Jak najbardziej. Cheddar. I z bekonem.

– Frytki?

– Czemu nie.

– Coś do picia?

– Woda – odpowiadam natychmiast. – Dla mnie z kranu. Dla pana mineralna – dodaję, uśmiechając się triumfalnie, kiedy Peter nie protestuje.

– Poproszę gazowaną – mówi. – Macie perriera?

Kelnerka kiwa głową, pyta, czy to wszystko, po czym odwraca się na pięcie i odchodzi.

– No dobrze. Co to w ogóle za miejsce? – Peter rozgląda się dookoła.

Wzruszam ramionami. Prawdę mówiąc, sama nie wiem, co próbuję mu udowodnić poza tym, że jest nadętym mądralą, który lubi ferować wyroki na każdy temat – od barów z hamburgerami po sekretne adopcje.

– Lepiej mi powiedz, co z moim serialem. Domyślam się, że po to mnie wyciągnąłeś z pracy?

– Owszem – odpowiada z uśmiechem. – Zerwaliśmy kontrakt z Angelą, ale udało mi się was uratować. Będziecie wprawdzie o ósmej, ale za to nadal w czwartki, no i ograniczymy wam budżet tylko o dziesięć procent.

Kiwam głową i obdarzam go lekkim uśmiechem, przyjmując do wiadomości, że mogło być znacznie gorzej.

– Nie musisz mi dziękować.

– Dzięki – mówię, zachodząc w głowę, czemu nie cieszę się tak, jak powinnam.

– Trudno było was obronić po utracie Angeli. Będziecie się musieli naprawdę postarać, przynajmniej w tych kilku pierwszych odcinkach.

– Nie ma sprawy.

– Wiecie już, co z nią zrobicie?

– Owszem. Pamiętasz McLeana Stevensona? – Mam na myśli aktora, którego postać uśmiercono, kiedy odszedł z obsady serialu *M*A*S*H*.

Peter się uśmiecha, a ja cytuję słynną kwestię kaprala Radara (w końcu *M*A*S*H* to jedna z moich pierwszych telewizyjnych miłości):

– „Samolot Henry'ego Blake'a został zestrzelony nad Morzem Japońskim... Wszyscy pasażerowie zginęli".

– Między innymi dlatego cię kocham – mówi Peter ze śmiechem. – Muszę cię jednak ostrzec, że gwałtowna śmierć może się nie spodobać reklamodawcom.

– Powiedz im, że świetnie mi wychodzą zakończenia.

Peter kręci głową.

– Tęsknię za tobą, Czempionku – mówi. – Jestem gotowy, żeby znowu zacząć o nas myśleć.

– O jakich „nas"? – pytam. – Czy chodzi ci o tę parę ludzi sukcesu, którzy marnują życie w eleganckich restauracjach na Manhattanie?

– Nie zapominaj o Brooklynie – odpowiada. – Wiesz, jak uwielbiam Dom Steków Petera Lugera.

Patrzę na niego bez uśmiechu. Peter rozgląda się dookoła, przyzwyczajony do tego, że pozostali goście wiedzą, kim jest, a potem posyła mi uwodzicielskie spojrzenie.

– Co? – rzucam.

Kręci głową, a potem nachyla się nad stołem, łapie mnie za nadgarstki i ściska.

– Chodzi mi o „nas" w łóżku. Moim. Twoim. W Ritzu, Plazie albo w zwykłym motelu. Ty wybierasz.

Czuję falę pożądania, której bezskutecznie próbuję się oprzeć. Odsuwam się, ale on tylko mocniej ściska moje nadgarstki. Nienawidzę go za to, jak bardzo mi się podoba.

– Przestań – mówię bez przekonania.

Peter puszcza dopiero po chwili, ale nadal patrzy mi w oczy.

– Chodź ze mną do domu – mówi. – Chcę się z tobą kochać.

– Żeby udowodnić, że mnie kochasz?

– Wiesz, że cię kocham.

Kręcę głową.

– Muszę wymyślić, jak zabić Angelę – mówię. – I spakować się na wyjazd.

Peter unosi brwi.

– Dokąd się wybierasz?

– Do Chicago. Wyjeżdżam w piątek.

– Odwiedzić rodziców? Przecież twoja mama dopiero tu była.

– Odwiedzić Conrada – mówię. – Z Kirby.

Uśmiech Petera całkowicie by mnie rozbroił, gdybym nie była taka przerażona. Na jego rozpromienionej twarzy malują się zaskoczenie i aprobata.

– To świetnie. Nareszcie – mówi z nutką wyższości w głosie, ale tak lekką, że nie mogę mieć do niego o to pretensji, bo wtedy musiałabym mieć pretensje o wszystko. O jego karierę, inteligencję i nieprawdopodobną atrakcyjność. – Chcesz o tym pogadać?

– Nie.

– A o nas? Możemy pogadać o nas?

– Pogadamy, jak wrócę – odpowiadam, bo wiem, że przed wyjazdem do Chicago na pewno nie będę w stanie o tym myśleć.

– Dobrze. Pogadamy. A potem będziemy się kochać? – pyta, odgarniając mi włosy za ucho.

– Zobaczymy – rzucam z nadzieją, że nie dostrzegł mojej gęsiej skórki. W końcu to, że będę mu się w stanie oprzeć, jest mniej więcej tak samo prawdopodobne jak to, że Conrad mi wybaczy.

ROZDZIAŁ 23

Kirby

Jest piątek wieczorem, do balu został tydzień, a ja wciąż nie powiedziałam Philipowi, że nie idziemy. Wymienialiśmy esemesy i nagrania na poczcie głosowej, a nawet korespondencję na jego facebookowej tablicy, ale odkąd podjęłam decyzję, nie było czasu na prawdziwą rozmowę. Więc gdy w końcu udaje mi się do niego dodzwonić, ogarnia mnie ulga i podniecenie, że wreszcie słyszę jego głos na żywo.

– Co robisz? – pytam, siadając na łóżku i podciągając kolana pod brodę.

Philip informuje mnie ściszonym głosem, że jest w księgarni Left Bank Books.

– Zawsze spędzasz piątkowe wieczory w księgarniach? – pytam bez śladu uszczypliwości, ale po chwili i tak zaczynam się martwić, że to pytanie zabrzmiało, jakby zadała je Belinda, która zawsze drwi z ludzi czytających dla przyjemności.

– Myślałem, że jeden pisarz, którego lubię, będzie tu dziś podpisywał swoje książki – odpowiada Philip. – Ale popieprzyły mi się daty. To będzie w przyszły piątek... Więc łażę tu sobie i oglądam półki. Może do mnie dołączysz?

– Dobrze – odpowiadam bez wahania. – Bardzo chętnie. Jesteś w Central West End?

– Tak. Na Euclid Avenue. Tylko się pośpiesz.

– Dlaczego? – pytam, zastanawiając się, czy niedługo zamykają, czy raczej Philip ma dziś jeszcze coś innego do roboty.

– Dlaczego? Nie wiem... Bo za tobą tęsknię?

– Aha. – Uśmiecham się. – Ja za tobą chyba też.

Ucieszona i rozedrgana z podniecenia, rozłączam się i wybiegam z domu, zręcznie uniknąwszy spotkania z rodzicami, którzy zapewne zasypaliby mnie gradem pytań o to, jak to możliwe, że nie chcę iść na bal. Och, sama nie wiem, może dlatego, że w tym samym czasie mam poznać troje najbliższych krewnych, co wydaje mi się odrobinkę bardziej istotne niż patrzenie, jak banda idiotów i idiotek, w tym jedna w kradzionej sukience, wygina się do piosenki Keshy.

Central West End znajduje się tylko dziesięć kilometrów od mojej dzielnicy St. Louis Hills, czyli samochodem to chwila, zwłaszcza o tej porze, kiedy powoli ustaje ruch na ulicach. A jednak kiedy docieram na miejsce, wydaje mi się, jakbym się znalazła w innym świecie i już samo zbliżenie się do rzędu modnych butików i restauracji rozmieszczonych wzdłuż wąskiej uliczki sprawia, że czuję się bardziej hipstersko. Znajduję miejsce przy krawężniku i zgrabnie parkuję wysłużoną hondę accord, którą dzielę z Charlotte, natychmiast zauważając Philipa przez otwarte drzwi księgarni. Siedzi po turecku na podłodze i głaszcze szarego długowłosego kota, a za nim leży stos książek.

Kiedy wysiadam z samochodu, Philip podnosi wzrok, dostrzega mnie i uśmiecha się szeroko.

– Hej! – woła. – Kopę lat.

– Cześć – odpowiadam, wchodząc do środka i siadając obok niego. Kot jest zbyt wniebowzięty, żeby chociaż na mnie zerknąć.

– Kirby, poznaj Spike'a. To najbardziej oczytany zwierzak świata. Spike, to jest Kirby – mówi Philip. – Najbardziej... – Spogląda na mnie, szukając właściwego określenia.

– Hm, Spike, powiedzmy po prostu, że daleko mi do najbardziej oczytanej dziewczyny na świecie – mówię.

– Może, ale wierz mi, Spike, ona jest mądrzejsza, niż jej się wydaje – szepcze Philip w kocie ucho. – A w dodatku to prawdziwa audiofilka. Najlepszy gust muzyczny, z jakim miałem do czynienia.

Uśmiecham się, bo chyba nie mógł wymyślić lepszego komplementu. Zauważam przy tym, że ma na sobie niebieski T-shirt z dużym czarnym napisem: WILLIE, EMMYLOU, MERLE & LACY J.

– Fajna koszulka – mówię.

– Lubisz country? – pyta.

Parskam śmiechem i odpowiadam:

– Hm, zdecydowanie i stanowczo nie, ale lubię, kiedy ktoś czerpie inspiracje z różnych źródeł. A trzeba oddać honor Merle'owi, on to potrafi.

– O tak. Spike może potwierdzić. Poskakałby chętnie do *Okie from Muskogee*, choć ogólnie rzecz biorąc, gust ma bardzo eklektyczny. Tak jak ty.

Spike mruczy, przewraca się na grzbiet i rozkłada tylne łapy. Uśmiecham się, mamrocząc pod nosem, że miły z niego kot.

– Zgadza się. To udana sztuka... Ale czy poznałaś jego poprzedników: Jamajkę i Kapitana Nemo?

Zaprzeczam, zastanawiając się, jak to możliwe, że wszystko, co mówi, brzmi tak uroczo.

– Też fajne futrzaki. Pierwszy był Kapitan Nemo. Właściciele uratowali go, kiedy o mało co się nie utopił... Stąd imię. A Jamajkę nazwano na cześć Jamaiki Kincaid, która zresztą miała tu kiedyś swój wieczór autorski. Doszło wtedy do spotkania dwóch Jamajek...

Kiwam głową, domyślając się, że Jamaica Kincaid jest pisarką, i zachodząc w głowę, czy jest na tyle sławna, że powinnam była o niej słyszeć. Muszę pamiętać, żeby to później sprawdzić, tak samo jak po powrocie z Nowego Jorku sprawdziłam, kim była Edith Wharton. Postanawiam również w duchu, że niezależnie od tego, czy pójdę do college'u, muszę zacząć więcej czytać, zwłaszcza jeśli mam zamiar się zadawać z takimi mądrymi ludźmi.

– Tak, Nemo i Jamajka były świetnymi kotami, ale Spike to mój faworyt. Ma charakterek. Wie, czego chce, i nie zawaha się uzmysłowić ci tego. – Spike kwituje tę charakterystykę wiele mówiącym przeciągłym i urywanym miauknięciem.

– Słyszałaś? – Philip się uśmiecha.

Chichoczę i mówię:

– Tak. Teraz wiem, o co ci chodzi.

Spoglądamy sobie w oczy i to przelotne spojrzenie jest tak naładowane znaczeniami, że przechodzi mnie przyjemny, ciepły dreszcz.

– Ale i Spike wpadł kiedyś w kłopoty – mówi Philip. – Prawda, Spikey?

– Co zrobił? – pytam z uśmiechem.

Philip ścisza głos.

– Ukradł książeczkę dla dzieci z futrzaną okładką. Ściągnął z półki i schował gdzieś na zapleczu. Nieźle przez to podpadł właścicielowi.

Rzednie mi uśmiech, bo przypominam sobie o Belindzie i zastanawiam się, czy Philip wie, co się stało. Czy to możliwe, że Belinda powiedziała o wszystkim Jake'owi? Czy to możliwe, że Philip tak samo jak Belinda uważa, że jestem sztywna? Nie. Nie ma szans. Nie potrafię sobie wyobrazić, że nie oburzyłaby go kradzież. Przez chwilę rozważam nawet, czy mu nie powiedzieć, tak jak rozważałam, czy nie powiedzieć Charlotte, ale wygrywa poczucie lojalności wobec przyjaciółki.

Philip chyba wyczytał coś z mojej twarzy, bo prostuje plecy, wyciera ręce w dżinsy, wbijając w powietrze chmurę kociej sierści i pyta:

– Co się dzieje? – A potem kicha trzy razy.

– Na zdrowie. Jesteś uczulony?

– Tak. Ale Spikey jest tego wart.

Uśmiecham się i znów myślę o Belindzie. Zastanawiam się, czy ona też „jest warta" tego, co przeżywam.

– Chciałam z tobą o czymś pogadać – mówię, usiłując przekonać samą siebie, że Marianne miała rację. Przecież nie licząc pieniędzy wydanych na smoking (mam nadzieję, że mu je zwrócą w sklepie), żaden facet nie rozpaczałby z takiego powodu. – Możemy gdzieś pójść?

– Jasne. Jesteś głodna? Zapraszam cię na pizzę.

– Nie, nie jestem głodna. Może się po prostu przejdziemy? Jest taki ładny wieczór. Chyba że ty jesteś głodny?

– Nie, w porządku. Z chęcią się przejdę. – Philip macha sprzedawczyni przy kasie, salutuje Spike'owi i wychodzimy przez otwarte drzwi na Euclid Avenue.

Powoli zaczyna się ściemniać. W milczeniu przechadzamy się cichą, obsadzoną drzewami ulicą. W końcu mówię:

– A więc jeśli chodzi o bal… Obawiam się, że muszę zrezygnować.

– Poważnie? – Philip przystaje i spogląda na mnie zawiedziony.

Kiwam głową.

– Przykro mi. Chciałam iść, ale… Nie mogę.

– Nic nie szkodzi. Tylko proszę, powiedz mi, że mnie nie rzucasz dla jakiegoś superkolesia z DuBourga.

– Nie! – Przez chwilę usiłuję sobie przypomnieć słowo, które pojawiło się na teście SAT. – Zresztą to i tak oksymoron.

Philip się uśmiecha i znów ruszamy przed siebie.

– Nie chodzi o to, że nie chcę iść. Tylko… Okropnie pokłóciłam się z Belindą. I będę się czuła niezręcznie w jej towarzystwie… Dopóki tego nie rozwiążemy.

– Może do tego czasu się pogodzicie?

– Nie sądzę.

– Okej – mówi Philip. – Ale może w takim razie pójdziemy sami? Tylko we dwoje, bez Jake'a i Belindy?

Kręcę głową.

– Bo widzisz, chodzi o to, że… Ona jest właściwie moją jedyną przyjaciółką. – Uważnie obserwuję jego reakcję, zastanawiając się, czy straciłam w jego oczach, ale jemu to najwyraźniej w ogóle nie przeszkadza. – Jestem typem samotnika.

Philip kiwa głową, niezrażony.

– Więc wolałabym po prostu dać sobie z tym spokój. Zresztą i tak bym tam nie pasowała.

– Rozumiem – odpowiada z uśmiechem.

– Tak, właściwie to Belinda mnie do tego namówiła. A ja się zgodziłam, bo... Cóż, bo uznałam, że miło będzie ubrać się ładnie i spędzić z tobą wieczór.

– O... Serio? Uważaj, bo się zaczerwienię.

– Zaczerwienisz się? Ty?

– A co, wydaje ci się, że Azjaci się nie czerwienią? – pyta Philip, śmiejąc się.

– Nie o to mi chodziło – protestuję, czując, że sama robię się różowa. – Tylko nie wyglądasz mi na człowieka, którego można zawstydzić.

– Założę się, że tobie by się to udało – stwierdza, jakby rzucał mi wyzwanie.

– Okej – mówię, choć czuję, że przez to flirtowanie zaczynam się pocić i szybciej oddychać. – Masz ładne oczy.

– Dzięki.

– Jakiego właściwie są koloru?

– Jasnobrązowe.

– Powiedziałabym, że barwy topazu.

Philip uśmiecha się nieśmiało i spuszcza wzrok.

– I podoba mi się twój uśmiech – dodaję, a tymczasem wspomniany uśmiech robi się coraz szerszy. – I myślę, że byłoby naprawdę miło iść z tobą na bal.

– Okej. Zaczerwieniłem się. Możesz przestać.

Patrzę na niego i rzeczywiście – jego gładkie, złociste policzki lekko się zaróżowiły.

– Ale nie mogę iść. Z powodu Belindy. I dlatego, że muszę pojechać do Chicago. Poznam rodziców Marianne. I mojego tatę. Oczywiście nie tego prawdziwego – dodaję, przełykając ślinę. – Tego... Drugiego. To wszystko wydarzyło się dość nagle. A Marianne ma akurat wolny weekend...

– Słuchaj, Kirby, ja wszystko rozumiem – mówi Philip. Idziemy obok siebie, równocześnie kołysząc ramionami i nagle on łapie mnie za rękę. – Naprawdę się cieszę i nie mogę się doczekać, aż wrócisz i mi wszystko opowiesz.

– Tak. Ja też się cieszę – mówię, choć jedyne, o czym jestem w stanie teraz myśleć, to fakt, że trzymam za rękę jedynego chłopaka na świecie, który mi się kiedykolwiek podobał.

Jakby tego było mało, Philip zatrzymuje się nagle, podchodzi do fontanny na Maryland Plaza, odwraca się do mnie i bierze moją prawą dłoń w swoją lewą. Przyciąga mnie do siebie, tak że dzielą nas zaledwie centymetry – i wystarczająco blisko, żebym dostrzegła, że jest tak samo przejęty jak ja. I wtedy to się dzieje. Pochyla się i zderzamy się twarzami. Uśmiecha się, lekko przekrzywia głowę i próbuje jeszcze raz. Tym razem się udaje. Pocałunek jest słodki i powolny i robi ze mną coś takiego, że przypomina mi się, jak kiedyś podgrzewałyśmy z Charlotte krówki w mikrofalówce – zewnętrzna warstwa pozostawała twarda, a wnętrze się roztapiało.

Kilka sekund później odsuwamy się od siebie, rozglądamy się nerwowo, żeby sprawdzić, czy nikt nas nie widział, a potem ruszamy dalej, jakby nie stało się właśnie coś, co wstrząsnęło całym moim światem.

– Opowiedz mi o swojej grze na perkusji – prosi Philip.

– O czym? – pytam, bo od początku bardzo uważałam, żeby nie wygadać się, że gram. Wprawdzie zaskoczyłoby mnie, gdyby się okazał jednym z tych idiotów, którzy sądzą, że wszystkie dziewczyny perkusistki to dziwadła, ale na wszelki wypadek wolałam milczeć.

– Widziałem zdjęcie bębnów na twoim profilu na Facebooku.

– No tak. To moje bębny – mówię.

– To super – stwierdza i czuję, że naprawdę tak myśli. Uśmiecham się i zaczynam mu opowiadać o graniu. Z sekundy na sekundę jestem szczęśliwsza. Philip zadaje mnóstwo pytań, jakby był naprawdę zainteresowany tym tematem – i mną.

– Naprawdę – mówi. – To najfajniejsza rzecz, jaką dziewczyna mi o sobie powiedziała.

– Dzięki. – Czuję, jak od środka rozpiera mnie radosna energia, a tymczasem rozmawiamy dalej, skręcając to w prawo, to w lewo, to znów w prawo, nieśpiesznie krążąc po Central West End.

ROZDZIAŁ 24

Marianne

Jest wieczór przed wyjazdem. Claudia i Jess są u mnie w domu. Pomagają mi się spakować i ogólnie zapewniają wsparcie moralne – lub „niemoralne", jak lubi mawiać Jess, która jest dziś w szczególnie beztroskim i radosnym nastroju, wzmożonym przez wódkę z red bullem i wcześniejszą wizytę w klinice medycyny estetycznej. Jak mawia Claudia, zastrzyki z botoksu wpływają dobrze nie tylko na skórę Jess, lecz także na jej osobowość.

– Ale cudo! Skąd ją masz? – woła, wyciągając z szafy dzianinową sukienkę od Chanel. Nie myśląc wiele, zrzuca dżinsy i koszulkę, i przymierza swoją zdobycz. Ze smutkiem pomieszanym z zażenowaniem stwierdzam, że ciuch nie dość, że jest na nią za krótki, to jeszcze wisi na jej niemożliwie smukłym ciele.

– Zdejmuj mi to zaraz – rozkazuję. – Wolałabym, żebyś po prostu nazwała mnie małą grubaską, zamiast mi to tak dobitnie pokazywać.

Jess potrząsa głową na znak, że gadam głupoty, ale w tej samej chwili widzę, jak zbiera materiał w talii i po kryjomu zerka w lustro, żeby sprawdzić, jak wyglądałaby na niej ta sukienka mniejsza o jeden, a może nawet dwa rozmiary.

– Skup się! – woła Claudia i pstryka palcami dwa razy, żeby przywołać ją do porządku. Wprawdzie nie okazuje gniewu, ale wyczuwam, że jest lekko zirytowana zachowaniem Jess i chce się już zająć emocjonalnym pokłosiem tego, co ma się wydarzyć w moim życiu.

– Przecież się skupiam – mówi Jess, teraz w samych dżinsach i staniku w panterkę. Pochyla się nad moją walizką, studiując jej zawartość, po czym oświadcza tak, jakby mnie nie było w pokoju: – Naprawdę powinna spakować jakąś lepszą bieliznę, nie sądzisz?

Claudia spogląda na niewielki stosik zupełnie przyzwoitych białych bawełnianych majtek i mówi:

– Jess. Z jej bielizną jest wszystko w porządku.

– Może, ale ja myślę, że powinna celować w coś więcej niż „w porządku". – Jess usiłuje zrobić minę, ale nie pozwala jej na to zesztywniałe czoło.

– Niby po co? – pytam, chociaż wiem, do czego zmierza.

– Na wypadek gdybyście z Conradem... Znów przypadli sobie do gustu.

– Jess! – woła Claudia, równie oburzona jak ja.

– No co? To przecież możliwe, że uda im się, no wiesz, na nowo rozpalić starą iskrę.

– Masz na myśli tę iskrę, od której rozsypało się moje życie?

– Mówię o iskrze, która zapoczątkowała nowe życie – odpowiada Jess, ni z tego, ni z owego całkiem poważnie.

Kiwam głową, bo ma rację, i uświadamiam sobie w duchu, że teraz, kiedy poznałam Kirby, nie mogę już żałować tego, co się stało. Tymczasem Jess ciągnie:

– Poza tym, czy twoja mama nie mówiła ci przypadkiem: na wszelki wypadek miej na sobie zawsze najlepszą bieliznę?

– Na wypadek pożaru – poprawiam ją.

– Dokładnie – mówi Jess, wyciągając przed siebie palec.

– O Boże. Czy ty naprawdę widzisz w tym weekendzie jakikolwiek romantyczny potencjał?

– Owszem – odpowiada Jess. – Ja w każdym weekendzie widzę romantyczny potencjał.

Stwierdzam, że jest pokręcona, a Claudia przypomina jej, że ja już mam chłopaka.

– Zrobili sobie przerwę – mówi Jess.

– Takie słowa nie wróżą nic dobrego. Pamiętasz Rossa i Chloe z punktu ksero? – pytam, bo uwielbiam przywoływać postaci z seriali.

– Phi – rzuca Jess. – Ross nie dość, że był mdły i bez charakteru, to jeszcze nie istniał naprawdę. Nikt nie byłby na tyle głupi, żeby się przyznawać do skoku w bok, który się zdarzył w czasie przerwy w związku.

Claudia posyła jej znaczące spojrzenie, najwyraźniej myśląc o swoim własnym przelotnym romansie podczas krótkiego rozstania z Benem, i rzeczywiście po chwili mówi:

– Chyba zapomniałaś o swojej najlepszej przyjaciółce? Pozwól, że ci przypomnę Richarda.

Jess parska śmiechem.

– Masz rację. Jednak znalazłby się ktoś na tyle głupi. Ross i ty. To już dwoje głupków.

– Dobra, słuchajcie – mówię, dorzucając do walizki swoją najwygodniejszą piżamę i stary jak świat podkoszulek z napisem „Michigan", a potem zapinając suwak. – W ten weekend nie mam zamiaru się z nikim całować. Niezależnie od sytuacji z Peterem.

Jess wygląda na rozczarowaną. Po chwili chrząka i mówi:

– Okej. W takim razie jak myślisz: jak to będzie, kiedy go znów zobaczysz? Co mu powiesz?

– Nie mam pojęcia.

– Może powinnaś najpierw do niego zadzwonić? Ostrzec go, zanim po prostu zapukasz do jego drzwi? – pyta Claudia.

– Myślisz, że powinnam? – zastanawiam się, jakby to dość oczywiste pytanie ani razu nie przyszło mi do głowy.

– Nie wiem. Sama oceń. Czy wolałabyś, żeby Kirby zadzwoniła, zanim się pojawiła w twoim domu?

Nie chcę dzwonić do Conrada, więc mówię jej, że chyba nie zrobiłoby mi to różnicy, poza tym że jeszcze bardziej bym się denerwowała.

– A mnie się zdaje, że liczysz na to, że go nie będzie w domu – mówi Jess. – To klasyczny mechanizm. Zyskałabyś na czasie. Może nawet kolejne dziesięć lat. Albo dwadzieścia.

Natychmiast uświadamiam sobie, że trafiła w sedno. W towarzystwie Kirby byłam mocna w gębie, ale w rzeczywistości zrobiłabym wszystko, żeby uniknąć rozmowy z ojcem oraz spotkania z Conradem. Na samą myśl o tym mam ataki mdłości. Pytam więc przyjaciółki, czy naprawdę uważają, że muszę koniecznie być przy Kirby, kiedy po raz drugi zapuka do obcych drzwi.

– Jaja sobie robisz? – Jess rozdziawia usta w pełnym dramatyzmu niedowierzaniu, jakby chciała zrekompensować sobie w ten sposób fakt, że nie jest w stanie zrobić żadnej innej miny. Claudia wyjątkowo przyznaje jej rację, stanowczo potrząsając głową.

– Marianne, nie. Nie możesz jej tego zrobić. Ani jemu.

– Tylko się zastanawiałam...

– To lepiej przestań – ucina dyskusję Jess, a Claudia potakuje.

– Tak, dziewczyno. Musisz wypić to piwo – mówi Jess. – Już czas.

– Najwyższy czas – wtóruje jej Claudia.

– Okej. Okej, rozumiem! – wołam, nieprzyzwyczajona do ataku z obu stron; w końcu zwykle to Jess jest na moim miejscu. Biorę głęboki oddech, zastanawiając się, jak przetrwam najbliższe siedemdziesiąt dwie godziny, i tylko jedno wiem na pewno: inaczej niż przetrwałam ostatnie osiemnaście lat.

*

Dwanaście godzin później – niewyspana, bo samolot odlatywał o nieludzko wczesnej porze – stoję obok karuzeli z bagażami na lotnisku O'Hare, czekając na walizkę i ojca, w dowolnej kolejności. Od czasu wyjazdu do college'u stałam tu już pewnie z pięćdziesiąt razy. Ale oczywiście dziś wszystko wydaje się inne. Zapatrzona w metalową taśmę, zaczynam żałować, że nie wynajęłam samochodu, albo nie poprosiłam, żeby to mama po mnie przyjechała. Ona jednak uparła się, że tak będzie najlepiej – że zanim pojawi się Kirby, powinniśmy z ojcem spędzić trochę czasu tylko we dwoje, by – jak się wyraziła – „zmierzyć się z przeszłością". Nie rozmawialiśmy jeszcze, odkąd wszystko się wydało, a kiedy zauważam jadącą w moją stronę walizkę, przychodzi mi do głowy, że tak naprawdę będzie to nasza pierwsza całkowicie szczera rozmowa od osiemnastu lat, czyli w całym moim dorosłym życiu. I choć jest mi słabo ze zdenerwowania, to równocześnie cieszy mnie idea nowego początku i mam nadzieję, że on czuje to samo.

Zdjąwszy torbę z taśmy, ruszam do wyjścia i zauważam go, idącego w moim kierunku. Zawsze był szczupły, ale dziś wygląda mizernie, a na jego twarzy oprócz zmęczenia malują się skupienie i determinacja, zwykle towarzyszące bezsennym nocom przed ważną rozprawą.

– Cześć, tato – mówię, kiedy dzieli nas już tylko krok.

– Cześć, skarbie – odpowiada, a potem jak zawsze zasypuje mnie gradem pytań: „jak lot?", „masz tylko jedną walizkę?", „jesteś głodna?". „Dobrze", „tak", „nie" – odpowiadam po drodze do samochodu, a potem sama inicjuję kurtuazyjną pogawędkę: „jak w pracy?". „Macie jakieś plany na wakacje?". „Ale tu gorąco – czuć, że idzie lato, nawet w Chicago".

Im więcej mija czasu, tym większe jest napięcie między nami. Tyle że nie jest to typowe, negatywne napięcie, lecz niemal przyjemny suspens. Jakbyśmy oboje znali cel mojej wizyty i wiedzieli, o czym wkrótce będziemy rozmawiać, ale żadne z nas nie kwapiło się, żeby zacząć. Czekaliśmy tyle czasu – co to jest jeszcze kilka mil, jedna jazda samochodem do domu.

Gdy w końcu zjeżdżamy z autostrady na Green Bay Road, ojciec chrząka i zdaje mi się, że wreszcie chce coś powiedzieć. Coś na temat tamtego lata. Na temat mojego wyboru. Na temat gościa, który za kilka godzin przyjedzie do nas z St. Louis. Ale zamiast tego słyszę:

– Twoja matka wpadła w szał kulinarny. Przesadza, jak zwykle. Może podarujemy jej trochę więcej czasu? Pobawimy się w „nawigatora"? Dawno tego nie robiliśmy...

Zerkam na niego lekko zdezorientowana, ale po chwili przypomina mi się stara zabawa, którą wymyśliliśmy, kiedy miałam nie więcej niż pięć–sześć lat. Wsiadaliśmy do auta, ojciec kazał mi zamknąć oczy i ilekroć zbliżał się do skrzyżowania, pytał: „w lewo, w prawo, prosto?", a ja wybierałam jeden z trzech kierunków, czasami wskazując różne, czasami całą drogę trzymając się jednego.

„W lewo, w prawo, w lewo, prosto!" – wołałam, a on żartował, że wylądujemy w Gwatemali albo w Saskatchewan – za każdym razem wyobrażałam sobie, że to możliwe. Albo, co jeszcze bardziej przerażające i podniecające zarazem, że się zupełnie zgubimy. Że zajedziemy na środek pustyni, gdzie utkniemy bez jedzenia i wody, narażeni na ekstremalne temperatury. Oczywiście wiedziałam, że tak nie będzie i że dotrzemy najdalej do Naperville albo innego przedmieścia. A jednak za każdym razem, gdy kończyliśmy podróż i tata kazał mi otworzyć oczy, zachwycało mnie całkiem zwyczajne miejsce, w którym się znajdowaliśmy, nieważne, czy to był salon samochodowy, gabinet optyka, czy podjazd przed czyimś ogródkiem. Przypadkowość i pospolitość tych miejsc zawsze doprowadzała mnie do śmiechu, zwłaszcza gdy nie wypadając z ról, wchodziliśmy do środka i udawaliśmy, że chcemy kupić czerwone audi, obejrzeć okulary do czytania, a nawet – raz – zapukaliśmy do czyichś drzwi, twierdząc, że zgubiliśmy szczeniaczka.

Kiedy trochę podrosłam i zaczęłam się orientować w mieście, często podglądałam przez palce, a ojciec udawał, że tego nie widzi, i – cóż za zaskoczenie – kończyliśmy podróż w lodziarni lub centrum handlowym albo w jednym z naszych ulubionych parków i wołaliśmy chórem, że mamy dziś szczęśliwy dzień. Przychodzi mi na myśl, że właściwie dziś dzieje się coś podobnego: oboje udajemy, choć każde z nas wie, że to drugie wie.

Mówię więc:

– Bardzo chętnie – po czym przyciskam czoło do szyby i pytam: – Gotowy?

– Zamknęłaś oczy?

– Tak – kłamię.

– W porządku. W lewo, w prawo czy prosto?

– W prawo – mówię, usiłując wyczytać w jego myślach, dokąd chciałby pojechać, a potem decydując się na Gillson Park. – Tak, na pewno w prawo.

Kieruję go dalej, z Green Bay na wschód przez Sheridan aż do przedmieść North Shore – rozrzuconych wzdłuż brzegu jeziora Michigan malowniczych domów i przystani, które kojarzyły mi się z klasyczną scenerią filmów Johna Hughesa.

– Prosto – mówię i przesuwamy się na południe, mijając schludną, elegancką dzielnicę Winnetka i senne Kenilworth, aż docieramy do kolejnego skrzyżowania.

– W lewo – mówię. Wkrótce zjeżdżamy z Michigan Avenue i przez południową bramę wjeżdżamy do parku.

– Okej! Ślepy zaułek! – woła tata wesoło. – Nie uwierzysz, gdzie jesteśmy!

Otwieram oczy, udając osłupienie.

– Oooo! Gillson Park! Nie do wiary!

Ojciec ze śmiechem kręci głową i wjeżdża na parking obok boiska do futbolu.

– Dobra robota – mówi, kiedy wysiadamy z samochodu.

– O co ci chodzi? – pytam i spoglądamy na siebie z ukosa. – Przecież nic nie widziałam. Mogliśmy wylądować gdziekolwiek.

– Nawet w Saskatchewan – mówi.

– Nawet w Saskatchewan – powtarzam i ruszamy ścieżką wiodącą w stronę niewielkiej mariny. Jest słoneczny, ale wietrzny dzień i muszę przytrzymywać włosy, żeby nie zasłaniały mi twarzy.

W pewnej chwili ojciec sięga do kieszeni i wyciąga gumkę recepturkę.

Kręcę głową z niedowierzaniem.

– Jakim cudem akurat miałeś ze sobą gumkę?

– Mam też spinacz, gdybyś potrzebowała – odpowiada z uśmiechem.

– A agrafkę?

– W samochodzie.

– Dobrze wiedzieć.

Siadamy na ławce nad wodą. Mówię, że pamiętam, jak siadałam na tej samej ławce i nogi dyndały mi nad ziemią. Na to ojciec, że ma coś lepszego: pamięta, jak woził mnie tu w wózku, kiedy byłam niemowlęciem.

A więc wreszcie padło to słowo: niemowlę. Nie da się dłużej unikać tematu. Pękam jako pierwsza i mówię:

– Tato… Mama mówiła, że chciałeś ją zatrzymać?

Ojciec odpowiada bez zastanowienia:

– Wystarczy mi, że ją urodziłaś.

Kiwam głową, bo uświadamiam sobie, jacy jesteśmy do siebie podobni: mieliśmy w sobie tyle rezerwy, żeby przez lata unikać tego tematu, a teraz bez wahania rzucamy się w sam jego środek. Po chwili zdaję sobie również sprawę, że ojciec nie odpowiedział na moje pytanie.

– Ale chciałeś ją zatrzymać. Tak?

– To trudne pytanie... Nie chciałem jej na zawsze stracić. – Ojciec ma na sobie ciemne okulary, a i tak mruży oczy, spoglądając na taflę wody, i dookoła nich pojawiają mu się zmarszczki, sięgające w dół aż do ust. – Ale to nic. Najważniejsze, że znów jest.

– Tato? – spoglądam mu w oczy, chociaż tak jak on mam przeciwsłoneczne okulary.

– Tak, kochanie?

– Przepraszam, że ci nie powiedziałam.

– W porządku.

– Było mi tak głupio... – mówię łamiącym się głosem. Po chwili to określenie wydaje mi się zbyt słabe. – Byłam przerażona. I było mi strasznie wstyd. I nie chciałam sprawić ci zawodu. Teraz mam trzydzieści sześć lat i widzę, że... To nie był koniec świata. Ale jako osiemnastolatka tego nie rozumiałam... Nie rozumiałam.

– Kochanie, ja wszystko wiem. Zawsze wiedziałem. Nigdy w życiu nie myślałem o tobie źle... Tylko żałowałem, że nie mogę być przy tobie.

– Ale chodziło o coś jeszcze – ciągnę. – Nie chciałam, żebyś się zdenerwował. Pracujesz tak ciężko, a ja zawsze miałam wszystko, czego dusza zapragnie. I nagle, kiedy wreszcie miałam pójść w świat, popełniłam najgorszy błąd, jaki można popełnić, i po prostu...

– Ale skarbie, o to właśnie chodzi. To był błąd. Pomyłka. Nie chciałaś nikogo skrzywdzić. Być może sprawiłaś zawód sobie, ale nie mnie.

– Niemożliwe – mówię. – Może teraz już tak myślisz, ale wtedy…

– Marianne. Popatrz na mnie – żąda ojciec, zdejmując okulary. – Twoja matka i ja zawsze byliśmy z ciebie dumni. Zawsze.

Kiwam głową i szepczę: dziękuję. Po długim milczeniu wzdycham i dodaję:

– To właściwie wszystko wina mamy. – Uśmiecham się, ale on nie zmienia wyrazu twarzy.

– Twoja matka też postąpiła najlepiej, jak potrafiła – mówi, a ja wzruszam się, słysząc, jak jej broni.

– Żartowałam.

– Wiem… Ale bardzo długo naprawdę miałem do niej pretensje. Dłużej, niż mi się zdawało… Za każdym razem, kiedy widziałem niemowlę na ulicy… Albo znajomemu urodził się wnuk… Tęskniłem za nią. – Sięga do portfela i wyciąga jej zdjęcie. To samo, które mam i ja. Jedyne.

– Ma twoją twarz – mówi. – Wygląda dokładnie tak samo jak ty, kiedy byłaś noworodkiem.

Kiwam głową.

– Nadal jest do ciebie podobna? – pyta.

– Tak. Przede wszystkim ma po mnie uszy – stwierdzam, przyciskając je do głowy. – I po tobie zresztą. Bardzo ci „nie dziękuję”.

Ojciec próbuje się roześmiać, ale brzmi to, jakby się zachłysnął, jakby chciał zamaskować szloch.

– Zresztą zobaczysz – dodaję. – Nie mogę się doczekać, aż ją poznasz.

– Wiem – mówi. – Tylko nie mogę uwierzyć, że ona już dorosła… Że jest teraz młodą kobietą.

Kiwam głową.

– Ja też dziwnie się z tym czuję.

– Nie masz pojęcia – ojciec przeczesuje palcami siwe włosy. Nagle ściska mi się serce, bo myślę o tym, że się starzeje i że kiedyś go zabraknie. Jak to dobrze, że jak dotąd nic mu się nie przytrafiło i doczekał dzisiejszego dnia.

– Wiesz, kiedy goliłem się dziś rano, myślałem o tym zdjęciu – mówi, znów wpatrując się w maleńką Kirby. – Myślałem o tym, że zawsze na nie patrzę, kiedy czuję się samotny... Kiedy liczę lata... Starając się ją sobie wyobrazić. I pomyślałem, że chociaż dziś w końcu ją spotkam, to nigdy nie poznam tego niemowlęcia ani tamtej małej dziewczynki.

Po sposobie, w jaki mówi, poznaję, że nie tylko głośno myśli, ale też zmierza do jakiejś większej, konkretniejszej puenty.

– A potem do mnie dotarło... Że tak się dzieje zawsze. To samo było z tobą. Straciłem moją małą dziewczynkę.

– Tato! Nie straciłeś mnie, jestem tu!

– Wiem, wiem. Jesteś, ale w pewnym sensie cię nie ma. Oczywiście, widujemy cię. Rozmawiamy z tobą. Wiemy, co robisz, obserwujemy twoich znajomych, twoje związki, twoją karierę, twoje życie. Ale tak naprawdę nie jesteś już n a s z a. – Spogląda w górę, tak samo, jak robi czasem na sali sądowej, jakby szukał właściwych słów, które wiem, że znajdzie. – Chodzi o to... – zaczyna jeszcze raz, po czym urywa i mówi: – Kirby ma osiemnaście lat, prawda?

– Prawda – odpowiadam, jednocześnie uświadamiając sobie, że właśnie po raz pierwszy wymówił jej imię.

– Niedługo opuści swój rodzinny dom. Pójdzie w świat, żeby robić, cokolwiek ma zamiar robić. Jeśli Bóg pomoże, to będzie sensowna i uczciwa praca. I nawet gdybyśmy spędzili z nią te wszystkie lata... Gdybyś ty je z nią spędziła...

To i tak w tej chwili ona by cię opuściła. Chyba chodzi mi po prostu o to, że życie szybko mija. Coraz szybciej. Czasem zapominam, jaka jest pora roku albo nawet który jest rok. Więc najważniejsze jest wykorzystywanie tego, co nam dane. Podejmowanie najlepszych możliwych decyzji. I radość z krótkich chwil, które spędzamy razem. – Oddycha głęboko. – W jej wypadku uszło nam wiele lat i wiele wspomnień. Ale możemy ją poznać taką, jaka jest teraz. I taką ją pokochać. I pokochamy.

Zauważam, że trzęsie mu się podbródek – co sprawia, że przez chwilę znów wygląda jak stary człowiek – ale udaje mu się nie rozpłakać.

– O, holender – mamrocze, potrząsając głową.

– Co?

– Mam gumkę i spinacz, ale nie mam chusteczki.

Wybucham śmiechem, a on mnie przytula tak mocno, jak jeszcze nigdy.

– Wracajmy do domu – mówi. – Chcę poznać swoją wnuczkę.

*

Wracamy do domu najkrótszą drogą i zastajemy w kuchni mamę, która szykuje właśnie jakąś niezwykle wyrafinowaną ucztę. Zazwyczaj gotuje z głowy, ale dziś posiłkuje się przynajmniej dwiema książkami kucharskimi, które leżą otwarte na blacie.

– Witajcie, kochani – mówi, przypatrując nam się z zaciekawieniem. Spogląda na tatę, na mnie i znów na tatę. Oczywiście czeka na sprawozdanie, ale oboje sznurujemy usta i zaczynamy się zachwycać przystawkami.

– Wszystko wygląda przepysznie – mówi ojciec.

– I pięknie – dodaję.

Matka dziękuje nam zniecierpliwiona i wreszcie pyta:

– No i? Jak poszło?

– Co?

– Rozmawialiście?

– Owszem – mówię.

– Tak – wtóruje mi tata. – Rozmawialiśmy. Bez wątpienia.

– I?

– I wyjaśniliśmy sobie osiemnaście lat kłamstw – rzucam, zachowując kamienną twarz.

– To nie były k ł a m s t w a – protestuje mama z naciskiem na końcówkę liczby mnogiej, przykrywając folią półmisek pełny diabelskich jajek i wkładając go do lodówki.

– Kłamstwo numer jeden – mówię – „Nie powiem twojemu ojcu".

– Kłamstwo numer dwa – włącza się ojciec, odginając kolejny palec – „Nie możemy powiedzieć Marianne, że wiesz".

Matka udaje, że nas nie słyszy, dokańczając bruschetty. Potem zdejmuje fartuch, wiesza go na żelaznym haku w spiżarni i wesoło obraca się w naszą stronę, prezentując się nam w ciemnopomarańczowej sukience ze złotymi guzikami, do której dobrała siedmiocentymetrowe szpilki. Wygląda ładnie, ale zbyt elegancko – być może nawet strój pasuje do okazji, ale ja znam Kirby. Z drugiej strony, bardzo chcę, żebyśmy dzisiaj wszyscy byli sobą – naprawdę i szczerze sobą, jako poszczególne osoby i jako rodzina. A w przypadku mamy to oznacza przesadę w ubiorze i na stole.

– A więc – dodaje raźnym tonem – postanowiliście ze mnie zrobić chłopca do bicia?

– Tak. Mniej więcej – odpowiadam.

– To doskonałe podsumowanie sytuacji – stwierdza ojciec, a potem podchodzi i obejmuje ją w talii. Chrząka i nagle przybiera poważną minę.

– Podobała mi się nasza rozmowa – mruczy jej do ucha niskim głosem, choć wszyscy wiemy, że i ja go słyszę.

– Teraz jest lepiej, prawda? – mówi mama. – Wreszcie wszyscy jesteśmy w tym samym punkcie.

Przez chwilę czuję, jak ogarnia mnie radosne ciepło – ale potem myślę o Conradzie. Przez moją twarz musiał przemknąć cień zmartwienia, bo ojciec natychmiast pyta:

– Co się dzieje, kochanie?

Postanowiwszy, że nie będę dziś kłamać, nieco chwiejnie siadam przy stole i zmuszam się do odpowiedzi:

– Pomyślałam o Conradzie.

– O kim?

Spoglądam na niego pytająco, a po chwili z osłupieniem, bo dociera do mnie, że w parku ani przez chwilę nie poruszyliśmy tematu Conrada. Nie rozmawiałam o nim również z matką, kiedy przyjechała do Nowego Jorku.

– O biologicznym ojcu Kirby – wyjaśniam. – Chyba go pamiętacie?

– Słabo. – Matka wzrusza ramionami. – Jak przez mgłę. Spotkaliśmy go tylko raz w życiu.

– Tak. Tu, w tej kuchni – mówię, przypominając sobie tamten dzień, kiedy zrobiłam test ciążowy. Zaczyna mi się kręcić w głowie, ale w tej samej chwili dostrzegam, że ojciec spogląda na mamę znacząco.

– Co? – pytam. – O co chodzi?

Mama kręci głową.

– Żadnych więcej tajemnic – mówię.

– W porządku – kapituluje. – Widzieliśmy go jeszcze potem jeden jedyny raz.

– Kiedy? – pytam, walcząc z falą mdłości. – Gdzie?

– Och, to nie było nic takiego. Po prostu na niego wpadliśmy. Zdaje mi się, że na tym małym targu warzywnym w Winnetka – tłumaczy mama, zerkając na ojca. – Przy stoisku z pomidorami.

Zanim ojciec zdąży potwierdzić, że pamięta Conrada albo stoisko z pomidorami, domagam się natychmiastowych wyjaśnień, kiedy to było.

– Kirby miała wtedy pewnie jakieś sześć lat – odpowiada ojciec.

– Raczej z osiem – poprawia go mama.

– Rozmawialiście z nim?

– Tylko przelotnie – rzuca mama, sztywniejąc. – Przywitaliśmy się.

– A więc go rozpoznaliście?

– Na początku nie – mówi mama. – Trochę się zaokrąglił. I... Miał inną fryzurę.

– Jak to: inną? – pytam, czując, że za chwilę serce wyskoczy mi z piersi.

– Po prostu... Inną – stwierdza matka. – Może miał krótsze włosy? Nie wiem. To było dziesięć lat temu.

– Odezwał się do was? – pytam.

– Właściwie to chyba on pierwszy powiedział nam dzień dobry – odpowiada ojciec. – I tyle. To nie była prawdziwa rozmowa. Potraktowaliśmy go grzecznie, ale prawdę mówiąc, nie byliśmy zachwyceni tym... Jak się wobec ciebie zachował.

– Co? – Odwracam się do matki i spoglądam na nią oskarżycielskim wzrokiem, a ona marszczy brwi, jakby bez słów przyznawała się do winy.

– Mamo? Naprawdę? Kłamstwo numer trzy? – mówię, a potem zwracam się do ojca: – Conrad nawet nie wiedział, że jestem w ciąży.

– Nie wiedział? – powtarza ojciec z niedowierzaniem.

– Nie. Nigdy mu nie powiedziałam. W ogóle nie widziałam się z nim, odkąd zrobiłam test ciążowy. Tak postanowiłam.

– No właśnie – przerywa mi mama. – To był twój wybór, Marianne. Więc nie miej teraz do mnie pretensji.

– Poczekajcie. To znaczy, że on nie wiedział i wciąż nie wie? – nie dowierza ojciec, najwyraźniej nie mniej wstrząśnięty niż Peter czy moje przyjaciółki.

– Nie. I mama ma rację. To była tylko moja wina. On nie zrobił nic złego.

Mama wzdycha i mówi:

– Okej, w porządku. Ale czy możemy już uznać, że było, minęło?

Protestuję stanowczym ruchem głowy.

– Nie. Nie możemy. I na pewno nic takiego nie powiemy Kirby. Conrad jest dla niej tak samo ważny jak ja.

Mama się krzywi.

Nie przesadzałabym.

– Naprawdę? Czyli uważasz, że ja jestem bardziej twoją córką niż córką taty?

– Chryste Panie! – niecierpliwi się matka. – Chodziło mi o to, że to ty przez dziewięć miesięcy nosiłaś ją w brzuchu i to ty wzięłaś na siebie odpowiedzialność i oddałaś ją do adopcji, podczas gdy to chłopaczysko pewnie…

– Conrad – wtrącam. – On ma na imię Conrad.

W głębi duszy wiem, że nie powinnam odzywać się do niej takim tonem, bo w końcu to ja zapoczątkowałam te wszystkie kłamstwa. A jednak teraz muszę przede wszystkim dbać o Kirby. Więc odnajdziemy Conrada i mam obowiązek uzmysłowić wszystkim, że on ma imię i swoje miejsce w tej historii.

– Poza tym nie mamy pojęcia, jak on by postąpił – dodaję, przypominając sobie rozmowę z Peterem z i zaskoczeniem stwierdzając, że właśnie biorę jego stronę w tej debacie. – Nie dałam mu tej szansy.

– Ale co ty właściwie masz zamiar zrobić, Marianne? Po prostu iść do niego i mu powiedzieć? – pyta matka, rozkładając ramiona w geście zniecierpliwienia.

– Tak – mówię. – Jutro mam zamiar iść do niego z Kirby.

Matka wpatruje się we mnie szeroko otwartymi oczami.

– Nie uważasz, że jest na to odrobinę za późno?

– A dla niej było za późno, żeby mnie odnaleźć? Może uważasz, że dla was jest już za późno, żeby ją poznać?

Ojciec potrząsa głową i nie wiem, czy odpowiada w ten sposób na moje pytanie, czy po prostu ciężko mu uwierzyć w to, co się dzieje.

– Co jeszcze mówił Conrad? – dopytuję. – Kiedy go spotkaliście. Poza tym że się przywitał. – Zastanawiam się, czy pytał ich o mnie.

– Poza tym nic – odpowiada mama.

Ojciec marszczy czoło w skupieniu, a potem oświadcza:

– Powiedział chyba jeszcze: „ładne pomidory".

Z ust kogoś innego odebrałabym to jako sarkazm, ale ojciec po prostu stara się przekazać mi wszystko tak dokładnie, jak potrafi. Między innymi dlatego jest takim znakomitym prawnikiem.

– I to wszystko? – pytam.

– To wszystko – brzmi cicha odpowiedź.

Kiwam głową, a potem mówię im, że pójdę na chwilę do swojego pokoju, zanim przyjedzie Kirby. Ruszając po schodach, wyobrażam sobie Conrada przy straganie z pomidorami. Przypominam sobie jego dłonie i ich ciepły dotyk na mojej skórze, zastanawiając się, czy tamtego dnia na targu miał na palcu lewej z nich obrączkę. I czy nosi ją teraz.

ROZDZIAŁ 25

Kirby

Zostało mi jeszcze około sześćdziesięciu pięciu kilometrów, czyli jakieś dziewięćdziesiąt minut z całej pięciogodzinnej podróży, która jak dotąd przebiega bez problemów. Zatrzymałam się tylko raz, żeby zatankować i iść do toalety. Pamiętałam również o telefonie do rodziców i zapewniłam ich, że wszystko jest w jak najlepszym porządku, że dzień jest bezchmurny, słoneczny i nie ma dużego ruchu. Ojciec przypomniał mi, żebym się trzymała prawego pasa, nie wyprzedzała, unikała ciężarówek i nie rozmawiała w czasie jazdy przez komórkę.

– Aha, i mama mówi, żebyś nie zapomniała o placku. Rozpłynie się, jeśli go zostawisz w samochodzie – dodał. Chodziło mu o ciasto orzechowe, które mama upiekła w prezencie dla gospodyni i włożyła do paczuszki razem z czterema lnianymi serwetkami z wyhaftowaną na każdej literką C. Za pierwszym podejściem schrzaniła oba projekty: kruszonka za mocno się spiekła, a liliowa nitka „nie zachwyciła", więc wczoraj późnym wieczorem zastałam ją w kuchni pogrążoną w pracy. Na jej twarzy malował się wyraz skupienia, który zazwyczaj towarzyszy jej żarliwym modlitwom. Nalałam sobie do szklanki mleka czekoladowego i popatrzyłam na nią ze współczuciem.

– Pomóc ci, mamo? – spytałam, zaglądając jej przez ramię. Tym razem wybrała głęboki kobaltowy błękit i coś, co leżąca na stole książeczka z wzorami określała jako „haft celtycki". Matka spojrzała na mnie sponad okularów, pokręciła głową ze smutnym uśmiechem i powiedziała:

– Kirby, kochanie. Dobrze wiesz, że nie umiesz szyć. Ani piec. – Westchnęła. – W tej dziedzinie nie sprawdziłam się jako matka.

– Nie ma takiej dziedziny, w której byś się nie sprawdziła – zaoponowałam i właściwie to naprawdę wierzyłam w to, co mówię.

– Oczywiście, że jest. Nie ma rodziców idealnych. Przekonasz się o tym.

Skinęłam głową, gdyż było to stwierdzenie nie do obalenia, a potem zaproponowałam, że z nią posiedzę.

Spojrzała na mnie zaskoczona.

– Powinnaś się wyspać – powiedziała, ale nie zaprotestowała, kiedy zajęłam miejsce przy stole.

– Denerwujesz się przed jutrzejszym dniem? – spytała.

– Raczej tak – odpowiedziałam, ziewając szeroko.

– To normalne. Nie ma się czego wstydzić.

– Wiem.

– Cieszę się razem z tobą.

– Dzięki.

– Nie mogę się doczekać, aż mi opowiesz o tej swojej… Drugiej rodzinie.

Wiedziałam, że mnie sprawdza, i trochę mnie to złościło, ale powiedziałam jej to, co chciała usłyszeć.

– Oni nie są moją drugą rodziną. Ja już mam rodzinę.

– Ale przecież możesz tak o nich myśleć. To nic złego.

– Ale nie myślę – upierałam się. – To obcy ludzie.

– Marianne nie jest obca.

– No dobrze. Może ona nie. Ale traktuję ją raczej jak znajomą.

– Bo nie zachowuje się jak typowa matka, ale…

– Mamo, przestań, dobrze? – ucięłam.

Stłumiła ziewnięcie, a ja oznajmiłam jej, że wracam do łóżka.

– Tak, tak. Idź spać. Jutro jest twój wielki dzień.

Wypiłam mleko, włożyłam szklankę do zlewu i ruszyłam w stronę schodów. Kiedy wymijałam mamę niezgrabnie, powiedziałam:

– Mamo?

– Tak, kochanie?

– Dziękuję.

– Za co? – spytała, rzucając mi zdumione spojrzenie męczennicy, jakby pieczenie i wyszywanie do późnych godzin nocnych było czymś najnormalniejszym na świecie.

– Za to, że to wszystko robisz. Caldwellowie na pewno się zachwycą tymi serwetkami.

– Tak, myślę, że im się spodobają – przyznała. – Cieszę się, że wybrałam ten niebieski kolor. Chyba wszyscy lubią niebieski, prawda?

– Pewnie. No i kto nie lubi ciasta orzechowego? – dodałam, pragnąc jednym zdaniem zrobić jej przyjemność i docenić wysiłek.

Mama pokiwała głową.

– Żeby tylko nie byli uczuleni na orzechy. Właśnie mi przyszło do głowy, że tak może być. Niech Bóg broni.

– Niech Bóg broni – powtórzyłam, ruszając w stronę schodów.

*

A teraz, jadąc autostradą, łapię się na modlitwie. Prawdziwej, konkretnej modlitwie o to, żeby wszystko w ten weekend poszło dobrze. Żeby wszyscy mnie zaakceptowali i nie żałowali, że jestem ich krewną. Moją rozmowę z Bogiem przerywa dzwonek telefonu, leżącego na fotelu pasażera. W uszach dźwięczą mi ojcowskie upomnienia, ale odbieram, bo na ekranie wyświetla się numer Philipa. Chociaż głowę wypełnia mi wizja nadchodzącego weekendu, to przynajmniej połowę drogi spędziłam, myśląc o Philipie. Od tamtego piątkowego wieczoru rozmawialiśmy codziennie przez co najmniej pół godziny i całowaliśmy się jeszcze dwa razy. Wczoraj pozwoliłam nawet, żeby wsadził mi rękę pod bluzkę.

Myślę też dużo o Conradzie i Marianne i zastanawiam się, czy ich znajomość była podobna do naszej. Wiem, że nasz związek nie będzie trwał wiecznie. Philip niedługo wyjedzie na Alaskę, a potem do Colorado i najlepsze, na co mogę liczyć, to to, że nie stracimy kontaktu. Ale nie potrafię sobie wyobrazić, że mogłabym stracić jego przyjaźń, tak samo jak nie umiem sobie wyobrazić, co będzie czuła Marianne, kiedy spotka się z Conradem po tylu latach.

Po dobrej godzinie, wypełnionej muzyką Raya LaMontagne, wskazówki GPS-u doprowadzają mnie na Maple Hill Road, piękną ulicę otoczoną domami, z których każdy jest cztery razy większy niż jakikolwiek budynek w mojej okolicy. Rezydencja rodziców Marianne okazuje się najbardziej elegancka ze wszystkich. Z przodu rozciąga się perfekcyjnie przystrzyżony trawnik z klombem bajecznie kolorowych kwiatów.

Hamując na podjeździe, uświadamiam sobie uderzające podobieństwo do willi z filmu *Ojciec panny młodej* ze Steve'em Martinem i Diane Keaton, zastanawiam się nawet, czy to nie tu przypadkiem go kręcili. Parkuję za land roverem i mercedesem cabrio. Oba auta są wypolerowane na wysoki połysk.

Próbując zyskać na czasie, zerkam we wsteczne lusterko, piszę do rodziców, że dotarłam szczęśliwie, a potem taką samą wiadomość, tyle że ujętą w nieco więcej słów, wysyłam Philipowi. Biorę głęboki oddech i sięgam na tylne siedzenie po torebkę oraz placek, zapakowany w papier i ozdobiony naklejką z napisem: „prosto z domowej kuchni Lynn Rose", a także po lniane serwetki w złotym kartonowym pudełeczku. Wysiadam z auta i mocnym pchnięciem biodra zatrzaskuję drzwi.

Po drodze do domu oddycham płytko ze zdenerwowania i ogarnia mnie szalona ciekawość tego, jacy okażą się rodzice Marianne, i okolicy, w której dorastała. Wyobrażam sobie Conrada, jak czeka na ganku na swoją dziewczynę. Przyciskam guzik dzwonka i w środku rozlega się podniosły, melodyjny gong.

Słyszę stukot obcasów. Drzwi się otwierają i w progu staje matka Marianne ubrana w pomarańczową sukienkę, jeszcze bardziej elegancka i olśniewająca niż córka. Wyciąga do mnie ręce.

– Witaj, Kirby! – woła. Z wnętrza domu dochodzą smakowite zapachy.

– Dzień dobry pani – odpowiadam, dostrzegając za jej plecami sylwetkę Marianne.

– Mów mi Pamela. – Matka Marianne wykonuje ruch, jakby chciała mnie uściskać, po czym w ostatniej chwili rezygnuje.

Pozdrawiam ją skinieniem głowy, a potem wręczam jej serwetki i mówię:

– To od mojej mamy.

– Jak to miło z jej strony – mówi i odkłada serwetki na stolik w przedpokoju. Potem bierze ode mnie ciasto i ogłasza, że jest wspaniałe, a tymczasem Marianne przepycha się bokiem i przytula mnie na powitanie. Jej uścisk wydaje się jednocześnie oficjalny i swobodny. Zastanawiam się, czy możliwe, by był i taki, i taki, i przychodzi mi na myśl, że chyba nie, i w związku z tym któreś z tych odczuć musiało powstać tylko w mojej głowie.

– Jak dobrze cię widzieć – mówi Marianne.

– Ciebie też – odpowiadam.

– Wejdź, moja droga, zapraszamy do środka! – woła Pamela i prowadzi mnie szerokim korytarzem do przestronnej kuchni pełnej jedzenia. – Czego się napijesz? Mamy świeżo wyciśnięty sok grejpfrutowy, sok pomarańczowy, sok z suszonych śliwek, wodę gazowaną i niegazowaną.

Sok z suszonych śliwek? – myślę i nieco się uspokajam, uświadomiwszy sobie, że nie jestem jedyną dziwną osobą w tym towarzystwie.

– Mamo, daj jej odetchnąć – mamrocze pod nosem Marianne, ale Pamela nie słucha i już otwiera lodówkę, spoglądając na mnie wyczekująco.

– Poproszę o wodę – mówię.

Matka Marianne kiwa głową, wyciąga z lodówki dużą butelkę wody Evian i napełnia dla mnie wysoką niebieską szklankę, do której będą idealnie pasować serwetki od mamy.

– Siadaj, siadaj – mówi, wskazując mi miejsce. W tym momencie do kuchni wchodzi ojciec Marianne i jego silna osobowość zdaje się emanować na całe pomieszczenie, natychmiast wzbudzając moją sympatię.

– Kirby. – Podchodzi bliżej i ujmuje moją dłoń. – Nareszcie. Witaj.

– Dziękuję – mówię, czując, że zalewa mnie dziwne ciepło.

Pan Caldwell wkłada ręce do kieszeni i przygląda mi się z uśmiechem. W końcu kiwa głową z zadowoleniem i mówi:

– Cieszę się, że jesteś. Tak dobrze cię poznać.

– Dziękuję panu – odpowiadam, wiedząc, że i on mnie poprawi, co oczywiście robi, każąc mi nazywać się Jimem.

Wprawdzie matka Marianne jest bardzo miła, ale ojciec wysyła całkiem inne fluidy i potrafię to określić tylko w jeden sposób: wyczuwam między nami pokrewieństwo. Albo być może – co jest jeszcze istotniejsze – on wydaje się je wyczuwać.

– Patrzysz na moje wielkie uszy? – pyta. – Chyba powinienem cię za nie przeprosić...

Parskam prawdziwym, niewymuszonym śmiechem i stwierdzam:

– Rzeczywiście. Nie przepadam za nimi.

– Ani ja – stwierdza i zwraca się do córki: – Marianne zresztą też nie.

– Widać, że mamy podobne odczucia – kwituję, rozluźniając się.

– Wy, dziewczęta, możecie je przynajmniej zasłonić włosami.

– Owszem. Cienkimi włosami – włącza się Marianne.

Jim przeczesuje palcami gęstą siwą czuprynę, tylko lekko cofniętą na skroniach i mówi:

– Zaraz, zaraz! Za to pretensje już nie do mnie.

Marianne spogląda na matkę, której nie podoba się to, co słyszy.

– Nie mamy cienkich włosów, tylko delikatne. To zasadnicza różnica.

– A na czym dokładnie ona polega? – pyta Marianne.

– Włosy są delikatne, ale jest ich dużo – orzeka Pamela i przenosi wzrok na pudełko z serwetkami.

Myślę o gęstych kręconych włosach mamy i Charlotte. Przyjemnie jest się wreszcie dowiedzieć, po kim odziedziczyłam swoje. Potem przypomina mi się, jak mama mi powtarzała, że kocha każdy włosek na mojej głowie – i czuję niespodziewane ukłucie tęsknoty.

– Och, jakie śliczne! – woła Pamela, wpatrzona w serwetki.

– Zrobiła je moja mama.

– Są piękne. Po prostu przepiękne – zachwyca się Pamela, nieco zbyt entuzjastycznie.

Wyrażam radość z tego, że jej się podobają, ale ona dalej rozpływa się w pochwałach. Przypatruję jej się, nie słuchając już, co mówi, bo poznaję ten typ. Potem uświadamiam sobie, że choć to zabawne, w pewnym sensie stanowi bogatszą i elegantszą wersję mojego ojca. Oboje są gadatliwi, mili i otwarci, a jednak jest w niej coś, co sprawia, że chyba nigdy nie będę miała możliwości dobrze jej poznać i zawsze będzie mnie trzymać na dystans. Mój tata używa do tego celu sportu. Choćby miał nie wiem jak bliskiego znajomego, ich relacja nigdy nie wykracza poza dyskusję o meczach futbolowych. Potrafię sobie wyobrazić, że z Pamelą jest tak samo, tylko ma pewnie inny zakres tematów.

– To co chcesz dzisiaj robić? – pyta. – Może zwiedzić miasto? Byłaś już kiedyś w Chicago?

– Przecież się tu urodziła – mruczy Marianne pod nosem.

Zerkam na nią, a potem przenoszę wzrok na Pamelę.

– Nie byłam tu od bardzo dawna.

– W takim razie jest mnóstwo miejsc, które mogłabyś odwiedzić. Muzea, galerie, sklepy. Lubisz zakupy, Kirby?

– Jasne. Od czasu do czasu – odpowiadam, myśląc, że niedaleko pada jabłko od jabłoni.

– Kochanie. Nie sądzę, żeby to był najlepszy pomysł – protestuje Jim. – Może porozmawiamy? Poznamy się lepiej…

Pamela przyznaje mu rację gestem dłoni i mówi:

– Cóż, ale chyba możemy coś zjeść? Przygotowałam prawdziwą ucztę!

– Tak – odpowiada Marianne. – Możemy coś zjeść, mamo.

To świetnie. W takim razie zapraszam do stołu!

Uśmiecham się na myśl, że przynajmniej to jedno łączy moich rodziców z Caldwellami i pewnie z całym mnóstwem innych rodzin. Kiedy nie wiesz, co robić, siądź do stołu.

ROZDZIAŁ 26

Marianne

Następnego ranka udaje nam się wymówić od śniadania i nie wziąwszy nawet prysznica, wskakujemy do land rovera taty, zgodnie z życzeniem Kirby, która chce poznać okolicę, w której się wychowałam. Zrobiła nawet listę miejsc, które chce zobaczyć: moją szkołę, kościół (choć mówiłam jej, że chodzimy tam bardzo rzadko), rodzinny dom Conrada i dom Janie.

– Co u Philipa? – pytam, wycofując auto z podjazdu. Kirby nie wie, że słyszałam wczoraj, jak się śmieje i rozmawia z nim prawie do północy.

– Wszystko w porządku – odpowiada.

– Czyli wszystko idzie w dobrym kierunku?

– Tak – uśmiecha się Kirby. – Właściwie to już ze sobą chodzimy...

Czekam na więcej szczegółów, ale ona najwyraźniej nie chce dłużej rozmawiać o swoich osobistych sprawach, więc postanawiam jej do tego nie zmuszać.

Kilka minut później skręcamy za róg i jestem z powrotem na starych śmieciach.

– Oto liceum New Trier – wyjaśniam, wskazując palcem znajomy ceglany budynek. – Dumna siedziba drużyny Trevians.

Kirby kiwa głową, a ja upijam łyk czarnej kawy z kubka, a drugą ręką skręcam kierownicę i wjeżdżam na opustoszały teren szkoły. Okrążam budynek i zatrzymuję się na parkingu, po czym spoglądam na bieżnię, przytłoczona wspomnieniami.

– O czym myślisz? O tym, jak byłaś cheerleaderką? – pyta Kirby z nutką sarkazmu w głosie.

– Ha. – Rzeczywiście o tym myślałam. – Niestety, nie mają tu już drużyny cheerleaderek, było za małe zainteresowanie. I dobrze. Dziewczęta powinny mieć większe ambicje, niż tylko dopingowanie kolegów.

Kirby uśmiecha się z przekąsem.

– Nie lubiłaś tego?

– Było okej. Ale żałuję, że zrezygnowałam z piłki nożnej. Uwielbiałam grać, ale rzuciłam drużynę, żeby zostać cheerleaderką. Dla Todda. Ech. – Przewracam oczami. – Był naszym rozgrywającym.

– Mogłam się tego spodziewać – rzuca Kirby.

– Hej! Przecież ci mówię, że żałuję. Czy to mnie ani trochę nie rozgrzesza? – wołam, choć w głębi duszy nie żałuję wcale. Janie i ja świetnie się bawiłyśmy, a te kuse plisowane spódniczki i pompony sprawiały, że czułam się całkiem *cool*, w czasach gdy bycie *cool* miało dla mnie takie ogromne znaczenie.

Kirby zerka na mnie, a potem przenosi wzrok na bieżnię i obie patrzymy na jakiegoś chłopca biegającego w górę i w dół po trybunach z zapałem olimpijczyka.

– Rozgrzesza... – mówi Kirby. – Ale bardziej cię rozgrzesza znajomość z Conradem.

Kiwam głową. Dźwięk jego imienia działa na mnie jak bodziec Pawłowa, jak iskra elektryczna, ale staram się to ukryć, wznosząc okrzyki, które do dziś potrafię powtórzyć nawet wyrwana ze snu:

– „Mówimy: New Trier, wy mówicie: Trevians! New Trier!...” – Spoglądam na Kirby i daję jej znak ręką.

Kirby nie protestuje i bez przekonania odpowiada:

– Trevians.

Uśmiecham się i intonuję drugą zwrotkę:

– „Mówimy: zielono, wy na to: niebiescy! Zielono-niebiescy! Zielono...”

– Niebiescy – powtarza Kirby, anemicznie wyrzucając w powietrze zaciśniętą pięść.

Podjeżdżamy przed szkołę i pokazuję Kirby dużą tablicę z napisem „NIE PARKOWAĆ” na terenie zarezerwowanym dla autobusów.

– Widzisz ten znak? – pytam.

– Aha.

– Kilka dni po tym, jak dostałam prawo jazdy, wjechałam w niego i zwaliłam go prosto w śnieżną zaspę.

– Specjalnie? – pyta, najwyraźniej interpretując tę historię jako przejaw jakiegoś pasjonującego, buntowniczego okresu w moim życiu. W rzeczywistości był to zwykły drobny wypadek, choć wtedy dość mocno go przeżyłam.

– Nie, niechcący – odpowiadam. – Miałam na tablicy rozdzielczej torbę z żarciem z McDonalda. Kiedy skręciłam, spadła na podłogę. Pochyliłam się, żeby ją podnieść, ale zapomniałam puścić kierownicę. Wjechałam na krawężnik. Todd był ze mną, zaczął wrzeszczeć, żebym hamowała, a ja zamiast hamulca wcisnęłam pedał gazu. Wszystko wydarzyło się na oczach kółka matematycznego i drużyny zapaśniczej. Obie grupy wsiadały właśnie do swoich autobusów. Oczywiście Todd zostawił mnie z tym wszystkim i dołączył do kolegów.

– Niech zgadnę. Wsiadł z matematykami?

– Bardzo śmieszne. Był wicemistrzem stanowym w kategorii do siedemdziesięciu czterech kilogramów.

– Tylko wicemistrzem?

– Aha – mówię, po czym przedrzeźniając jego prymitywny ton, dodaję: – Ale to wszystko przez sędziego! Sędzia kalosz!

Kirby wybucha śmiechem.

– Miałaś jakieś kłopoty? Przez ten znak?

– Dyrektor wyskoczył z wrzaskiem i uspokoił się, dopiero kiedy zobaczył, że to ja. Miałam dobrą opinię. Ale i tak zadał mi dodatkowe dwie godziny jazdy ze szkolnym instruktorem, któremu obrzydliwie śmierdziało z ust.

– A poza tym miałaś kiedyś problemy w szkole? – pyta Kirby, patrząc na mnie znacząco, jakby myślała: „zanim zaliczyłaś wpadkę".

– Raczej nie. Nie chodziłam nawet na wagary w dzień wagarowicza – odpowiadam, skręcając w Winnetka Avenue. – Byłam straszną nudziarą.

Kirby oczywiście nie może przepuścić takiej okazji:

– Nudziary zazwyczaj nie zachodzą w ciążę w wieku osiemnastu lat.

– Byłam wyjątkiem. Dokąd teraz?

– Do domu Conrada.

Zaciskam spocone dłonie na kierownicy i z walącym sercem ruszam w stronę okolicy znanej wśród mieszkańców jako „prezydencka”, a to dlatego, że ulice nazwano tu na cześć prezydentów. Jadę okrężną drogą, ale i tak cała podróż zabiera nam mniej niż pięć minut.

– To tutaj – oświadczam, zwalniając i wskazując na długi, niski stary dom pomalowany szaroniebieską farbą, z ceglastymi drzwiami. – Kiedyś był biały z zielonymi okiennicami.

– Czy to miejsce… Wywołuje wspomnienia?

– Tak. Zdecydowanie. Dobre i złe. Głównie dobre. – Spoglądam na dom i przypominam sobie wieczory, które tu spędziłam, słuchając, jak Conrad brzdąka na gitarze. Śmialiśmy się, gadaliśmy, oglądaliśmy telewizję, kochaliśmy się. – Tu był jego pokój. – Pokazuję jej okno z prawej strony. Potem dodaję, że zerwaliśmy ze sobą w jego salonie. – Tuż po tym, jak go okłamałam w sprawie testu ciążowego. – Kirby kiwa głową i głośno przełyka ślinę. – To jedyna rzecz, której naprawdę w życiu żałuję.

– Jedyna? – dziwi się. – Serio? A co z… No wiesz. Nie żałujesz, że w ogóle zaszłaś w ciążę?

– Jak mogłabym tego żałować? – pytam, patrząc jej w oczy.

– No dobrze, może nie teraz. Ale wtedy? Wtedy musiałaś żałować.

Kiwam głową i przyznaję z trudem:

– Oczywiście, nie życzyłabym tego żadnej nastolatce. Nie życzyłabym tego tobie. Dziewczyna w twoim wieku powinna poczekać z seksem, jeśli nie do ślubu, to przynajmniej jeszcze długo, długo. Tak żeby kiedy już zajdzie w ciążę, potrafiła sobie z tym poradzić lepiej niż ja – mówię, mając nadzieję, że Kirby wciąż jest dziewicą.

– To znaczy: żeby była w stanie zatrzymać dziecko?

– Tak. Właśnie o to mi chodzi. – Spoglądam na nią i uważnie dobierając słowa, dodaję: – Bardzo żałuję, że nie mogłam cię zatrzymać.

– Ja też – mówi Kirby. – To znaczy: kocham rodziców i siostrę, ale... Też żałuję.

Czuję, jakbym miała wielką dziurę w sercu, kiedy wypowiadam jej imię, a potem słowa:

– Nie będę ci mówić, że nic się nie dzieje bez przyczyny, bo sama w to nie wierzę. Uważam, że przez większość czasu naszym życiem rządzi przypadek... Ale powiem ci tyle: cieszę się, że stało się tak, jak się stało. Cieszę się, że zaszłam w ciążę. Cieszę się, że cię urodziłam. Cieszę się, że masz kochającą rodzinę. A najbardziej się cieszę, że tu teraz ze mną jesteś.

Kirby uśmiecha się leciutko, a ja mówię dalej, bo chcę dokończyć to, co zaczęłam:

– Ale, mój Boże... Żałuję, że go okłamałam. – Potrząsam głową i mamroczę pod nosem: – Postąpiłam bardzo, bardzo źle.

– Ale naprawisz to – mówi Kirby. – Naprawisz to dzisiaj, prawda?

– Spróbuję – odpowiadam, chociaż mdli mnie ze zdenerwowania. Skoro przejazd obok jego dawnego domu był dla mnie taki trudny, to jakim cudem zdołam zapukać do jego drzwi?

Kirby mówi, że możemy już jechać, więc biorę głęboki oddech, wycofuję auto i ruszamy wzdłuż torów kolejowych w stronę domu Janie. To ostatni przystanek na liście. Kiedy docieramy na miejsce, zauważam matkę Janie pracującą w ogródku. Ma na sobie bermudy w kolorze khaki i słomkowy kapelusz. Już, już mam szepnąć Kirby, że nigdy zbytnio nie przepadałam za matką mojej najlepszej przyjaciółki, kiedy ta macha do mnie i podbiega do okna. Pani Wattenberg jest typem osoby, która zaczyna zdanie od słów: „jestem typem osoby, która…", a kończy, wymieniając albo jakąś pospolitą cechę, wspólną milionom ludzi, albo coś, co sprawia wrażenie samochwalstwa („Jestem typem osoby, która lubi pomagać innym"). Wkurzała mnie, kiedy byłam dzieckiem, a teraz pewnie wkurzałaby jeszcze bardziej – gdyby nie to, że nie widziałam jej już dobre sześć, a może nawet siedem lat.

– Marianne! Tak myślałam, że to ty! Twoja mama mówiła, że przyjeżdżasz na weekend. Jak się miewasz, kochanie?

– Dziękuję, dobrze – odpowiadam. Zauważyłam, że obdarzyła Kirby zaledwie przelotnym spojrzeniem, co świadczy o tym, że mama nie wypaplała jej powodu mojej wizyty. Zastanawiam się, kiedy całkowicie runie ściana wokół naszej tajemnicy. Jak z murem berlińskim: zaczęło się od kilku szczelin tu i tam i chyba już czas, żeby spadł wielki młot i żeby można było zatańczyć na gruzach. Z jakiegoś powodu nie mogę sobie wyobrazić, że moja matka zaczęłaby z kimś otwartą rozmowę o Kirby, choć nie do końca wiem, dlaczego tak jest. Czy chodzi o to, żeby ukryć samo zdarzenie, czy raczej nasze kłamstwa? I czy po tylu latach te dwie rzeczy w ogóle da się rozdzielić?

– Co słychać u Janie? – pytam, choć wiem, że skazuję się w ten sposób na wysłuchanie dwudziestominutowego monologu na temat życia mojej byłej przyjaciółki w Cincinnati. Niechybnie powtórzą się w nim te same nowiny, które przekazała mi sama Janie w swojej ostatniej świątecznej kartce, ozdobionej zdjęciem jej rodziny w białych strojach na tle jeziora Michigan. Co roku pisze do mnie dokładnie takie same listy, pełne wyczerpujących sprawozdań z pozaszkolnych dokonań jej trzech synów („drużyna zuchów! klub szachowy!"), a także z ich wyczynów sportowych. Zawsze wspomina też o swoich akcjach dobroczynnych („pięćset wielkanocnych koszyków dla biednych dzieci – rekord!") oraz opisuje szczegóły kwitnącej kariery zawodowej swego męża Keitha i jego sukcesy w triatlonie („nie wiem, jak on to wszystko godzi!"). Dlatego nie słucham, co mówi pani Wattenberg, i włączam uwagę dopiero w chwili, kiedy kończy swoją wypowiedź ogólną pochwałą życia na Środkowym Zachodzie, gdzie szanowane są wartości rodzinne, a ludzie nie śpieszą się jak wariaci.

– A jak tam życie w wielkim mieście? – pyta w końcu.

Otwieram usta, żeby odpowiedzieć, ale ona najwyraźniej nie ma zamiaru mnie słuchać. Zamiast tego potrząsa głową, zapewniając, że jest ze mnie dumna i że pasjami ogląda mój serial. Nawet jej mąż go ogląda, choć nie jest to rozrywka w jego guście, poza tym kazali wszystkim swoim znajomym nagrywać każdy odcinek, żeby poprawić mi wyniki oglądalności. Robią to dla mnie!

Dziękuję jej, a ona wzdycha głęboko ze zmęczenia i zaczyna z innej beczki:

– Kiedy ostatnio rozmawiałaś z Janie?

– Niestety, dość dawno – odpowiadam. Przypominam sobie, że to musiało być mniej więcej w czasie, gdy organizowano zjazd z okazji dziesięciolecia ukończenia liceum. Powiedziałam jej wtedy, że nie przyjadę, bo muszę pracować, tymczasem chodziło mi raczej o Conrada. Wiedziałam, że nie przyjedzie, ale nie chciałam nawet słyszeć, jak ktoś wypowiada jego imię. Nie chciałam spotkać jego znajomych. W ogóle nie chciałam o nim myśleć.

– Ale chyba się nie pokłóciłyście, prawda? – pyta pani Wattenberg.

– O nie, nic z tych rzeczy – uspokajam ją. – Po prostu... Oddaliłyśmy się od siebie. To się zdarza.

– Cóż, to prawda, każda z was ma zupełnie inne życie – stwierdza matka Janie, zerkając na moją lewą dłoń. Dopiero teraz uświadamiam sobie, że wciąż mocno ściskam kierownicę. – A jak tam twój narzeczony? Jest szansa na pierścionek? – pyta. – Twoja matka wprost za nim przepada. Pokazywała mi zdjęcie. Piękny mężczyzna, wygląda jak młody Richard Gere. Zawsze uwielbiałam Richarda Gere. Odkąd po raz pierwszy obejrzałam *Pretty Woman*. I kto by pomyślał, że można uwielbiać mężczyznę, który korzysta z usług panienek spod latarni?

– Rzeczywiście – mówię z uśmiechem.

– A więc?

Kręcę głową, pokazując jej lewą dłoń i szczebiocę wesoło:

– Na razie pierścionka brak!

– Ach, nie przejmuj się! Na wszystko przyjdzie czas! Ślub, dzieci. Jesteś jeszcze młoda. Poza tym, kto wie! Może urodzisz bliźniaki? Czy wiesz, że szansa na to rośnie z wiekiem? Im kobieta starsza, tym większe prawdopodobieństwo, że urodzi dwójkę, a nawet trójkę! Mogłabyś dogonić Janie za jednym zamachem.

Przez chwilę zabawiam się pomysłem, by powiedzieć jej, że rodzenie dzieci to nie konkurs, ale to bez sensu. Ona zawsze ze wszystkiego robiła zawody pomiędzy mną a Janie – nieważne, czy chodziło o wyniki w nauce, sukcesy w drużynie cheerleaderek, dostanie się do dobrego college'u, czy o cokolwiek innego. Według mojej matki to się zaczęło już w momencie, kiedy rosły nam pierwsze zęby. Nigdy nie rozumiałam, czemu tak jej zależy, żeby wykazać, że jej córka jest we wszystkim lepsza ode mnie, podczas gdy sama Janie zupełnie o to nie dbała – przeciwnie, wywoływało to u niej wręcz odwrotną reakcję.

Ale gdy teraz o tym myślę, uświadamiam sobie, że mnie bardzo często zdarzało się połknąć przynętę. Może to dlatego zawsze byłam taka wyczulona na zawoalowane docinki pani Wattenberg. I może do pewnego stopnia właśnie dlatego nie chciałam, żeby Janie albo ktokolwiek inny poznał prawdę – bo wierzyłam, że ludzi ucieszyłby mój dramat. Dziewczyna ogłoszona „największą nadzieją na przyszłość", zdobywczyni stypendium w Michigan, z dobrego domu, córka słynnego prawnika zaszła w ciążę w wieku osiemnastu lat, w dodatku z Conradem Knightem. Szok i upadek z samego szczytu.

Widzę teraz również, jaka byłam zadufana w sobie, sądząc, że moje nowiny tak bardzo wszystkich zainteresują. Tymczasem ludzie pewnie pogadaliby o mnie przez kilka tygodni, a może nawet tylko przez jeden wieczór, przy kolacji, a potem zajęliby się swoimi sprawami. Zresztą kogo obchodzi, co ludzie gadają? Dopiero dziś, o wiele lat za późno, zdaję sobie sprawę z tego, jak małe to ma znaczenie. I jak wiele niepotrzebnie poświęciłam, chociażby przyjaźń z Janie. Choć minęło już zbyt dużo czasu, żebym za nią tęskniła, to żałuję, że nie utrzymałam z nią kontaktu. Nawet jeśli nie mamy już ze sobą zbyt wiele wspólnego, to przecież pozostała nam wspólna przeszłość, która w pewnym sensie jest równie ważna co teraźniejszość i przyszłość. Bo określa, skąd pochodzimy i kim jesteśmy.

Zerkam na Kirby i zauważam, że przypatruje się pani Wattenberg z lekką pogardą. Przez chwilę rozważam możliwość szybkiej ucieczki, dla dobra nas obu, ale wiem, co muszę zrobić. Więc biorę oddech i rzucam się na głęboką wodę.

– Och, przepraszam, nie przedstawiłam was. Pani Wattenberg, to jest Kirby Rose.

– Miło mi – rzuca, popatrując na Kirby z lekkim zaciekawieniem. Ale tym razem postanawiam wzbudzić w niej prawdziwe zainteresowanie.

– Kirby jest moją córką – mówię.

Pani Wattenberg zamiera w bezruchu, dosłownie – jak dzieci podczas zabawy w „raz, dwa, trzy, Baba Jaga patrzy".

– Słucham? Jak to: twoją córką? – pyta wreszcie, parskając nerwowym śmiechem. – Przecież ty nie masz córki! Zaraz. – Ogląda samochód ze wszystkich stron, jakby się spodziewała ukrytej kamery. – Czy to jakieś *reality show*? Wkręcasz mnie?

– Nie, to nie *reality show* – odpowiadam. – To prawdziwe życie.

– Ale... Jak to?

– Kirby jest moją córką – powtarzam. – Prawda, Kirby?

Wywołana do odpowiedzi, Kirby kiwa głową i jakby rozumiała mnie bez słów, mówi:

– Prawda, m a m o.

– Ale... – nie dowierza pani Wattenberg. – Chwileczkę, może to twoja pasier...

– Nie – przerywam jej, kręcąc głową. – To moja b i o l o g i c z n a córka.

– Ale jakim cudem? Ile ty masz lat? – pyta, wpatrując się w Kirby jak zaczarowana.

– Osiemnaście – odpowiada Kirby.

– Tak, proszę pani. Zaszłam w ciążę tuż po skończeniu liceum. To właśnie dlatego odłożyłam college o rok. A potem urodziłam dziewczynkę i podjęłam bardzo trudną decyzję, żeby ją oddać do adopcji. Wtedy mi się zdawało, że tak będzie najlepiej. Na szczęście ona mnie odnalazła. A teraz poznajemy się na nowo. – Przedstawiam jej te nowiny ot tak, po prostu, beznamiętnym tonem. Bo tak naprawdę nie chodzi o nowiny. Chodzi o to, żeby wreszcie powiedzieć prawdę. Czuję się dziwnie wyzwolona, upajając się własną szczerością. Oto, kim jestem. Bierzecie mnie taką albo nie bierzecie wcale.

– No proszę. Coś podobnego. Nie miałam pojęcia – zdumiewa się pani Wattenberg. Wygląda nie tylko na osłupiałą, ale też przytłoczoną tymi rewelacjami. Najwyraźniej nie jest przyzwyczajona do tego, że tematy do plotek same pchają jej się w ręce. Zazwyczaj musi je wyrywać obcęgami.

– Tak. I niech się pani o mnie nie martwi. Nie ma powodu. Trzymaliśmy to w tajemnicy... Ale niepotrzebnie. Proszę powiedzieć o wszystkim Janie i niech jej pani przy okazji przekaże moje przeprosiny. Przykro mi, że ją okłamałam. Właściwie to niech pani o tym opowie, komu pani chce – dodaję, choć oczywiście wiem, że i bez mojego pozwolenia ta informacja stałaby się na Maple Hill Road najbardziej soczystym kąskiem, odkąd gruchnęła wieść, że dwóch sąsiadów zamieniło się żonami. Obie małżonki zostały w swoich domach, zaś panowie zmienili miejsca zamieszkania i żartowano, że jeden z nich stracił przez to wygodną kanapę, ale los mu to wynagrodził parą wielkich, sztucznych piersi nowej towarzyszki życia. Już, już mam zdradzić pani Wattenberg, kto jest ojcem Kirby, ale w ostatniej chwili uznaję, że Conrad powinien dowiedzieć się pierwszy.

– To ci dopiero nowina! – stwierdza pani Wattenberg i patrzy na mnie tak, jakby nie mogła się zdecydować, czy to dla mnie powód do wstydu, czy do dumy. Ja jednak uznaję po chwili, że to bez znaczenia, bo ja *jestem dumna*.

Kiedy znów ruszamy w drogę, uśmiecham się pod nosem i potrząsam głową na myśl o tym, co by matka Janie zrobiła, gdyby się dowiedziała, że cała ta historia miała swój początek w jej własnym domu, w jej własnym łożu z baldachimem.

– Czemu się śmiejesz? – pyta Kirby.

Ta dziewczyna jest zdecydowanie zbyt spostrzegawcza.

– Och, sama nie wiem. Po prostu się cieszę.

– Że wywróciłaś jej cały świat do góry nogami?

– To też. Ale najważniejsze, że jej po prostu powiedziałam. Powiedziałam jej prawdę.

– Potraktuj to jako trening – mówi Kirby.

– Masz rację.

– To co, pójdziemy za ciosem? – pyta. – Pojedziemy do niego, żeby mieć to z głowy?

– Jeszcze nie ma południa – mówię.

– No tak. Złe wiadomości należy przekazywać wyłącznie po południu – drwi Kirby.

– Ależ to są dobre wiadomości.

– Aha – odpowiada, posyłając mi afektowany uśmiech godny zdobywczyni tytułu miss. – W końcu każdy chciałby mieć taką córkę jak ja.

Wiem, że kpi, ale ja spoglądam na nią z powagą i kiwam głową, żeby wiedziała, że tak właśnie uważam.

ROZDZIAŁ 27

Kirby

Godzinę później jesteśmy już w domu Caldwellów, wykąpane i ubrane w niemal identycznie dżinsy oraz granatowe topy bez rękawów (tyle że mój jest zwykły, a jej – markowy). Spotkawszy się w przedpokoju, spoglądamy jedna na drugą i wybuchamy śmiechem, a potem w jej sypialni siadamy obok siebie przed lustrem, i razem robimy makijaż. W pewnym momencie, gdy podkreśla eyelinerem górną powiekę, dostrzegam, że trzęsą jej się ręce. Marszczy brwi, niezadowolona z efektu, wyciera kreskę i zaczyna ją robić od nowa, tym razem wolniej, przygryzając wargę. Kiedy kończy, wygląda tak samo, a może nawet gorzej niż za pierwszym podejściem, ale Marianne wyraźnie kapituluje, wzdychając ciężko, i zabiera się do podkreślania różem policzków.

Kiedy wreszcie jesteśmy gotowe, schodzimy na dół i Marianne zostawia na kuchennym blacie krótki liścik do rodziców, a potem przynajmniej cztery razy sprawdza zawartość torebki. Następnie wyjmuje z lodówki butelkę wody, upija łyk, pyta, czy mam na coś ochotę, ale nawet nie słucha odpowiedzi – która brzmi: nie.

– Marianne – mówię w końcu.

– Hmm?

– Chodźmy już, dobrze?

Kiwa głową, uśmiecha się i rusza do drzwi, jakby zamyślona. Patrząc na to z boku, można by pomyśleć, że wcale nie ma do wypełnienia ważnej misji, z którą zwlekała jakieś osiemnaście lat.

Wreszcie ruszamy w drogę, kierując się wskazówkami GPS-u, który głosem niewyobrażalnie zadowolonej z siebie kobiety z brytyjskim akcentem dyktuje nam, gdzie skręcić. Ten głos irytuje Marianne, która w końcu, naśladując pretensjonalną wymowę, woła:

– Och, zamknijże się wreszcie!

Ja jednak nie jestem w stanie wyciszyć dźwięku, choć przez kilka minut przyglądam się urządzeniu, próbując wszystkich sposobów, które mi przychodzą do głowy.

– Myślisz, że jest żonaty? – rzucam w pewnym momencie.

Marianne odpowiada, nie odrywając wzroku od jezdni:

– Podejrzewam, że nie. Chociaż nie wiem, skąd to przeświadczenie. Może ma narzeczoną. Może jest rozwodnikiem. – Parska nerwowym śmiechem. – Tak naprawdę to nie mam pojęcia. Nie umiem go sobie wyobrazić. To znaczy bardzo dobrze go pamiętam, mogę się nawet domyślać, jak teraz wygląda, choć minęło prawie dwadzieścia lat, ale nie potrafię sobie wyobrazić jego codzienności. Czym się zajmuje... Cóż, wkrótce się przekonamy.

Kiwam głową, a dwadzieścia krótkich minut później nasza brytyjska przyjaciółka informuje nas, że dotarłyśmy do celu przy ulicy Armitage 1130. Naszym oczom ukazuje się szara kamienica wciśnięta pomiędzy dwa budynki z czerwonej cegły.

– No to jesteśmy – oznajmia Marianne, bledsza niż zwykle. Parkuje na wolnym miejscu przy krawężniku.

– Jesteś pewna, że tego chcesz? – pytam. – Jeśli nie, to możemy wrócić. Albo mogę iść sama.

Widać, że kusi ją ta perspektywa, ale potrząsa głową, wyłącza silnik, a potem mocno chwyta kierownicę, jakby chciała w ten sposób opanować drżenie rąk.

– Nie – mówi. – Jestem gotowa.

Wysiadamy z samochodu, przechodzimy przez chodnik i wspinamy się po schodkach, powoli i uroczyście, jakbyśmy szły na pogrzeb. Marianne wyciąga drżącą dłoń i przyciska guzik domofonu z napisem „2 C. Knight". Czekamy. Nic. Marianne przez chwilę trzyma rękę nad przyciskiem, a potem próbuje jeszcze raz. Mija kilka sekund. Nadal nic.

– Może wyjechał – mówię i w pewnym sensie czuję ulgę, chyba głównie ze względu na nią.

– A może... Wyszedł po sprawunki – rzuca Marianne, która wygląda, jakby zaraz miała zemdleć. – Mogłybyśmy spróbować jeszcze raz za jakąś godzinę. Wyskoczyć na lunch i wrócić.

– Dobrze – odpowiadam niechętnie i ruszam za nią w dół po schodkach. Już na chodniku Marianne waha się przez chwilę, po czym odwraca się w prawo, nagle zmienia zdanie, robi zwrot o sto osiemdziesiąt stopni i wpada prosto na jakiegoś faceta. Prawie się ze sobą zderzają, ale w ostatniej chwili udaje im się uniknąć kolizji i właśnie wtedy go rozpoznaję, nawet jeszcze zanim którekolwiek z nich orientuje się w sytuacji. Ale kiedy oboje cofają się o krok, widzę, jak powoli dociera do nich, co się dzieje, i patrząc na nich, pokrywam się gęsią skórką. Moi rodzice. I ja. We trójkę. Po raz pierwszy. Oto, jak mogłoby wyglądać moje życie.

Moja następna myśl jest totalnie żenująca, a brzmi ona: mój ojciec jest przystojny. O wiele przystojniejszy niż jakikolwiek inny znany mi ojciec. Stylowo zaniedbany, ma falujące ciemne włosy i niesamowite oczy. Jest ubrany w wypłowiałe błękitne dżinsy, ciężkie brązowe skórzane buty, białą lnianą koszulę wypuszczoną na wierzch i długi, wzorzysty bawełniany szal, zamotany nonszalancko wokół szyi. Wyobrażam sobie, że pachnie kadzidłem albo trawką, albo mieszanką jednego i drugiego, a po chwili czuję ten zapach naprawdę (z tą trawką może przesadziłam, ale na pewno czuję kadzidło). W zgięciu ramienia dźwiga płócienną torbę pełną zakupów, z której sterczy bagietka. Od całej jego postaci bije niewymuszony styl i artystyczna swoboda.

Tymczasem oboje z Marianne wpatrują się w siebie bez słowa, bez ruchu. To najdziwniejsze spotkanie, jakiego byłam świadkiem, zupełnie jakby każde z nich sprawdzało, czy drugie nie blefuje. Patrzą na siebie jak obcy ludzie, choć gdyby byli obcy, na pewno prędzej czy później któreś z nich wypowiedziałoby jakieś uprzejme słowa. Przychodzi mi do głowy absurdalna myśl, że może powinnam ich sobie przedstawić.

Wreszcie Conrad odzywa się jako pierwszy, wypowiadając jej imię, jakby stwierdzał fakt, z lekkim skinięciem głowy. A potem pyta:

– Co ty tu robisz? – Jego ton właściwie trudno nazwać nieuprzejmym, ale brzmi w nim lodowata obojętność. Przekłada torbę do drugiej ręki. Spoglądam na jego dłoń. Nie ma obrączki.

Marianne otwiera usta i rzuca mi rozpaczliwe spojrzenie. Wiedziałam, że się denerwuje, ale nie przypuszczałam, że aż tak.

– Ja... My... Chciałam z tobą porozmawiać – duka.

Ale początek – myślę.

– Porozmawiać? – Conrad przechyla głowę na bok.

– Tak.

– A o czym? – pyta spokojnym, chłodnym tonem.

Marianne znów na mnie zerka, jakby się zastanawiała, czy nie powiedzieć wszystkiego natychmiast, tu, na ulicy. Kręcę głową na znak, że to nie najlepszy pomysł, ale ona przeniosła już wzrok z powrotem na Conrada.

– Czy możemy... Pójść gdzieś pogadać? – pyta. – Może na kawę?

– Ja nie piję kawy.

– Kiedyś piłeś.

– Przestałem.

Nagle sobie uświadamiam, że wstrzymuję oddech. Jakbym oglądała jakąś dramatyczną scenę w telewizji. Zmuszam się do tego, żeby wypuścić powietrze z płuc.

– To może na herbatę? – nie daje za wygraną Marianne. – Albo po prostu gdzieś usiąść? Gdziekolwiek?

Conrad wzrusza ramionami, a potem mnie zauważa, ale w jego oczach nie pojawia się choćby iskra rozpoznania, a tylko obojętność wymieszana z odrobiną rozdrażnienia. Spogląda na zegarek i mamrocze pod nosem, że ma mało czasu.

– To zajmie tylko chwilę – mówi Marianne.

Conrad kiwa głową.

– Dobrze. Tylko to zaniosę do mieszkania. Zaraz wrócę.

Odwraca się i wbiega po schodkach, przeskakując po dwa stopnie naraz. Zauważam, jak pierś Marianne unosi się i opada rytmicznie. Nigdy wcześniej nie widziałam jej wytrąconej z równowagi. Zachowała zimną krew nawet wtedy, kiedy po raz pierwszy stanęłam w progu jej mieszkania. To wzburzenie nie tylko sprawia, że jest mi bliższa, ale czuję też, że zaczynam ją bardziej lubić. Szybko, żeby nie zmienić zdania, wyciągam rękę, dotykam jej ramienia i mówię:

– To był dobry początek.

– On mnie nienawidzi – stwierdza Marianne. Siadamy obok siebie na najniższym schodku.

– To lepsze, niż gdyby miał być obojętny – pocieszam ją, choć szczerze mówiąc, to właśnie chłodną obojętność u niego zaobserwowałam, nie nienawiść.

– Myślisz? – Marianne spogląda na mnie z zastanowieniem, jakby miała nadzieję, że mam rację.

Kiwam głową, a potem wysyłam szybkiego esemesa do Philipa, w którym informuję go, że właśnie zobaczyłam mojego ojca.

Minutę później otwierają się drzwi i Conrad wychodzi na zewnątrz. Zrywamy się ze schodka, stając na baczność, i wszyscy troje patrzymy na siebie. Zauważam, że Conrad zdjął szal, a ciężkie buty zamienił na japonki, jakby ta krótka wymiana zdań z Marianne sprawiła, że zrobiło mu się gorąco. Biorę to za dobrą monetę – ale potem zaczynam się zastanawiać, co właściwie chciałabym, żeby czuł. Czego się po nim spodziewam poza akceptacją faktu, że się urodziłam, że istnieję? I czy ta akceptacja naprawdę zależy od jego stosunku do Marianne?

Nagle Conrad spogląda mi w oczy, jakby mnie dopiero teraz zauważył.

– Jestem Conrad – mówi, wyciągając do mnie rękę.

Wpatruję się w niego osłupiała i przychodzi mi do głowy, że równie dobrze mógłby powiedzieć: „jestem George Clooney" – tak nierealna wydaje mi się ta chwila i tak bardzo mój stosunek do niego przypomina stosunek do nieosiągalnego gwiazdora z Hollywood.

– A ty…? – pyta.

– Kirby – odpowiadam, czując się jak idiotka, która zapomniała języka w gębie.

– Och, rozumiem, Kirby – mówi Conrad z nutką rozdrażnienia w głosie, co mój paranoiczny umysł natychmiast tłumaczy sobie jako: „Dzięki, że zdradziłaś mi swoje imię, ale kim ty, do diabła, jesteś i co tutaj robisz?".

Marianne chrząka i pyta:

– Dokąd możemy pójść?

Conrad wzrusza ramionami.

– Kilka przecznic stąd jest herbaciarnia. Na rogu Sheffield.

– Okej. Brzmi świetnie.

Conrad spogląda na nią pustym wzrokiem, jakby chciał jej powiedzieć, co myśli o jej zapale. W najlepszym wypadku atmosfera jest dziwaczna i niezręczna, w najgorszym – po prostu wroga. Tak czy inaczej, Conrad pokonuje ostatnie dwa stopnie, obraca się w lewo i energicznym krokiem rusza przed siebie. Marianne i ja w milczeniu podążamy za nim.

Panujący w herbaciarni gwar stanowi wybawienie, podobnie jak miękkie światło lamp i zapach świeżego ciasta. Conrad robi krok w stronę kolejki przy ladzie, ale po chwili przystaje, odwraca się do nas i mówi:

– Zajmijcie stolik. Ja zamówię. Co chcecie?

– Poproszę... Zieloną herbatę – duka Marianne, a potem patrzy na mnie.

– Dla mnie to samo – mówię, chociaż nie lubię herbaty.

Marianne otwiera torebkę i zaczyna w niej grzebać, wyławiając ze środka kilka banknotów, ale Conrad spogląda na nią z drwiną.

– Ja stawiam.

– Dzięki – mówi Marianne i chowa pieniądze.

– Dzięki – powtarzam za nią jak echo, a potem podchodzimy do stolika w środkowej części sali.

Kiedy siadamy, spoglądam na nią i mówię:

– Musisz mu powiedzieć. Jak tylko wróci do stolika, musisz mu powiedzieć, kim jestem.

– Przecież już mu powiedziałaś.

Przewracam oczami, nagle zniecierpliwiona i rozdrażniona jej żałosnymi unikami.

– Powiedz mu, że jestem jego córką – żądam, nachylając się w jej stronę – albo ja to zrobię.

ROZDZIAŁ 28

Marianne

Kiedy Conrad wraca do stolika z herbatą, jestem jednym wielkim kłębkiem nerwów. Biorąc kubek, zauważam (i oni pewnie też), że trzęsą mi się ręce. Kręci mi się w głowie, oblewa mnie pot i nie mogę uspokoić oddechu.

– Jak się masz? – mówię i natychmiast zaczynam sama siebie nienawidzić za tak absurdalnie zwyczajne pytanie. Kątem oka widzę, jak Kirby posyła mi pogardliwe spojrzenie.

– Hm. W porządku – mówi Conrad. – A ty?

– Ja też. Dobrze. Znakomicie.

– To świetnie. – Conrad zagląda do swojego kubka, unosząc plastikową przykrywkę tak, żeby nie stracić gorąca. – Widzę, że dobrze ci się powodzi – dodaje, nie patrząc na mnie. – Nie widziałem twojego serialu, ale zakładam, że jest świetny. Gratulacje.

Domyślałam się, że mógł słyszeć o mojej pracy, ale i tak jestem zaskoczona, że o niej wspomina.

– Dzięki – mówię, wpatrując się we własne dłonie. – A ty? Czym się zajmujesz?

– Tym i owym.

– Aha. – Kiwam głową nieco zbyt entuzjastycznie, zważywszy że właściwie nie odpowiedział na moje pytanie.

– Chodzi ci o to, z czego żyję? – pyta Conrad, nadal nie patrząc mi w oczy.

– Tak, chyba tak – mówię.

– To możesz zapytać wprost.

– Dobrze – mówię, huśtając stopą pod stołem. – Z czego żyjesz?

– Pracuję w barze.

Znowu kiwam głową i tym razem się uśmiecham.

– Tego się mniej więcej spodziewałaś, prawda?

– Jak to? – pytam, chociaż dobrze wiem, o czym mówi.

– Marianne. O co tu chodzi? – pyta, patrząc mi prosto w oczy. Czuję mrowienie w dłoniach, a potem w całym ciele. To dla mnie za dużo. Przez jedną dziwaczną sekundę zdaje mi się, że cofnęłam się w czasie, ale potem przypominam sobie, że to nie my, lecz ona ma osiemnaście lat. I że to właśnie jest w tym wszystkim najtrudniejsze. To, że na mnie teraz patrzy i czeka, aż naprawię coś, czego naprawić się nie da. Nie do końca. Może nigdy. A już na pewno nie przy tym stoliku, nad kubkiem herbaty.

Nie potrafię wydusić z siebie odpowiedzi, więc Conrad mówi:

– Miło cię znów zobaczyć. Chyba. Ale tak naprawdę... Po co tu przyjechałaś?

Patrzę na niego, zbierając się na odwagę i zastanawiając się, jakim cudem jeszcze nie połączył faktów. Jej wiek. Sama jej obecność przy tym stole. Jej oczy. Zerkam na nią i widzę, że jest wkurzona. I pewnie rozczarowana tą chwilą, na którą czekała osiemnaście lat. Oblizuję wargi. Mam ściśnięte i suche gardło. Biorę łyk herbaty, która parzy mnie w podniebienie.

Conrad kręci głową.

– Jest bardzo gorąca. Powinienem był cię ostrzec.

– W porządku – mówię łamiącym się głosem.

A potem, dwa ciężkie, głębokie oddechy później, z moich ust zaczynają wypadać bezładne wymówki i przeprosiny, podczas gdy oni dwoje wpatrują się we mnie, jedno zdumione, a drugie przerażone ludzkim wrakiem, którego nagle zobaczyło w swojej matce:

– Tamtego dnia w twoim domu... Wtedy, kiedy cię ostatni raz widziałam... Skłamałam... To było złe... Przepraszam, że ci nie powiedziałam... Byłam w ciąży... I urodziłam ją... Ale oddałam... Myślałam, że dobrze robię... Ale trzeba było ci powiedzieć... Tak mi przykro...

Milknę gwałtownie, a Conrad mówi:

– Zaraz! Jak to: byłaś w ciąży?

– Byłam w ciąży – powtarzam jak maszyna. – Powiedziałam ci, że nie jestem... Ale... Byłam.

– Dowiedziałaś się o tym później? – Mruży oczy. Dalej nic nie rozumie.

– Nie. Dowiedziałam się właśnie wtedy. W łazience. W twoim domu. Test wyszedł pozytywnie. Ale ja ci powiedziałam, że... Wynik był negatywny, ja... To było kłamstwo.

– Czemu kłamałaś? – pyta natychmiast Conrad.

– Nie wiem.

– Nie wiesz?

– Bałam się.

Conrad kiwa głową, ale wiem, że nie przyjmuje tego argumentu.

– I urodziłaś to dziecko?

– Tak. Ale oddałam ją do adopcji. Uznałam, że tak będzie najlepiej... Byliśmy tacy młodzi...

– My? – powtarza Conrad. – *My* nie wiedzieliśmy, że *ty* byłaś w ciąży – mówi twardo, przeszywając mnie wzrokiem.

– Wiem. I przykro mi.

– Tak, już mówiłaś.

– No tak. Przepraszam. – Potrząsam głową, zamykam oczy i znów je otwieram.

– Więc kto ją zaadoptował? Gdzie ona jest?

Wstrzymuję oddech, uświadamiając sobie z przerażeniem, że on *wciąż* jeszcze nie rozumie. Wtedy jego wzrok pada na Kirby i widzę, jak wszystko naraz do niego dociera. Rzeczywiście, po chwili mówi szeptem:

– O kurwa. Ty jesteś...

– Tak – potwierdza Kirby z idealnym, majestatycznym spokojem. – To ja.

– Moja córka? – pyta, patrząc jej prosto w oczy. W swoje oczy.

– Tak – odpowiada Kirby. Nie odrywając od niej wzroku, Conrad w osłupieniu potrząsa głową, a ja jeszcze raz powtarzam im obojgu, jak bardzo mi przykro.

ROZDZIAŁ 29

Kirby

– Zapomniałem, jak masz na imię – mówi Conrad tuż po tym, jak Marianne w najgorszy z możliwych sposobów poinformowała go, że ma córkę, bełkocząc niezrozumiałe słowa przeprosin, których jeszcze nie przyjął. I wygląda na to, że nie ma zamiaru, za co zresztą trudno go winić.

– Kirby. – Zastanawiam się, czy nie okrasić tego jakąś dodatkową informacją: pochodzę z St. Louis... Kocham muzykę tak jak ty... Nie mam zamiaru wyciągać od ciebie alimentów.

– Hm, Kirby. Chyba powinienem teraz powiedzieć coś mądrego... Ale... – Bezsilnie rozkłada ręce.

Kiwam głową. Nagle rozpaczliwie pragnę sprawić mu jakąś przyjemność – albo przynajmniej nie wkurzać go jeszcze bardziej.

– Nie potrzebuję żadnych wielkich słów – mówię.

– No tak. To dobrze. Bo nic mi nie przychodzi do głowy.

– W porządku – zapewniam go szeptem.

– Zresztą i tak muszę już iść do pracy. – Wyciąga z kieszeni iPhone'a i pyta: – Może dasz mi swój numer? Moglibyśmy kiedyś pogadać. O tych ostatnich... Zaraz, ile ty masz lat?

– Osiemnaście.

– Jasne. O tych ostatnich osiemnastu latach. – Potrząsa głową, mrucząc pod nosem coś, co brzmi jak: „niemożliwe".

Przełykam ciężko ślinę i podaję mu numer, powoli recytując cyfry i patrząc, jak zapisuje je w telefonie. Ciekawe, czy zadzwoni.

– A jak masz na nazwisko? – pyta, podnosząc wzrok.

– Rose – odpowiadam zaskoczona.

Conrad zapisuje te cztery literki, kiwa głową i mówi:

– Ładnie się nazywasz.

– Dzięki.

– Mam nadzieję, że oni są mili?

– Kto?

– Rose'owie? Twoja rodzina?

– A, tak. Są mili. Normalni, wiesz...

– Tak, tak. To dobrze. Cieszę się, że to słyszę. – W jego głosie brzmi powstrzymywany gniew, gdy spogląda ostro na Marianne. Potem wstaje, wciąż trzymając w dłoni kubek z herbatą, i mówi: – Słuchajcie, muszę już iść. Ale dzięki za wizytę. Dziękuję wam obu.

Marianne kiwa głową, wlepiając oczy w blat stolika, a on spogląda na mnie i mówi:

– Miło było cię poznać, Kirby.

– Ciebie też – odpowiadam, powstrzymując łzy. Wiem, że to jej wina, ale i tak boli mnie, że on nie ma ochoty zostać i pogadać dłużej. To wszystko jest jedną wielką katastrofą. Patrzę, jak wstaje, rusza do wyjścia i znika za drzwiami. I już go nie ma.

Przytłacza mnie miażdżące rozczarowanie, ale powtarzam sobie, że nie chodzi o mnie – on mnie przecież nawet nie zna. Poza tym adopcja zawsze bardzo blisko łączy się z odrzuceniem. Czego się właściwie spodziewałam? Mam szczęście, że zamknięto mi przed nosem tylko jedne drzwi.

– Cóż – mówię, sącząc zieloną herbatę, równie gorzką jak moje uczucia. – Świetnie nam poszło.

*

Kiedy wracamy do domu Caldwellów, zastajemy ich w kuchni, po raz kolejny pełnej wykwintnych dań. Najwyraźniej wiedzą, co robiłyśmy, bo z wahaniem zadają kilka pytań, po czym szybko dochodzą do wniosku, że spotkanie nie skończyło się sukcesem.

Matka Marianne spogląda na nas irytująco triumfalnym wzrokiem, jakby chciała powiedzieć: „a nie mówiłam?" i „tak będzie lepiej", ale jej mąż zdaje się rozumieć, że to nieprawda: tak wcale nie będzie lepiej. W każdym razie na pewno nie dla mnie. Kiedy mnie mija, żeby wyjąć lód z maszynki, zatrzymuje się, kładzie mi dłoń na ramieniu i lekko ściska.

– Daj mu szansę złapać oddech – mówi. – Miał dużo wrażeń. Jeszcze przyjdzie do siebie.

Marianne wygląda na równie sceptyczną jak ja, ale żadna z nas nie wypowiada głośno tego, co myślę: nie ma szans na to, że przyjdzie do siebie. Nienawidzi jej, więc nienawidzi i mnie. Powtarzam sobie w duchu, że to nie jego wina. Przecież przekonać się do dziecka, które się miało, tylko nigdy się go nie widziało, to jedno. Ale on nie miał pojęcia o moim istnieniu. Marianne zagoniła go w emocjonalną pułapkę. Jednak choć wiem, że to wszystko przez nią, w pewnym sensie jest mi jej żal. Widzę, że cierpi. Poza tym muszę jej oddać sprawiedliwość za to, że zebrała się na odwagę i ze mną pojechała. Mogła napisać do niego list (co teraz wydaje mi się lepszym pomysłem). Mogła mnie tam zawieźć, a potem schować się za rogiem (kolejny dobry plan). Mogła powiedzieć mu o mnie w arogancki albo obojętny sposób. Ten jej bełkot, to jąkanie się, te płaczliwe przeprosiny dowiodły mi, jak bardzo jej zależy i że wie, jak bardzo schrzaniła sprawę.

Przez następne pół godziny rodzice Marianne próbują ratować sytuację trywialną pogawędką, na której nie potrafię się skupić. Nagle czuję wibrowanie telefonu. Esemes. Spoglądam na ekran, spodziewając się wiadomości od Philipa, ale nadawca pisze z nieznanego mi numeru.

„Kirby. Wybacz, byłem zaskoczony. Wiem, że to nie twoja wina. Conrad".

Wpatruję się w te słowa, uświadamiając sobie, że tata Marianne miał rację – absolutną rację – i ogarniają mnie uczucia ulgi i nadziei. Tymczasem telefon znów wibruje i odbieram kolejną wiadomość:

„Chciałbym z tobą pogadać. Zadzwoń albo przyjdź, jeśli możesz. Bar Zelda na Rush Street. Muzyka na żywo, dobre jedzenie. Będę tam całą noc".

Mój wyraz twarzy najwyraźniej mnie zdradza, bo Marianne patrzy na mnie i pyta:

– Co jest?

– Napisał do mnie – mówię. – Conrad.

– Co... Co powiedział?

Pamela zaciska wargi i wstaje od stołu. Podaję Marianne telefon, a ona bez słowa odczytuje wiadomość, patrzy na mnie i pyta:

– Chcesz tam pojechać?

– Pojechać? Dokąd? – pyta Pamela znad zlewu. – Umawialiśmy się na kolację.

Marianne patrzy na matkę surowo, bez słów zakazując jej się wtrącać, a potem znów spogląda na mnie.

– Nie przejmuj się kolacją. Zrób to, na co masz ochotę.

Kiwam głową.

– Chcesz pojechać?

Spuszczam wzrok i szepczę: „tak", bo pragnę tego najbardziej na świecie.

– W porządku – mówi Marianne. – Zawiozę cię.

Patrzę na nią, zastanawiając się, co to znaczy. Chce być moim kierowcą czy chce iść razem ze mną?

– Dzięki – mówię, ostrożnie dobierając słowa. – Ale czy mogłabyś... Mnie tam zostawić? Chciałabym tym razem spróbować sama.

– Oczywiście – mówi, kiwając głową, jakby wszystko rozumiała. Ale w jej oczach dostrzegam iskrę rozczarowania, choć głośno i entuzjastycznie zapewnia mnie, że to wspaniały pomysł.

– Powinniście pogadać sami, tak, zdecydowanie. Teraz, kiedy Conrad już o tobie wie, my dwoje nie mamy o czym więcej rozmawiać.

– Nie macie – powtarza jak echo jej matka.

*

Zapada już zmierzch, kiedy Marianne zatrzymuje samochód przed dość nijakim budynkiem z czerwonej cegły, niczym się niewyróżniającym z wyjątkiem pomarańczowego neonu, który głosi: „ZELDA – MUZYKA NA ŻYWO 365 DNI W ROKU".

– Wrócę po ciebie o jedenastej – mówi Marianne, kiedy wysiadam z auta. Wygląda na spłoszoną. Ciekawe, czy chodzi o to, że Conrad znajduje się po drugiej stronie drzwi, czy raczej o to, że właśnie przywiozła mnie do baru i wie, że moi rodzice by ją za to zabili. – Chyba że będziesz wolała, żebym przyjechała wcześniej. Jeśli tak, to zadzwoń.

Kiwam głową, z myślą, że nie ma szans, żebym chciała stąd wyjść przed jedenastą, chociażby dlatego że ze środka dobiega pulsujący dźwięk żywej muzyki.

– Niech będzie jedenasta – mówię.

– Masz pieniądze na kolację?

– Mam. Wszystko mam.

– I... Nie będziesz... Piła alkoholu?

– Nie, Marianne – mówię, przewracając oczami. Nie rusza się z miejsca, więc macham do niej ostentacyjnie, a potem odwracam się na pięcie, przechodzę przez popękany chodnik i po niskich schodkach zbiegam do wejścia. Otwieram ciężkie metalowe drzwi i wchodzę do długiego, wąskiego wnętrza, natychmiast zakochując się w jego ciepłej, kameralnej atmosferze, którą współtworzą niski sufit oraz stłoczeni na niewielkiej przestrzeni ludzie. Krótkie, grube, kapiące woskiem świeczki roztaczają wokół miękki, migoczący blask, a nad starym dębowym barem wiszą białe lampki choinkowe. W pomieszczeniu prawie nie ma wolnych miejsc. Wiele osób stoi przy barze, inni tłoczą się na rozrzuconych po całej sali podwyższeniach, jeszcze inni obsiedli okrągłe stoliki wokół niedużej sceny z tyłu. Jakiś chłopak skończył właśnie śpiewać całkiem niezłą wersję *Tin Pan Alley* Steviego Raya Vaughana i teraz scena jest pusta, nie licząc czarnego pianina i lśniącej białej perkusji. Zacieniony róg sceny zawalają dodatkowo sterty gitarowych futerałów, wzmacniaczy i innego sprzętu. Klientela jest bardzo różnorodna, zarówno pod względem wyglądu, koloru skóry, jak i wieku, ale w większości to artystyczne typy pod czterdziestkę; wszyscy wydają się bardzo swobodni i w żaden sposób niezmanierowani. Czuję, że większość z nich to stali bywalcy, którzy przychodzą tu dla muzyki, a nie na podryw – w przeciwieństwie do klientów tych kilku barów, do których udało nam się wkraść z Belindą w St. Louis.

Rozglądam się po sali w poszukiwaniu Conrada, ale nigdzie go nie ma. Podchodzę więc do baru, który wyznaczył na miejsce naszego spotkania w swoim ostatnim esemesie. Barmanka – z fryzurą *à la* Bettie Page, umięśnionymi ramionami tatuowanymi w japońskie symbole i z absurdalnie płaskim brzuchem, wyeksponowanym pomiędzy krótką bluzką a niskim stanem dżinsów – pyta, czego się napiję. Przez chwilę zastanawiam się nad wódką z tonikiem albo przynajmniej piwem, bo czuję, że nie sprawdzi, ile mam lat*, ale w końcu uznaję, że lepiej nie kusić losu. Zamawiam więc colę i podaję jej pięć dolarów. Barmanka nie przyjmuje banknotu i mówi, że cola jest na koszt firmy.

– Przyszłaś do szefa, prawda? – pyta, wręczając mi szklankę.

* W USA picie alkoholu jest dozwolone od 21 roku życia.

– Eee... Przyszłam do Conrada – mówię.

– Tak, tak. Conrad jest tu właścicielem.

– O... – dziwię się. Ciekawe, czemu powiedział Mariannie, że „pracuje w barze".

Jakiś starszy czarnoskóry facet dwa stołki ode mnie kiwa głową w stronę barmanki, a ona odpowiada tym samym.

– Jeszcze raz to samo? – pyta.

Mężczyzna potakuje, a ona miesza burbona z wodą i zanosi mu drinka. Potem wraca do mnie i pokazuje na scenę.

– Conrad kręci się gdzieś tam z tyłu. Czasem noce z mikrofonem dla wszystkich wolno się rozkręcają, więc musi ich trochę zachęcić... Inaczej sam musiałby ich zabawiać przez cały czas.

– A więc nadal śpiewa? – pytam, jeszcze bardziej podekscytowana niż przed chwilą.

– Czy nadal śpiewa? – Barmanka parska wesołym chichotem. – A żebyś wiedziała. I nadal gra na basie i na gitarze, i na dęciakach, i na pianinie. Słyszałaś go kiedyś?

Potrząsam głową. Mam straszną ochotę wszystko jej powiedzieć: że Conrad to mój ojciec i że dopiero dziś go poznałam – zwłaszcza że właśnie idzie w naszą stronę, co chwila się z kimś witając i roztaczając wokół siebie rockandrollową aurę. Ma na sobie te same dżinsy co wcześniej, a do tego czarny T-shirt i zieloną czapkę z lekko postrzępionym i wymiętym daszkiem. Serce łomocze mi jak szalone, a tymczasem on siada obok, spogląda na mnie i mówi:

– Cieszę się, że przyszłaś. – Patrzy swobodnie, bez śladu poprzedniego napięcia.

– Dzięki za zaproszenie – mówię, a tymczasem jakaś kobieta w fioletowej sukience i czarnych lakierowanych szpilkach siada przy pianinie i zaczyna śpiewać przejmująco piękną wersję *Both Sides Now* Joni Mitchell. Conrad przypatruje jej się przez chwilę, a potem z aprobatą kiwa głową i odrobinę podnosi głos, choć na szczęście nie jest tu na tyle głośno, by trzeba było krzyczeć. Barmanka z tatuażami wręcza mu piwo Coors Light, a on jej dziękuje, po czym pyta:

– Poznałaś Steph?

– Tak – odpowiadam i przedstawiam się. – Mam na imię Kirby.

Steph kiwa głową.

– Mówiłam jej właśnie, że mikrofon dla każdego nie zawsze się udaje…

– Nieprawda – protestuje Conrad. – Prawie zawsze jest dobrze. Tu nawet amatorzy są świetni. – Uśmiecha się do niej. – Włączając w to nasze barmanki.

– Hej! Kogo nazywasz amatorem? Za ostatni występ zapłacono mi pięćdziesiąt dolców.

– Tak? A gdzie to było?

– Na urodzinach mojej siostrzenicy. Więc technicznie rzecz biorąc, jestem zawodowcem.

Conrad uśmiecha się lekko i mówi:

– Wszyscy tu kochamy koncerty na żywo. Żadnego karaoke ani innych bzdur. Tylko prawdziwa muzyka, nieważne, czy to rock, soul, funk, jazz czy blues.

Kiwam głową, zastanawiając się, jak mu pokazać, że znam się na muzyce – dobrej muzyce – i że nie ma do czynienia z jakąś Belindą albo Charlotte.

– Tak, występowały dopiero dwie osoby, a już słyszałam Steviego Raya Vaughana i Joni Mitchell. Nieźle.

Conrad unosi brwi, uśmiecha się i mówi:

– Widzę, że się na tym znasz?

Kiwam głową.

– Grasz na jakimś instrumencie?

– Tak. Trochę śpiewam i znam parę chwytów na gitarze. Ale głównie gram na perkusji. – Jeszcze nigdy nikomu tyle o sobie nie powiedziałam, przynajmniej nikomu dopiero co poznanemu. Przypomina mi się, że Philip musiał zobaczyć zdjęcie moich bębnów na Facebooku, żebym w ogóle poruszyła z nim ten temat.

– Jesteś perkusistką? – Na jego twarzy, w przeciwieństwie do innych, maluje się mniej zaskoczenia, a więcej szacunku.

– Tak – potwierdzam. Nagle mam ochotę się uszczypnąć. Nie mogę uwierzyć, że rozmawiam w takim miejscu z moim własnym ojcem.

– Imponujące.

– Dlaczego? Bo jestem dziewczyną? – Tylko udaję obrażoną, tak naprawdę jestem zachwycona jego uwagą i niewątpliwą aprobatą.

– Nie, dlatego że perkusiści zawsze mi imponują. Ale trochę faktycznie dlatego, że jesteś dziewczyną. – Spogląda na mnie kpiąco. – Taką niepozorną małą dziewczynką. Ile ty masz wzrostu? Metr sześćdziesiąt w kapeluszu?

– Może i jestem dość niepozorna – mówię – ale potrafię przywalić.

Conrad wyszczerza zęby w uśmiechu.

– Czego słuchasz? – pyta.

– Wszystkiego po trochu. Rocka, folku, r'n'b, nawet rapu – odpowiadam. – Wszystkiego z wyjątkiem country. Moja rodzina uwielbia country. Zdaje im się, że to Alan Jackson nagrał oryginalną wersję *Summertime Blues*.

Conrad odrzuca głowę do tyłu i wybucha głośnym, głębokim śmiechem. Potem się uspokaja i spogląda na mnie poważnie.

– Pięć ulubionych zespołów?

– Oj, to będzie trudne. Powiedzmy, że Wilco, Radiohead, Van Morrison, R.E.M. i The Velvets – odpowiadam, wyliczając na palcach. – Moja idolka to Maureen Tucker. Chociaż Yael jest prawie tak samo świetna.

– Cholera. Ty naprawdę jesteś moją córką.

– Aha – mówię, pokrywając się gęsią skórką. – Jestem. – Upijam długi łyk coli, odłożywszy słomkę na blat baru. – A ty? – pytam. – Marianne mówiła, że grałeś w zespole grunge'owym?

Na wzmiankę o Marianne Conrad wyraźnie się zjeża, po czym mówi:

– To było dawno temu. Ale rzeczywiście, nosiłem flanelowe koszule i uwielbiałem ten skowyt gitary z przesterami w tle. Najchętniej grałem właśnie takie rzeczy.

– Takie, czyli jakie?

– Nirvanę. Pearl Jam. Alice in Chains. Mudhoney. – Cień smutku przemyka mu po twarzy. – To było dawno temu. Teraz mam szersze upodobania.

– To znaczy? – pytam, starając się zachowywać swobodnie, choć wciąż nie mogę wyjść z podziwu nad tym, jakiego mam przystojnego ojca. Właściwie to trochę niepokojące.

– Słucham wszystkiego po trochu, tak jak ty. Od Mike & the Mechanics przez Bo Diddleya po The Violent Femmes. Uwielbiam klasycznego rocka. Stonesów, Beatlesów, Dylana. Nawet country. Być może kiedy będziesz trochę starsza, docenisz prostotę tych tekstów. Są prawdziwe.

Bezpretensjonalne. Na przykład Waylon Jennings. Hank Williams. Tych facetów nie da się nie lubić.

Przypomina mi się koszulka Philipa i mówię:

– No tak, ale oni właściwie nie grali country.

– Coś takiego! – mówi Conrad ze śmiechem. – Skąd ten wniosek?

– Wtedy muzyka była inna. To był złoty wiek.

– Złoty wiek, hm? Powtórz, ile ty masz lat?

– Osiemnaście – mówię, a on znów pochmurnieje. Ciekawe, czy myśli o niej. I o tym, co było osiemnaście lat temu. Wtedy właśnie wypalam:

– Bardzo jesteś na nią wściekły?

Spodziewałam się, że będzie zaskoczony, albo uda, że nie słyszał, ale on potrząsa głową i od razu znam odpowiedź.

– Cholernie wściekły.

Kiwam głową, wbijając wzrok w tekturową podstawkę pod szklankę.

– Ale wyjaśnijmy coś sobie. Jestem wściekły na nią, nie na ciebie – dodaje. To wprawdzie powinno być już dla mnie oczywiste, ale i tak ogarnia mnie radość, że powiedział to głośno. – To, co zrobiła, było naprawdę pop… – zaczyna, po czym urywa i poprawia się: – nie w porządku.

– Wiem – mówię, spoglądając mu w oczy. – I ona też to wie.

– No tak. Cóż… – Wzrusza ramionami.

– Bała się – ciągnę. – Za bardzo się bała, żeby mnie zatrzymać.

– Ale mogła mi powiedzieć.

– Chyba bała się, że t y będziesz chciał mnie zatrzymać.

– Najwyraźniej.

– Tak.

– Ale zrozum – mówi – że to nie powinna być tylko jej decyzja.

– Gdybyś mnie zatrzymał, wszyscy by się dowiedzieli. Nie chciała tego.

– I znowu – mówi Conrad, bawiąc się serwetką, składając ją na pół i jeszcze raz na pół – to nie powinna być tylko jej decyzja. Nawet jeśli dokonała wyboru, który był dobry dla ciebie, a wygląda na to, że tak było, to nie miała prawa nie powiedzieć mi o moim własnym dziecku.

– Wiem.

Oboje milczymy przez chwilę, aż wreszcie Conrad mówi:

– Cóż. Zbudowała sobie idealne życie w wieży z kości słoniowej. Tak, jak chciała. I dobrze. Ale tylko dla niej.

Dobrze rozumiem, o co mu chodzi – o to, że ani ja, ani on nie jesteśmy i nie byliśmy częścią jej wielkiego planu na życie na Piątej Alei. A jednak – choć wiem, że powinnam ją znienawidzić – to nadal jest mi jej żal. Bo wydaje mi się, że chciałaby cofnąć czas.

– Jej życie wcale nie jest idealne – stwierdzam nagle tonem odkrycia. – Właściwie to nawet nie wiem, czy jest szczęśliwa. Odniosła sukces, ma pieniądze i ten niedorzeczny apartament w Nowym Jorku, no i bogatego faceta, który lada dzień ma się jej oświadczyć i jest chyba w ogóle właścicielem całej tej ich stacji...

Conrad powstrzymuje mnie gestem dłoni i mówi:

– Tak, tak. Nie obraź się, ale nie chcę znać szczegółów.

– Jasne – mówię. – Przepraszam.

– Nie szkodzi. Słuchaj, to nic takiego, po prostu... Marianne i ja jesteśmy zupełnie inni. Zawsze byliśmy.

– Jesteś żonaty? – pytam.

– Nie... Ale kiedyś byłem. Przez trzy lata.

– Masz dzieci? – pytam dalej nerwowo i czekam na odpowiedź, choć nie wiem, jaką bym wolała. Fajnie by było mieć przyrodnie rodzeństwo, poza tym jestem pewna, że bym je polubiła i że na pewno miałabym z jego dziećmi więcej wspólnego niż z Charlotte. Z drugiej strony byłoby super mieć go tylko dla siebie.

– Nie mam dzieci – mówi wreszcie Conrad. – Ona nie chciała.

– A ty?

– Bardzo. – Uśmiecha się do mnie i czuję, jak przebiega mi po kręgosłupie dreszcz radości, że w przeciwieństwie do Marianne, ma co do tego taką pewność.

– Czy to dlatego się rozstaliście? – pytam. To by była prawdziwa ironia losu, gdyby jedną ukochaną stracił z powodu dziecka, a potem drugą z powodu jego braku.

Conrad się śmieje i wymienia spojrzenia z barmanką, która wygląda, jakby nas podsłuchiwała.

– Niezupełnie.

– Przepraszam. Wiem, że to nie moja sprawa.

– Nie, nic nie szkodzi – uspokaja mnie. – Jeśli chcesz, sama ją zapytaj. – Wskazuje palcem na Stephanie i wyjaśnia: – To ona. Wspaniała barmanka, ale żona do kitu.

Stephanie rzuca w niego ćwiartką limonki.

– Hej! Uważaj! Nie byłam aż taka zła.

– Nie, nie, gdybyś nie udawała, że jesteś hetero, byłabyś całkiem niezłą żoną.

Oboje wybuchają śmiechem. Od razu widać, że nie mają do siebie żalu.

– Wbij sobie do głowy, że jestem bi. I nie miałam z tobą łatwego życia, skarbie...

Stephanie śmieje się jeszcze chwilę, a potem idzie na drugą stronę baru przyrządzić margaritę. Patrząc, jak obtacza brzeg kieliszka w soli, pytam:

– Powiedziałeś jej, kim jestem?

– Nie. Jeszcze nikomu nie mówiłem. – Conrad patrzy na mnie, otwiera usta, żeby coś powiedzieć, i nagle zmienia zdanie.

– Co? – pytam.

Zerka przez ramię w stronę sceny i mówi:

– Stephanie nie wie, kim jesteś, ale wie, kim jest twoja matka.

– Skąd? – pytam, zastanawiając się, czy może chodzili razem do szkoły.

– Stąd. – Conrad wzrusza ramionami. Nie odpuszczam mu jednak i patrzę na niego nieustępliwie, aż kapituluje: – Stąd, że Marianne była miłością mojego życia. Bardzo, bardzo długo. A kiedy człowiek jest młody i głupi i ma nadzieję na coś jeszcze lepszego niż to, co stracił, opowiada drugiej osobie o takich rzeczach. Przez takie bzdury traci się mnóstwo czasu. Wierz mi, to nikomu nie wychodzi na zdrowie. Pamiętaj o tym, okej? Jest, jak jest, i nie ma sensu w kółko rozpamiętywać przeszłości i zastanawiać się, co by było gdyby. – Patrzy na mnie i dodaje: – Wiem, wiem. Była miłością mojego życia, a nawet mi nie powiedziała, że mam dzieciaka. Żałosne, nie? – Parska cichym śmiechem, potrząsając głową.

– Wcale nie – protestuję.

– Ale coś to jednak o mnie mówi…

– Nieprawda. Ani o tobie, ani o mnie – upieram się, powoli doznając olśnienia. – To mówi coś tylko i wyłącznie o niej. A raczej: o tej osobie, którą kiedyś była.

– I nadal jest. Ludzie się nie zmieniają.

Mówię mu, że wcale nie jestem tego taka pewna, nagle sobie uświadamiając, że właśnie prawię życiowe mądrości człowiekowi dwa razy starszemu od siebie, w dodatku własnemu ojcu. I rzeczywiście, Conrad spogląda na mnie sceptycznie.

– Co ty powiesz?

– No dobrze, może i masz rację. Ale starała się wszystko naprawić. To ona cię znalazła, wiesz o tym? I przyjechała dziś ze mną.

– Aha. Tyle że to się powinno było stać osiemnaście lat temu.

– Pewnie tak – przyznaję. – Ale przynajmniej teraz tu siedzimy.

Conrad się uśmiecha, upija długi łyk piwa i mówi:

– Faktycznie. Masz rację, perkusistko. Podoba mi się twoje spojrzenie na świat. Postaraj się go nie stracić.

Uśmiecham się na myśl, że to, o czym mówi, zupełnie przecież do mnie nie pasuje. Pasuje raczej do moich rodziców i do Charlotte. „Zawsze skupiaj się na pozytywach". „Ciesz się tym, co masz". „Optymizm to podwalina odwagi". Nagle ogarnia mnie tęsknota za domem, ale nie taka, która wywołuje smutek. Raczej taka, która przypomina, kim się jest i skąd się przyszło.

– Jacy są twoi rodzice? – pytam Conrada. Nie wiem czemu, ale jestem pewna, że w niczym nie przypominają rodziców Marianne.

– Ojciec ma naturę koczownika. Nigdzie nie umie zagrzać miejsca. Żenił się trzy razy i nigdy nie pracował zbyt długo w jednym miejscu, bo wiesz, każdy szef okazywał się idiotą. Więc nie ma sensu na nim polegać…

Ale jest sympatycznym facetem. Nigdy w życiu nie miał wrogów.

– A mama?

Conrad spogląda na mnie i coś się zmienia w jego oczach.

– Moja mama zginęła w wypadku samochodowym, kiedy miałem jedenaście lat.

Coś mnie ściska za serce.

– Och... Przykro mi – mówię, zastanawiając się, jak Marianne mogła nie powiedzieć mi o czymś tak ważnym.

– Tak. Mnie też. Była cudowną matką... I nie mówię tak tylko dlatego, że nie żyje. Naprawdę była wyjątkowa. Potrafiła wszystko zamienić w superzabawę, nawet kiedy byliśmy biedni jak myszy kościelne. A do tego... Jak ta kobieta śpiewała. Miała najpiękniejszy mezzosopran na świecie. – Czuję, że się uśmiecham, kiedy pyta: – Ty też śpiewasz mezzosopranem?

Potwierdzam skinieniem głowy.

– Ekstra. – Conrad się uśmiecha. – To co? Zagramy dzisiaj razem? Może coś zaśpiewamy?

– Na scenie?

Conrad parska śmiechem.

– Pewnie, że na scenie. Perkusja czeka.

Kręcę głową i mówię, że nie sądzę.

– Czemu nie?

Wzruszam ramionami.

– Grałaś kiedyś na scenie? Przed publicznością?

Znów kręcę głową.

– W takim razie chyba najwyższy czas spróbować?

Znów potrząsam głową, ale już z uśmiechem.

– No dalej. Zrobimy to razem – namawia mnie Conrad, ześlizgując się ze stołka i prowadząc mnie na tył sali, w stronę sceny. – Możesz wybrać piosenkę. Zgodzę się na wszystko.

– Na wszystko? – powtarzam. Muzykę słychać coraz głośniej, w miarę jak zbliżamy się do głośników.

– No, prawie wszystko.

Siadamy przy małym stoliku na lewo od sceny, oznaczonym tabliczką z napisem „rezerwacja". Conrad zamawia nam hamburgery, frytki, a dla mnie jeszcze jedną colę. Tymczasem co chwilę ktoś do niego podchodzi, żeby się przywitać i dowiedzieć, kiedy będzie śpiewał. Niektórzy nawet proszą o konkretne piosenki.

– Właśnie się nad tym zastanawiamy – odpowiada im Conrad i wskazuje na mnie, przedstawiając mnie słowami: „To Kirby, będzie mi dzisiaj partnerować na perkusji".

*

Dwie godziny mijają szybko, wypełnione rozmowami i muzyką. Publiczność jest bardzo przyjazna i zdaje się doceniać, że każdy występujący bardzo się stara, ale to wcale nie łagodzi mojego przerażenia, że Conrad może mnie w końcu wyciągnąć na scenę. Co kilka minut rzuca tytuł jakiejś piosenki, a ja znajduję powód, żeby ją odrzucić – słaby tekst, brak solówki na perkusji albo fakt, że po prostu jej nie lubię. Głównie jednak chodzi mi o to, żeby zyskać na czasie i wetuję nawet swoje typy, które potrafię zagrać i zaśpiewać, jak *Have You Ever Seen the Rain* Creedence Clearwater Revival czy *Good to See You* Neila Younga.

Jest mniej więcej kwadrans przed jedenastą, kiedy Conrad mówi:

– Kirby, no chodź, co masz do stracenia?

Wreszcie połykam przynętę i zgadzam się zagrać to, co mi proponuje: *Small Town* Pearl Jamu.

– Masz chyba na myśli *Elderly Woman Behind the Counter in a Small Town*? – poprawiam go, przypomniawszy sobie, jak Eddie Vedder wspominał w jakimś wywiadzie, że taki jest pełny tytuł, pomyślany jako wyróżnik na tle pozostałych, w większości jednowyrazowych tytułów piosenek zespołu.

– Właśnie o to mi chodzi – potwierdza Conrad. – Znasz ją?

Kiwam głową, powtarzając w myślach słowa.

Conrad krzyżuje ramiona, kiwa głową i oświadcza, że nie grał tego od lata dziewięćdziesiątego piątego roku.

– W takim razie pasuje do sytuacji, nie?

– Chyba tak – zgadza się, zsuwając daszek czapki tak, że oczy znikają mu w cieniu. – Zróbmy to.

Z walącym sercem wchodzę na scenę i zajmuję miejsce za perkusją. Oglądam ją i dotykam ze wszystkich stron, wypróbowując pedały, układając pałki w dłoniach, a nawet je testując. Postanawiam nie używać talerzy, tak jak moja idolka, wielka Moe Tucker.

Kiedy Conrad zbliża się do mikrofonu, widownia reaguje jak na wejście wielkiej gwiazdy. Wszyscy siadają prosto, uśmiechają się szeroko, klaszczą i gwiżdżą z niecierpliwości. Okazuje się nie tylko właścicielem baru, ale także ulubieńcem publiczności.

– Dobry wieczór wszystkim – mówi, a jego głos w głośnikach wydaje się jeszcze głębszy. Obraca czapkę daszkiem do tyłu. Kilkadziesiąt osób zaczyna wykrzykiwać jego imię, inni głośno odpowiadają na pozdrowienie.

– Dziś chciałbym wam przedstawić wspaniałą dziewczynę Kirby Rose. Jest utalentowaną perkusistką z St. Louis. Nie znamy się długo – mówi, odwracając się i patrząc mi w oczy – ale to równa małolata. Bardzo ją lubię. I wy też ją na pewno polubicie. Więc powitajmy ją ciepło w Zeldzie!

Tłum zaczyna głośno klaskać, a ja czuję, że zaraz zemdleję, pot cieknie mi każdym najmniejszym porem, a oczy pieką od jasnego światła. Zesztywniała z przerażenia, patrzę, jak Conrad podchodzi do krawędzi sceny, wyjmuje gitarę z ozdobionego nalepkami futerału, zarzuca pasek na ramię i przesuwa palcami po strunach, wydobywając z nich pierwsze akordy. Już prawie osuwam się na podłogę, kiedy podchodzi do mnie i mówi:

– Rozluźnij się. Oddychaj głęboko. I rób to co ja. Uda ci się, mała.

Kiwam głową, odtwarzając w pamięci rytm piosenki, tak jak zawsze, zanim zacznę grać. Potem w barze zapada cisza, rozlegają się pierwsze dźwięki gitary i Conrad zaczyna śpiewać ładnym, głębokim, lekko zachrypniętym tenorem, który przypomina głos Eddiego Veddera, ale na swój własny sposób. Choć na scenie jest gorąco, przeszywa mnie chłodny dreszcz i rytm zaczyna mnie nieść, tak jak jego niesie każda pojedyncza nuta. W pewnej chwili Conrad podchodzi i prosi, żebym z nim zaśpiewała. Potrząsam głową, ale on woła: „Kirby, chcę cię usłyszeć. Śpiewaj, dziewczyno!".

Tak więc śpiewam, usiłując na poczekaniu wpasować się w tonację, najpierw z wahaniem, a potem równie głośno i mocno, jak głośno i mocno walę w bębny.

Nagle podnoszę wzrok i dostrzegam ją, stojącą z tyłu, przy barze, i patrzącą na nas.

Czekam, aż Conrad znów się zbliży, i mówię:

– Przyszła.

Odczytawszy to słowo z ruchu moich warg, Conrad lekko kiwa głową. Może już ją wcześniej zauważył, ale nagle słyszę, widzę, *czuję*, że zaczyna grać z jeszcze większą pasją. Zamyka oczy, przesuwając palcami po strunach w rytm wybijanych przeze mnie taktów, a nasze głosy łączą się w idealnej harmonii.

ROZDZIAŁ 30

Marianne

Wiedziałam, że Kirby ma poczucie rytmu od czasu jej pamiętnego rapu w pokoju scenarzystów. Ale kiedy wchodzę do baru i widzę, jak gra na prawdziwej perkusji, w blasku świateł sceny, przed prawdziwą publicznością i w towarzystwie swojego ojca, ogarniają mnie wzruszenie i zachwyt. To przytłaczające i surrealistyczne doświadczenie, które napełnia mnie dumą, a zarazem bólem.

Ale oni są tam naprawdę, razem, i śpiewają kawałek, który on grał dla mnie nie raz. Pamiętam to tak dobrze. To była jedna z moich ulubionych piosenek z jego repertuaru i zawsze o nią prosiłam, kiedy godzinami przesiadywaliśmy w jego sypialni. Grał ją również tamtego słonecznego dnia w lesie, kiedy zrobiliśmy sobie nasze jedyne wspólne zdjęcie. Teraz jego głos brzmi jeszcze lepiej, bardziej dojrzale. Po raz pierwszy widzę go w jego żywiole, na prawdziwej scenie. Jego gra na gitarze jest dopracowana, pewna i – Boże – tak seksowna, że ledwo jestem w stanie jej słuchać. Patrzę na chłopca, którego kiedyś kochałam, i czuję się jak dziewczyna, którą kiedyś byłam. Wspomnienia napierają tak niepowstrzymaną falą, że bolą mnie od tego głowa i serce.

Po ostatnim pięknym akordzie widownia gotuje im owację na stojąco, a oszalałym wrzaskom, gwizdom i brawom nie ma końca. Ludzie wykrzykują jego imię, a niektórzy znają nawet imię Kirby. Jakiś facet w czarnym kapeluszu przysuwa do ust stulone dłonie i głośno domaga się bisu – na co Conrad odwraca się i naradza z Kirby. On stoi do mnie plecami, a ona kiwa głową, uśmiecha się, a potem szepcze mu coś do ucha. Są dziś zespołem, w swój pierwszy wspólny wieczór.

Conrad wraca na przód sceny, pochyla głowę i głębokim głosem mruczy do mikrofonu:

– Ej, ludzie. Wspominałem już, że to moja córka?

Po tym obwieszczeniu aplauz jeszcze się wzmaga, podobnie jak zachęty do bisu. Ale Kirby wstaje, kłania się szybko, po czym podchodzi do mikrofonu i z kamienną twarzą oznajmia, że bardzo dziękuje, ale jest niepełnoletnia i musi wracać do domu. Widownia wybucha śmiechem. Kochają ją. Ja też ją kocham.

Kirby patrzy na mnie i uśmiecha się serdecznie, a potem szepcze coś do Conrada. Oboje schodzą ze sceny i zaczynają przeciskać się w moją stronę, odprowadzani okrzykami podziwu i poklepywaniem po plecach. Kiedy podchodzą bliżej, zauważam, że oboje są spoceni i zdyszani. A potem stają przede mną. Uśmiech Conrada, jeszcze przed chwilą szeroki, zbladł co prawda, ale tak samo ustąpiła wcześniejsza wrogość.

– Niesamowite – mówię. – Byliście cudowni.

– Dzięki – cieszy się Kirby. Ma zaróżowione policzki i lśniące oczy. Na jej twarzy maluje się czysta radość, która sprawia, że mam ochotę zasypać ją pocałunkami. Ogarnia mnie też nieodparte, przerażające pragnienie, żeby pocałować Conrada. Wiem, że nie powinnam, a jednak spoglądam mu w oczy i mówię:

– Było co wspominać.

Conrad kiwa głową, jakby akceptował to stwierdzenie, choć nie wiem, czy się z nim zgadza, a potem obejmuje Kirby ramieniem.

– Ma dziewczyna talent – mówi i wiem, że chce zmienić temat.

– To jasne, po kim go odziedziczyła – odpowiadam.

– No tak – mówi, a potem zwraca się już tylko do Kirby, po cichu:

– Dzięki, że wyszłaś. Świetnie mi się z tobą grało.

– Ja też się cieszę – odpowiada Kirby, zaczerwieniona z dumy, od adrenaliny i niewątpliwie pod wpływem uczucia do niego, które widać jak na dłoni.

– Mam nadzieję, że szybko przyjedziesz znowu – mówi Conrad, ocierając pot z czoła wierzchem dłoni.

– Może w wakacje? – pyta Kirby. – Jak skończę szkołę?

– Kiedy tylko chcesz. Będę czekał.

Przypominają mi się ostatnie chwile jej wizyty w Nowym Jorku i przychodzi mi do głowy, że bardzo podobne słowa z moich ust zabrzmiały wtedy zupełnie inaczej. Myślę też o naszym pierwszym wspólnym wieczorze przy kuchennym blacie – o tym, jaka byłam wobec niej ostrożna i pełna rezerwy. A on jest prawdziwy, bez cienia sztuczności – w końcu to właśnie te cechy tak bardzo w nim kochałam. Ja nigdy nie potrafiłam taka być, w każdym razie nie w prawdziwym życiu, tylko w świecie serialowych dialogów. A już na pewno nie potrafiłam taka być od tamtych wakacji.

Kirby odchodzi na chwilę zamienić kilka słów z barmanką, z którą najwyraźniej zdążyła się już zaznajomić, a tymczasem Conrad spogląda mi w oczy. Tym razem naprawdę.

– Zrobiłaś mi straszne świństwo – mówi. – Ale bardzo się staram, żeby cię nie znienawidzić.

– Dzięki – mówię, czując, że zalewa mnie nowa fala emocji.

– Dzięki, że przyjechałaś – mówi, a potem zsuwa czapkę na oczy i dodaje: – Muszę wracać do pracy.

– Tak. Oczywiście.

– Na razie, Marianne – rzuca, a potem jeszcze raz odwraca się do Kirby i przytula ją na pożegnanie.

*

W drodze do domu Kirby milczy, jakby dopiero do niej docierało to, co się wydarzyło, a na jej twarzy maluje się lekki uśmiech zadowolenia. Pragnę uszanować jej prywatność i pozwolić jej przeżyć wrażenia z dzisiejszego wieczoru na jej własny sposób, ale jednocześnie umieram z ciekawości. Nie daje mi spokoju pytanie, o czym rozmawiali i czy opowiadał jej o sobie. W końcu nie wytrzymuję i pytam, czy jest żonaty.

Kirby kręci głową. Po chwili wahania próbuję dalej:

– Ma dzieci?

– Tylko mnie – odpowiada, gapiąc się przez okno. Wyjeżdżamy z centrum i kierujemy się na północ, w stronę przedmieść.

– Cieszę się, że nadal gra – mówię, gorączkowo szukając jakiegokolwiek pretekstu, który skłoniłby ją do opowieści o dzisiejszym wieczorze, o Conradzie, o jej uczuciach.

– Tak. Ale oprócz tego jest biznesmenem – odpowiada Kirby. – Zelda należy do niego. To jego dzieło.

– O? – rzucam zaskoczona i uradowana. – To wspaniale.

– Aha. Dawno, piętnaście lat temu, był tam klub jazzowy. Conrad sprowadzał najlepszych muzyków w mieście, zapraszał swoich przyjaciół i znajomych, aż wieść się rozniosła i teraz to miejsce jest w Chicago legendą. Przyjeżdżają tam artyści z całego kraju i grają każdy typ muzyki. – opowiada Kirby. Jeszcze nigdy nie słyszałam jej takiej podekscytowanej.

– Wcale się nie dziwię – mówię, choć to nie do końca prawda. Jakaś mała część mnie dziwi się bardzo i zdaje mi się, że Kirby doskonale o tym wie. Jak zawsze, przejrzała mnie na wylot.

– Nie poszedł do college'u – mówi. – No a spójrz na niego. Jest w tym barze naprawdę szczęśliwy. Powiedział mi, że to jego dom. Jego rodzina. Nawet jego była żona tam pracuje i nadal się przyjaźnią.

Notuję w pamięci ten fakt, zastanawiając się, jaka jest ich relacja i czemu się rozstali. A potem mówię:

– Byliście niesamowici razem.

– Dzięki – odpowiada Kirby. – Było naprawdę super.

W milczeniu zbliżamy się do Glencoe, a potem wjeżdżamy na Maple Hill. Większość domów pogrążona jest w ciemności, tylko w niektórych pali się światło na ganku. Kiedy zatrzymujemy się na podjeździe, Kirby odwraca się do mnie i mówi:

– Wiesz, że złamałaś mu serce?

Zamieram na chwilę, a potem patrzę na jej twarz ukrytą w cieniu.

– Powiedział ci?

– Niedokładnie tymi słowami, ale tak. Naprawdę cię kochał. – Czuję, że trzyma jego stronę, i nie winię jej. Nawet ja trzymam jego stronę. – I myślę... – zaczyna Kirby.

– Co? – pytam, wyłączając silnik i odwracając się do niej.

– Nieważne – mówi, potrząsając głową.

– Możesz mi powiedzieć – nalegam, nastawiając się na jakieś bolesne, ale prawdziwe słowa, na które na pewno zasłużyłam.

Ale ona mówi:

– Sama nie wiem. Ale wydaje mi się, że on cię nadal kocha.

Już mam odpowiedzieć, ale ona wysiada z auta, zamyka drzwi i rusza w stronę domu. Idę za nią i żałuję, że nie mogę się cofnąć w czasie. Żałuję, że nie byłam do niej bardziej podobna, kiedy sama miałam osiemnaście lat.

*

Następnego ranka tuż przed dziewiątą Kirby puka do drzwi mojej sypialni. Jest już ubrana i ma ze sobą walizkę. Mówi, że na nią czas, bo musi uczyć się do egzaminów. Zbieram się szybko, narzucam dres i kilka minut później spotykamy się w przedpokoju z moimi rodzicami.

– Na pewno nie zostaniesz na śniadaniu? – pyta mama.

– Muszę wracać i powkuwać algebrę – mówi Kirby. – Jeśli chcę zdać i skończyć szkołę.

Ojciec kiwa głową.

– Oczywiście, rozumiemy.

– Cóż – mówi Kirby i jej głos brzmi śmielej, niż kiedy przyjechała, jakby dojrzała wczoraj na scenie. – Bardzo dziękuję za gościnę. Było naprawdę miło was poznać.

– Och, ciebie też, Kirby – mówi tata. Robi krok do przodu, przytula ją i całuje w policzek. – Dobrze wreszcie poznać własną wnuczkę. Wiemy, że masz rodzinę, która bardzo cię kocha, ale mamy nadzieję, że i o nas nie zapomnisz. I że to jest dopiero początek.

Patrzy na mamę, która niezbyt przekonująco kiwa głową, nerwowo obracając w palcach naszyjnik z pereł.

Kirby uśmiecha się i – ku mojemu zdumieniu – mówi:

– Dzięki, dziadku.

Tato cały się rozpromienia. Już od bardzo dawna nie widziałam mojego ojca tak szczęśliwego.

Po kilku sekundach niezręcznej ciszy, kiedy staje się oczywiste, że moja matka nie ma zamiaru uściskać jej na do widzenia, głośno oznajmiam, że odprowadzę Kirby na zewnątrz. Rodzice kiwają głowami – najwyraźniej dotarło do nich, że chcę z nią pobyć przez chwilę sama, chwytam więc jej walizkę i wychodzimy na zewnątrz. Kiedy podchodzimy do jej samochodu, Kirby jest już milcząca i poważna, ale uznaję, że pożegnania po prostu takie są, zwłaszcza między ludźmi, których łączą nowe i wciąż kruche relacje. Potrzeba czasu, żeby wypracować zaufanie i prawdziwą więź, nieważne, czy chodzi o przyjaźń, czy bardziej rodzinne stosunki. Jestem gotowa wykonać tę pracę.

– No więc za kilka tygodni kończę szkołę – odzywa się w końcu Kirby.

– Tak? – mówię z nadzieją.

– Rodzice prosili, żebym cię zaprosiła na rozdanie dyplomów. Więc cię zapraszam... Ale wiem, ile masz pracy z serialem i w ogóle, więc jeśli nie możesz, to naprawdę nie ma sprawy...

– Przyjadę – mówię bez wahania.

Kirby kiwa głową.

– To fajnie. Napiszę ci esemesa ze wszystkimi szczegółami. Albo zadzwonię, albo cokolwiek.

– Świetnie, będę czekać.

– Dobrze. Dziękuję – mówi, choć obie wiemy, że to zaproszenie to jej prezent dla mnie, a nie odwrotnie.

*

Kiedy wchodzę z powrotem do kuchni, mama dolewa sobie kawy, a potem nalewa po kubku ojcu i mnie. Następnie zaczyna rozbijać do miski jajka na omlet. Przypominam jej, że zostało mi niewiele czasu – niedługo mam samolot, a muszę się jeszcze spakować.

– Egzaminy z algebry, scenariusze telewizyjne... – mówi ojciec, który nadal jest w nastroju do refleksji. – U każdego to samo: praca i praca.

– Dodaj do tego wielkie sprawy sądowe – dopowiadam z uśmiechem.

– Jak wam poszło wczoraj wieczorem? – pyta mama swobodnym tonem, jakby chodziło o wyjście do kina.

Patrzę na nią, zastanawiając się, kiedy przyjmie do wiadomości prawdziwą wagę tego, co się dzieje – albo zaakceptuje fakt, że Kirby stała się częścią naszego życia. Może ma wyrzuty sumienia z powodu decyzji, którą pomogła mi podjąć, i chce się utwierdzić w przekonaniu, że była właściwa? Może nadal postrzega tamte wydarzenia jako piętno i boi się opinii innych ludzi? A może po prostu martwi się, że Conrad po raz kolejny sprowadzi mnie na złą drogę?

– Conrad i Kirby naprawdę świetnie się ze sobą dogadują – mówię, a potem streszczam im scenę, którą zastałam, kiedy weszłam do baru Zelda. Niestety nie potrafię opowiedzieć tego tak, jak bym chciała. – To było niesamowite... Bardzo wzruszające. Cieszę się, że tak sobie przypadli do gustu.

Tato odstawia kubek i patrzy mi w oczy.

– To naprawdę coś – mówi.

– Powinnam była powiedzieć mu dawno temu.

Mama potrząsa głową, nadal uparcie nie przyjmując tego do wiadomości. Postanawiam ją zignorować i zwracam się do ojca:

– Wygląda na to, że on mi nigdy nie wybaczy.

– Nie można się cofnąć w czasie – mówi ojciec. – Musisz patrzeć przed siebie. Teraz postępujesz tak, jak należy.

– Staram się.

– I nic więcej nie możesz zrobić – mówi, przytulając mnie tak, jak przytulił Kirby w przedpokoju.

*

Przesypiam całą podróż do Nowego Jorku, ale kiedy późnym popołudniem wchodzę do mieszkania, nadal jestem nieprzytomna. W piątek była gosposia, więc panuje tu jeszcze większy porządek niż zazwyczaj. Otwieram lodówkę, ale jak zwykle nie ma w niej nic do jedzenia – zresztą i tak nie jestem głodna. Podchodzę do biurka i rzucam okiem na stos scenariuszy, które miałam zabrać ze sobą do samolotu, ale zapomniałam, a teraz kompletnie nie mam ochoty się nimi zajmować. Zastanawiam się nad przebieżką po parku, ale do tego również nie mam nastroju. Włączam wieżę, ale muzyka – jakakolwiek – tylko przypomina mi o Conradzie i wyrazie jego twarzy, kiedy sobie uświadomił, kim jest Kirby. W końcu sięgam więc po telefon i dzwonię do Petera, prosząc, żeby do mnie wpadł. Oczywiście się zgadza i obiecuje, że przyjedzie najszybciej, jak się da. Jego głos działa na mnie uspokajająco.

Zjawia się o piątej, prosto z biura. Opowiada, że cały weekend spędził w pracy na rozmowach, pertraktacjach i, jak to określa, „gaszeniu pożarów". Jestem ciekawa, czy miało to coś wspólnego z moim serialem, ale postanawiam nie pytać. Jestem w tej chwili zbyt wyczerpana, żeby w ogóle o tym myśleć. Siadamy na sofie i opowiadam mu o weekendzie – o rozmowie z ojcem w parku, o wrogości Conrada, o jego wzruszającym występie u boku Kirby. Opowiadam mu o wszystkim, tylko nie o tym, jak się teraz czuję – bo sama nie mam pojęcia, jak to opisać.

– Zrobiłaś naprawdę duży krok naprzód – orzeka Peter, kiedy kończę. Na jego twarzy maluje się ten sam pełny satysfakcji wyraz, który miewa na spotkaniach, kiedy udaje mu się rozwiązać jakiś trudny problem, i nagle zdaję sobie sprawę, że wiele z tego, co wydarzyło się podczas weekendu, zawdzięczam właśnie jemu. To on mi uświadomił, że muszę się zmierzyć z przeszłością i powiedzieć prawdę, bo jestem to winna nie tylko Kirby, Conradowi i ojcu, ale również sobie. – Cieszysz się, że pojechałaś? – pyta.

– Tak – mówię. – Nie było łatwo... Ale tak, cieszę się.

– Nic, co wartościowe, nie przychodzi łatwo – mówi, ściskając mnie za rękę.

– Rzeczywiście. Cóż, miałeś rację.

Peter kręci głową, jakby chciał mi powiedzieć, że nie chodzi o to, kto miał rację.

– Przepraszam, że byłem dla ciebie taki ostry. Trudno było mi się pogodzić z tymi wszystkimi tajemnicami.

– Wiem – zapewniam go. – I rozumiem.

– Ale teraz możemy już po prostu żyć dalej, prawda?

Kiwam głową, bo nie pragnę niczego innego.

– Tęskniłem za tobą, Czempionku.

Mówię mu, że i ja za nim tęskniłam. Patrzymy sobie w oczy, naprawdę głęboko, a potem on przyciąga mnie do siebie i całuje. Mamroczę pod nosem przeprosiny, a on powtarza szeptem, że rozumie i wybacza.

– Pragnę cię – mówi, głaszcząc materiał mojej bluzki, a potem wsuwając rękę pod spód.

– Chodźmy – odpowiadam i prowadzę go do sypialni, gdzie rozbieramy się w milczeniu, pomagając sobie nawzajem rozpinać guziki, zatrzaski i sprzączki. Przez cały czas patrzymy sobie prosto w oczy w niemej rozmowie, aż oboje jesteśmy nadzy i znów zaczynamy się całować. Mówi mi, że jestem piękna, przesuwając dłońmi po moich biodrach i plecach, a potem opuszcza mnie na łóżko. Każdy jego ruch, każde słowo jest płynne i pewne. Myślę o wszystkim, co się wydarzyło, odkąd po raz ostatni byliśmy ze sobą w ten sposób. To było kilka nocy przed tym, jak Kirby zjawiła się u mnie po raz pierwszy. A jednak wydaje mi się, jakby minęły wieki.

– Jesteś gotowa? – pyta.

Odpowiadam, że tak. Mówię mu o tym, jak bardzo go pożądam i potrzebuję, jak bardzo go kocham. Peter unosi się na rękach i kręci głową, jakby chciał mi powiedzieć, że źle go zrozumiałam.

– Nie o to mi chodziło, Czempionku. Pytałem, czy jesteś gotowa na następny krok. Nasz. Razem.

Wpatruję się w niego z niedowierzaniem. To ostatnie, czego bym się po nim spodziewała. I ostatnie, o czym bym myślała w ciągu minionych dni i tygodni.

– Co masz na myśli? – pytam, żeby się upewnić.

Peter opada na mnie całym ciężarem i znów mnie całuje.

– Jestem gotów, Czempionku – szepcze mi do ucha. – Gotów podarować ci pierścionek twoich marzeń. Wziąć ślub. Mieć dziecko. W takiej kolejności, jakiej sobie zażyczysz.

Z drżeniem serca wyobrażam sobie kameralną rodzinną uroczystość, Aidana i Kirby po naszych obu stronach. Życie, którego zawsze pragnęłam. Całujemy się tak, jak nie całowaliśmy się już od dawna, a na pewno od momentu, kiedy Kirby mnie odnalazła. A potem kochamy się niespiesznie, jego oddech łaskocze mnie w ucho, a ramiona oplatają mnie w talii. Czekamy długo, bardzo długo, aż nie możemy wytrzymać już ani chwili i razem dajemy upust rozkoszy. Czuję, jak we mnie eksploduje, cicho jęcząc moje imię, szepcząc, że pojmie mnie za żonę. Powtarzam sobie, że jestem największą szczęściarą na świecie. Powtarzam jemu, że nie mogłabym być szczęśliwsza. I kiedy zasypiam z głową na jego piersi, sama prawie w to wierzę. Prawie.

ROZDZIAŁ 31

Kirby

Kiedy po pięciogodzinnej podróży wchodzę wreszcie do domu, rodzice, Charlotte i Noah kończą właśnie jeść obiad. Wszyscy rozpromieniają się na mój widok, nawet mama. Zmuszam się, żeby usiąść z nimi przy stole, choć bardzo chciałabym być teraz sama.

– No i? – zaczyna Charlotte, kiedy matka wstaje, żeby nałożyć mi jedzenie na talerz. – Jak było?

– Super – odpowiadam, żałując, że nie potrafię jej tego lepiej opisać. – A jak bal?

Charlotte patrzy z uśmiechem na Noaha i mówi, że nigdy w życiu się tak dobrze nie bawiła. Następnie informuje mnie, że pan Tully musiał wyrzucić pięć osób za nieprzyzwoite zachowanie w tańcu, a osiem innych – za alkohol.

– Widziałaś Belindę? – pytam, bo nie mogę się powstrzymać.

– Tylko przez chwilę, na samym początku – mówi. – Miała megaczadową sukienkę. Kupiła w końcu tę turkusową.

Kiwam głową, udając zaskoczenie. Jestem zawiedziona, że mnie nie posłuchała, ale też z jakiegoś powodu jest mi jej żal. Nie wierzę, żeby dobrze się z tym czuła, niezależnie od tego, jak fantastycznie wyglądała.

Charlotte odsuwa talerz zjedzonej tylko do połowy sałatki z tuńczykiem i pyta:

– No i co? Poznałaś go? Poznałaś swojego biologicznego tatę?

– Tak – mówię, podczas gdy mama podaje mi talerz sałatki i miskę zupy pomidorowej.

– I jaki on jest? – pyta dalej Charlotte, a wszyscy pozostali patrzą na mnie wyczekująco.

– Nadal jest muzykiem. Jest też właścicielem baru Zelda, w którym grają muzykę na żywo przez trzysta sześćdziesiąt pięć dni w roku. – Unikając wzroku rodziców, wstaję i wyjmuję z lodówki puszkę coli, potem siadam, otwieram ją i biorę kilka długich łyków.

– Poszłaś do baru? – Moja mama nie byłaby sobą, gdyby mi nie zadała tego pytania.

– Tak – mówię. – Ale nie piłam. To miejsce się niczym nie różniło od połowy restauracji w St. Louis. Wyglądało jak te wszystkie knajpy w The Hill – dodaję, nawiązując do odwiedzanej przez nas nie raz włoskiej dzielnicy pełnej restauracji, w których mój ojciec chodził zawsze do baru na drinka, zanim dołączał do nas przy stoliku. – Zaufaj mi, mamo. Nic złego się tam nie działo.

Matka kiwa głową i zapewnia mnie, że mi ufa. Całkowicie.

Ojciec najwyraźniej nie ma ochoty rozmawiać o Conradzie, bo natychmiast zmienia temat:

– A jak rodzice Marianne?

– W porządku – odpowiadam. – Ojca Marianne polubiłam bardziej niż matkę. Ona jest trochę snobką. Ale była bardzo miła.

Mama wygląda na zaintrygowaną, słysząc te słowa. Chyba jej ulżyło, że nie straciłam wyczulenia na snobizm.

– Czym się zajmują?

– Ona nie pracuje. On jest prawnikiem Oprah Winfrey. Są bogaci.

Rodzice kiwają głowami, jakby nie spodziewali się niczego innego.

– Jak on wygląda? – pyta Charlotte. – Twój tata?

– Mój tata siedzi tutaj – mówię, wskazując na ojca, który uśmiecha się do mnie szeroko.

– Oj! – woła Charlotte. – Przecież wiesz, o co mi chodzi. Twój biologiczny tata.

– Muszę przyznać, że jest przystojny. Wygląda jak... Rockandrollowiec – odpowiadam ze śmiechem. Zerkam na mamę, która znów wydaje się niespokojna. – Nie taki długowłosy zaćpany z lat osiemdziesiątych, mamo. Tylko, no wiesz, jest artystą. Jest naprawdę super. I jest bardzo, bardzo miły. – Już, już mam im opowiedzieć, jak razem śpiewaliśmy na scenie, ale w ostatniej chwili postanawiam na razie zachować to dla siebie. Poza tym nie chcę zdenerwować taty. Nie chcę, żeby się czuł tak jak ja, kiedy dociera do mnie, że ma więcej wspólnego z Charlotte niż ze mną. Dorzucam więc tylko, żeby zrobić przyjemność mamie: – Aha, pani Caldwell bardzo się podobały serwetki.

– Naprawdę? – pyta mama i od razu poprawia jej się humor.

– Tak. Powiedziała, że są śliczne. I bardzo dziękowała za ciasto.

– Zjedliście je?

– Nie, ale to pewnie dlatego, że chciała je zachować na później, nie są uczuleni ani nic takiego.

Mama uśmiecha się szeroko, a Charlotte i Noah wstają od stołu, oświadczając, że wybierają się na jakąś imprezę nad basenem. Charlotte pyta, czy chcę iść z nimi, co jest bardzo miłe, ale grzecznie odmawiam, tłumacząc, że jestem zmęczona podróżą, a poza tym muszę się uczyć. Potem patrzę, jak wychodzą, trzymając się za ręce, i myślę o Philipie. Już nie mogę się doczekać, kiedy do niego zadzwonię, kiedy go zobaczę i znów pocałuję. Mówię rodzicom, że idę się rozpakować, ale oni mnie zatrzymują, twierdząc, że jest jeszcze coś, o czym chcieliby ze mną porozmawiać. Przygotowuję się w duchu na kolejny wykład na temat college'u, ale oni informują mnie, że chodzi o Belindę.

– Co się stało? – W mojej głowie jedna myśl goni drugą. Zastanawiam się gorączkowo, czy wszystko się wydało i czy jestem jakoś wplątana w całą tę sprawę.

– Wiemy, że Belinda ukradła tamtą sukienkę – mówi ojciec. Już mam zacząć udawać głupią, kiedy pyta: – Wiedziałaś o tym, prawda?

Patrzę na niego bez słowa, myśląc, że to takie typowe i niewiarygodne zarazem: nic nie zrobiłam, a to ja mam kłopoty. Uznaję jednak, że kłamstwo tylko pogorszyłoby sytuację, więc mówię:

– Tak. Wiedziałam. Ale skąd wy wiecie?

– Zadzwoniła do mnie kierowniczka sklepu – wyjaśnia mama. – W niedzielę rano. Pamiętała, że Belinda mierzyła tę sukienkę, i zaczęła coś podejrzewać, kiedy zauważyła, że w zeszłym tygodniu znikła im z inwentarza. Chciała się dowiedzieć, czy Belinda włożyła ją na bal.

– Czemu do ciebie zadzwoniła? – pytam.

– Myślała, że Belinda jest moją córką.

– Co jej powiedziałaś?

– Że to nie moja córka, ale bliska przyjaciółka rodziny. I że wszystkiego się dowiem i do niej oddzwonię.

– I?

– Zapytałam Charlotte, jak Belinda była ubrana na balu. Nie powiedziałam jej, czemu chcę wiedzieć. A Charlotte potwierdziła, że owszem, Belinda miała na sobie tę właśnie sukienkę.

– Aresztują ją? – pytam spanikowana.

Mama spogląda na ojca, który mówi:

– Nie. Kierowniczka chciała zadzwonić na policję. Więc razem z twoją mamą zapłaciliśmy za sukienkę.

– Co takiego? – pytam zdumiona. To ostatnia rzecz, jakiej bym się po nich spodziewała. Krycie przestępcy.

– Sklep chciał wnieść oskarżenie – tłumaczy ojciec. – Powiedziałem im, że zapłacę i że to załatwię. A potem zadzwoniłem do Belindy.

– I co?

– Zaprosiliśmy ją tutaj, usiedliśmy razem przy stole i... Pogadaliśmy z nią.

– Belinda jest ostatnio bardzo zagubiona – włącza się mama. – Jest jej ciężko, odkąd jej ojciec je zostawił. I mają sporo problemów finansowych. To oczywiście nie usprawiedliwia tego, co zrobiła. Ale nie chcieliśmy, żeby zrujnowała sobie przyszłość. W głębi duszy to dobra dziewczyna, tylko trochę się pogubiła.

– A co ona na to wszystko? – pytam.

– Było jej bardzo przykro. I to nie dlatego, że została przyłapana. Było widać, że naprawdę żałuje. Obiecała, że odda nam pieniądze i błagała, żebyśmy nic nie mówili jej matce.

– I nie powiecie?

– Musimy – odpowiada ojciec. – Gdybyś to ty coś takiego zrobiła, chcielibyśmy wiedzieć.

– Ale ja bym nie zrobiła czegoś takiego.

– Wiemy. Belinda nam opowiedziała o waszej kłótni. I że to właśnie dlatego nie chciałaś iść na bal.

Kiwam głową i czekam, aż zaczną mnie pouczać, że powinnam była przyjść z tym do nich. Że powinnam była coś zrobić. Ale zamiast tego moja mama mówi:

– To musiała być dla ciebie bardzo trudna sytuacja, Kirby.

Ojciec kiwa głową i dodaje:

– Tak. I założę się, że większość nastolatków nie miałaby siły na taki gest.

Patrzę na nich zażenowana, chyba dlatego że nie jestem przyzwyczajona do pochwał. Minęło już wiele czasu, odkąd ostatni raz powiedzieli mi, że są ze mnie dumni.

– Nie tylko o to chodziło. Naprawdę chciałam pojechać do Chicago – mamroczę ze spuszczoną głową, zastanawiając się, czemu nie potrafię w pełni przyjąć ich pochwały.

– Może zadzwonisz do Belindy? – proponuje mój tata. – Ona na ciebie czeka.

*

Kilka minut później staję pod drzwiami domu przyjaciółki i tym razem decyduję się zapukać. Belinda otwiera natychmiast i prowadzi mnie na górę, do swojej sypialni. W milczeniu siadamy na łóżku. Ma okropną cerę, jakby płakała albo piła na umór, albo jedno i drugie. Spoglądam w bok, na ścianę pokrytą napisami – są to głównie teksty jakichś durnych piosenek zespołów pokroju Jonas Brothers.

– Rodzice powiedzieli mi, co się stało – mówię wreszcie, a ona zaczyna płakać, jeszcze zanim kończę zdanie. Nachylam się i ją przytulam.

– Przepraszam – szlocha. – Byłam dla ciebie taka wredna...

– Fakt, byłaś. – Odsuwam się i patrzę na nią z uśmiechem.

– Przepraszam – powtarza. – Nie wiem, co się ze mną dzieje... Mam już dość tego wszystkiego... Mam dość tej pieprzonej biedy i tego, że nigdy nie mam się w co ubrać.

– Wiem, Bel. Wiem – mówię.

– Ty nie wiesz, jak to jest. Nie masz ojca darmozjada. Masz d w ó c h ojców i d w i e mamy, w tym jedną bardzo bogatą. A Charlotte mówiła, że pojechałaś poznać swojego biologicznego tatę... I co, jest gwiazdą rocka?

Wzruszam ramionami, bo nie chcę się przechwalać, ale mówię:

– Jest naprawdę świetny... Ale później o nim pogadamy...

Belinda głośno wyciera nos i mówi:

– Chyba byłam też trochę zazdrosna. O te wszystkie niesamowite rzeczy, które się dzieją w twoim życiu. Nawet o Philipa. On cię n a p r a w d ę lubi.

– Tak jak Jake ciebie – mówię.

– Nieprawda. Jake jest taki sam jak wszyscy. Chodzi mu tylko o seks.

– Im wszystkim chodzi o seks – mówię z uśmiechem, choć wiem, że Belinda ma rację, z Philipem i ze mną rzeczywiście jest inaczej.

– A twoi rodzice... Wiem: uważasz, że są do niczego, Kirb, ale oni są naprawdę super.

Prycham.

– Tu się chyba jednak z tobą nie zgodzę.

– Nie. Ja mówię poważnie. Gdyby nie twój tata, wyprowadziliby mnie stąd w kajdankach. Boże. Mam u niego taki dług, że nie wiem. I nie chodzi mi tylko o te czterysta dolarów. Mówię ci, ciesz się, że ich masz. Zresztą zawsze żałowałam, że moi starzy nie są tacy jak oni...

Spoglądam na nią zaskoczona, że tyle lat słuchała, jak na nich narzekam, i nigdy wcześniej mi tego nie powiedziała.

– Są surowi, ale przynajmniej im na tobie zależy – dodaje i znów zaczyna płakać.

– Twojej mamie też zależy – mówię.

– Wiem, ale to nie to samo. Nigdy jej nie ma... To nie jej wina, musi pracować, ale... Sama nie wiem. Po prostu wszystko jest do bani, Kirb. Wiem, że źle zrobiłam i że nie mam nic na swoje usprawiedliwienie. Ale... Po prostu rzygać mi się chce od tego wszystkiego.

Jeszcze raz ją przytulam i zastanawiam się, jak mogłam nie wiedzieć, że moja najlepsza przyjaciółka jest w takim fatalnym stanie. Potem przychodzi mi do głowy, że może wszyscy jesteśmy nieszczęśliwi. Oczywiście z wyjątkiem Charlotte. A może i bez wyjątku.

– Wybaczysz mi, Kirby? Wybaczysz mi, że tak cię traktowałam?

– Tak. Oczywiście, że tak. Jesteś moją przyjaciółką. To się nigdy nie zmieni.

A potem patrzę jej w oczy i mówię, że wszystko będzie dobrze. Wszystko się dobrze ułoży. Nasze życie, nasza przyszłość, wszystko. Powtarzam to jeszcze raz i po raz pierwszy od bardzo, bardzo dawna naprawdę w to wierzę.

*

W poniedziałek rano zaglądam do gabinetu pana Tully'ego i proszę go o rozmowę oraz zwolnienie z WF-u.

– Chyba że pana zdaniem badminton na coś mi się przyda w życiu.

Pan Tully się uśmiecha, wskazuje mi moje zwykłe miejsce i pyta:

– Jak tam algebra?

– Jak zwykle beznadziejnie.

– Widzę, że potrzebujesz siedemdziesięciu dwóch punktów, żeby dostać świadectwo. Myślisz, że ci się uda?

– Jasne – odpowiadam lekceważąco. – Świadectwo mam już w kieszeni.

– Cóż za pokrzepiający optymizm!

– Zmieniłam się.

– Naprawdę? Czyżby to miało coś wspólnego z twoją wycieczką do Chicago? A może z nowym chłopakiem?

Spoglądam na niego zaskoczona i lekko zawstydzona.

– A pan skąd wie o Philipie?

– Przeprowadziłem małe facebookowe śledztwo – wyjaśnia pan Tully, a ja przypominam sobie czułe wiadomości, które wymienialiśmy na swoich tablicach.

Uśmiecham się.

– No tak. Philip jest świetny, ale tu chodzi o kogoś innego. O mojego biologicznego tatę.

– Opowiadaj – rzuca pan Tully, strzelając palcami i nachylając się w moją stronę.

Opowiadam mu więc o wszystkim: o tym, jak wspaniale się dogadaliśmy, jak się cieszę, że jestem spokrewniona z kimś tak utalentowanym, a nawet o emocjach, które przeżywałam, występując na scenie. Pan Tully uważnie słucha każdego słowa, nawet uważniej niż zwykle, a potem wyraża żal, że go tam nie było i nie mógł tego zobaczyć na własne oczy.

– Ale jeszcze to nadrobię – mówi. – Kiedy już wygrasz wszystkie talent show...

Przewracam oczami.

– ... wtedy będę mógł powiedzieć, że cię kiedyś znałem.

Uśmiecham się.

– Tak. Może nawet załatwię panu wejście za kulisy.

Pan Tully parska śmiechem i mówi:

– Tylko żebyś o mnie nie zapomniała, kiedy już będziesz gwiazdą!

Śmieję się i obiecuję, że nie zapomnę. Gawędzimy jeszcze kilka minut, aż wreszcie pyta:

– A więc? Wiesz, że mamy jeszcze jeden temat do omówienia, prawda? Jedną, ostatnią sprawę...

Spoglądam na niego znacząco.

– Błagam, niech pan mi powie, że nie chodzi o college.

– Kirby.

– Ech! Nie, niech pan da spokój...

Pan Tully ignoruje moje jęki i zaczyna jeszcze raz:

– Kirby, naprawdę uważam, że powinnaś pojechać dalej się uczyć. Spróbuj, chociaż jeden semestr. Jeśli ci się nie spodoba, zawsze możesz się przenieść albo zrezygnować...

– Założę się, że to rodzice pana na mnie nasłali – mówię. – Zresztą już minął termin płacenia depozytów.

– Chyba wiesz, że go zapłacili?

Nie byłam pewna, ale owszem, podejrzewałam to, kiedy przestali o tym wspominać krótko po terminie.

– Posłuchaj, Kirby. To jest moja szczera opinia z głębi serca. Uważam, że powinnaś iść na studia. To przecież nie znaczy, że musisz zrezygnować z muzyki. Ale college to ważne doświadczenie, więc powinnaś przynajmniej spróbować. Zdobyć porządne wykształcenie, a jednocześnie realizować swój plan B.

– A czemu to college nie może być planem B? A muzyka planem A?

– Jedno nie wyklucza drugiego. Pomyśl o R.E.M. Albo Radiohead.

Znów przewracam oczami.

– W Missouri mogłabyś się dostać na wydział muzyczny. – Odwraca się na chwilę i wyciąga jakąś kartkę z szuflady biurka. Podaje mi ją i czytam: „Instrumentaliści powinni przygotować jeden lub dwa utwory. Preferowany materiał prezentujący jakość dźwięku oraz umiejętności techniczne. Perkusiści powinni wykazać się przynajmniej dwiema z poniższych umiejętności: solo / etiuda na idiofon (marimba / ksylofon / wibrafon), werbel, kotły, różne style gry na perkusji (swing, rock, funk, styl latynoski itd.)".

Kończę czytać i podnoszę wzrok.

– Uda ci się, Kirb.

– Nigdy pan nawet nie słyszał, jak gram.

– Wiem, że jesteś dobra. Po prostu to wiem. – Nie odpowiadam. – Pomyśl, ile mogłabyś się nauczyć od prawdziwych profesorów.

– Myślę raczej o tych wszystkich bzdurach, które każą mi wkuwać.

– Wiedza to nie bzdura.

Krzyżuję ręce na piersi, udając bardziej rozdrażnioną niż w rzeczywistości.

– Zastanów się, dobrze?

Mówię mu, że już się zastanowiłam.

– Spróbuj jeszcze tylko raz – naciska. – Dla mnie? Proszę?

Wzdycham głośno jak znużony wędrowiec.

– W porządku. Spróbuję – mówię, bo to przynajmniej mogę zrobić dla człowieka, który wierzył we mnie nieprzerwanie od samego początku.

*

Tego wieczoru po kolacji przychodzi esemes od Conrada.

„Cześć, perkusistko. Co słychać?".

Uśmiecham się i odpisuję:

„Niewiele. Uczę się do egzaminów. A u ciebie?"

Odpowiedź przychodzi natychmiast:

„Słucham sobie Sly & the Family Stone… *There's a Riot Goin' On* to genialny album, na wypadek gdybyś go nie znała. Myślę, że by ci się spodobał".

Znam parę ich kawałków, na przykład *I Want to Take You Higher*, ale tego albumu nie słyszałam, więc natychmiast ściągam go z iTunes. Po wysłuchaniu kilku piosenek natychmiast zdaję mu raport:

„Genialne, zwłaszcza *Poet* i *Family Affair*. Dzięki za podpowiedź".

Sekundę później dzwoni telefon. To on. Odbieram podekscytowana.

– Hej – mówi. – Niezła muza, co?

– Świetna – odpowiadam.

– Wiedziałem, że ci się spodoba.

– I to jeszcze jak.

– No a... Jak tam nauka?

Opowiadam mu, że muszę tylko zdać algebrę, żeby dostać dyplom. Stwierdza, że był w dokładnie takiej samej sytuacji, i to z tego samego przedmiotu.

– I co?

– Zdałem. Ledwo. Może i nie mam wyższego wykształcenia, ale przynajmniej mnie nie wywalili z liceum.

Biorę głęboki wdech i zadaję mu pytanie za milion dolarów:

– Żałujesz, że nie poszedłeś na studia?

– Nie – odpowiada bez wahania. – Pewnie nie powinienem ci tego mówić, ale to prawda... Chociaż muszę przyznać, że miałem dużo szczęścia. Nie każdemu bez studiów się udaje.

– Właśnie próbuję postanowić, co zrobić ze swoim życiem – mówię. – A przynajmniej z kilkoma najbliższymi latami.

– Pytasz mnie o radę?

– Niezupełnie. Wszyscy naokoło chcą mi udzielać rad.

– Tak, domyślam się... Pewnie Marianne nieźle ci nagadała.

– Aha. Uważa, że powinnam studiować. Ale nie palnęła mi kazania ani nic takiego – mówię, zastanawiając się, czy Conrad szuka tylko pretekstu, żeby zacząć o niej rozmawiać, tak jak ona szukała pretekstu, żeby wyciągnąć ze mnie zwierzenia o nim.

Chyba miałam rację, bo Conrad pyta:

– Mam nadzieję, że miło spędziłyście resztę weekendu?

– Nie było okazji, wyjechałam następnego ranka. Ale tak, cały weekend był świetny... Marianne wybiera się na moje wręczenie dyplomów, więc niedługo znów ją zobaczę.

– O – mówi Conrad. – To wspaniale. Cieszę się.

– Aha. Wiem, że masz dużo pracy w Zeldzie i... Pewnie byś się dziwnie czuł, bo ona tu będzie, ale... – Na moment wstrzymuję oddech, a potem kończę: – Ale ciebie też zapraszam.

– Dziękuję ci, Kirby. To bardzo miło z twojej strony...

– Ale pewnie byś się dziwnie czuł, prawda? – powtarzam, dając mu okazję, żeby się wycofał.

– Tak. Pewnie wszystkim byłoby dosyć niezręcznie... Ale daj mi znać, kiedy to jest... Steph mogłaby przecież przypilnować interesu. Może wpadłbym na chwilę...

– Jasne – rzucam tak swobodnie, jak potrafię, starając się powstrzymać emocje i powtarzając sobie w duchu, że pewnie coś mu wypadnie, ale że przynajmniej nie odmówił od razu. – Byłoby naprawdę super. Ale wiesz, nie przejmuj się.

– W porządku. Zrozumiałem.

– No dobrze, to ja już lepiej wrócę do nauki.

– Okej. Tylko pamiętaj: druga pochodna równa się przyśpieszenie. Myśl o szybkich samochodach.

Wybucham śmiechem.

– Zgadza się. Druga pochodna to miara szybkości zmian wartości funkcji. Czyli faktycznie przyśpieszenie. Jakim cudem to pamiętasz?

– Pamiętam całe mnóstwo nieprzydatnych śmieci.

– Czyli to jest naprawdę nieprzydatne?

– W stu procentach.

– Wiedziałam – mówię z triumfalnym uśmiechem.

ROZDZIAŁ 32

Marianne

Kiedy w poniedziałek pojawiam się w pracy, do mojego gabinetu zagląda Alexandre i wręcza mi nową wersję scenariusza, którą napisali razem z Jeanelle.

– Proszę bardzo. Połączenie *Kochanych kłopotów* i *Zdrówka*. Przyjemnego czytania.

Wzdycham.

– Serio? Aż takie okropne?

– Nie będziesz zachwycona. Stosowaliśmy się do wytycznych stacji.

– Ale przynajmniej zostajemy na antenie, co? A ja nawet jeszcze nie jestem żoną szefa...

Chowam się za papierami, próbując ukryć uśmiech, ale on najwyraźniej coś zauważa, bo mówi:

– O, cholera, Caldwell. Zaręczyłaś się?

– Na to wygląda – odpowiadam, choć sama jeszcze w to nie wierzę. – Tylko nie mów nikomu, to jeszcze niepotwierdzone. Chociaż oboje wiemy, że Standish raczej nie zmienia zdania.

Alexandre rozbawiony kręci głową.

– Fantastycznie. Może dzięki temu wskoczymy z powrotem na dziewiątą.

– Tak. – Parskam śmiechem, choć wciąż czuję się trochę nieswojo. – Przynajmniej tyle może dla nas zrobić, nie?

*

Wieczorem spotykam się z Jess na kolacji w Greenwich Village i zdaję jej relację z weekendu oraz przekazuję radosną nowinę.

– Czyli nie zaiskrzyło z Conradem? – pyta, najwyraźniej ignorując fakt, że właśnie się zaręczyłam. Wbijam wzrok w kartę i kręcę głową.

– Nie.

– Spójrz mi w oczy i powiedz to jeszcze raz.

Mierzę ją ostrym spojrzeniem i mówię:

– Jeśli mówiąc o iskrzeniu, masz na myśli to, że on mnie nienawidzi, a ja uważam, że jest piękniejszy niż kiedykolwiek wcześniej, to owszem, zaiskrzyło. W innym przypadku odpowiedź brzmi: nie.

– Piękniejszy niż kiedykolwiek, czyli konkretnie…?

– Absolutnie boski.

– Podobny do kogoś, kogo znam?

– Nie.

– Do kogoś sławnego?

Nie waham się ani chwili:

– Połączenie Jamesa Franco z Bradleyem Cooperem… Ale nie, jest jeszcze przystojniejszy.

– Widzę, że się nad tym zastanawiałaś.

– Może. Troszkę... Nieważne. Czy możemy porozmawiać o Peterze? Proszę?

– No tak. Oczywiście. Moje gratulacje – mówi Jess takim tonem, jakbym jej właśnie oświadczyła, że wygrałam roczny zapas papierowych ręczników. – Wspaniałe nowiny.

– Aha. Peter chce jeszcze w tym tygodniu kupić pierścionek.

– Cudownie.

Spoglądam na nią spod zmrużonych powiek.

– Jess! Czemu ty go tak nie lubisz?

– Lubię go. Po prostu myślę, że go nie kochasz.

– Właśnie że kocham! – protestuję. – Czego tu nie kochać?

– Skoro tak mówisz, to znaczy, że nie kochasz. A „dobra partia" to nie to samo, co „miłość życia". To subtelna, ale dość istotna różnica, pamiętaj.

Kręcę głową, żałując, że Claudia nie mogła dzisiaj przyjść, i myśląc, że Jess jest ostatnią osobą, która powinna udzielać innym rad na temat związków.

– Jestem świadoma tej różnicy – mówię. – A Peter to jedno i drugie.

– Skoro tak twierdzisz. Ale nigdy nie widziałam, żebyś mówiła o nim z takim zachwytem, z jakim mówisz o Conradzie.

– Conrad to fantazja z dzieciństwa. Nic więcej.

Jess pogroziła mi palcem.

– Ale mógłby być czymś więcej. W dodatku masz już z nim dziecko.

Mówię jej, że absolutnie nie ma racji, po czym stanowczym ruchem zamykam menu.

– Na pewno wiesz, czego chcesz? – pyta Jess.

– Tak – odpowiadam. – Na pewno.

*

– Podoba ci się?

Siedzimy z Peterem w małym biurze jego zaprzyjaźnionego jubilera, Ariego Zwackera. Postanowiłam nie przejmować się faktem, że Ari zaprojektował pierścionek Robin – jak również większość jej biżuterii – i zamiast tego próbuję się skupić na kolekcji przepięknych kamieni rozłożonych na biurku. Pod każdym z nich znajduje się opis koloru, liczby karatów oraz czystości. Nie znam się na brylantach, ale jestem pewna, że każdy z nich jest wart więcej niż to, co zarobiłam w czasie pierwszych pięciu lat pracy w telewizji.

– Wszystkie są piękne – mówię, w skrytości ducha żałując, że nie pozwoliłam Peterowi się zaskoczyć. Kiedyś wspomniałam, że chciałabym w przyszłości sama wybrać swój pierścionek zaręczynowy, skoro będę go musiała codziennie oglądać. Teraz jednak uznaję, że jest coś zdecydowanie nieromantycznego i odrobinę przygnębiającego w redukowaniu symbolu miłości do naukowych klasyfikacji – zwłaszcza takich, które skupiają się na niedoskonałościach.

– Ale który jest twoim zdaniem najpiękniejszy? – chce wiedzieć Peter i wpatruje się we mnie wyczekująco.

Udaję, że się zastanawiam, bo nie wiem, jak się przedstawia kwestia różnicy w cenach, ale tak naprawdę wytypowałam już niechybnego zwycięzcę: czterokaratowe cudo w kolorze G i o klasie czystości VVS1. W końcu pokazuję go Peterowi.

– Ten jest cudowny… Ale pozostałe wcale nie są gorsze. A tobie który się podoba?

Ari kiwa głową i mówi do Petera:

– Tak jak przewidziałeś. – A potem ostrożnie chwyta klejnot obcążkami i mocuje go w oprawie, po czym wsuwa mi pierścionek na palec. Wpatruję się w niego z niedowierzaniem. To bez wątpienia najpiękniejszy brylant, jaki w życiu widziałam, włączając w to te na palcach gwiazd filmowych w kolorowych magazynach.

– I jak? – odzywa się Peter.

Patrzę na niego i nie mogę wydusić z siebie ani słowa, a on się uśmiecha i mruga do Ariego.

– Zadzwonię do ciebie.

Ari kiwa głową i żegnamy się, a potem wychodzimy z powrotem na Czterdziestą Siódmą Ulicę, zwaną zresztą „ulicą diamentową", mijając grupkę chasydów oraz kilka zakochanych par oglądających sklepowe witryny.

– Jesteś zadowolona? – upewnia się Peter, kiedy skręcamy w Piątą Aleję.

– Zachwycona – odpowiadam, na dowód posyłając mu szeroki uśmiech.

Peter pochyla się i całuje mnie tak, jak to się praktycznie nie zdarza na zatłoczonych chodnikach. To pocałunek, który idealnie pasuje do czterokaratowego diamentu niemal bez skazy. Za taki pocałunek dałabym wszystko tamtego wieczoru, kiedy po raz pierwszy wywołałam temat małżeństwa. Sęk w tym, że kilkadziesiąt minut później poznałam Kirby i całe moje życie zaczęło się zmieniać.

*

Następnego wieczoru wybieramy się z Peterem na eleganckie przyjęcie urodzinowe jego (i Robin) przyjaciela z dawnych czasów. Przyjęcie odbywa się w luksusowym hotelu Peninsula, a tematem przewodnim jest *Doktor Żywago*. Zdążyliśmy się już przywitać ze znajomymi, wypróbować wiele odmian wódki, wędzonego łososia i kawioru z bieługi, ale żadne z nas nie jest jakoś w nastroju, żeby publicznie ogłaszać wielką nowinę, zwłaszcza kiedy wpadamy w łapy Robin i jej nowego chłopaka rzeźbiarza.

– To kiedy się pobieracie? – wypala Robin, po tym jak wyczerpaliśmy nasze zwykłe tematy towarzyskich pogawędek.

Peter obejmuje mnie w talii i wprawia ją w osłupienie, odpowiadając:

– Niedługo.

Zupełnie jakby ktoś mu dał sygnał, kelner podaje nam kieliszki szampana na srebrnej tacy. Robin unosi w górę swój, żądając, byśmy zrobili to samo.

– W takim razie wasze zdrowie! Bardzo się cieszę. Jesteście idealną parą. Właściwie to aż mi niedobrze, jak na was patrzę.

– Dzięki... chyba – mamroczę, wznosząc kieliszek, a potem upijam łyk szampana.

– Za naszą wielką, zwariowaną patchworkową rodzinę! – woła Robin, po czym odwraca się do swojego chłopaka i tłumaczy mu naszą niezwykłą sytuację, włączając w to historię o powrocie Kirby. Potem, nadal nie dając żadnemu z nas dojść do głosu, pyta, czy może przyjść na wesele.

– Proszę, prooooszę, Petey.

Peter się uśmiecha, ale kręci głową i odpowiada, że nie ma mowy.

– Marianne mi pozwoli – upiera się Robin. – Prawda, Marianne?

– Och, jasne. Oczywiście – mówię, po czym próbuję rozładować atmosferę, żartując, że pewnie będzie chciała też pojechać z nami w podróż poślubną. Kilka chwil później ona i jej chłopak znikają nam z oczu, a Peter i ja wymykamy się na taras. Oparci o barierkę, patrzymy na światła Piątej Alei. Jest piękna bezchmurna noc. W taką noc jak ta człowiek jest szczęśliwy, że mieszka w Nowym Jorku; szczęśliwy, że żyje na tej planecie. Ale kiedy tak sączymy szampana, podziwiając widoki, w mojej głowie po raz kolejny rozpętuje się gonitwa myśli. Przytrafiało mi się to już wiele razy, odkąd wróciłam z Chicago. W pewnej chwili Peter zadaje mi jakieś pytanie, ale nie dociera do mnie ani jedno słowo.

– Hmm? – mruczę.

– O czym myślisz, Czempionku? – pyta. – Wyglądasz, jakbyś była bardzo daleko stąd.

Przepraszam go i wyjaśniam, że myślałam o pracy – o poprawionym scenariuszu, nad którym dzisiaj pracowałam. Peter spogląda na mnie z zastanowieniem, a potem pyta:

– Czy jest jeszcze coś, co próbujesz napisać na nowo?

Zerkam na niego nerwowo i odpowiadam:

– Cóż, szczerze mówiąc, myślałam też o tym pierścionku...

– Tak?

– Hmm... Chyba nie powinieneś kupować właśnie tego... Jeszcze – mówię, łapiąc jakąś modelkę na tym, że taksuje go mało subtelnym spojrzeniem. Czuję ukłucie zazdrości.

– Czemu nie? – Peter sączy z kieliszka ostatnie krople i odstawia go na stolik za sobą.

– Nie wiem – mówię. – Chyba jest za duży.

– Nie jest za duży.

– Ale nie jestem pewna co do szlifu... W ogóle nie jestem pewna... Czy to ten jedyny.

Peter krzyżuje ramiona.

– Nie jesteś pewna co do pierścionka, czy co do mnie?

Przełykam ślinę, starając się zebrać na odwagę, żeby mówić dalej. Zastanawiam się przy tym, czy dobrze robię, czy może to kolejna decyzja, której już zawsze będę żałować.

– Peter – mówię w końcu. – Chyba nie powinniśmy się pobierać.

– A dlaczego nie? – pyta, a w jego oczach odbijają się światła miasta.

– Ponieważ... Nie jestem pewna, czy się naprawdę kochamy. Wystarczająco, żeby się pobierać – dodaję, przypominając sobie rozmowę z Jess i w końcu przyznając jej rację.

– Ja jestem pewien – mówi Peter. Przychodzi mi do głowy, że on jest pewien wszystkiego. To dlatego jest takim znakomitym menedżerem. Kiedy już podejmie jakąś decyzję, nigdy nie miewa wątpliwości.

Potrząsam głową ze łzami w oczach, zbyt wzburzona, żeby mu powiedzieć, że nie kocha mnie, lecz ideę mnie. Taką, jaka jestem w jego towarzystwie. Wszystkie rubryczki odhaczone – zwłaszcza odkąd naprawiłam błąd sprzed lat.

– Po prostu uważam, że... Już do siebie nie pasujemy. Może nigdy nie pasowaliśmy... – Czekam, aż okaże jakieś emocje: namiętność, gniew, cokolwiek. Lecz on tylko mówi:

– Czy jest coś, co mogę powiedzieć, żeby cię przekonać?

Potrząsam głową, choć w głębi ducha marzę, żeby chociaż spróbował. Ale gdy tego nie robi, mówię:

– Trudno to wytłumaczyć. Po prostu czuję, że się zmieniłam.

– Czy to ma coś wspólnego z ostatnim weekendem?

– Niezupełnie – mówię, choć tak naprawdę wiem, że owszem, ma. Że chodzi *wyłącznie* o ostatni weekend, o Conrada i moje potyczki z przeszłością. O uświadomienie sobie, co kiedyś miałam i co odrzuciłam. Rozpaczliwie pragnę znów to poczuć. Pragnę być w związku, w którym nie muszę pisać sobie scenariusza ani stępiać swoich ostrych krawędzi. Nagle czuję, że pragnę w życiu tego, co prawdziwe – nawet jeśli miałoby być trudne, nieprzyjemne i skomplikowane. To Kirby mnie tego nauczyła.

– Chyba już pójdę do domu – mówię, odstawiając kieliszek z szampanem. Peter patrzy na mnie, jak zawsze przystojny i opanowany, a potem pyta, czy może mnie odprowadzić. W jego oczach czai się smutek i dezorientacja, lecz nie wpływa to w najmniejszym stopniu na jego nieskazitelne maniery prawdziwego dżentelmena.

Patrzę mu w oczy i mówię:

– Lepiej pójdę sama. – Peter kiwa głową, a potem odprowadza mnie do windy, delikatnie całuje w policzek i cicho szepcze:

– Do widzenia.

ROZDZIAŁ 33

Kirby

Na egzaminie z algebry uzyskuję osiemdziesiąt punktów. To cholerny cud – nie dość, że osiem punktów więcej, niż potrzebowałam, żeby dali mi świadectwo, to jeszcze dostaję czwórkę. Nigdy w życiu nie dostałam czwórki z testu z matematyki.

Kiedy oznajmiam dobre nowiny panu Tully'emu, ten przybija ze mną piątkę, po czym wręcza mi kartkę i każe otworzyć ją od razu. Na zewnątrz widnieje obrazek przedstawiający puszyste białe obłoczki, a wewnątrz napisane jest: „Sięgaj samego nieba!". Pod sentencją własnoręcznie dopisał drobnymi literami: „Kupiłem tę kartkę PRZED twoim egzaminem. Wiedziałem, że ci się uda. A teraz cała naprzód! Twój przyjaciel, pan T.", po czym następuje postscriptum: „Wykształceni muzycy bywali często zdolnymi matematykami i odwrotnie. Jeśli wiesz, co chcę powiedzieć".

Wybucham śmiechem i ostrzegam go, żeby sobie nie robił zbyt wielkich nadziei, choć w głębi duszy zaczynam myśleć, że czemu bym miała nie spróbować. Co mi szkodzi? Nie mam przecież nic do stracenia. Przypominam sobie swoją podróż do Nowego Jorku. Miałam mnóstwo wątpliwości. Co by się stało, gdyby mnie wtedy powstrzymały?

– Będę za tobą tęsknił – mówi pan Tully.

– Będę pana odwiedzać.

– Mam nadzieję.

Uśmiecham się, ale z zaskoczeniem stwierdzam, że właściwie jest mi smutno, co jest bardzo dziwne, zważywszy na fakt, że przez ostatnie cztery lata marzyłam tylko o tym, żeby uciec z tego miejsca.

– I nie zapomnij o tym, co mi obiecałaś – dodaje pan Tully, kiedy rozlega się dźwięk dzwonka, a ja wstaję, żeby ruszyć w stronę auli na ostatni w tym roku koszmarny dwugodzinny apel, połączony z rozdaniem nagród tym wszystkim uczniom ostatnich klas, którzy w przeciwieństwie do mnie mieli w tej szkole jakieś wybitne osiągnięcia.

– A co obiecałam? – pytam, spodziewając się, że znów zacznie marudzić na temat college'u.

Ale on wypowiada tylko trzy słowa:

– Wstęp. Za. Kulisy.

– Ma pan to jak w banku – śmieję się, bo nagle sobie uświadamiam, że ta perspektywa prawie nabiera realnych kształtów.

*

Wieczorem w przeddzień zakończenia roku rodzice zabierają mnie do mojej ulubionej restauracji LoRusso's, żeby uczcić koniec liceum z Charlotte, Belindą i jej matką oraz z Philipem. Philipa poznali dopiero dziś, więc na początku atmosfera jest nieco sztywna, ale na szczęście on należy do tych nielicznych nastolatków, którzy świetnie dogadują się z dorosłymi, wcale im się przy tym nie podlizując. Również Belinda odzyskała już dawną radość życia, choć matka uziemiła ją do odwołania – albo przynajmniej do momentu, kiedy spłaci dług zaciągnięty u moich rodziców. Na szczęście oddała im już z pięć kopert – prezenty od rodziny z okazji ukończenia szkoły – a ja dorzuciłam pięćdziesiąt dolców ze swojej ostatniej wypłaty (dlatego że chciałam być miła, ale po części i dlatego że się nudzę, kiedy Belinda jest uziemiona). Zostało nam więc do końca tylko około siedemdziesięciu dolarów, a potem będzie wolna.

Krótko mówiąc, wszyscy są w miarę zadowoleni i tylko moja matka zachowuje się dziwacznie. Od dłuższego czasu zatraca się w wirze porządków, przygotowując dom na wizytę Marianne, choć ta ma zamiar zatrzymać się w hotelu – zgodnie z przewidywaniami wybrała Chase Park Plaza. Zapewniłam ją, że Marianne nie pogardza noclegiem w naszym domu – po prostu nie chce się narzucać i wchodzić na nie swoje terytorium. I naprawdę w to wierzę, co więcej, obiecałam sobie, że podczas jej wizyty nie będę się wstydzić ani swojej okolicy, ani domu, ani rodziny, ani niczego innego, co jest częścią mnie.

– Chciałbym wznieść toast – oznajmia mój tata w restauracji i wszyscy podnosimy do góry szklanki z colą. – Za Kirby, która zdała algebrę! I drugi, za Kirby, Belindę i Philipa…

Gratulacje z okazji ukończenia szkoły i wszystkiego najlepszego na przyszłość, jakąkolwiek obierzecie drogę!

Patrzy mi prosto w oczy i uśmiecha się, przekazując mi w ten sposób bez słów, że college nie jest najważniejszy i że będzie dobrze – cokolwiek postanowię.

*

Następny dzień wypełnia szalona krzątanina. Patrząc na to całe strojenie się, prasowanie i gotowanie – nie mówiąc już o rozedrganych emocjach – można by pomyśleć, że ktoś tu wychodzi za mąż. Nawet Charlotte wygląda na poruszoną, kiedy z lekko załzawionymi oczami wchodzi do mojego pokoju. Podnoszę wzrok znad perkusji, ale nie przerywam cichej gry. Charlotte siada na moim wciąż niezasłanym łóżku i mówi:

– Będę za tobą tęsknić w przyszłym roku.

– A kto mówi, że się gdzieś wybieram?

– Mama podejrzewa, że wyjedziesz do Nowego Jorku. Albo do Chicago.

– Coś podobnego – mówię, wykonując słynną przygrywkę Paula Shaffera, która puentuje każdy dowcip w programie Davida Lettermana.

– A nie wyjedziesz? – pyta Charlotte, związując mokre włosy w kucyk na czubku głowy.

Odkładam pałki, wzruszam ramionami i mówię:

– Kto wie?

– Wyjedziesz – upiera się Charlotte. – Wiem, że masz jakiś plan.

– W porządku – mówię i siadam obok niej na łóżku. – Zdradzę ci małą tajemnicę.

Charlotte pochyla się do mnie i szepcze:

– Jaką?

– Chyba pójdę do college'u.

Moja siostra uśmiecha się i pyta, komu już powiedziałam.

– Jesteś pierwsza – odpowiadam. – Poza tym to jeszcze nie całkiem pewne, więc się nie wygadaj.

– Będę milczeć jak grób. Obiecuję. Pod warunkiem że ty też mi obiecasz, że będziesz do mnie często dzwonić, niezależnie od tego, gdzie wylądujesz.

– Ale przecież nawet teraz nie rozmawiamy jakoś szczególnie często – stwierdzam z uśmiechem. Charlotte zaczyna chichotać, bo przecież dobrze wie, że nie jestem specjalnie rozmowna, a potem mówi:

– Obiecaj.

– Obiecuję – mówię i nagle uświadamiam sobie ze zdziwieniem, że ja też będę trochę za nią tęsknić.

*

Właśnie mamy wychodzić z domu, kiedy dzwoni Marianne, żeby życzyć mi powodzenia i potwierdzić nasze plany na później.

– Znajdę cię. Jak będziesz ubrana? – pytam, patrząc, jak mama kręci się obok i udaje, że nie słucha.

– Na czerwono – oświadcza Marianne z dumą, a ja przypominam sobie, jak jej powiedziałam, że czerwień to barwa naszej szkoły. Zerkam na mamę, również ubraną na czerwono i mówię:

– Okej. Będzie wesoło – a potem upewniam się po raz kolejny, czy wie, jak trafić do naszego domu.

– Tak jest – mówi. – Nie martw się o mnie. Ciesz się swoim wielkim dniem. Zobaczymy się, kiedy będzie po wszystkim.

– W porządku – mówię, myśląc o Conradzie, który zadzwonił wczoraj wieczorem i poinformował mnie, że jednak przyjedzie. Mam ochotę jej o tym powiedzieć, ale uznaję, że Conrad pewnie by tego nie chciał i że prawdopodobnie za wszelką cenę będzie starał się jej unikać. Więc dziękuję jej tylko za telefon, mówię: do widzenia i rozłączam się.

Mama nie wytrzymuje nawet sekundy.

– Jak będzie ubrana? – pyta.

– Ee, na czerwono – odpowiadam. – Co za zbieg okoliczności, prawda?

Mama marszczy brwi i mówi:

– Wiedziałam... Może powinnam się przebrać?

Przychodzi mi do głowy, jak długo szukała właściwej sukienki, i coś mi każe podejść, objąć ją ramieniem i powiedzieć:

– Nie, mamo. Powinnaś iść tak, jak jesteś. Pięknie wyglądasz. – Spoglądam na nią z nadzieją, że wie, co myślę: że nie ma znaczenia, w co jest ubrana. Mam tylko jedną prawdziwą matkę. Ją.

*

Kilka godzin później, po tym jak rodzice z Charlotte wysadzili mnie przed bazyliką Świętego Ludwika i pojechali na parking, stoję w gronie kolegów i koleżanek z klasy tuż przy wejściu do katedry. Rozglądam się po prawie stuletnich ścianach przedsionka, pokrytych mozaiką ukazującą patrona naszego miasta – francuskiego króla Ludwika IX. Z tego co zdołałam wychwycić z nerwowego trajkotania mamy w samochodzie, to właśnie tu znajduje się największa kościelna mozaika na świecie. Wyraźnie widać, że mama chce, żeby nie tylko nasza rodzina, ale także moja szkoła i całe miasto wypadły dobrze przed Marianne. Muszę zresztą przyznać, że całkiem nieźle ją rozumiem.

W pewnym momencie panujący wokół chaos wywołany przez setki dzieciaków zostaje ujarzmiony, kiedy ustawiają nas w dwóch rzędach – dziewczęta w białych togach i biretach, chłopcy zaś w czerwonych. Jest tu również większość nauczycieli, także ubranych w togi i birety, włączając w to niezwykle poważnego pana Tully'ego. Z głośników dobiegają pierwsze dźwięki patriotycznej pieśni *Kraj nadziei i chwały* i zaczyna się uroczystość. Wszyscy, nawet najbardziej rozbrykani uczniowie, cichną i ogarnia mnie dziwne poczucie wspólnego przeżycia, szacunku dla uroczystej okazji wykraczającego poza granice szkolnych klik, choć nigdy nie sądziłam, że to możliwe. Najwyraźniej ludzie reagują tak na pożegnania.

Biorę głęboki oddech i wraz z resztą uczniowskiego pochodu wchodzę do chłodnej, ciemnej świątyni. Ze wszystkich stron migają światła lamp błyskowych w aparatach – co wygląda dziwnie w kościele – a ściśnięta w ławkach widownia nagle się ożywia. Spoglądam w górę na zapierające dech w piersiach sklepienie i dźwięczą mi w głowie słowa matki: „czterdzieści jeden milionów kawałków szkła w ponad siedmiu tysiącach kolorów". Następnie omiatam wzrokiem ławki i zauważam Marianne, a potem moją rodzinę. Siedzą w przeciwnych nawach, ale mniej więcej na tej samej wysokości, więc nie mam szans spojrzeć na każde z nich, przechodząc środkiem. Postanawiam, że będę na wszelki wypadek patrzyła prosto przed siebie. Nigdzie nie dostrzegam Conrada i obiecuję sobie nie rozczarować się, jeśli się nie zjawi.

Muzyka cichnie i zajmuję miejsce na końcu długiej ławki, na której rozmieszczono nas w porządku alfabetycznym, chwilę później zaczynam przeglądać program uroczystości, w którym wyróżniono nazwiska wszystkich klasowych prymusów – najlepsza w tym, mistrz w tamtym. Zamykam program, a potem zamykam oczy, całkowicie się wyłączając, choć jestem pewna, że homilia ojca O'Malleya i pożegnalna mowa celującej uczennicy Geny Rych dla wielu okażą się inspirujące.

Myślę o moich narodzinach i adopcji, o pierwszych osiemnastu latach mojego życia. Przypominam sobie ostatnie kilka miesięcy i podróż do Nowego Jorku w poszukiwaniu Marianne. Myślę o dzisiejszym dniu i o tym, co znaczy dla mojej rodziny siedzącej z tyłu. I o wszystkim, co doprowadziło mnie do tej chwili. Myślę o tym, dokąd zmierzam i kim chciałabym być.

A potem dyrektor zaczyna wywoływać nasze nazwiska, jedno po drugim. Każdy z uczniów dostaje swoją porcję aplauzu, bardziej lub mniej entuzjastycznego, zależnie od stopnia popularności wśród rówieśników. Kiedy zbliża się litera R, serce zaczyna mi walić prawie tak szybko jak wtedy, gdy wyszłam na scenę z Conradem, choć tym razem z zupełnie innych powodów. Poza krótką chwilą popłochu przed testem z algebry zawsze traktowałam ukończenie szkoły jako coś oczywistego, więc nie czuję zaskoczenia, że tu jestem. Ogarnia mnie za to duma i – co dla mnie samej jest dość dziwne – wdzięczność. Jestem wdzięczna Marianne, że mnie urodziła – a potem oddała rodzinie, która marzyła o dziecku. Jestem wdzięczna Conradowi – nieważne, czy tu jest, czy nie – za to, że zaakceptował mnie natychmiast, nie zadając pytań. Jestem wdzięczna mojej młodszej siostrze za to, że nigdy nie próbowała mnie wykluczyć z rodzinnego życia ani sprawić, bym poczuła się gorsza – chociaż przecież mogła, chociaż ja robiłam to sama. Ale najbardziej ze wszystkich jestem wdzięczna rodzicom, którzy mnie pokochali i uczynili ze mnie swoją córkę.

Słyszę swoje nazwisko – Kirby Katherine Rose. Wstaję i wchodzę po schodkach na podwyższenie, gdzie ściskam dłoń dyrektorowi szkoły i odbieram dyplom. Kiedy się odwracam, żeby wrócić na miejsce, wzrokiem wyławiam z tłumu Conrada, który uchyla ronda niewidzialnego kapelusza. Uśmiecham się do niego szeroko i muskam palcami brzeg biretu.

*

Wróciliśmy do domu pół godziny temu i ten czas akurat wystarczył mi, żeby przebrać się w koszulkę i dżinsy, a mojej mamie – żeby zestresować się do granic możliwości i przy okazji zagrać mi tym na nerwach.

– Na pewno nie chcesz włożyć sukienki? – pyta.

– Tak, mamo. Na pewno – odpowiadam, starając się nie stracić cierpliwości. – Czy nie mogłabyś się wreszcie trochę wyluzować i zacząć zachowywać normalnie?

– Zgadzam się z Kirby! – woła tata ze schodów, a ja krzywię się z przerażenia na myśl o tym, że od jego gadulstwa Marianne odpadną uszy.

Dzwonek do drzwi rozlega się zaledwie kilka chwil po tym, jak wszyscy zebraliśmy się w salonie, którego na co dzień prawie w ogóle nie używamy. Wstaję i przygryzam wargę, zastanawiając się, ile jeszcze przyjdzie mi przeżyć takich dramatycznych sytuacji, gdy ktoś staje w czyichś drzwiach. Otwieram i widzę Marianne z wielkim bukietem różowych kwiatów, już zapobiegawczo włożonych do wazonu. Nie cierpię różowego, ale muszę przyznać, że kwiaty są ładne.

– Moje gratulacje – mówi i podaje mi bukiet wraz z kartką. – To była piękna uroczystość…

– Dzięki.

– Masz śliczny dom.

– Dzięki – powtarzam, coraz bardziej niespokojna. Odwracam się i prowadzę ją do salonu, po drodze odstawiając wazon na stolik. Staję na środku i wielkim wysiłkiem woli opanowując nerwy, przedstawiam rodzicom swą biologiczną matkę.

– Mamo, tato, to jest Marianne Caldwell – wypowiadam formułkę, którą przećwiczyłam dziś rano. – Marianne, to moi rodzice Lynn i Art Rose'owie.

Najpierw tata, a potem mama ściskają dłoń Marianne, wszyscy uśmiechnięci kiwają głowami, mamrocząc słowa powitania, jakby mówili różnymi językami i czekali na przybycie tłumacza.

Charlotte wtyka głowę przez drzwi i macha do mnie nieśmiało, więc mówię:

– Ach, tak. Marianne, to jest moja siostra Charlotte.

– Cześć! – woła Charlotte i jeszcze raz macha.

– Bardzo miło was wszystkich poznać – mówi Marianne.

Tata chrząka i wypluwa z siebie grad bezładnych uprzejmości:

– Witaj w St. Louis! Wspaniale, że przyjechałaś! To miłe z twojej strony, że pokonałaś tak daleką drogę. Bardzo miłe. Kirby jest bardzo wdzięczna. I my również. Dziękujemy.

– A ja dziękuję za zaproszenie – odpowiada mu Marianne. Potem spogląda na moją matkę i dodaje: – To dla mnie przyjemność i zaszczyt.

Patrzę na nią i myślę o tym, jaka jest gładka, elegancka – od fryzury przez strój po słowa, które padają z jej ust. Zauważam, że włożyła zgrabne beżowe czółenka na szpilce, które stanowią zdecydowany kontrast w porównaniu z topornymi czarnymi pantoflami mojej matki. Nie znam się na modzie, ale jestem pewna, że to Marianne udało się lepiej dobrać kolor do czerwonej sukienki. Myślę, że gdybym była jej córką, z pewnością znałabym się na takich rzeczach, ale po chwili przychodzi refleksja, że przecież do niczego mi to nie jest potrzebne. Wychowując się w domu Marianne, czułabym zapewne ogromną presję, by być perfekcyjną. Rodzice zaś zmuszali mnie zawsze tylko do tego, żebym robiła jak najlepiej to, co jestem w stanie zrobić – czyli zawieszali poprzeczkę o wiele niżej.

– Czego się napijesz, Marianne? – pyta ojciec. – Wina? Piwa? Lemoniady? Wody?

Po chwili wahania Marianne prosi o kieliszek wina.

– Świetnie! – woła ojciec i rusza do kuchni, mama powstrzymuje go jednak, kładąc mu rękę na ramieniu.

– Hm, Art. Nie wiesz, czy Marianne chce czerwone, czy białe – upomina go z wielkim, nieruchomym uśmiechem na twarzy, ani przez chwilę nie zwracając się bezpośrednio do niej.

– Och, to, które jest już otwarte. – Marianne macha ręką. – Lubię jedno i drugie. – Ojciec spogląda na nią, zakłopotany i niepewny, co dla niej wybrać, więc Marianne lituje się nad nim i mówi: – Białe będzie cudowne, dziękuję.

Tata kiwa głową i spogląda na mamę.

– A ty, kochanie?

Matka oświadcza, że i ona napije się białego wina, a potem zwraca się sztywno do Marianne i wskazuje jej miejsce na kanapie:

– Proszę, usiądź.

– Dziękuję – mówi Marianne i siadają jedna obok drugiej w swoich czerwonych sukienkach, co wygląda dosyć dziwacznie. Rzucam siostrze błagalne spojrzenie, a ona zajmuje ostatni wolny fotel i zaczyna nawijać jak zwykle – co jeszcze nigdy w życiu tak mnie nie ucieszyło. Mówi o uroczystości, o tym, jak uroczo wyglądał pan Tully w todze i birecie i jaka była dumna, kiedy odebrałam swój dyplom.

– Słyszałaś, jak do ciebie wrzeszczałam? – pyta, zwracając się do mnie.

– Wszyscy cię słyszeli – odpowiadam z uśmiechem.

Tymczasem z kuchni wraca ojciec, rozdaje nam napoje, po czym uświadamia sobie, że nie ma już gdzie usiąść.

– Tutaj, kochanie – mówi mama, przysuwając się bliżej do Marianne i poklepując miejsce obok siebie. We trójkę wyglądają jeszcze dziwniej i rozpoczynają kolejną niezręczną wymianę uprzejmości.

W pewnej chwili zerkam na telefon i zauważam wiadomość od Conrada, który nie zdołał mnie odnaleźć w chaosie, jaki zapanował po uroczystości.

„Świetna robota, perkusistko. Cieszę się, że cię zobaczyłem”.

Odpisuję natychmiast:

„Gdzie jesteś?”.

„W jakimś pubie w centrum. Wpadłem coś przekąsić”.

Moja mama chrząka i mówi:

– Kirby, proszę, odłóż telefon.

– To ważne, mamo – odpowiadam i błyskawicznie wystukuję kolejną wiadomość:

„Chciałabym się z tobą zobaczyć. Wpadnij, jeśli możesz. A jeśli nie, to nie szkodzi”.

Potem podaję mu adres. W pośpiechu źle zapisuję nazwę naszej ulicy, Eichelberger Street, ale uznaję, że jest wystarczająco bystry, by odnaleźć drogę. Oczywiście jeśli naprawdę chce.

– Przepraszam – mówię. Odkładam telefon i wymieniam spojrzenia z Marianne, która unosi brwi, jakby wiedziała, podejrzewała albo miała nadzieję, że on się tu pojawi, więc daję jej sygnał lekkim skinieniem głowy. Tak na wszelki wypadek.

Chwilę później mama proponuje, żebyśmy przeszli do kuchni, więc idziemy, po drodze mijając imponujący tort wyeksponowany na stole w jadalni.

Marianne przystaje, żeby mu się przyjrzeć, i woła:

Jaki piękny! – A ja zastanawiam się, czy jest w stanie poznać, że mama upiekła go od początku do końca sama.

– Poczekaj, aż spróbujesz lukru mamy! – mówi na to Charlotte. – Mmm! Pyszności.

Ojciec pstryka palcami, jakby o czymś zapomniał.

– Nie mamy świeczek!

– Świeczki stawia się na torcie urodzinowym – protestuję, ale on mnie nie słucha i nawet zaczyna śpiewać: „Sto lat, sto lat, skończyła szkołę nam!".

– Ech, przestań, proszę – obruszam się.

– Tak, Art, ja też cię proszę – wtóruje mi mama z uśmiechem, a potem zwraca się do Marianne: – Kirby z pewnością nie odziedziczyła swojego pięknego głosu po nas!

To pierwsza wzmianka o tym, czego nikt wcześniej nie odważył się wypowiedzieć głośno, i wszyscy wybuchamy śmiechem, a Marianne odpowiada:

– Po mnie też nie.

Lody nie zostały przełamane, ale bez wątpienia odrobinę stopniały. Po chwili wszyscy siedzimy przy kuchennym stole już wcześniej przygotowanym do lunchu (mama wyciągnęła w tym celu najlepszą zastawę). Ojciec zmawia dość długą modlitwę, a gdy kończy, podnosi wzrok i mówi:

– Nie chciałbym wygłaszać ckliwych przemów...

– To nie wygłaszaj, tato – mamroczę pod nosem.

Spogląda na mnie, podnosi rękę i mówi:

– Tylko jedna sprawa, obiecuję. – Kapituluję, a on zwraca się do Marianne: – Lynn i ja chcieliśmy ci podziękować za to, że dałaś nam najwspanialszy prezent, jaki można podarować drugiej osobie. Modliliśmy się do Boga o kogoś takiego jak ty. A On zesłał nam ciebie i Kirby. – Głos mu się łamie, a ja błagam go w duchu, żeby się całkiem nie rozkleił. – Kirby i Charlotte to najwspanialsze, co nas spotkało w życiu.

– Dobra, tato – mówię łagodnie. – Zacznijmy już jeść, okej?

– Tak! Już skończyłem, już skończyłem.

Marianne bierze głęboki oddech, jakby układała sobie w głowie jakąś elokwentną odpowiedź, ale po chwili mówi po prostu:

– Nie ma za co. To była najtrudniejsza decyzja w moim życiu, ale teraz, kiedy was poznałam... Wiem, że była właściwa. – Zerka na mnie przelotnie, ale ja zdążam dostrzec w jej oczach smutek. – Właściwa dla ciebie, Kirby. Masz cudowną rodzinę.

Analizuję jej słowa i wiem, że będę je analizować jeszcze bardzo długo. „Właściwa dla ciebie, Kirby". Czy to oznacza, że dla niej nie? A może to po prostu najlepszy z możliwych sposobów, żeby powiedzieć, że się cieszy, że mnie oddała? Tak czy inaczej, zgadzam się z nią. Nawet gdybym mogła, nie zamieniłabym mojego dzieciństwa na żadne inne.

Po chwili dzwoni dzwonek u drzwi i wszyscy podnoszą głowy znad talerzy.

– Zapraszałyście Belindę? – pyta ojciec.

Kręcę głową, bo wiem, że Belinda jest u dziadków, a on zgaduje dalej:

– Philip? To dopiero wspaniały chłopak!

Znów kręcę głową, a potem wstaję i ruszam do przedpokoju, zbyt zdenerwowana, żeby odpowiedzieć. Natychmiast przez witrażyk w drzwiach dostrzegam fragment twarzy Conrada i czuję, jak się rozluźniam. Otwieram szeroko drzwi i witam go radośnie.

– Cześć – odpowiada, robi krok do przodu i bez wahania mnie przytula, a potem wręcza owinięty w papier nieduży prezent, który wygląda trochę, jakby mogła to być książka. – Gratulacje.

– Dzięki. Nie musiałeś przynosić prezentu.

– To nic takiego – mówi. – To nuty. Napisałem dla ciebie piosenkę... Ma świetny rytm i solówkę na perkusji... Mam nadzieję, że zagrasz ją ze mną tego lata na scenie.

– Super. – Uśmiecham się tak szeroko i radośnie, że aż mnie bolą mięśnie twarzy.

Patrzymy na siebie przez chwilę, a potem sobie przypominam, że wypadałoby zaprosić go do środka.

– Jemy lunch... Marianne tutaj jest.

– Tak, domyśliłem się. Nie będę siedział długo. Ale chciałem poznać twoich rodziców.

Roztrzęsiona bardziej z radości niż z nerwów, prowadzę go do kuchni, w której nagle zapada cisza, tylko Charlotte woła:

– *Wow*, to on!? – Zupełnie jakby zobaczyła prawdziwą gwiazdę rocka. Którą on dla mnie w pewnym sensie jest. Uśmiecham się do niej, a potem ogłaszam:

– Uwaga, to jest Conrad. – Po czym przedstawiam mu mamę, ojca i siostrę. Wszyscy wymieniają uściski dłoni. Na końcu mówię: – Oczywiście Marianne już znasz. – A w myślach dodaję: „W końcu osiemnaście lat temu uprawialiście razem seks i niechcący mnie spłodziliście".

– Cześć, Marianne – rzuca Conrad. Nie okazuje przy tym specjalnie przyjacielskich uczuć, ale w jego głosie nie ma już wrogości.

– Cześć, Conrad. – Marianne zaciska palce na kieliszku i jak zawsze w jego obecności robi wielkie oczy przerażonej łani, a tymczasem mój ojciec przynosi z jadalni dodatkowe krzesło i wciska je pomiędzy Charlotte i mnie.

– Jest pan głodny? – pyta moja mama, zrywając się z miejsca. – Zaraz podam talerz.

– Nie, dziękuję. Przed chwilą jadłem. Przyszedłem tylko na chwilę.

– Właśnie kilka minut temu mówiliśmy o głosie Kirby – wyrywa się Charlotte. – Musiała go odziedziczyć po tobie. Jesteś muzykiem, prawda?

Conrad skromnie kiwa głową i mówi:

– Twoja siostra ma wielki talent. Żałuję, że to nie moja zasługa...

– Ależ twoja – przerywa mu Marianne i zwraca się do mojej mamy: – Trzeba ich było zobaczyć razem na scenie.

Oczywiście moja rodzina słyszy o tym po raz pierwszy, więc wywiązuje się długa rozmowa o naszym występie w barze. Marianne opowiada wszystkim dookoła, jakim byliśmy wspaniałym duetem. Ma dobre intencje, ale wolałabym, żeby o tym nie mówiła, bo moja mama znowu smutnieje, pewnie dlatego że nie usłyszała o tym ode mnie.

– Chciałam wam powiedzieć – zapewniam ją. – Ale przez tę sprawę z Belindą... Całkiem mi to umknęło.

Mama kiwa głową, jakby chciała mi powiedzieć, że rozumie, a tymczasem ojciec wyciąga z lodówki zimnego budweisera dla Conrada.

– Nie wiem, czy takie lubisz. Ale w końcu jesteśmy w St. Louis!

Patrzę na Conrada, wstrzymując oddech, z nadzieją, że zostanie jeszcze chwilę. Na szczęście Conrad przyjmuje piwo i mówi:

– Jasne, że lubię. Dzięki, stary.

Oddycham z ulgą, a potem nagle zaczynam się śmiać – sama nie wiem z czego. Próbuję się opanować, ale nie mogę.

– Co cię tak rozbawiło? – pyta Charlotte. W jej mniemaniu ktoś musiał powiedzieć jakiś żart, który jej umknął.

Potrząsam głową i mówię:

– Nic, nic... Tylko... Kto uważa, że to wszystko jest strasznie dziwaczne, ręka do góry!

Wszyscy podnoszą ręce i lody zostają oficjalnie przełamane.

*

Wkrótce mama podaje tort, a ojciec zmusza wszystkich do śpiewów i pozowania do zdjęć. Potem przechodzimy do salonu, a Conrad otwiera drugie piwo i wreszcie przestaje spoglądać na zegarek. Ojciec włącza mecz i zagłębiają się z Conradem w dyskusję na temat baseballu. Okazuje się, że świetnie się dogadują, co byłoby absolutnie wspaniałe, gdyby nie podkreślało faktu, że z kolei moja mama i Marianne nie mają sobie zbyt wiele do powiedzenia. Wyczerpały już wszystkie trywialne tematy i wyraźnie widać, że nie mają ze sobą nic wspólnego. Wtedy właśnie do pokoju wpada Charlotte.

– Chcesz zobaczyć zdjęcia Kirby z dzieciństwa? – zwraca się z pytaniem do Marianne, wręczając jej trzy opasłe albumy rodzinne.

– Charlotte! – protestuję. – Daj spokój, to nudy!

Ale w głębi duszy jestem zadowolona, kiedy Marianne się rozpromienia i oświadcza mojej siostrze, że to znakomity pomysł. Otwiera pierwszy album i sztywnieje, wpatrując się w fotografie, na których jestem niemowlęciem, włącznie z tymi zrobionymi w dniu, kiedy mnie oddała. Moja mama obserwuje ją z napiętą, niemal gniewną miną i zaczynam błagać Marianne w duchu, żeby się pośpieszyła i przewróciła stronę. Ale ona tego nie robi. Wciąż wlepia wzrok w te same zdjęcia i wygląda na smutną, aż w końcu mówi:

– Conrad, chodź. Zdjęcia Kirby z dzieciństwa.

Conrad podnosi się z fotela, podchodzi, zerka jej przez ramię, a potem siada obok na kanapie.

– Bardzo ładne dziecko – rzuca. Czuję, jak zalewa mnie duma, bo widzę, że on jest dumny, ale i tak mówię:

– No dobra, słuchajcie, pośpieszcie się. Zostało wam jeszcze następne osiemnaście lat.

Marianne w końcu przewraca stronę, a mama podchodzi do kanapy i zaczyna opowiadać, spoglądając Conradowi przez ramię. O tym, jak pierwszy raz się uśmiechnęłam, przewróciłam na bok, zaczęłam jeść stałe pokarmy, podciągnęłam się na krawędź łóżeczka. Kiedy Marianne przerzuca kolejne strony, moja mama wreszcie siada obok niej, rozluźnia się i opowiada kolejne historie o mnie – i o Charlotte – niektóre śmieszne, ale w większości dosyć nudne. Conrad i Marianne nie wyglądają jednak na znudzonych i zadają mamie mnóstwo pytań, a od czasu do czasu do rozmowy wtrącają się ojciec lub Charlotte z własnymi uwagami.

Kiedy dochodzą do mojej pierwszej perkusji, a mama zaczyna opowiadać o tym, jak postawiłam ją sobie tuż obok łóżka, ogarnia mnie dziwne uczucie i po chwili uświadamiam sobie jakie. To poczucie przynależności. Do tego miejsca. Do tego domu. Do tej rodziny. Do ludzi, którzy znają wszystkie historie z mojego życia od samego początku. Do ludzi, którzy znają m n i e.

– A wtedy właśnie Art kupił sobie pierwsze zatyczki do uszu! – woła mama, śmiejąc się. – Nie mówię, że Kirby nie miała talentu. Tylko to był bardzo, bardzo głośny talent.

Spogląda na mnie z uśmiechem. A ja uśmiecham się do niej, bo wiem, że ona wie, co w tej chwili myślę i czuję. I – co jeszcze lepsze – wiem, że ona myśli i czuje to samo.

*

Krótko po siódmej wszyscy zaczynamy ziewać. Conrad mówi, że musi ruszać w drogę. Ojciec zaprasza go, żeby został na noc, ale Conrad uprzejmie odmawia, upierając się, że uwielbia prowadzić w nocy. Marianne też powoli zbiera się do odejścia i pyta ojca, czy mógłby wezwać jej taksówkę.

– Odwiozę cię – proponuje cicho Conrad.

– Na pewno? – Marianne wygląda na zaskoczoną.

– Tak. To żaden problem. – Conrad wzrusza ramionami.

Wszyscy się żegnamy, Marianne zabiera torebkę, a mój ojciec zapisuje im na kartce wskazówki, jak dotrzeć do hotelu. Idę do przedpokoju i czekam tam na nich z nadzieją, że nikt nie pójdzie za mną. Chwilę później stoję już z nimi na zewnątrz, obok samochodu Conrada. Jeszcze nie jest ciemno, ale wygląda, jakby miała nadejść burza, a z oddali dobiega grzmot.

– Cóż – mówi Marianne po kilku sekundach milczenia. – Dziękujemy ci za zaproszenie.

– Tak. Dzięki, Kirby – dorzuca Conrad.

– To była bardzo ładna uroczystość. I bardzo miły dzień – podsumowuje Marianne.

Kiwam głową i czuję, że ściska mnie w gardle. Chciałabym im tyle powiedzieć, ale w tej chwili mam pustkę w głowie i mogę tylko c z u ć.

– Cieszę się, że jesteście tu oboje – odzywam się w końcu, myśląc o tym, jak dziwnie stać tu z dwojgiem ludzi, którzy mnie stworzyli. Większość dzieci traktuje to jak coś oczywistego, ja jednak nigdy nie wierzyłam, że to mi się przydarzy, zwłaszcza w taki wielki, ważny dzień.

– Jesteśmy z ciebie dumni – mówi Marianne, a Conrad tylko kiwa głową, nie protestując przeciwko temu „my", a nawet dodaje:

– Żałujemy, że to nie nasza zasługa.

Uśmiecham się, biorę głęboki oddech i przytulam się do nich obojga, najpierw do Marianne, a potem do Conrada – co na krótką chwilę zmienia się w niezgrabny, przelotny potrójny uścisk. Powstrzymuję łzy, które przychodzą nie wiadomo skąd, a potem żegnam się szybko. Na szczęście tym razem wiem, że to nie jest ostatni raz. A kiedy już chowam się bezpieczna na cienistym ganku, patrzę, jak wsiadają razem do samochodu. Conrad wycofuje się z podjazdu i trąbi dwa razy. Macham do nich, a potem oddycham głęboko i wracam do domu, do swojej rodziny.

ROZDZIAŁ 34

Marianne

Kiedy Conrad wiezie mnie z powrotem do hotelu, nie potrafię nie myśleć o przeszłości. Spędziliśmy właśnie kilka godzin z Kirby i jej rodziną, a ja nawet nie zaczęłam jeszcze rozmyślać o tych wszystkich emocjach, które towarzyszyły mi podczas wzruszającej uroczystości w kościele, w pierwszej, pełnej napięcia chwili, kiedy weszłam do jej domu i poznałam jej rodziców, i w tym nierealnym momencie, kiedy pojawił się Conrad. A także wtedy, gdy siostra Kirby wyciągnęła stare rodzinne albumy, a jej matka zaczęła opowiadać historie, które może opowiadać tylko matka. Myślę o tym, jak ciężko musiało być Lynn i Artowi dzielić taki ważny i wyjątkowy dzień z obcymi ludźmi. Cieszę się razem z Kirby jej perspektywami na przyszłość, ale z drugiej strony tak ciężko było ujrzeć z bliska i w żywych kolorach to wszystko, co się straciło i czego nigdy się nie odzyska, niezależnie od liczby wysłuchanych historii i obejrzanych fotografii. To, co im powiedziałam, powiedziałam szczerze – naprawdę sądzę, że dokonałam wyboru, który był najlepszy dla Kirby – ale nie potrafię się otrząsnąć z głębokiego żalu za tym, z czego zrezygnowałam. Za tym, co mogłam mieć.

Jednak teraz jestem w stanie myśleć tylko i wyłącznie o Conradzie. Przez cały dzień nie dopuszczałam do siebie wspomnień, nawet kiedy stał tak blisko mnie, że czułam jego wciąż znajomy zapach. Ale teraz wracają do mnie nieprzefiltrowane i ze zdwojoną siłą. Czuję nagłe pragnienie, żeby położyć mu rękę na udzie, tak jak robiłam, ilekroć wiózł mnie gdzieś swoim czarnym mustangiem.

– Zjedź na I-44 – proszę, spoglądając na wskazówki od Arta nabazgrane na serwetce. Próbuję wyciągnąć, co się da, z każdego kilometra, z każdej sekundy, modląc się w duchu, żeby zwolnił, albo przynajmniej ściszył radio i ze mną porozmawiał.

– Już zjeżdżam – mówi.

Dyskretnie przyglądam się jego profilowi, ale on po chwili zerka w moją stronę, przyłapując mnie na gorącym uczynku.

– Co? – pyta. Nie ma w jego tonie wrogości, ale nie ma też ciepła. Jest tylko pustka. Przez chwilę prawie zaczynam tęsknić za jego gniewem.

– Nic – odpowiadam, przesuwając wzrok na drogę. Otacza nas nijaki miejski krajobraz. Moglibyśmy być wszędzie.

Conrad wzdycha, zaczyna zmieniać stacje, po czym, najwyraźniej niezadowolony, wyłącza radio. Przez kilka minut jedziemy w milczeniu, aż wskazuję mu zjazd na Vandeventer Avenue.

Conrad zjeżdża na prawo i wreszcie się odzywa:

– Kirby jest świetnym dzieciakiem.

– Wiem. Jest niesamowita.

– Rodzinę też ma świetną. Naprawdę ich polubiłem. Art to szalenie barwna postać.

– Tak – mówię. – Miała szczęście.

– To ty miałaś szczęście – poprawia mnie Conrad, rzucając mi surowe spojrzenie. – Gdyby wylądowała w jakimś okropnym domu... – Potrząsa głową, a ja kończę za niego:

– Nigdy byś mi nie wybaczył.

– Nigdy – powtarza.

Pokazuję mu nasz ostatni skręt w South Kingshighway.

– Czy to znaczy... Że mi wybaczyłeś?

Conrad wzdycha głęboko i wzrusza ramionami, jakbym mu właśnie zadała jakieś niemożliwie trudne filozoficzne pytanie.

– Nie wiem, Marianne.

Przygryzam wargę i milczę, bo muszę to po prostu zaakceptować, podobnie jak jego wyraźną niechęć do rozmowy. W końcu dostrzegam przez okno swój hotel.

– To tu. Po prawej stronie – mówię.

Conrad kiwa głową i wjeżdża na podjazd, a z hotelu wyłania się boy.

– Tu w holu jest bar – rzucam, nagle czując, że nie mam już nic do stracenia. – Może wejdziesz na drinka?

– Mam przed sobą pięć godzin jazdy.

– Tylko na jednego. To zajmie dziesięć minut.

Bierze głęboki wdech, wypuszcza powietrze i mówi:

– Dobrze. Tylko na jednego.

Otwieram drzwi samochodu i informuję boya, że jestem już zameldowana, ale znajomy zostanie ze mną kilka minut. Wysiadamy z auta i idziemy przez pusty hol do baru. Tam znajdujemy dwa miejsca i po chwili staje koło nas barman. Zamawiam chardonnay, a Conrad piwo. Patrzy przed siebie, aż barman przynosi nam napoje, po czym upija długi łyk. Potem odwraca się, spogląda mi prosto w oczy i pyta:

– Dlaczego mi nie powiedziałaś?

Odpowiadam, że nie wiem.

– Gówno prawda. Wiesz.

– Nie... Nie wiem... Chyba po prostu byłam niedojrzała... Nie byłam gotowa na dorosłe życie i podejmowanie trudnych decyzji... Tajemnica czyniła to wszystko łatwiejszym. Przynajmniej tak mi się zdawało.

– To nie była tajemnica. To było kłamstwo.

Kiwam głową i uświadamiam sobie, że Peter miał rację – między jednym a drugim jest naprawdę bardzo mała różnica.

– Myślałaś, że będę cię próbował namówić na aborcję? – pyta Conrad.

– Nie – odpowiadam, odstawiając nietknięty kieliszek. – Chodziło o coś innego... Bałam się, że będziesz mnie chciał o d w i e ś ć od aborcji. A potem, kiedy sama się od niej odwiodłam, bałam się, że mnie namówisz, żebym zatrzymała dziecko.

– Na nic bym cię nie próbował namawiać. – W głosie Conrada brzmi raczej niezrozumienie i ból niż gniew. – Pozwoliłbym ci podjąć decyzję. Mówiłem ci to, zanim zrobiłaś test.

– Dobrze. Więc może się bałam, że gdybym ci powiedziała... To ja sama siebie bym namówiła, żeby ją zatrzymać.

Conrad patrzy na mnie zniecierpliwiony, nic nie rozumiejąc.

– Kochałam cię – mówię, jakby to wszystko wyjaśniało. I w jakiś dziwny sposób chyba rzeczywiście wyjaśnia.

– Ja też cię kochałem – odpowiada, znów patrząc mi w oczy. Wytrzymuję jego spojrzenie, ale z wrażenia kręci mi się w głowie i nagle wiem, że to nie tęsknota za młodością wywołuje we mnie to dziwne, niespokojne podniecenie. To sam Conrad, tu i teraz.

– Mogłem ci pomóc – mówi nieco ciszej. – Albo przynajmniej mogłaś pozwolić mi się pożegnać.

– Wiem, że powinnam – mówię, przypominając sobie dzień, w którym oddałam Kirby. – Cieszę się, że przynajmniej mogłeś dziś obejrzeć zdjęcia.

Conrad potrząsa głową.

– Chodziło mi o pożegnanie się z tobą.

Na chwilę zapiera mi dech w piersiach, a potem mówię tylko:

– Ach...

– Wiedziałem, że nie będziemy razem na zawsze, Marianne. Że jesteśmy za młodzi. I że jesteś dla mnie za dobra... Ale zdawało mi się, że to, co było między nami, zasługiwało przynajmniej na pożegnanie.

– Wcale nie byłam dla ciebie za dobra.

– Tak, jasne. – Conrad upija łyk piwa i przewraca oczami. – Pani wielka producentka, która planuje poślubić... Jakąś medialną szychę.

Patrzę na niego zaskoczona.

– Kirby mi powiedziała.

– A powiedziała ci też, że zerwaliśmy? – pytam, a potem uświadamiam sobie, że ona o tym nie wie.

Conrad wzrusza ramionami, jakby chciał powiedzieć, że to już i tak żadna różnica. I pewnie ma rację.

– Nie jestem „panią wielką producentką" – protestuję cicho.

– Ależ jesteś. Wielką producentką w Wielkim Jabłku.

Patrzę na niego i myślę, że dałabym wszystko, żeby się cofnąć do tamtego dnia i powiedzieć mu prawdę. Ale wiem, że i tak w to nie uwierzy, więc mówię tylko:

– Dobrze, niech ci będzie. Ale to ty masz lepsze, bardziej autentyczne życie. Widziałam cię na scenie. Robisz to, co kochasz.

– Ty też.

Potrząsam głową, bo nagle rozumiem, że choć telewizja i pisanie to moja pasja, to nieraz pozwalałam, by cele przesłaniały mi samą podróż twórczą i miłość do tego, co robię. Cały czas walczyłam o to, żeby nie stracić kontroli, żeby wspiąć się o szczebel wyżej i zapewnić sobie życie według starannego, idealnego scenariusza.

– To nie to samo... Ty jesteś chyba szczęśliwy – mówię.

– Parę rzeczy mi się w życiu nie udało. Rozwód. Kiedyś dragi. Ale ogólnie... Nie mogę narzekać. Na razie. – Odpukuje w bar.

– Chcesz mieć dzieci? – pytam nagle.

– Jedno już mam.

– Wiesz, o co mi chodzi. Czy chcesz więcej? Chcesz założyć rodzinę?

– Jasne. Zawsze chciałem. A ty?

– Tak. Najlepiej gdyby była taka jak ta, od której właśnie wróciliśmy – mówię, wyobrażając sobie Kirby, jej rodzinę i ich pełny miłości dom. – Ale to się często nie zdarza.

– Zawsze będziesz miała Kirby.

– To prawda – mówię. – I ty też.

Conrad uśmiecha się do mnie z ukosa i mówi:

– Trudno uwierzyć, że ona jest rezultatem jednej głupiej letniej nocy, co?

Potrząsam głową.

– To nie była głupia noc.

– Wiesz, o co mi chodzi. Byliśmy parą głupich szczeniaków.

– Chyba tak, chociaż w pewnym sensie mi się wydaje, że byłam wtedy mądrzejsza niż teraz – mówię, myśląc o tym, że przez tyle lat żałowałam, że tamtej nocy poszłam za głosem instynktu i powiedziałam mu: tak. Żałowałam, że w ogóle go spotkałam. I żałowałam jej narodzin. Ale teraz widzę odkupienie i piękno w tym „wypadku", który wziął się z miłości. Teraz widzę, że Kirby to najlepsze, co mi się w życiu przytrafiło.

Conrad popija piwo i nagle uśmiecha się do siebie.

– Co? – pytam, spodziewając się głębokiej odpowiedzi.

A on rzuca mi spojrzenie, które tak dobrze pamiętam, to samo, którym obdarzył mnie w ogródku u Janie tamtej nocy.

– Może i byłaś wtedy mądrzejsza, ale teraz jesteś ładniejsza. – Kręci głową. – Cholera.

Uśmiecham się, zdumiona – komplement to ostatnie, czego się dziś spodziewałam.

– Ty też – mówię i czuję łaskotanie w brzuchu.

Conrad unosi brwi, prosi barmana o rachunek i oznajmia, że musi już iść.

– Pamiętam jeszcze, co się dzieje, kiedy z tobą piję.

– Wtedy piłeś dra peppera – przypominam mu z uśmiechem.

– Naprawdę?

Kiwam głową.

– Dobrze w takim razie: pamiętam, co się dzieje, kiedy ty pijesz. Wykorzystałaś mnie.

Wiem, że żartuje, ale serce łomocze mi jak szalone.

– Nie idź jeszcze – proszę szeptem.

– Muszę – odpowiada. – Ale może się jeszcze zobaczymy. Kiedy Kirby skończy studia.

– Wydaje mi się, że nie idzie na studia.

– Ależ idzie. – Conrad mruga do mnie, jakby miał jakieś tajne informacje z pierwszej ręki. I na pewno ma. – Do zobaczenia za cztery lata?

Kiwam głową, ale mówię, że naprawdę mam nadzieję zobaczyć go wcześniej, na co on odpowiada, że bar Zelda jest otwarty trzysta sześćdziesiąt pięć dni w roku.

Patrzę na niego z nadzieją. To zabrzmiało prawie jak zaproszenie.

– Czemu właściwie nazwałeś swój bar Zelda? – Próbuję sobie przypomnieć imię jego matki, żałując, że nie możemy o niej dziś porozmawiać. O niej i o tak wielu innych sprawach.

– Moja ulubiona książka to *Wielki Gatsby* – mówi. – F. Scott Fitzgerald zadedykował ją Zeldzie.

– Swojej żonie?

– Tak. Swojej popieprzonej, psychicznej żonie, którą nie wiadomo czemu tak strasznie kochał – odpowiada Conrad, rzucając mi znaczące spojrzenie. – Wiesz, co jest napisane na ich wspólnym grobie? To cytat z *Gatsby'ego*... Ich dziecko go dla nich wybrało.

– Nie wiem. Co? – pytam.

Conrad recytuje z półprzymkniętymi oczami:

– „Tak oto dążymy naprzód, kierując łodzie pod prąd, który nieustannie znosi nas w przeszłość”*.

Spoglądam prosto w jego wyraziste szaroniebieskie oczy.

– A teraz – mówi, kładąc na barze dwa banknoty – naprawdę muszę już iść.

– Dobrze. Ale pamiętaj…

– O czym? – pyta, podnosząc się z miejsca i stając tak blisko mnie, że dotykamy się nogami i czuję na policzku jego ciepły oddech. Wciągam powietrze w płuca, a potem mówię:

– Możesz uciekać, ale się nie ukryjesz.

– Już to gdzieś słyszałem – stwierdza, uśmiechając się lekko, i już wiem, że pamięta słowa wypowiedziane w tamtą niezapomnianą noc. Wiem, że pamięta w s z y s t k o.

Wstaje, zapina kurtkę i kiwa mi głową na pożegnanie. Potem wychodzi z baru, a ja odtwarzam sobie w głowie naszą rozmowę, cały dzisiejszy dzień i tamtą noc, kiedy popełniliśmy naszą cudowną pomyłkę, pod wentylatorem na suficie pokoju rodziców Janie. Zamawiam jeszcze jeden kieliszek wina i zalewa mnie dotkliwa fala samotności. Przez chwilę tęsknię za Peterem, ale potem sobie uświadamiam, że to nie jego mi brakuje, tylko tej idei, która kiedyś nas łączyła – a przynajmniej tak mi się zdawało. Myślę o swojej karierze i o tym, co chcę napisać, kiedy mój serial się skończy – dlatego że go skasują albo dlatego że nie będę chciała już nad nim pracować. Wiem, że mam do opowiedzenia inną historię. Widzę nawet głównych bohaterów – zdolnego muzyka i jego odważną córkę – jak

---

* F. Scott Fitzgerald, *Wielki Gatsby*, tłum. A. Demkowska-Bohdziewicz, Poznań 2004, s. 184.

rozpoczynają swoją wspólną podróż. Nie wiem, gdzie się ta podróż zakończy ani dokąd właściwie będą zmierzać, ale to nie szkodzi. Na to przyjdzie czas później. Czas pokaże, gdzie mnie poniesie nurt. Na razie siedzę sama w hotelowym barze w St. Louis i kończę pić wino. Nie planowałam tego – tego dnia, tej chwili, tych zaskakujących relacji, i starych, i nowych. A jednak ogarnia mnie spokój i pewność, że przynajmniej raz w życiu jestem tam, gdzie powinnam być.